コバルト文庫
創刊40年
公式記録

コバルト文庫 40年カタログ

烏兎沼 佳代

集英社

＊コバルト文庫は集英社文庫の先陣を切る一シリーズとしてスタートしたため、創刊から15年目の1990年までは「集英社文庫コバルトシリーズ」が正式名ですが、本書では「コバルト文庫」で統一しました。
＊雑誌名の「雑誌Cobalt」と「雑誌コバルト」は同じ物を指します。
＊図版キャプションの㋙は「雑誌コバルト」、㋛は雑誌「小説ジュニア」の略です。
＊年表記は、特に断りのない限り西暦で、1965年〜2017年の下2ケタです。
＊文中、敬称は略しています。

COBALT-SERIES
ぼくの恋人
富島健夫
困ったなア
佐藤愛子
道は遙かなり
富島健夫
白鳥に告げた言葉
三木澄子
海とみさきの青春
平岩弓枝
涙と微笑みと The Shy Ones
Lynn Hall リン・ホール/井上篤夫 訳
二年二組の勇者たち
富島健夫
青春の序曲
佐伯千秋
盗まれた超高層ホテル
若桜木虔
いのちの旅路(下)
富島健夫
ユーモアSF傑作選
豊田有恒 編
伝説『鬼姫村伝説』
辻真先
わたしの赤いつばさ
佐伯千秋
文彦のたたかい
野呂邦暢
in order to
なみだいろの正三角形
藤本靖子
制服の胸のここには
富島健夫
アキとマキの愛の交換日記(上)
平岩弓枝
水瓶座の少女
野呂邦暢
2095年の少年
横田順彌
アトリエ殺人事件
高原弘吉
わが青春のイレブン
いえき・ひさこ
衝撃のレポート
顔のない青春
吹上流一郎
十七歳の路
富島健夫
恋人たちは霧の中
三木澄子
木曽路絶唱
赤松光夫
ふたりの星座
富島健夫
青春の海
富島健夫
おさな妻
富島健夫
美しく燃える炎を見た
上条由紀
われら高校生
赤松光夫
白百合の祈り
諸星澄子
遠い花火
三木澄子
愛の花ことば 花の伝説
内山登美子 編著
死ぬには早すぎる
南英男
年上のあの人
富島健夫
腕の中で朝まで眠れ
南英男
そよ風を両手に
大木圭
奇跡の詩
ジュゼッペ・スコテーゼ/上条由紀 訳
ガラクタ太平記
坂田稔
ぶるうハイスクール
上条逸雄
集英社文庫

カラーで見るコバルト文庫の歴史 I

1976~1979

Cobalt Bunko Color Selection

オットーと魔術師
山尾悠子
コバルトブルーの詩
吉田とし
おかあさん 命をありがとう
白球よ輝け!
若桜木虔
青春おちこぼれ賛歌
上条逸雄
新・おさな妻
富島健夫
いつか猫になる日まで
新井素子
蜃気楼の少女
純愛時代(上)
富島健夫
COBALT-SERIES
ロマンチックSF
星へ行く船
新井素子
集英社
テレパス少女
さよならの日々
見えない友だち34人+1
プラザストリート共和国
杉山卓
私たちの体験記
愛のABCD
小宮綾子 編
特別な他人
落合恵子
架空の街の物語
クララ白書 ぱーとII
氷室冴子
とってもシンドローム
エレメンツ占星術
ルネ・ヴァン・ダール・ワタナベ
水の巻
LOVE MAGIC
愛の魔法
ルネ・ヴァン・ダール・ワタナベ
さよなら銀河鉄道999
松本零士
2年B組仙八先生 1
若桜木虔
雑居時代(上)
氷室冴子
ミッドサマー・ウェザー
ヘッドフォン・ララバイII
窪田僚
ぼくは希望に向かって走る
1000年女王
松本零士
通りすがりのレイディ
新井素子
アグネス白書 ぱーとII
氷室冴子
K子の放課後
吹上流一郎
わが青春のアルカディア(下)
松本零士
12星座
愛の贈りもの
汚れちまった愛
南英男
優しい予感
南英男
雑居時代(下)
氷室冴子
フォックスさんにウインクを
恋の途中下車
落合恵子
パラレルワールド大混線
若桜木虔
きみの瞳にギャラクシィ
久美沙織
旗本ギャルは高校生
杉山卓
ファッション・マジック
プラトニックラブ
久美沙織

1980~1983

Cobalt Bunko Color Selection

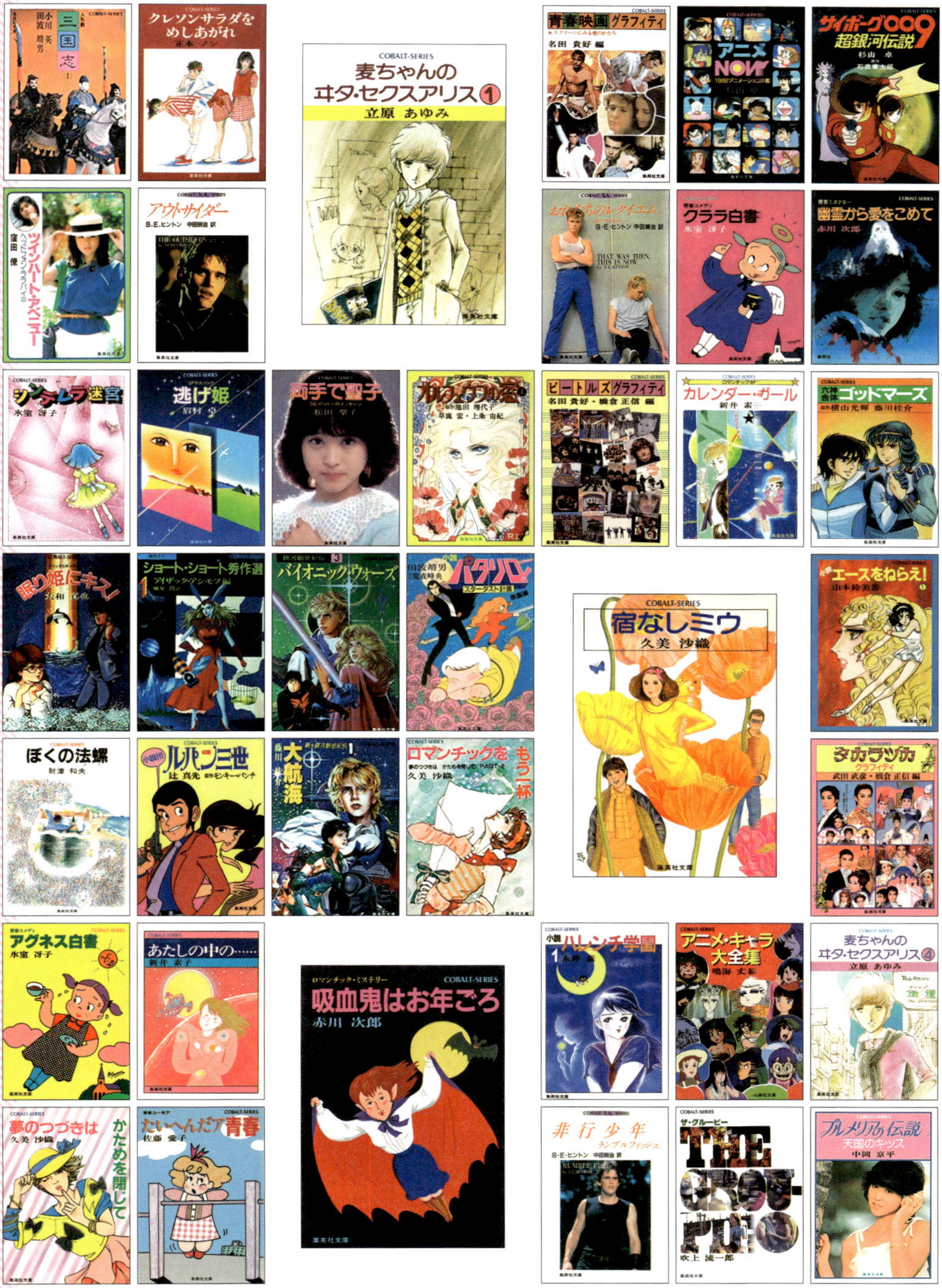

そして、星へ行く船
新井素子
鳴海丈
タイムトラベル
SF傑作選
星敬 編
青春クロスピア
唯川恵
ショート・ショート秀作選2
アイザック・アシモフ
ナイト・フォーク
新井素子
ジュリエット・メモリー
田中雅美
ヤマトタケル
氷室冴子
I LOVE YOUより愛してるから…
ファニー・トーキング
アン・ルイス
丘の家のミッキー5
久美沙織
水曜日には雨が降る
大和真也
波多野鷹
誰かがどこかで恋してる
正本ノン
はばたけ黄金の翼よ
高山芳恒
トライアングル・ウォーズ
名木田恵子
リング♥どりいむ
藤本ひとみ
あこがれは上海クルーズ
佐々木譲
こちら幽霊探偵局
団龍彦
友だちが怖い
南英男
死神の時刻表は♠色
山浦弘靖
野蛮人のように
南英男
ドリーム in オーストラリア
平原紀子
トライ アゲイン
波多野鷹
とっておき家族
田中雅美
愛はきらめく星になっても
藤本ひとみ
オール・マイ・ラヴィング
島村洋子
デュエット
恋の危険信号は♥色
山浦弘靖
V.マドンナ大戦争
言いわすれた I LOVE YOU
扉を開けて
新井素子
夏の窓をあけて
正本ノン
ジャパネスク・アンコール!
回らない風車
カリブ・愛のシンフォニー
藤公之介
殺人占いはJの罠
山浦弘靖
夏服のイヴ
グッバイ・カンパニー
弓月光の少女まんが家入門
スターライト☆
火浦功
3時のおやつに毒薬を
久美沙織
虹の鯨とアップルパイ
鳴海丈
ハロー from アメリカ!
青いイヤリング
下川香苗
孔雀の街
風と天使がおどる夏
小林弘利
いつかやさしい雨が
小林弘利
16クラブで踊ろう
正本ノン

カラーで見るコバルト文庫の歴史 I

1984~1987
Cobalt Bunko Color Selection

COBALT-SERIES
きらめきイリュージョン
大事な土曜の午後
夢ハネムーンはKの罠
さよならコンプレックス
ありがちのラブ・ソング
久美沙織
ハロウィーン特急
赤羽建美
坂の向こうの茜空
テコンドーガール
リトル・ギャングに胸さわぎ
日向章一郎
超女隊in香港
団龍彦
夢色ラビリンス
素敵な悪い子たち
唯川恵
ロマンチック・ファンタジー
イファンの王女
前田珠子
キスミー!ミスター甲子園
水城昭彦
ファースト・シーンはろまんていっく
愛してローマ夜想曲
放課後のロビンフッド
日向章一郎
久美沙織
花のお祭り少年団
愛してマリナ大辞典
Aqua
人魚たちの子守唄
竹内志麻子
みーんな
ブスがやめられない
青島美幸
ワンペアは殺しの花言葉
ポケットにハート時計
ときめきROCKIN' WAY
童話を胸に抱きしめて
波多野鷹
Aqua
そこでそのまま恋をして
竹内志麻子
雨ふる午後におまじない
小林弘利
虹の彼方につづく道
小林弘利
キケンな男
SF&ミステリー
ショートショート・グランプリ
トワイライト・レディ
四月闇桜姫
吸血鬼は泉のごとく
赤川次郎
宇宙のボヘミアン
放課後のティンカー・ベル
Aの罠
ヴァージン・ロード
童話を胸に抱きしめて
コイビトの耳はネコのみみ!
谷山浩子
さくら色のメモリアル
下川香苗
バレンタイン混線
赤羽建美
夢のおぼっちゃま
島村洋子
ミルキー・ウェイ
魔女特急はQの罠
山浦弘靖
旅の神話をつなぐ空
小林弘利
VIVA!学園超女隊
団龍彦

カラーで見るコバルト文庫の歴史 I

1987~1989

Cobalt Bunko Cover Selection

COBALT-SERIES
ティターニアは銀の翼で
星色のフィナーレ
藤本ひとみ
君のためのプレリュード
緋の残影
桑原水菜
さしのべられた腕
前田珠子
銀の海 金の大地 9
氷室冴子
ストレートは死美人の恋
山浦弘靖
漆黒の魔性
前田珠子
ほほえみがいっぱい
藤本ひとみ
セイレーンの聖母
若木未生
日向章一郎
天使のカノン
ようこそ吸血姫
城島明彦
いきなりミーハー幽霊談
風の王宮
山崎晴哉
放課後のドン・キホーテ
日向章一郎
フルハウスは殺しの予告状（上）
山浦弘靖
野原が生まれた日
小林弘利
聖し殺しの夜
魔法の瞳に逢いたくて
花色♥結婚式ドリーム（前編）
服部あゆみ 布施田美子
フルハウスは殺しの予告状
山浦弘靖
ライトグレーの部屋
男の子だけで満員御礼
日向章一郎
榎木洋子
ストレートは天使のささやき
精霊宮の宝珠
前田珠子
海に眠る
倉本由布
ひとみWorld夢辞典①
藤本ひとみ
愛をするアンテロス
藤本ひとみ
夢いろネックレス
下川香苗
人魚姫
山浦弘靖
ジョーカーは謎の旅案内人
愛にささげるトルソ
藤本ひとみ
ふたつの星の物語
藤本ひとみ
服部あゆみ 布施田美子
恋色♥魔法猫パニック
服部あゆみ 布施田美子
ガールフレンズ
氷室冴子
スローダンスは制服で
喜多嶋隆
榎木洋子
五代剛
魔法使いのテバ
竜の血族

1989~1992

Cobalt Bunko Color Selection

陽影の舞姫 I
太陽の石 月の石
星から来た船
陽影の舞姫 II
ママレード・ボーイ 3
羅生の刻
冬の領域
シャルルに捧げる夜想曲 1
天冥の剣 3
声優シンデレラ
東風を呼ぶ姫
リインカーネーションの絆
放課後のルイス・キャロル
ママレード・ボーイ 1
タンバーの盗賊王
虹色♥伝説珠メモリー
あなたとスキャンダル
アルテミスは知っている
暁の王子
おいしい恋の作り方
追憶の迷宮
影盗人の章
桜色♥聖天使ファクト
Highschool Aurabuster
星を堕とすもの（前編）
闇の刻印
火輪の王国（前編）
女神さまのお気の向くまま
鉛姫
夜鳥の罠
花より男子 1
思春期ざかりの天使たち
蒼天の王
天冥の剣 1
禁断のウィスパー
姫ちゃんのリボン 3
堕ちる月
時の竜と水の指環
グラスハート
翠緑の森の騎士
蒼竜の翼
HONEYMOONは

1993~1995

Cobalt Bunko Color Selection

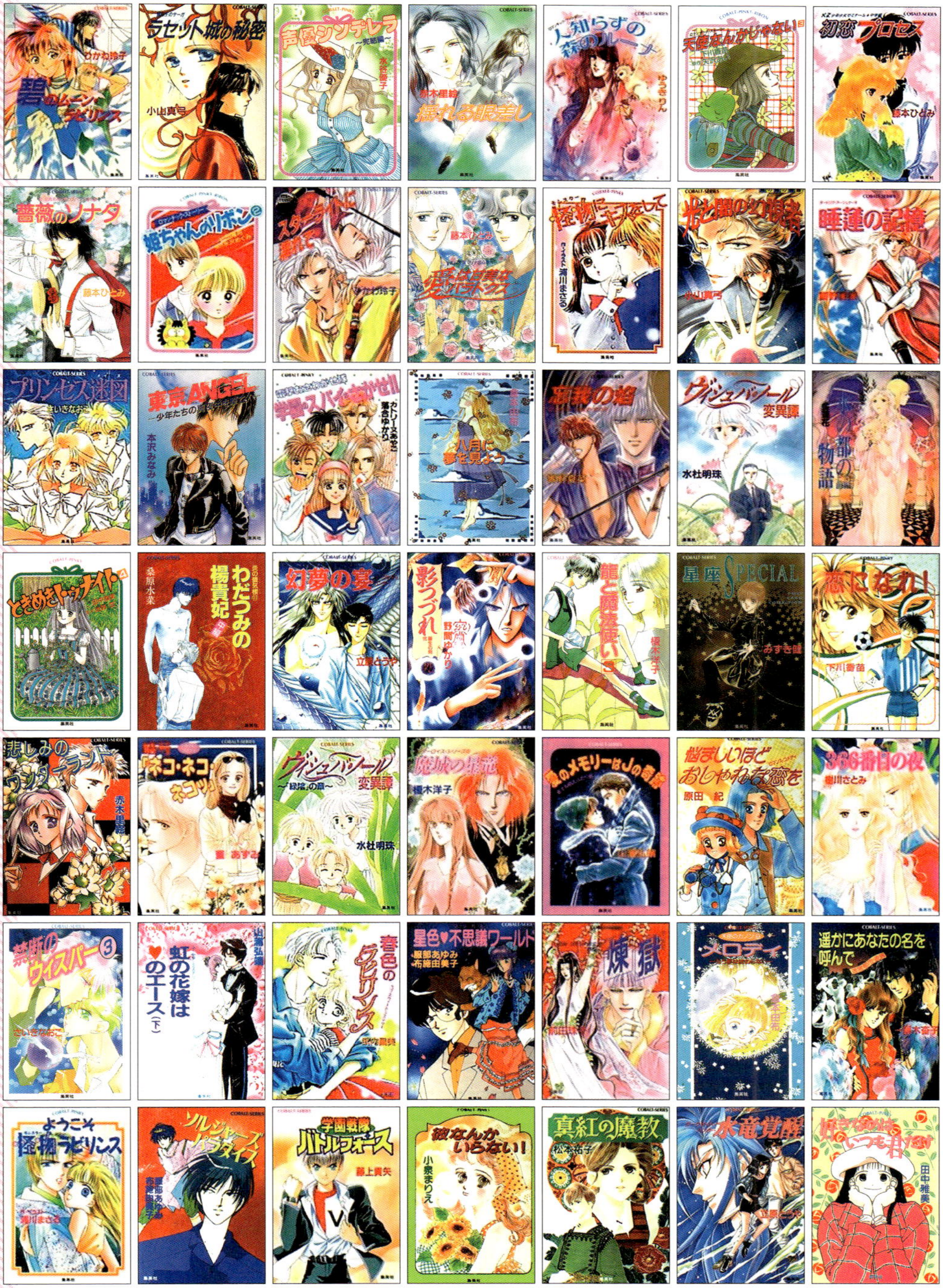

小説ジュニア
創刊号

1966 年創刊。ジュニアのための文芸書。

小説ジュニア
別冊付録

1977年、1978年頃。後に加筆してコバルト文庫になりました。

コバルト・ブックス

1965 年から 1976 年まで刊行された単行本のシリーズ。

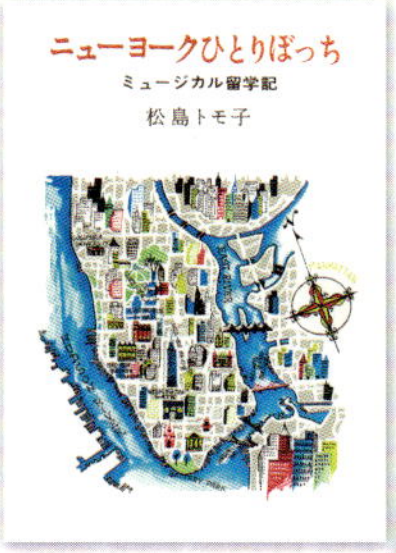

コバルト文庫
解説目録

中の記事も充実していました。本書 124 p 参照。

第1章

コバルト文庫創刊40年記念企画
スペシャルゲスト登場

青春時代、夢中になって読んだあの本。あこがれのレジェンド作家たちに、書き手側の思いを聞いてきました。今だから言えるウラ話も⁉

独占
インタビュー

佐藤愛子

［さとう あいこ］

コバルト文庫の創刊メンバーです。90歳を越えバリバリ現役活躍中の大先輩に、少女小説の思い出をお聞きしました。


少女小説を書き始めたのは昭和三十七、八年です。

それまでは純文学を書いていてまったく無名でしたから、まさか自分が少女小説を書くことになろうとは、夢にも思っていませんでした。

では、どうして書いたのか。それは、ひとえにおカネのためでした。

自分がどうしてそんなことをしたのか、いまだにわからないのですが、雪だるまのごとく膨らんだ夫の借金の保証人欄に、「押せ」と言われるままにぺたぺたとハンコを押してしまいました。あげくにさっさと白旗を上げた夫はどこぞへ身を隠し、私ひとりが小学生の娘を抱えて借金取りとの闘いの日々に突入したのです。

純文学の無名作家に、原稿料がもらえる仕事など来るはずがありません。困った顔をしているところに、同人誌仲間の川上宗薫が「ゼニになるから書いてみるか?」と秋元書房という少女小説専門の小さな出版社を紹介してくれました。

すべて書き下ろしで原稿料は四百字一枚たった五百円。驚くほどの安さでした。

最初に書いたのはたしか『おさげとニキビ』という本です。ハナペシャのアコと悪友のオマル、コマルの女子高生三人組が、アコのハンサムな兄をめぐって巻き起こす話でした。

それからいったい何冊少女小説を書いたでしょう。

なにしろ半世紀も前のことで、私も九十三歳になりますから、うろ覚えです。

ただ、昭和四十年に出した『まんなか娘』は、自分が書いた中でいちばん気に入っている作品で、そのころ青春真っ盛りの女子学生だった御婦人方から、いまだに「あの小説は面白かったです」と懐かしがってもらえます。

五人きょうだいの三番目で次女の女の子が主人公。上からも下からもあれこれ言われる「まんな

か」の辛さにもめげずに、姉の縁談でお小遣いかせぎにひと儲けしようとたくらむという筋立て。これは、NHK少年ドラマシリーズで連続ドラマにもなりました。

昭和四十四年には、『戦いすんで日が暮れて』で直木賞を受賞しました。

でも、まだまだ借金は返済しきれません。だいたい受賞作からして夫のこしらえた莫大な借金を抱えた女流作家と借金取りの攻防を描いた小説です。

来る仕事来る仕事かたっぱしからひきうけました。原稿を書くのに朝型か昼型かなんてぜいたくなことは言っていられません。朝十時ごろ二階の書斎に入って、昼食は下へ降りて食べる時間がもったいないから、右手でペンを走らせながら左手で持って食べられるサンドイッチやおにぎりなどを運んでもらってムシャムシャ頬張りながら、ときには素うどんをスルスル啜りながら、書きつづけました。午後三時ごろになると面会の人が来て、それがつかの間の休息時間。夕方まで書いて、夕飯を食べて、お風呂に入ったあとにしばしベッドで休憩です。すると、小学生の娘がやってきて、ふざけたり「学校でこんなことがあった、あんなことをした」と報告したりする。これが唯一の母子の接触時間で、夜十時になると「もうちょっといいじゃないの、もうちょっといいじゃないの」と娘がぐずるのをふりはらって階段を駆け上り、書斎のドアをパタンと閉める。夜中の三時ごろまで書く、明け方の四時ごろ寝る、朝九時ごろ起きる。その繰り返しでした。毎月、六、七百枚は書いていたでしょうか。

コバルト文庫になった小説は、私が少女小説を手掛けた最後のころに書いた作品です。

当時、少女小説は「貧乏で、病気で、学校でいじめられて」という不幸の塊りのような女の子を主人公にした、とにかく泣ける物語がよく売れていました。例えば「泣いて血を吐くほととぎす」のような「金色夜叉」、作家でいえば「文藝首都」という同人誌でいっしょだった佐伯千秋さん、

そして富島健夫さんが東西の横綱で、ユーモア小説の私はせいぜい小結といったところです。三谷晴美（瀬戸内寂聴）さん、津村節子さん、平岩弓枝さんなども先に書いていて、私が書き始めたのは後からでした。

悲しい不幸な物語を書けばどっさり売れるとわかっていたけれど、私は書けませんでした。

私は、自分がやりたくないことはやりたくない。やろうとしてもできない人間なのです。作家ですから（面白く書けた、うまく書けた）と満足感があれば、それでいい。他人に対しても自分に対しても、自分をさらけ出しているだけ、人間を本質的に理解したいと思っているだけです。

書いているときは、もう一人の佐藤愛子がいて自分を見ているという感覚になります。ですから読者の顔を思い浮かべて書く時間の余裕はない。少女小説だから女の子向けにサービスしようなんてたいそうなことも考えず、気の向くまま筆の向くまま書く。そうすると自然とユーモア小説になってしまう。とにかく、ものすごく過酷な時代だったから、悲しい小説なんか、アホらしくてとても書いていられなかったのですね。

「少女小説を書いたのは、『少年倶楽部』などで大衆小説を書いていたお父さんから影響をうけたのですか？」とよく聞かれるけれど、父の佐藤紅緑（こうろく）だってもとは新聞社の政治記者で大隈重信番でした。ようは小説が書けたということで、もともと私の中に資質はあったのでしょう。だから、小説を書くためにわざわざ取材した記憶もありません。

普段の生活で、昭和三十五年生まれの娘が、「今日は学校でこんなことがあった」「ナントカさんはカントカさんとああだこうだ」とおしゃべりするのが耳に入る。娘の部屋の壁にポスターが貼ってあると、「これなんていう男？」「ビートルズのジョージ・ハリソンよ」なんて会話をする。原稿を書いていると、昼夜問わずに借金取りが玄関のベルを鳴らす。借金取りもいろいろで、それがま

佐藤愛子（さとう・あいこ）

大阪府出身。「戦いすんで日が暮れて」で第61回直木賞を受賞。2017年旭日小綬章受章。著書は150冊を超える。代表作は『血脈』『晩鐘』『九十歳。何がめでたい』など。コバルト文庫は7冊ある。

た面白くて、（たかがこれくらいの金のために血相変えて、なんだお前さんは）と腹の中でカッカしながら相手をする。そんなこんなが身体にしみこんでいて、いざ小説を書く段になると、タケノコのごとくひょっこり筆先から出てくるのです。

そうだ、こんなこともありました。

当時、文藝春秋の担当編集者だったFさんが「郷ひろみにあわせてあげますよ」と言ってくれたので、大ファンだった娘に耳打ちすると、さっそく学校で触れ回り「キャーッ、サインもらってきてよ」と二十人くらいに頼まれてしまいました。

（娘よ、そんなに沢山書いてくれるわけないではないか）と嘆きながら、テレビ局の楽屋で一枚だけ色紙にサインをもらって、のこりは家で娘がこっそり真似して書くはめになったのです。武士が内職するごとく、一枚一枚、几帳面に下書きをし、それをせっせとなぞって立派に仕上げ、次の日、教室で配ると、「郷ひろみってなんでもテイネイな人なのね、下書きして書いた跡があるわ〜」と感心されて「返事ができなかった」と、その夜、娘が困った顔で私に報告してきました。

この話は、コバルト文庫創刊時の『困ったなア』で、郷ひろみさんを野口五郎さんにかえて書いています。文庫の表紙は困ったような顔をして野口五郎のプロマイドを持っているセーラー服姿の女子中学生。この小説がNHK少年ドラマシリーズになったときは、野口五郎さん本人も出演してくださいました。

とにかく、私はよく病気にならなかったものです。健康はありがたい。健康でなかったら、小説書きでなかったら、あの借金はとても返せなかったでしょうね。

『戦いすんで日が暮れて』も『困ったなア』も主人公は娘の分身で、名は桃子にしました。

孫の名も桃子。命名したのは娘です。

桑原水菜×今野緒雪

［くわばら みずな × こんの おゆき］

対談

大ヒットシリーズ「炎の蜃気楼（ミラージュ）」「マリア様がみてる」の分析、そしてノベル大賞選考委員としてのアドバイスをいただきました。

――お二人のコバルト文庫との出会いは?

桑原：私は小学生の時に買った『さらば宇宙戦艦ヤマト』のノベライズがコバルト文庫との出会いです。そしてそれが人生で初めて読んだ文庫小説でした。アニメのワンシーンのビジュアルが活字といっしょにバーンと大きくのっていて一冊の文庫になっている――。新鮮でしたね。アニメになかった森雪と古代進のキスシーンもあってドキドキしたのを覚えています。

今野：私が初めて読んだのは、氷室冴子先生。大学時代に、授業がとつぜん休講になって時間があいたとき、購買部で友だちがコバルト文庫を薦めてくれました。『シンデレラ迷宮』か『シンデレラミステリー』、どっちだったかなあ。

――ノベル大賞に応募したきっかけは何ですか?

桑原：今野さんは、まんが家志望で、部活も漫画研究部だったんですよね。

今野：そう、高校の時にね。「ＬａＬａ」などを読んでいたから、部活で先生に引率してもらって、白泉社に見学に行ったこともあります。一年に一冊うすい冊子を合作していました。

桑原：あのね、私も小学生のときはまんがを描いていたんです。

今野：それは初耳！（笑）私はまんがを描いているうちに、プロットのほうが作画よりもサクサクできたので、（こっちかなー）と思いはじめたんです。そのころに、コバルト文庫の巻末でノベル大賞の応募要項を見つけて、それをめざして小説を書きはじめました。応募作を書いたころは、昼は地方銀行の小さな支店に勤めていて、夜に原稿を書いていました。じつはイラスト大賞にも応募したことがあるのに、箸にも棒にもかからなかった。

桑原：あ、たしかにハスキー犬のイラストが上手かった！

今野：そうそう知り合って間もなくはよくファックスでやり取りしていて、余白を絵で埋めて送っていたわね。

桑原：私は、二つ年上の姉がきっかけです。姉のクラスで小説を書いて回し読みをするのが流行ったので、マネして友だちと書いたり読んだりしてました。腕試しで投稿すると、二回目の投稿の時、たまたまその

年から読者大賞ができて、賞をいただけた。家族にはだまって応募しました。デビューした時はまだ大学生で就職もしないでいいのかと心配だったろうけど。

今野：私も家族にはないしょでした。受賞作の「夢の宮」はノートに書いた手描き原稿をワープロで打って、感熱紙で一枚ずつプリントして郵送しました。「最終選考に残った」という手紙が届いたのがたしか三月四日で、興奮してジッとしていられなくて、姉といっしょに片付けようと約束していたおひなさまを一人でテキパキ片付けちゃった。姉にはそれで応募したことを打ち明けました。選考会はひと月後で、ありがたいことに、大賞と読者大賞のダブル受賞でした。銀行に勤めて七年経っていました。大学を卒業する時に「就職しないでまんが家になる！」でひと波乱あったのですが、今度は家族に反対されることなく、銀行をやめて作家の道に入りました。

――どんな本に影響をうけてきましたか？

桑原：中学の頃は軽いSFを読んでいて、次に司馬遼太郎先生の歴史時代小説にはまりました。『燃えよ剣』『新選組血風録』は何度読んだかわからない。思春期に影響を受け、歴史というジャンルが作家人生の土台となりました。

今野：私は小説よりまんがです。萩尾望都先生、山岸凉子先生、大島弓子先生、内田善美先生……なかでも一番影響をうけたのは、上原きみ子先生。お金持ちと女の子とか大河ロマンとか、私の創作の基本は上原作品からいただいたものです。

桑原：おおーっ！　私もはじめて買ったまんがは『ロリィの青春』でした。それから参考にした本といえば、真言密教。真言陀羅尼や梵字の辞典です。受賞の翌年からずっと書いている「炎の蜃気楼」シリーズでは、今も同じものを使っています。当時は、出てくる仏様の梵字を手で書き写して、編集部にファックスしたりしました。それを縮小して、一文字一文字切ってゲラにはりつけてもらいました。一巻目の初版本にはミミズのような私の手描き文字が活字として入っています。

今野：原稿を書くときの知識でいうと、私は幼稚園がカトリックだったから、「マリアさまのこころ」を歌ったりお祈りをしたりしていました。改めて、カトリックの学校出身の編集者に歌詞を確認してもらっ

桑原水菜（くわばら・みずな）

千葉県出身。1989年「風駆ける日」で、コバルト・ノベル大賞読者大賞の第1回受賞者となる。代表作に「炎の蜃気楼」シリーズ、「風雲縛魔伝」シリーズなど。コバルト文庫は100冊以上ある。

たり、お聖堂の話をきいたりしました。

桑原：ミラージュ（『炎の蜃気楼』）は五冊で終わる予定でした。男の子が主人公でサイキックなアクションで、とはじめたら、本編だけで四十巻になっちゃった。

今野：『マリア様がみてる』は、まずは中編一作で、女子高で何かやりたいね、というところからスタートして、三十九巻です。

桑原：発想の原点は、歴史が好きで大河ドラマが好きだったこと。特に戦国モノ。『武田信玄』『独眼竜政宗』が当時盛り上がっていて、様々な武将のキャラ立ちぶりが素晴らしく、それに惹かれる戦国好きな女子は一定数いると思ったので、困惑する担当さんを押し切って書きました。

今野：いまでこそ「歴女」っていうけど、前からいましたよね。みんな隠れていただけで。

桑原：素地はあったんです。世間が認知しなかっただけのことです。BLもその言葉自体まだなかったけど、腐女子はこの世が始まった時からいましたから。断言します（笑）。逆に、今野さんの読者は男性が多い。コバルトでは珍しいですね。多分『マリみて』以外に、男子がこれほど熱狂する作品はないでしょうね。

今野：私は女子向けに書いたのに、男子人気がすごくてとまどいました。

桑原：今野さんの作品で男子たちが「女子だけでわちゃわちゃしている世界を僕たちも楽しんでいいんだ」と気がついた。画期的な〝なにか〟を今野さんは起こしましたよね。『マリア様がみてる』と『炎の蜃気楼』で起きた現象やそこから派生したムーブメントをみると、今の時代スタンダードになっているものとつながっている。読者の欲望をコバルトは先取りして受け止めていた、書き手の欲望と読者さんの潜在的な欲望をつないでいた、そういう役割をコバルトがはたしてきたことがわかります。

――読者との思い出はありますか？

桑原：読者さんとの距離は近くて、熱量がすごかったです。デビューした時はこちらも大学出たての二十歳そこそこで年齢差も少なかったし、ちょっと年上のお姉さんという気持ちでした。あ、そうだ。ミラージュの所縁の地・米沢の上杉祭りでの思い出があります！　毎年ゴールデンウイークに、甲冑に身を包んだ市民のみなさんが、武田信玄軍団と上杉謙信軍団にわかれて、大迫力で永禄四年の川中島合戦を再現す

今野緒雪（こんの・おゆき）

東京都出身。1993年、「夢の宮〜竜の見た夢〜」で第21回コバルト・ノベル大賞と第8回読者大賞を同時受賞。代表作に「夢の宮」シリーズ、「マリア様がみてる」シリーズなど。コバルト文庫は70冊以上ある。

るんです。地元ケーブルテレビの番組にゲスト出演したことがあるんですが、中継が終わると、全国から集まっていた読者さんたちが、ワーッと放送席めがけて走ってきてびっくりしました（笑）。上杉祭りはこれまでに十回以上行っていて、いまでも米沢の方とは交流があります。

今野：私の読者さんはそういうことはありません（笑）。でも聖地巡礼と称して、「Ｋ駅だから吉祥寺かな？」「Ｍ駅は三鷹のことだよね」とそっと見に行ってくださったり、福島まで福沢祐巳が失くした青い傘を探しに行ってくれるファンがいらっしゃいます。青い傘は青田先生が祐巳に返していますから、もう福島にはないんですけどね。

桑原：雑誌「Ｃｏｂａｌｔ」の連載企画で、松本や春日山城などの舞台になった土地を、担当さんたちと巡って紀行文を書いたりもしました。二人とも作品のメディアミックスも盛んで、『炎の蜃気楼』昭和編は舞台化されて、私が脚本も書いています。

今野：アニメの脚本を監修したり、挿入歌の作詞もたくさんしましたよね。

桑原：今野さんの書く歌詞はすごい！　ひとことひとことがイメージを喚起させるんです。

今野：作詞のほうが小説より作業的には数段おもしろかったですよ。だってすぐに終わる（笑）。

桑原：一日六十枚書きつづけて、「女工哀史」なんていわれることもない（笑）。

――最後にノベル大賞選考委員のお二人から、コバルト作家をめざしている方へアドバイスをお願いします。

今野：応募したい人は、情熱をもって応募してほしい。「こんな感じの小説が好きだから、こんな小説を書きました」では、どこかでみたような小説にしかなりません。ぐちゃぐちゃでも自分にしか書けない、オリジナルの小説がいいんです。

桑原：流行の傾向と対策をねって書いてくる方が多いけど、それはつまらない。受験じゃないんだから答えを探すのではなく、これが書きたいという一念を押し出すほうがストレートなアピールになる。新人さんに求めているものは「次にくるもの」です。未知の作家という強い武器を持てるのは新人だけの特権ですから。選考委員が闘って胸倉つかんで「受賞させる」「させない」で言い争いするくらいの応募作を読ませてほしいです。

若木未生×須賀しのぶ

［わかぎ みお × すが しのぶ］

対談

ともにコバルト出身ながら、意外と珍しいこの組み合わせ。リスペクトしあっているお二人ならではの作品論を語っています。

——ノベル大賞に応募したきっかけを教えてください。

若木：私がノベル大賞に応募したのは「百枚で締切が一月十日」だったからなんです。

須賀：あ、私も同じです。「百枚、一月十日締切！」で応募しました。

若木：すごくわかる！（笑）じつはコバルトに応募する前に、「小説すばる」が創刊して、どんな雑誌かわからないまま新人賞に投稿した。わかってないから全然ダメで。落ちたと知ったのが秋で、コバルトの締め切りが一月の十日。今からでも百枚なら間に合う。「今度はまちがえないぞ」と青春小説を書き、応募したら受賞しました。

須賀：私は大学のプレゼミ中でした。ムシャクシャして書店に行き、たまたま雑誌「ニュートン」を立ち読みしたら、「ウラシマ・エフェクト」なんてSF用語に出会い、現実逃避で書きはじめたらできちゃったんです。どこに送ればいいかわからずにいた時に、氷室冴子先生のファンでしたからコバルト文庫の新刊を買って読んだら、最後のページに募集要項が……。

若木：私も新井素子先生のファンでしたから本に載っている広告で見て賞を知ってました。これいいなと憧れて。

須賀：「惑星童話」は初めて書いた小説です。じつは同時に歴史ものも書いて、二作送って歴史ものは二次で落ちました。

若木：初めて書いてそれってすごい。私は中学高校時代に書いていた小説があったけど、ちゃんと投稿しようと思って書いていなかった。プロを意識して書いた応募作は「AGE」で二作目でした。

——作家になることに、ご家族は賛成でしたか？

須賀：ちょうど就職活動中で時代は氷河期でしたから、「小説家に就職する」と親にいったら猛反対。担当さんにも「ちゃんと就職しろ」といわれました。だけど、自分は二足のわらじは履けない。「一、二年やって結果をだせなかったらあらためて就職活動するから」といって……。

若木：私は子供のときは「小説家になる」と親にいうと「夢があるね〜」と褒められていたのに、大学時代に「そんな夢みたいなことばかりいって！」になって。私ブレてないのに何故だ、と思いました。受賞して

も心配に思ってたようだけど、次の年に運よくけっこうお金持ちになったら許してもらえたみたいです（笑）。

須賀：父はサラリーマン小説が好きで、会社で働いた経験なくして小説なぞ書けるかという人だったので、小説はサラリーマンものだけではないということから説得しました（笑）。他に小さい時から家にあった本といえば、ロシア文学全集と「三国志」。小学生の時からそれを繰り返し読んでいました。

若木：私は、活字好きの子どもだったんです。図書室の本を一年ごとに「今年は歴史」「今年はミステリー」とジャンルを決めて読みつくしました。アニメも大好きで、コバルトでは藤川桂介先生の『六神合体ゴッドマーズ』を買ってました。大好きな本の新刊が発売になると、塾までのバスに乗らないで歩いて、バス代を浮かして貯めたお金で買い、体を震わせて読みました。文庫を買う大変さが身に染みていましたから、コバルトで書くという時に、〝読者の少女たちがどんな思いをして本の代金をひねり出すのか〟をまず考えました。

――受賞後は、どうでしたか。

須賀：受賞したばかりの頃は、同期受賞者へのコンプレックスを原動力に書いていたんです。みなさん文章が上手くて完成されていた。私は下手だ下手だとけなされ続けて（笑）。とにかく生き残らねばと、いわれたことは全部やっていました。

若木：私もです。同年の下期に桑原水菜さんがいて、年齢もほぼ同じ。二年前に受賞した前田珠子さんと三人で〝女子大生トリオ〟と呼ばれていました。「この人たちには負けられない！ がんばろー」と思っていました。

須賀：女子大生トリオはコバルトの大看板でしたからまぶしかった！ 授賞式の時に「五年、生き残れるようにがんばりなさい」と声をかけていただいて、胸ドキューンです（笑）。でも、受賞直後に書く三十枚の受賞第一作は大変だったなあ。〝没の嵐〟です。最後は「あなた何が好きなの？」と担当さんに問われて「軍隊モノです」と答えたら目の輝きが違ったらしく「それ書きなさい」となった。それが「バディシステム」です。

若木：私も書いても書いてもダメ。受賞後一年はそんな感じでした。三十枚はむずかしい！ でも、そこでしっかり没を出されておかないと、その先きっと困ると思うんですよ。

若木未生（わかぎ・みお）

埼玉県出身。1989年「AGE」で第13回コバルト・ノベル大賞佳作入選。代表作に「ハイスクール・オーラバスター」シリーズ、「グラスハート」シリーズなど。コバルト文庫は40冊以上ある。

須賀：あ、わかります。受賞第一作の時にいろんな種類を書くチャンスがあった。しかも「新人のうちは一カ月で千枚描きなさい」といわれた。じっさい、一日に百枚書いたこともあります。大量に書かされるので、勉強になります。

――その後、文庫で大きなシリーズが始まりました。

若木：長編も一筋縄ではいかなくて、「ハイスクール・オーラバスター」の最初の構想を担当さんに見せたら、感想は「おいおいおい！　長すぎるよ」。「十冊では終わりません」「とりあえずやってみよう」ではじめました。

須賀：「キル・ゾーン」はとりあえず一冊分のプロットを出しました。「人気が出れば続けるけど、コバルト初の軍隊モノだし、ボルネオが舞台だし」とお試しの意味が強かった。女の子に好かれそうな男性キャラクターをいろいろひねり出しつつ、女性があこがれるような強い女性が主人公だということはゆずらずに考えました。キャラクターといえば、若木先生の作品はかっこいいキャラクターの見本の宝庫。どうしてこんな魅力的なキャラが描けるのですか？

若木：いやー。キャラクターで力押しする、読ませることばかり考えてたので、須賀作品を読んだときは、がっつり硬派な物語と文章力で読者を殴ってくる正統派の威力に「こいつ、なにもの⁉」とびびりましたよ。自分は十代のアツい読者さんたちと共同制作した感じはあるかな。いろんなお手紙がきて、そんなにキャラが大事に思っていただけるのはなぜだろう、と。

須賀：なぜですか？　すごく聞きたい！

若木：うーん。好きという傾向がみんなバラバラで、例えば「オーラバスター」でも希沙良が好きな人は「希沙良をよろしく！」のひとことでおしまい。里見十九郎が好きな人はすごく長い手紙を達筆でくださる。同じ作品内の同じ「術者」なのに、まったく違うタイプの人から違う勢いで反応をいただく。でも同じくらい人気があるんです。面白いなあと思ってました。そうだ、バレンタインデーには、チョコレートがたくさん編集部に届いてうれしかったです（笑）。よく、登場人物にモデルがいますか、と聞かれます。モデルにするという意識はなくとも、生身ですてきだなと思ったものは反映されていると思います。

須賀：私も、登場人物にモデルはいないけど、歴史好きなので、歴史上の魅力的な人から無意識に摂取して

須賀しのぶ（すが・しのぶ）

埼玉県出身。1994年「惑星童話」で第23回コバルト・ノベル大賞読者大賞受賞。代表作に「キル・ゾーン」シリーズ、「流血女神伝」シリーズなど。コバルト文庫は40冊以上ある。

いるのでしょうね。それから「若木先生は天才だ！」と思った作品は「グラスハート」です。他の作品は構想がある上で読者さんの潜在的な期待に応えて書いているのがわかる。でも「グラスハート」は全然違う。ライブ感が容赦なく突き刺さってくる！

若木：ありがとうございます。「グラスハート」はどうやって書いたの？　と時々きかれるけど、よくわからないんです。

須賀：巫女的な感じ？

若木：たしかに「考えて」はいない。日常生活のいろんな場面で藤谷君のせりふなんかが降ってくる。寝ようとしても寝させてくれない。必死にメモしました。そもそも音楽も小説も創作活動ですから、小説を書くという好きなことを仕事にするとはどういうことか、お客さんにむかって書くとはどういうことか、創作しながら生きるとは何か、という思いはあった。音楽をしている人たちのことは全部はわからない。でも自分にもわかる接点を拾って書いたんです。

――少女小説を書きたい人へメッセージをいただけますか。

若木：少女小説が既成の概念よりもずっと幅が広くて自由度の高いものだといいな、と願っています。

須賀：私の中ではテーマとしては少女小説も一般小説も違いがありません。違うのは書き方。少女小説はまず読者の要望ありきです。書きたいならまず少女の声を聞けというのが大前提としてある。私は昔の自分に対して書いています。

若木：私も同じ。中学高校時代の自分のためのオーダーメイドでした。その小説をほかにも面白いと思って読んでくれた人がたくさんいた。自分の思いを共有する人がほかにもいてくれた、ひとりではなかった、というのがうれしい！

須賀：私も何かが足りないと思っていたところへガッと入ってきたのが少女小説でした。氷室先生の『クララ白書』が私を救ってくれたように、女の子たちの心に寄り添わなければ、と思いながら年に何冊もコバルトで書きつづけて、〝小説の体力〟がついた。それがコバルト文庫にもらったなによりの財産です。

若木：まったく同感です。最高の財産です。コバルトは青春です。

日向章一郎×みずき健

［ひゅうが しょういちろう × みずき けん］

対談

同じ作品を一緒に創作した作家とイラストレイターの組み合わせ。それぞれの立場からアナログ時代の苦労話など、当時を振り返ります。

――コバルトのお仕事を始めるようになるまでの話を聞かせてください。

日向：もともと文章を書くことが好きで、作文をわざと小説風に書いたりしていたんです。高校の時にラジオの深夜放送を聞いていて、ショートショート・コーナーに投稿したら読んでもらえたので、ますます創作が楽しくなりました。コバルト文庫との出会いは、好きなドラマの原作だった佐藤愛子先生の『困ったなア』でした。当時コバルトでは、男性作家も書いていらっしゃったし、僕は少女漫画が好きだったので、迷わずコバルトの短編小説新人賞に応募しました。応募作は、大学の卒論を書き終えたあと、住宅展示場で泊まり込みの警備員のアルバイトをしている時に書きました。それまで内向的なストーリーを書いていたのが、はじけた話を無性に書きたくなった。デビューできてラッキーでした。

みずき：私は、中学までは、まんがを読むのも好き、程度でしたが、高校で席が近かった友達がアニメファンでその影響でオタク道に足を踏み入れ自分でも描くようになりました。そしてまんが好きの仲間とサークルを作ってコミケに行ったり同人誌を作るようになりました。絵を描き始めた最初の頃は、手当たり次第に模写しました。でも、少女まんがの王道のバックに花を散らすみたいなのは苦手で、葉っぱを描いている方が楽でしたね。まんが情報誌「ぱふ」の同人誌紹介ページに自分の同人誌を送ったのがきっかけで「ぱふ」でイラストのお仕事をもらい、そのご縁でコバルト文庫のお仕事もするようになりました。日向先生の『リトル・ギャングに胸さわぎ』が私の表紙デビューでした。

――小説とイラストと、お二人はどのように創作していったのですか？

みずき：日向先生の原稿を初めて読んだ時、もし他のメディアにするとしたら、まんがではなく十代のアイドルが出ている実写ドラマだなと思ったんです。

日向：確かに頭の中には、実写のイメージが浮かんでいました。

みずき：イラストにする時、直接二次元に落とし込むのではなく、一回、特定の芸能人が演じている場面をイメージして、それから描いていました。

日向：「放課後」シリーズの主人公のケンイチは、僕の第一作目の原稿では平凡でぱっとしない男の子だ

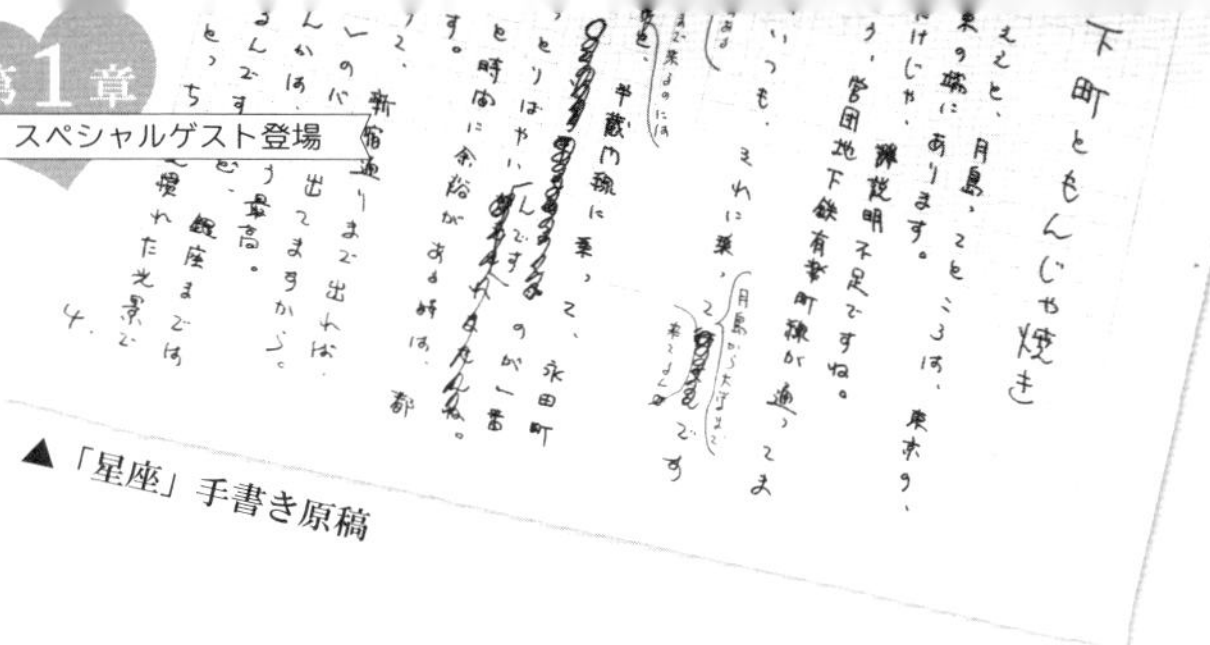

▲「星座」手書き原稿

った。活字だけだとただの三枚目タイプだったのに、みずき先生が見事に美化してくださった。みずき先生の絵を見て、二作目からイケメンに軌道修正して、二枚目だけどギャグを言うようになったんです。読者の方々は、アイドル歌手のファンのように、キャラクターを応援してくださっていました。「放課後」シリーズも「星座」シリーズも、長く続いたのは読者のみな様のおかげです。読んでくれる方がいたから書くことができた。ありがとうございます。

みずき：先生の文章を相乗効果としてもりあげたと思っていただけたらうれしいです。挿絵を描くに当たって、キャラクターの顔を決めるのは、最初に読んだインスピレーションなんです。途中でいろいろ考えずに、読者目線で読んでいくと、（この人の髪型はショートカットかな）なんて、もやっとしたイメージがわいてきます。先生のお話はミステリーなので、絵からネタばれにならないように注意したり、逆にわざとショッキングな感じに描いたりといった工夫もしました。

日向：どのような絵が入っているか、見本が楽しみでしたよ。

みずき：私はできあがったばかりの小説を読者より先に読む楽しみがありました。日向先生の原稿は手書きで、私はそのコピーをいただくので、文章を丸ごと線で消して書き直してあったりして、レア感もありましたし（笑）。

日向：すみません、読みにくくて。本来こういう話になりそうだったのか、でもやめたのね、なんて全部わかってしまいましたね。僕のコピー原稿の裏をメモ用紙に使ってもらえてたらよかったのですが。

みずき：使ってました（笑）。

日向：キャラクターと話の設定、場面描写の構想などをノートにメモしておいて、それを元に、原稿は、原稿用紙に万年筆でいきなり書いていきました。消しゴムでは消せないから、直すときはぐしゃっと線を引いていたんです。一枚まるごと直す時は、びりっと破いて丸めてポイ。メモは、文章ではなく思いついたまま書くので、僕にしか読めないと思います。

みずき：私の絵も最初はぐちゃぐちゃでした。一枚目はペンの試し書きのように紙の上でなんとなく手を

日向章一郎（ひゅうが・しょういちろう）

埼玉県出身。1985年「イージーゴーイング」で第６回コバルト短編小説新人賞佳作入選。代表作に「放課後」シリーズ、「星座」シリーズ。コバルト文庫は80冊以上ある。

動かしているだけで、何を描いているか誰にもわからないと思います。それからちょっとずつ、頭がこうで手がこうでと変えながら重ね描きして、二枚目に移る。それを何回か続けて絵になったら、一本線でトレーシングペーパーに写します。そしてトレペから画用紙に描き写すのですが、画用紙は消しゴムを使うと毛羽立つので、本番は一発勝負でペン入れします。色塗りは顔から始めます。とくに眼は大切で、ペン入れからやり直すことが多かったです。ちょっとでも眼の焦点がずれると変な表情になってしまって。あの頃はデジタルでなく、アナログでしたから描き直しでした。

日向：カラー口絵のイラストもたくさん描いていただきましたね。

みずき：口絵のイラストをどの場面にするかは、私が決めてよかったんです。だから楽しかったですよ。

日向：僕も、本になって初めてイラストを見るので、今回はどんな場面を描いてくれたんだろう、と思ってました。

みずき：画面のイメージを変えるために、カラートーンもときどき使いました。３枚、４枚と重ねるとどんな色でもつくれます。ただ扱いが難しくて、はがれてほしくないところまではがれたり、手で描くよりも、かえって大変でした。

――シリーズを長くつづける上で苦労なさったことは？

日向：シリーズが進むと、キャラクターが勝手に動いてくれるのですが、あまりそれに乗っかりすぎると、パターン化してしまう。ですから、あえてちがう方向にもっていくように、気を使いました。ミステリーですから、最後に必ず、水戸黄門が印籠を出すようなタイミングで謎解きをしなければいけない。どう味付けをするかが苦労のしどころでした。

みずき：イラストは描きやすかったですね。「放課後」シリーズは「ジャンヌダルク」「ロビンフッド」などタイトルからイメージを考えました。「星座」シリーズでは星座のバリエーションでのりみちゃんをコスプレさせてましたね。挿絵は作品のここでこう描くべきという絶対的なタイミングがある。その一方で、表紙はタイトルに「遊びをいれる」という感じで、日向先生の原稿に寄り添って描いてきました。ところ

みずき健（みずき・けん）

千葉県出身。コバルト文庫に、ポストカード集『星座ＳＰＥＣＩＡＬ』『放課後ＳＰＥＣＩＡＬ』がある。イラストを担当したコバルト文庫は40冊以上ある。

で、「星座」シリーズの後半で麦倉先生に強力なライバルキャラが登場したのは意外でした。

日向：ライバルキャラは、アクセントとして出しました。同じメイン・キャラクターで、いかに意表を突くか、読者をどう驚かせるか、長く書いてるとその闘いですからね。原稿書きにとって、コバルトは自由な創作の場でしたね。なにしろ編集部の注文が「今読者にとって、面白いのを書いてください」のひと言。こちらも流行り物の固有名詞をどんどん使って、その時代にどんな空気が流れていたかの記録になるように書いていました。当時の現在小説、と言いますか、今だとレトロ小説ですけどね。

――一九九一年にはコバルトイラスト大賞も始まり、小説のイラストレイターになりたいという人が増えました。

みずき：コバルトは、書き下ろしの文庫だけでなく、雑誌連載やプレゼント企画などもあったので、いろいろトライできました。読者サービスでテレホンカードやグッズ用のイラストなどもたくさん描かせていただきました。

日向：「懸賞グッズが当たらなかったからください」というファンレターをいただいたこともあります（笑）。僕も見本がひとつしかこないから困りました。お手紙と言えば、長く書いているうちに、「結婚しました」と十年くらい前の読者さんから報告が来たことがありました。作中のキャラクターと読者ともちろん僕自身も、いっしょに成長していった感じでうれしかったです。

みずき：私もファンレターをたくさんいただきましたが、「グッズをください」はなかったですね。

――これから小説やイラストを描きたいという方へアドバイスをいただけますか。

みずき：目指す人は、アドバイスがなくてももうやっているでしょう。次々とアイデアが湧いてくる人が、道を進んでいくと思います。私の場合、最初はへたくそでしたが、時間と体力にまかせて毎日毎日、一日に一枚か二枚、カラーイラストを描いていました。それで筆の体力が鍛えられたと思います。

日向：寝る時間も、夢の中も含めて、ストーリー作りのことを考えましょう。僕も小さなメモ帳を常に持っていて、僕にしかわからない字で思いついたことをメモしまくっています。それが創作の原点です。楽しみながら、頑張ってください。

田中雅美⇔池野 恋の往復書簡

［たなか まさみ ⇔ いけの こい］

**コバルト文庫四天王と、まんが「ときめきトゥナイト」作者。

ノベライズでコンビを組んだお二人の、お手紙でのやりとりです。**


池野先生、お元気でいらっしゃいますか。「ときめきトゥナイト」を小説にさせていただいたときのことをおもうと、いつもこころがあたたかくなるような気がします。

かわいいモンスターの蘭世ちゃんと愛情いっぱいの家族。クールでかっこいい真壁くん。恋のライバル、神谷さん。それから、たくさんの不思議な人たち、いえ、モンスターたち。多彩なキャラクターが織りなす、とっても面白いストーリーを小説にしながら、私はずっと幸福感に満ちた楽しさを感じていました。また、気持ちがしみじみといやされるようなこともありましたが、それはキャラクターたちのストレートな感情の表出やびっくりするような行動の中に、優しさや深いおもいやりが感じられたからだとおもいます。心の優しさと生き生きとしたエネルギーが、あふれ、きらめいている「ときめきトゥナイト」の世界。蘭世ちゃんたち個性的なキャラクターの活躍に、共感したり、元気づけられたりしたかたもたくさんいらっしゃるのではないでしょうか。

「ときめき」の小説化は、私自身もいっぱい気持ちのエネルギーをもらったお仕事でしたが、先生に素敵なイラストを描いていただき、愛着のあるコバルト文庫からの刊行ということで、嬉しさも一入でした。

そのころの大切なおもいでがもうひとつ。先生のお住まいの近くで、お食事しながら楽しくおしゃべりしたことがありましたね。その夜、こちらは旅館に一泊。翌朝、出発しようとしたときに、なんと先生がきてくださって、駅まで送ってくださいました。まったく予期していなかったことにびっくりしましたが、お心遣いに感銘をうけました。

池野先生、本当にありがとうございました。蘭世ちゃんたちにも、どうぞよろしくお伝えください。先生のますますのご活躍を期待しています。

田中雅美

田中雅美（たなか・まさみ）

東京都出身。1979年「夏の断章」が、「小説ジュニア」に掲載される。コバルト文庫は40冊以上ある。

池野 恋（いけの・こい）

岩手県出身。1979年「りぼん増刊号」（集英社）に掲載の「HAPPY ENDものがたり」でまんが家デビュー。

往復書簡
池野 恋
⇔
田中雅美

田中先生！ わたしたちを ステキな小説に してくれてどうも ありがとう♡
田中先生、ごぶさたしております♡ あんなハチャメチャなお話をきれいに小説の形にしていただき ありがとうございました！
蘭世が2割増しにかわいく描かれていて嬉しいです♡
コバルト文庫版は一生の宝物です♡
池野恋より

下川香苗⇔倉本由布の 2往復書簡

［しもかわ かなえ ⇔ くらもと ゆう］

ともに84年に10代で受賞、そして作家デビュー。オリジナル小説に加え、まんがノベライズも多くの著書がある、仲良しのお二人です。

第一書簡 下川香苗≫倉本由布

倉本さん、こんにちは。いつもどおり、“ゆうちゃん”と呼ぶほうがいいかな。ゆうちゃんと知り合ってもう長いですが、初めて会った時のことは今でも鮮明に思い出せます。雑誌コバルト初期、ゆうちゃんがノベル大賞を受賞されたおりのパーティーに、私は短編小説新人賞の過去受賞者として出席していたのでした。

ゆうちゃんは会場で注目の的でしたよね。だって、当時ゆうちゃんはまだ現役の高校生、セーラー服で来ていたのですから！　私は少し年上、ギリギリ十代でしたが、十代どうしから見てもまぶしかったですよ。ゆうちゃんから澄みきった清々(すがすが)しい風が流れてくるみたいで。オトナではなく読者とまさに同年代が本を書く側にもなる——そんな新しい風がコバルトに吹きはじめたことの象徴が、ゆうちゃんのあのセーラー服姿だったんだなと思います。あの日のこと、ゆうちゃんもおぼえているかな？

下川香苗

第二書簡 倉本由布≫下川香苗

もちろん、覚えておりますとも！　セーラー服、懐かしい。周りは大人の女性ばかりで、私のほうこそ皆さまの姿が眩しかったです。当時のコバルトは、まさに創成期といった粗削りなエネルギーに溢(あふ)れていましたね。あの場に居合わせ、とてつもないパワーを吸収できたのは、幸せなことだったなあと改めて思います。

コバルトには、読者の心に寄り添う作風の作家さんが多いように思います。だからこそ胸に響き、大人になっても大事にして頂ける作品がいくつも生まれてきたのではないかしら。その魅力が特に生きているのが、ノベライズ作品ではないでしょうか。ただの書き起こしでなく小説として読み応えのある仕上がりになっているのはコバルトならでは。私も書かせて頂きましたが、本当に難しくて試行錯誤と落ち込みの連続でした。そしてノベライズの第一人者といえば、香苗ちゃん！　ですよね!?

倉本由布

下川香苗（しもかわ・かなえ）

岐阜県出身。1984年「桜色の季節」で第3回コバルト短編小説新人賞に入選。コバルト文庫は60冊以上ある。

倉本由布（くらもと・ゆう）

静岡県出身。1984年「サマーグリーン／夏の終わりに…」で第3回コバルト・ノベル大賞佳作入選。コバルト文庫は80冊以上。

第三書簡
下川香苗 ≫ 倉本由布

いや、とんでもない！　いまだに毎回反省ばかりですよ……。ノベライズはすでにストーリーを知っているうえで手にとってもらうので、何か独自のものを加えねばと思っています。まんが原作の場合は心理をよりこまやかにとか、映画ノベライズでは映像がうかんでくるように、とか。そういろいろ考えているのですが、なかなかうまく書けなくて……。

ただ、四苦八苦しつつ常に心がけているのは、ノベライズさせて頂く作品をファンと同じ気持ちで大切に思うこと。下調べとか自分にできることをせいいっぱいやること。カッコよく言うなら、愛と誠意、でしょうか。でも、これはコバルトすべてに通じることかも。とりわけ、ゆうちゃんの作品の主人公はひたむきで、それはゆうちゃんそのものにも感じるけど、オリジナルとノベライズで執筆の際に違いなどはありますか？

下川香苗

第四書簡
倉本由布 ≫ 下川香苗

違い！　それを意識できていればもっと上手に書けるのに……逆にこちらが伺いたい。また、たっぷりおしゃべりしたいです。前から鰻（うなぎ）を食べに行こうとお約束していることだし、ぜひ！

コバルト四十年。思えば私たち、そのうちの多くの時間を見てきたのですね。流行りも色々、変わったし、書き手も読み手も変わっていった。元々、コバルトって何でもありのビックリ箱。これからもどんどん、思いもよらなかったタイプのヒット作が出て来て欲しい。「そう来たか！」と驚きたい。「コバルトってこういうもの」という型はない――「それこそがコバルト」で、有り続けて欲しいなと思います。

次の節目は五十年かな。そのときにもまた一緒にお祝いできたらいいですね。これからも、どうぞよろしく。でも、その前にまずは鰻！　約束を忘れないでね！

倉本由布

コバルト40周年 おめでとう！ イラストコメント①

後藤　星

ごとう・せい●第１回コバルト・イラスト大賞受賞。
「龍と魔法使い」「なんて素敵にジャパネスク新装版」他のイラスト担当。

Thanks♡
Cobalt 40th
ごきげんよう。
「マリア様がみてる」
イラスト担当、ひびき玲音です。
私が初めてキャラクターに「ハマった」のは
コバルトの作品でした。
コバルト 40 年のうち、10 年は夢中でシリーズを
読んで育ち、その後 20 年はお仕事をさせて
いただいたので、おおよそ30 年分くらい
私の生活の一部だったということになります。
コバルトなしには今の私がありませんでした。
愛し支えてくれた人達に心から感謝を！
そして改めて応援よろしくお願いいたします。

ひびき玲音

ひびき・れいね●第８回コバルト・イラスト大賞準大賞受賞。
「マリア様がみてる」「お釈迦様もみてる」他のイラスト担当。

第2章

コバルト文庫40年史

2016年に創刊40周年を迎え、発刊総数約4500冊になるコバルト文庫。昭和から平成にかけて少女心を先導してきたその歴史を振り返りましょう。

㋛ 76年6月

集英社文庫がまだなかったので、コバルトシリーズ誕生は、集英社文庫誕生でもありました。

創刊〜80年代前半　身近な憧れの世界

コバルト文庫の創刊は、1976年5月——。

「青春を考えるヴィヴィッドな文庫」をキャッチフレーズに、11冊を同時発売しました。発売記念定価は（各）200円。創刊ラインナップは、著者8名による11冊で、内訳は、小説9冊［『制服の胸のここには』『初恋宣言』（ともに富島健夫）、『若い樹たち』『青春放浪』（ともに佐伯千秋）、『ヴィナスの城』『この花の影』（ともに吉田とし）、『純愛』（三木澄子）、『困ったなア』（佐藤愛子）、『こころはいつもあなたの隣』（清川妙）］、詩集1冊［『愛の詩集』（新川和江・編）］、エッセイ1冊［『美しき〝おんな〟への道』（鈴木健二）］です。

コバルト文庫のキャッチフレーズは、創刊当時の「青春を考えるヴィヴィッドな文庫」から、「人気作家の青春小説が文庫に！」「若者の愛を、性を、友情を描き共感を呼ぶ青春文庫」と変わってゆきますが、そのテーマはずっと青春をキーワードに少女たちの欲求に応えるものが主流です。

創刊から80年代前半までは、コバルト文庫は青春小説以外にもノンフィクションをはじめSF、ノベライズなどさまざまなジャンルを刊行していました。そのなかでもっとも多かったのは、10代の愛と性に関する本です。

創刊ラインナップをみても、小説8冊は、純愛・初恋・恋の葛藤・おかしな少女の恋模様と形はさまざまですが、すべて性愛や恋心が主要なテーマ。たとえば、『制服の胸のここには』のエンディングは、17歳カップルのさわやかな

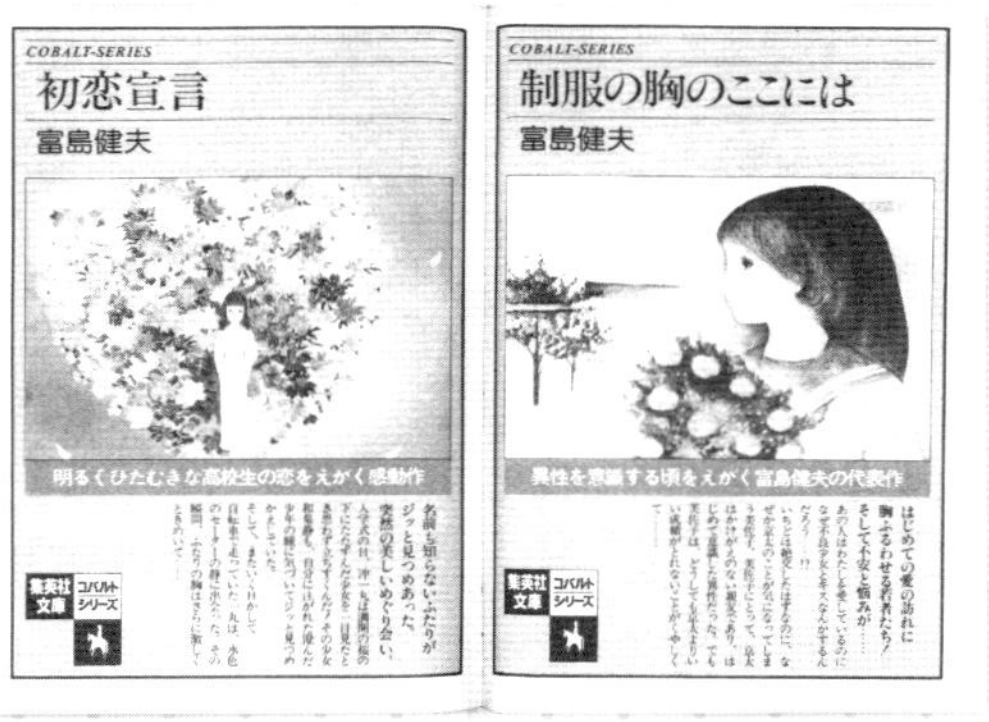

ⓙ76年6月

キスの描写になっています。

エッセイは、ＮＨＫの人気アナウンサーだった鈴木健二による『美しき〝おんな〟への道』で、こちらも「愛される条件」「愛するとはどういうことなのか」などのアドバイスにあふれていますし、詩集は書名がずばり「愛の詩集」で、愛に関する詩を１０４編あつめた本です。

以降も、小説では、16歳の少女の処女喪失をあつかった『ハロー・グッドバイ』（片岡義男　78年）、関根恵子主演で映画化されていた『おさな妻』（富島健夫　79年）など、話題作が刊行されました。

ノンフィクションでは、読者の性愛体験記が人気で、「コバルトといえば体験記」といわれるほどでした。

日本の〝ティーン（10代）〟の女のコの赤裸々体験を集めた77年の『ヤング・ラブノート　はだかの青春』（赤松光夫）が続、続々編まで出たのをはじめに、『私たちの体験記　愛のＡＢＣＤ』（小宮綾子・編）、『愛の体験オムニバス　早くおとなになりたい』（南英男）など、少女たちへの手紙、電話インタビューなどで集めた生の声をまとめた告白手記は大きな反響を呼びます。日本の女子だけでなく、アメリカのティーンの体験記『ＨＡＰＰＹ　ＭＹ　ＬＯＶＥ』（井上篤夫・編　81年）、『スウェーデン10代の体験ノート　マリーの性』（草鹿宏　79年）なども刊行されました。とくに、13歳で母になった少女の記録『私は13歳』（ローリングス　草鹿宏・編　79年）は、13歳で母親になったイギリスのジェーンの恋愛と結婚、出産を綴った本で、雑誌「Ｃｏｂａｌｔ」の前身である雑誌「小説ジュニア」でもグラビアなどでたびたび取り上げられています。

「男子もツライよ」とばかりに、男子による『ぼくたちの愛の体験記　だからキミが好きなんだ』（島村敬一・編　81年）、『ＢＯＹｓ'１０００人のアンケート＆体験談　僕たちのＡＢＣ』（半沢隆子・編　85年）なども女子たちの参考になるようにと刊行されていました。

ノンフィクションでは他に、読者と同世代の少年少女が完治困難だった病魔と闘う実録、白血病の少年の闘病記『15歳　いのちの日記』（飯田公靖　79年）、軟骨肉腫に冒された少女の日記『ドキュメント17歳・愛といのちの日記　友子は死なない』（木村友子　島村敬一・編　80年）、悪性脳腫瘍に冒された息子を偲ぶ母の手記『ジュピター　母の愛かなしくて』（室田徳子　76年）、『愛といのちの記録　飛翔』（佐藤加奈子　78年）などが、多くの少女たちの涙を誘いました。

また、単身海外へ渡った少年・少女の記録「10歳でブラジルに渡り日本人として最初のサッカープロ契約を勝ち取った少年と父の記録『ムサシ　17歳世界へ翔ぶ』（草鹿宏　82年）、留学苦学体験記『ドリームinオーストラリア』（平原紀子　85年）」などもあこがれの的になっています。

コバルト文庫の特徴のひとつに、読者との距離が近いことがあげられますが、これらのノンフィクションが読者と同世代かあるいはちょっとお姉さん世代が本音を吐露した本だったことから、コバルト文庫が読者にとって「身近な憧れの世界を読んでいるよう」で、ぐっと親しめる存在になったのでしょう。

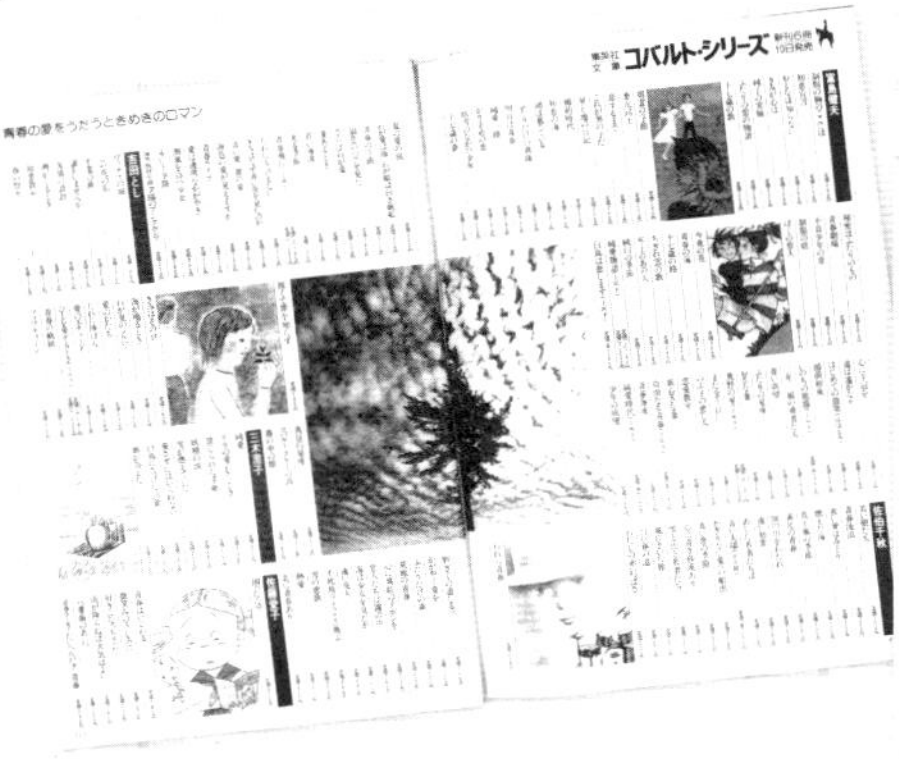

㋛76年6月

この頃の雑誌には「カタログ」「目録」の名で、書名リストが載っていました。

少女小説ブーム到来と雑誌「Ｃｏｂａｌｔ」誕生

１９７９年に、第10回「小説ジュニア青春小説新人賞」（77年）で佳作となった氷室冴子（『さようならアルルカン』）と正本ノン（『吐きだされた煙はため息と同じ長さ』）が、コバルト文庫デビューし、80年には、『いつか猫になる日まで』（新井素子）、氷室冴子『クララ白書』、『麦ちゃんのヰタ・セクスアリス』（立原あゆみ）のシリーズがスタート、『幽霊から愛をこめて』（赤川次郎）、『ホットドック・ドリーム』（田中雅美）も刊行されたあたりから、コバルト出身の作家が飛躍的に活躍を始めます。

81年に久美沙織が『宿なしミウ』で文庫デビューすると少女小説家ブームが到来し、氷室冴子・正本ノン・久美沙織・田中雅美が「コバルト四天王」と呼ばれるようになりました。

ブームの追い風に乗って、82年7月17日に、「小説ジュニア」のリニューアル誌として「Ｃｏｂａｌｔ」が誕生します。

リニューアル第1号の本文の中ほどには、コバルトブルーの別色刷りで8ページにわたり、「夏のバラエティー・カタログ」とコバルト文庫「総目録（昭和57年7月現在）」が掲載されました。

創刊6年目の総目録の冊数は５００冊。純愛ロマン・ユーモア、ＳＦ・ミステリー、エッセイ・ポエム＆占い、アニメ・ノベライズ＆コミック、ドキュメント・ノンフィクション・体験記、芸能・スター・テレビ、グラフィティ、カ

ジ 84年秋

タログ・クイズ・セミナーetcと多彩なジャンルがあり、500冊のうち純愛ロマン・ユーモア小説が334冊をしめていました。

コバルト文庫を紹介するこの別色刷り（のちに4色カラー）のページは、創刊第2号以降も「春のニューノベルカタログ」、「秋のSFコレクション」、「NEW YEAR COLLECTION」、「夏休みエンタテインメントカタログ」と続いていき、85年夏号からは「元祖乙女ちっく通信」となって、毎月の新刊を待ち望むコバルト文庫ファンのいちばんホットな情報源となってゆきます。

この「Cobalt」創刊のころから、少女小説家ブームは一気に過熱します。実際、創刊第1号の表3（裏表紙の中面）は、コバルト文庫「コバルトフレッシュ5——女流新鋭作家フェア」のカラー広告が飾っており、新井素子と少女小説四天王「氷室冴子、久美沙織、田中雅美、正本ノン」がスポーツウエアに身を包み、各自の新刊とともにはにかんだ笑顔で並んでいます。

少女小説家は、あこがれの存在としてアイドル化し、ついには「少女小説家クラブ」が結成されることになりました。

発端は「なんて素敵にジャパネスク」シリーズがはじまる直前の1984年、「Cobalt」冬号でおこなわれた、正本ノン・田中雅美・氷室冴子・久美沙織による座談会でした。その1年ほど前にコバルト文庫になった氷室の自虐的なユーモア小説『少女小説家は死なない』を入り口に、「少女小説家だけが生き残る!!」と題したパワフル全開のマシンガントークを披露しています。その中で、「一昔前までは少女小説は大人の小説を書くためのステップだった。

コバルトクイズ
問1

『なんて素敵にジャパネスク』で、鷹男の帝はプロポーズをする時、瑠璃姫のどこにくちづけをしたでしょう。

1 てのひら
2 おでこ
3 髪

答えは269ページです。

コバルトファンクラブバッジ

でも私たちの世代は違う」「少女小説が好きで、書きたいって意志や願望があって、それを実現している」「少女小説家クラブを作ろう」と結成宣言に至ったのです。

宣言通り、たちまち少女小説家クラブが結成され、久美沙織会長、田中雅美理事長、氷室冴子代表、正本ノン議長のもと、初期メンバーは全14名の少女小説家が集結しました。少女小説家ファンクラブも同時に発足し、ケース入りの会員証も発行。シンボルマークも公募し、丸い線で描かれたツンツンヘアのリボンをつけた女のコのイラストが入選します。そして1年経たないうちに会員数は1万4000人に達しました。88年には「コバルトF・C」と名を変え、コバルトF・C事務局あてに届いたお手紙は、雑誌の「元祖乙女ちっく通信」で紹介していました。

ビートルズ、宝塚、松田聖子……昭和コバルトはお宝の宝庫

1986年春には、コバルト文庫が創刊10年を迎えます。
10年間の総刊行点数は837点、のべ8000万部以上が刊行されました。創刊から10年間は、青春小説・少女小説以外の、前述したノンフィクションをはじめ昭和女子&男子の好奇心を先取りするような、バラエティ豊かなラインナップが約半数をしめていました。

創刊から85年刊行分までの10年分のタイトルを掲載した「集英社文庫コバルトシリーズ'86解説目録」のコバルト作家名鑑を飾る作家も、総勢52名のうち、

男性32人、女性20人と、男性作家上位です。

「へえ、こんな本まで出してたの！」とおもわずうなるようなお宝的なコバルト文庫をジャンル別に紹介しましょう。

◇スター・タレント本　コバルト文庫のアイドル本第1号は77年の『明日のスケッチ』（岡崎友紀）。そして80年代のアイドルブームを象徴する松田聖子『両手で聖子』が出たのは81年でした。紙テープで埋もれたステージや赤いビキニのカラー写真のグラビアが付き、生い立ちや初恋など「ちょっぴり恥ずかしいことを、みんなあなたにおしえちゃいます」という内容です。松田聖子はコバルト文庫のカバーを多く飾ったスター。この本をはじめ主演映画の原作本『野菊の墓』『夏服のイヴ』『プルメリアの伝説』で登場しています。

ほかには、カラー口絵でセクシーな赤いビキニ姿を披露している『三原順子激しくそして心のままに…』（吹上流一郎）、『I LOVE YOUより愛してるから…』（アン・ルイス）、『ぼくの法螺』（財津和夫）、『武田鉄矢の青春トーク　心がカゼをひいたら』（武田鉄矢）、メンバーの身上調査書も付いた『THE CHECKERS』、『これはジョークのご本です。』（デーブ・スペクター）、映画のスチール写真集『少女隊PHOON　写真集クララ白書』（オフィス41，N・編）。写真満載の海外スターの伝記（ヴィヴィアン・リー、マイケル・ジャクソン、ジェームズ・ディーン、オードリー・ヘップバーン、アラン・ドロン）などがあります。

◇少女漫画のノベライズ　79年にテレビアニメ化のタイミングで刊行された『べ

ルサイユのばら』（草鹿宏／上条由紀　池田理代子・原作監修）が少女漫画としてはコバルト文庫で最初期のノベライズです。池田作品では、83年に主演・瀬戸内美八で宝塚星組公演化が決定したタイミングで『オルフェウスの窓』（同）も出ています。

83年8月に出た『小説エースをねらえ！』は漫画家・山本鈴美香のセルフノベライズで、〝企画がでたのが4月で、締め切りに3週間遅れ、最後の方は一日に45枚書いてなんとか間に合った〟とあとがきで創作秘話を披露しています。少女漫画誌「りぼん」で連載中だった漫画で、映画化にあわせてノベライズしたのが『月の夜　星の朝』（那須真知子　原作・本田恵子）。カバーは、梁川りお役の青田浩子を坂本遼太郎役の坂上忍がおぶっているスチール写真でした。

◇グラフィティ　「1980年12月8日、ジョン・レノンが射殺されました」の書き出しで始まる『ビートルズグラフィティ』（名田貴好／橋倉正信・編）は、ジョンの没後7か月に刊行されました。ＦＯＲ　ＥＶＥＲ　ＪＯＨＮのカラーグラビア、完璧なディスコグラフィ、ビートルズが勲章をもらうことが決まった時に一緒にされるのは嫌だからと勲章の返却が殺到した勲章事件やジョージのギターテクニックについてエリック・クラプトンが「ノー・コメント」と答えたなど、マニアックな秘話も満載です。

また、月組トップスターだった大地真央や「ベルサイユのばら」「風と共に去りぬ」のグラビアが美しい『タカラヅカグラフィティ』（武田武彦／橋倉正信・編）、ロック・フォーク・ジャズの海外アーティスト80人とベストアルバムを紹介した『青春音楽グラフィティ』（名田貴好／橋倉正信・編）、アニメ映

画ブームにいたるまでの歴史と代表作62本を紹介した『青春アニメ・グラフィティ　劇場映画編』（杉山卓）、アトムから蘭世（らんぜ）ちゃんまで１４５のキャラクターのおもしろ履歴書『アニメ・キャラ大全集』（鳴海丈・編）、ＳＦＸビデオ大全集『不思議の国の映画たち』（小山内新・編）など、コバルト文庫のグラフィティは労をいとわぬ丹念な編集だと、大人や男子にも定評がありました。

◇ハウツー本　人気漫画家『弓月光の少女まんが家入門』では、「マネをするところから始めよ」「すわったポーズは腰が大事」「カワイコちゃんを描いてみよう」「まんが的表現のいろいろ」など徹底的に実践にこだわったマル秘テクニックが満載です。

　海外の性のテクニックを紹介した『ＣＡＬＩＦＯＲＮＩＡ　ＬＯＶＥ　ウエストコースト式愛のテクニック』（Ｓ・ザップマン　井上篤夫・訳）や、果ては「ガイドしないガイドです」をうたい文句にした自己分析ガイド『若者のための人生アンチ・ガイド』（木村士郎・訳編）までありました。

◇エッセイ　コバルト文庫で『み〜んなブスを好きになれ』をはじめ多くのエッセイを書いた青島美幸、作詞の大家・阿久悠『未完青書　愛を見つけるために――』、芥川賞作家の津村節子『明日への扉　あなたのための青春論』、まんが家・みつはしちかこの『イラスト・エッセイ　あなたとミルクティーを』、直木賞作家・山口洋子の『恋のイソップ　出会いと別れ・愛の86章』など、ビッグネームが名を連ねています。

◇ＳＦ、ミステリー　アイザック・アシモフ編の『海外ＳＦショート・ショート秀作選』①②（風見潤・訳）、『ロマンチックＳＦ傑作選』（豊田有恒）、

『銀河創世紀伝』（藤川桂介）、『ねこひきのオルオラネ』（夢枕獏）、『2095年の少年』（横田順彌）、など、SFも元気です。

◇**青春ロマン、ラブコメディ**　ノーベル賞作家・川端康成による『夕映え少女』『万葉姉妹』。『夕映え少女』は、海岸の保養地の旅館に胸をわずらって静養している少年と、夕映えのように美しい少女との悲恋を描いた表題作を含む短編集、『万葉姉妹』は最愛の祖母を亡くし東京の家に引き取られたヒロイン夏実が引き取られた家の令嬢が自分に冷たいことから自分の実の姉ではないかと疑いをもつ珠玉の小説です。伊藤左千夫の『野菊の墓』、1960年代に雑誌「女性明星」と「小説ジュニア」で人気連載だった平岩弓枝の『アキとマキの愛の交換日記』上・下などもあります。

◇**ポエム、占い、写真集、詩集**　詩集では、流行歌の歌詞を550曲収載した『青春歌集』①②（山本直純・編）や全国のティーンが書いた青春の詩を集めた3冊『あなたの詩　わたしの詩　PARTⅠ～Ⅲ』（内山登美子・編）。写真集は、かわいい仔猫がいっぱいの『ニャンニャン・ブック』（内山晟・写真）、アルプスの少女ハイジの故郷スイスの写真集『ハイジの国から』（中島正晃・写真　草鹿宏・詩と文）。占いは、星座、血液型、相性、色占術、青春占い（トランプ、体相、ファッション）などさまざまで、ルネ・ヴァン・ダール・ワタナベによるギリシア時代から伝わる『エレメンツ占星術　火の巻・地の巻』と『同　風の巻・水の巻』や星座別おまじない集『愛の魔法　LOVE MAGIC』など、古来の占いをもとに新鮮な切り口の編集で絶え間なく刊行されました。

◇コミック　思春期の男の子の異性に憧れるモヤモヤした日常を柔らかな線で描いた『麦ちゃんのヰタ・セクスアリス』、『BOYS BE 夏くん!!』（ともに立原あゆみ）などもコバルト文庫から出ています。

このような多様なラインナップに加えて、1983年春には、派生文庫としてコバルトY．A．（Young Adult）シリーズが誕生しました。「アメリカのヤングに爆発的人気のビターな味の青春小説」を主に、毎月2冊発売です。3月には『非行少年』（S・E・ヒントン　中田耕治・訳）、『エンジェル・ダスト・ブルース』（トッド・ストラッサー　橘高弓枝・訳）、4月には、アメリカディズニー・プロで映画化されたマット・デイモン主演の『テックス』（S・E・ヒントン　坂崎麻子・訳）、『H_2O…涙』（ソニア・レヴィタン　中山伸子・訳）が発売されました。

創刊10年〜　キャラクターの人気

1986年1月発売の新刊7冊で、初めて、全新刊がコバルト出身の作家になりました。7冊の作家の男女比は、女性作家6名（久美沙織、田中雅美、正本ノン、杉本りえ、唯川恵、藤本ひとみ）、男性作家1名（波多野鷹）の割合です。以降、コバルト文庫の新刊はほぼ小説だけになってゆきます。

少女小説家人気はますます高まり、総発行点数が1000点を突破した87年秋には「ろまんす・ふぇすた」という名の記念フェアが開催されました。

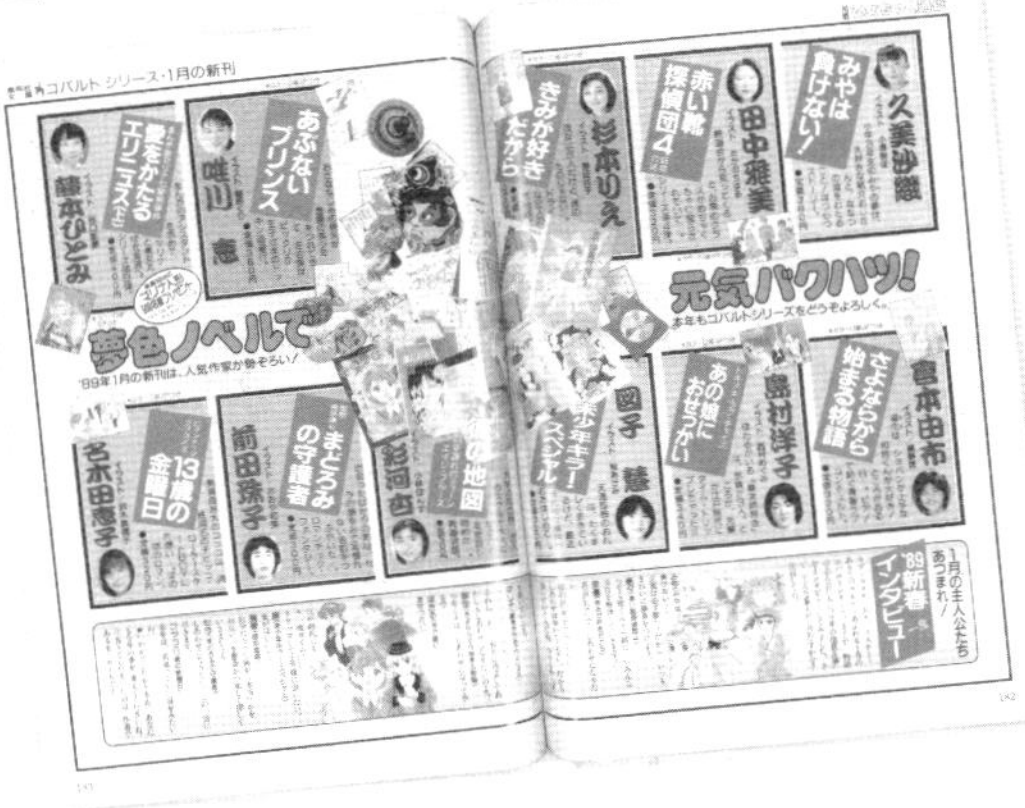

コ 89年冬

キャラクター人気が盛り上がってきた頃。

88年夏には、コバルト200冊として著者38名がすすめる200冊のコバルト文庫が書店に並びます。

同年秋には、コバルト・セレクションというシリーズも派生し、コバルト文庫で大ヒットした、『風をつかまえて』（久美沙織）、『アフタースクール王国』（田中雅美）、『ねこひきのオルオラネ』（夢枕獏）、『愛してるなんてとても言えない』（片岡義男）などが新書判・ハードカバーにお化粧直しをして再版されています。

このころになると、作家とともにキャラクター人気にもより火がつき、エリカ（赤川次郎「吸血鬼」シリーズ）、あゆみ（新井素子『星へ行く船』）、未来&朱海（久美沙織『丘の家のミッキー』）、奈々（田中雅美『赤い靴探偵団』）、花紅子（名木田恵子『トライアングル・ウォーズ』）、瑠璃姫（氷室冴子『なんて素敵にジャパネスク』）、マリナ（藤本ひとみ「まんが家マリナ」シリーズ）、ミッちょん&千里（正本ノン『15クラブへようこそ』）、星子&宙太（山浦弘靖「星子」シリーズ）などのキャラクターが、ラブコメ・ミステリー・ベテラン・ニューフェイスなどあいまって人気を集めました。

たとえば89年の「1月の主人公たちあつまれ！」と題した「Ｃｏｂａｌｔ」の囲み記事で、新刊の主人公たちに「今年の抱負&夢」をきく架空インタビューはこんなふうです。

＊みや「正義は必ず勝つ！　だからいつもきれいに勝負をつけよう。」（『みやは負けない！』久美沙織）

＊マリナ「今年は一流まんが家になりたい！　それに、かっ、和矢に再会して

読書

口コミでファン急増

文庫 売れ行き突出 ジュニア小説

恋愛、友情…女子中高生に人気

大手出版社 次々と参入

89年4月10日
岐阜新聞

少女小説ブームに大人がようやく気づきました。

あたしもしあわせになりたいのよっ。」（「まんが家マリナ」シリーズ　藤本ひとみ）

＊ほたる「江戸時代にもう一度タイム・トリップして土方様に会いたい。」（『あの娘におせっかい』島村洋子）

＊セラ「しあわせになりたい！　この一言につきます。」（『聖獣復活譚（前）まどろみの守護者』前田珠子）

記事の最後に、［注］答えて下さったのは、作者であるセンセー方です。」とあるのが御愛嬌でした。

時代が平成に変わった89年は、「少女小説ブーム」という大見出しが新聞、雑誌を飾りました。実際、『なんて素敵にジャパネスク』などが常時、全文庫の総売上ベスト10の上位に書名を連ねるようになり、88年のコバルト文庫の年間部数が1500万部を超え、他社と合算すると少女小説の発行部数が年間3000万部と文庫本の出版総数の1割近くを占めるまでの巨大マーケットになっていました。

日経新聞から一般紙、スポーツ新聞まで、団塊世代ジュニアが15歳になった「いちご世代」がメイン読者であることや、後続する少女小説レーベルを他社が準備中などの情報を織り交ぜてのトレンド報道です。

「思春期の心にキュ～ン　少女小説いまブーム　微妙な感性伝える」（日経新聞89年5月8日）、「漱石よりお手軽　女子中高生の必読書」（日刊スポーツ89年11月1日）、「100万部ベストセラー作家がゴロゴロ〝ジュニア文庫〟はおとなが知らない巨大マーケット」（「DIME」89年8月1日号）などの見出しが

少女小説 いまブーム

アーバン now

年3000万部も発行

大手が相次ぎ参入

89年5月8日
日本経済新聞

マスコミ各紙誌を飾り、当時の編集長・石原秋彦は「歩く少女小説」と呼ばれるほどでした。

少女小説が隠れたベストセラーだと「ようやく大人が気が付いた」その頃、コバルト文庫は人気作家のシリーズ物であれば10万部からスタートして増刷を重ねて40万部、シリーズが10巻になれば400万部になるともいわれる状況でした。

メディアミックス1

コバルト人気の追い風となったもののひとつにメディアミックスがあります。その歴史は、創刊ラインナップの『制服の胸のここには』（富島健夫）の映画化、『困ったなア』（佐藤愛子）のテレビドラマ化に始まり、現在まで続いていますが、その動きは80年代後半からはとくに盛んになってきました。主な作品をリストアップすると――。

◇コバルト文庫→他メディア化

◆テレビ実写ドラマ化　「吸血鬼はお年ごろ」（原作・赤川次郎　主演・早見優　85年）、「なんて素敵にジャパネスク」（原作・氷室冴子　主演・富田靖子　演出・石坂浩二　86年）など。

◆実写映画化　「クララ白書・少女隊ＰＨＯＯＮ」（原作・氷室冴子　主演・少女隊　85年）、「星空のむこうの国」（原作・小林弘利　主演・神田裕司）、「恋

メディアミックス

恋する女たち（氷室冴子）

小説は81年に刊行。86年に斉藤由貴主演で実写映画化。「ただのアイドル映画ではない」と好評で、主題歌「MAY」もヒットした。

出演：斉藤由貴、高井麻巳子、相楽ハルコ
監督・脚本：大森一樹
配給：東宝

する女たち」（原作・氷室冴子　主演・斉藤由貴　86年）

◆アニメ映画化　『扉を開けて』（新井素子　86年）

◆ラジオドラマ化　『なんて素敵にジャパネスク』（原作・氷室冴子　NHK-FM　主演・小林聡美　87年）

◆イメージLP化　『カレンダー・ガール』『通りすがりのレイディ』『星へ行く船』（新井素子）、『シンデレラ迷宮』（氷室冴子）、『銀河創世紀伝1　聖戦士キリー』『銀河創世紀伝3　バイオニック・ウォーズ』（藤川桂介）、『ウサギは歌を歌わない』（小室みつ子）、『吸血鬼はお年ごろ』（赤川次郎）、『丘の家のミッキー』（久美沙織）（ともに85年　コバルトイメージ音楽館発売）。小室みつ子と久美沙織は発売記念のライブも開催しました。

◆カセット化　87年、88年には作品がカセットで聞けるテープ『シンデレラ迷宮』（氷室冴子）、『いつか猫になる日まで』『星へ行く船』（新井素子）、『吸血鬼よ故郷を見よ　吸血鬼はお年ごろシリーズ』（赤川次郎）、『3時のおやつに毒薬を』（久美沙織）などが先生からのメッセージ付きで集英社カセットになっています。

◆コミカライズ　『蕨ヶ丘物語』（85年）『雑居時代』（86～87年）『ざ・ちぇんじ！』（86～88年）『なんて素敵にジャパネスク』（88～92年）（ともに原作・氷室冴子　漫画・山内直実）、『だってちょっとスキャンダル』（原作・正本ノン　漫画・つるとみ子　83年）『くたばれ！ベートーベン』（原作・喜多嶋隆　漫画・高野葉子　88年）、など。87年ごろからは文庫化になる前の「Cobalt」連載中からコミカライズされる動きが盛んになり、「漫画がきっかけで

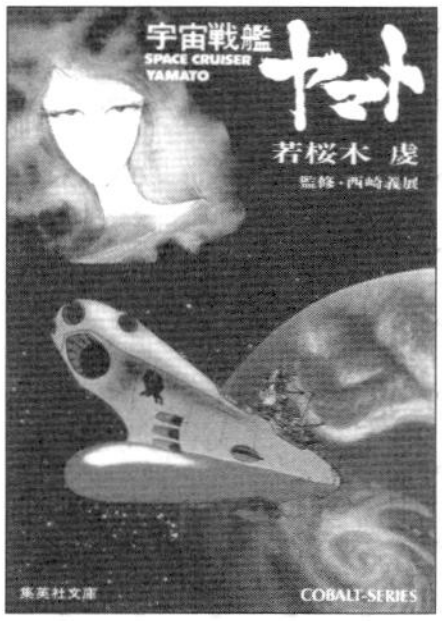

コバルトシリーズがあることを知り読むようになった」というファンレターも編集部に届いています。90年8月号の「Ｃｏｂａｌｔ」には、ジャパネスクシリーズの所縁（ゆかり）の地・吉野を氷室冴子と山内直美が訪ね、吉野温泉への急斜面の山道を歩きながら「なるほど守弥が足をすべらしたのも無理ないな！」と氷室がつぶやいたという旅行記ものこっています。

◇他メディア→コバルト文庫化

◆テレビドラマのノベライズ　『3年Ｂ組貫八先生』（ノベライズ・岩間芳樹　82年）、『人形劇　三国志』上中下（ノベライズ・田波靖男／小川英　83〜84年）など。

◆実写映画のノベライズ　監督・脚本・川島透、主演・薬師丸ひろ子『野蛮人のように』（ノベライズ・南英男　85年）など。

◆アニメ映画のノベライズ　77年公開の『宇宙戦艦ヤマト』が爆発的なブームとなったことで、アニメのカラーグラビアが付いた若桜木虔によるノベライズ『さらば宇宙戦艦ヤマト』（78年）『宇宙戦艦ヤマト』（78年）『宇宙戦艦ヤマト新たなる旅立ち』（79年）『ヤマトよ永遠に』（80年）『宇宙戦艦ヤマトⅢ』上・下（81年5月）『宇宙戦艦ヤマト完結編』上（82年）下（83年）と発刊。以降、『わが青春のアルカディア』（原作・松本零士　ノベライズ・尾中洋一　82年）、『Ｄｒ．スランプ映画編』（原作・鳥山明　ノベライズ・雪室俊一　82年）『六神合体ゴッドマーズ』（原作・横山光輝　ノベライズ・藤川桂介　82年）など。

◆邦画の原作本　『プルメリアの伝説』（中岡京平　83年）『夏服のイヴ』（ジェ

ームス三木　84年）（ともに主演・松田聖子）、『刑事物語3』（片山蒼　主演・武田鉄矢　84年）、主演・たのきんトリオで近藤真彦のデビュー曲が主題歌になった『スニーカーぶるーす』（田波靖男　81年）など。

◆洋画の原作本　F・コッポラの『アウトサイダー』『非行少年』（ともにS・E・ヒントン　中田耕治・訳　83年）、『スーパーガール』（ノーマ・フォックス・メイザー　羽田詩津子・訳　84年）、『アンナ・パブロワ』（エミーリ・ロチャヌー　葉月香織・訳　84年）、『フットルース』（ロバート・タイン　映画脚本・ディーン・ピッチフォード　水野みさを・訳　84年）、など。

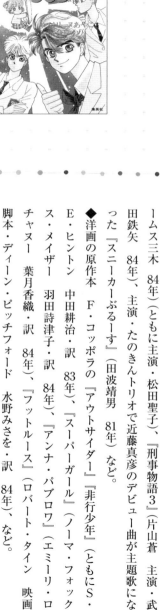

90年代　教育現場からも評価

１９９０年には正式名称が「集英社文庫コバルトシリーズ」から「コバルト文庫」になりました。

90年前後には、『放課後のトム・ソーヤー』（88年）『牡羊座は教室の星つかい』（ともに日向章一郎　90年）、「ハイスクール・オーラバスター」（若木未生　89年）、「いきなりミーハー」（落合ゆかり&カトリーヌあやこ　90年）、「炎の蜃気楼（ミラージュ）」（桑原水菜　90年）、「リダーロイス」（91年）『龍と魔法使い』（ともに榎木洋子　93年）、『銀の海　金の大地』（氷室冴子　92年）など、「コバルト黄金期」と呼ばれる90年代をささえたシリーズが次々にスタートします。

91年5月の創刊15周年時点で、総刊行点数は１４３７点。作家は２００名以上。そしてコバルト文庫を読んだ読者の数は……ちょっと想像できません。

メディアミックス

破妖の剣（前田珠子）

92年に「漆黒の魔性」が初のアニメ化。96年から2000年に厦門潤、2011年からは松元陽によってコミカライズされた。

コミックス　『破妖の剣』
漫画／厦門 潤・松元 陽

91年6月には永遠の名作『赤毛のアン』（モンゴメリ　橘高弓枝・訳）がコバルト文庫に登場します。表紙イラストは当時「Ｃｏｂａｌｔ」で表紙を描いていた田渕由美子。昭和27（１９５２）年に日本で初めて『赤毛のアン』を紹介した村岡花子を記念する「赤毛のアン記念館・村岡花子文庫」の開設でアン・ブームになったタイミングでの刊行でした。

　このころのコバルト・ブームは教育の現場も評価するほどで、「Ｃｏｂａｌｔ」の投書ページ「ガールズ・ステーション」に、［塾の古典の先生が「古典の試験というのは一般常識が大きくモノをいう。たとえば某大学の入試で出た「とりかえばや物語」などは授業ではあまり出てこないが氷室冴子の『ざ・ちぇんじ！』を読んだ人はどんな内容か知ってるだろう。つまり日常生活の中にヒントはいくらでもあるということだ。ちなみにこの本は集英社のコバルト文庫から出ているから……」あわててメモを取ってた男子生徒の顔がサイコーにおかしかった。（受験生）］（91年）などという投書がのるほどでした。また、『きっとめぐり逢える～濃姫夢紀行～』（倉本由布　95年）ほかの歴史を題材とした物語には、「日本史の勉強になる」と学校の先生からお礼の手紙がくることもありました。

　82年に創刊した「Ｃｏｂａｌｔ」が10周年をむかえた92年8月号の時点で、「Ｃｏｂａｌｔ」でデビューした作家は30人以上。書いたコバルト文庫があわせて３４０点、のべ発行部数が３７００万冊となりました。

　ブームに乗って、90年代前半には、ふたつの文庫が派生します。

　まずは、91年3月創刊の集英社スーパーファンタジー文庫。創刊のきっかけ

は、コバルト文庫で前田珠子を代表とするファンタジー小説が、女の子はもちろんのこと10代から20代の男子からも注目されてきたことからでした。

そして92年3月には、コバルト・ピンキーシリーズが創刊します。ライトタッチでラブリーな小説のシリーズで、装丁もピンクが基調。目印の馬に乗ったコバルトマークもピンク色でした。創刊ラインナップは、吉野美雨『16月に会いましょう』、宮沢ぷりん『Ｏｈ！　Ｂｏｙ　ハートがじりじり』、空色水野『ツーショットでほほえんで』の3冊。小説とともに、このシリーズの主流だったのが少女漫画誌「りぼん」の漫画のノベライズで、『姫ちゃんのリボン』（山田隆司、原作&カバーイラスト・水沢めぐみ）、『ときめきトゥナイト』（田中雅美、原作&イラスト・池野恋）、『ハンサムな彼女』（宮沢ぷりん、原作&イラスト・吉住渉）、『天使なんかじゃない』（下川香苗、原作&イラスト・矢沢あい）、『無敵のヴィーナス』（空色水野、原作&イラスト・椎名あゆみ）など。ノベライズは、活字にあまりなじみがなかった漫画っ子にも、読みやすくてストーリーにグングン引き込まれると評判になりました。また、94年に「りぼん」は少女漫画史上最高の２５５万部を記録し、その読者は「２５０万乙女」と今でも呼ばれ続けていますが、「学校は漫画禁止だったけど、コバルト文庫なら活字だから教室で読んでもＯＫだったの」とコバルトの思い出を語る２５０万乙女も少なくありません。

94年は、「花の94年デビュー組」と呼ばれる須賀しのぶ、金蓮花、真堂樹、橘香いくの、本沢みなみがデビューした年。『炎の蜃気楼』の人気が沸騰するなかで所縁（ゆかり）の地をめぐる『トラベル・エッセイ「炎の蜃気楼」紀行』（桑原水

雑誌 Cobalt100 号。

ⓒ01 年6月

菜）もコバルト文庫になっています。

90年代後半からは学園小説が花盛り。「マリア様がみてる」（今野緒雪　98年）、「御園高校」（あさぎり夕　98年）、「東京S黄尾探偵団」（響野夏菜　99年）、「青桃院学園風紀録」（真堂樹　２００１年）、「全寮制男子校物語！」（花衣沙久羅　03年）の各シリーズがスタート。それらは「コバルト学園」と総称されるようになり、毎年春の新学期号で学園小説の特集を組むことが、定番になってゆきました。

ファンタジー小説では、「姫君と婚約者」（高遠砂夜　95年）、「ちょー」（野梨原花南　97年）、「汝」（片山奈保子　99年）など。「姫神さまに願いを」（藤原眞莉　98年）、「流血女神伝」（須賀しのぶ　99年）などのシリーズがスタートし、２０００年代のファンタジーブームの幕開けを告げています。

２０００年代はじめとBLブーム

２００１年6月には、コバルト文庫25周年と「Ｃｏｂａｌｔ」１００号を同時に迎えました。

25年間で、コバルト文庫は約２６００点の作品を世に送り出していました。コバルト文庫にスーパーファンタジー文庫をあわせた総発行部数は2億5千万冊にのぼり、その圧倒的な数字に「平均背幅を13ミリとして計算すると、全部を書棚に一列に並べると地球を一周する」というカルトクイズまであったほどです。

また、２０００年代前半には、90年代から盛り上がりをみせていたＢＬ（ボーイズラブ）ブームも引き続き、読者の心をはなしません。

「雪之丞事件簿」「親猫」（ともにあさぎり夕）、「身代わり花嫁のキス」「ご主人様のプロポーズ」（ともに真船るのあ）、「少年舞妓・千代菊がゆく！」（奈波はるか）などのシリーズで展開するピュアで濃厚な男同士の恋の世界は、耽美なイラストと相まって、コバルト少女たちの心をとらえました。

ともすれば過激一方に走りがちになるＢＬの世界で、コバルトのＢＬは初心者でも読みやすい爽やかな作風が読者に受け入れられました。その土台となっていたのは、その良し悪しを根本から自問自答するかのような「Ｃｏｂａｌｔ」のＢＬ特集で、作家＆読者アンケートなどで繰り返しその賛否を問い続けています。

21世紀を迎えた２０００年代前半には、「シャドー・イーグル」（片山奈保子　01年）、「魔女の結婚」（谷瑞恵　01年）、「花咲かす君」（山本瑤　03年）、「鏡のお城のミミ」（倉世春　03年）、「アリスのお気に入り」（ココロ直　03年）、「銀朱の花」（金蓮花　03年）、「伯爵と妖精」（谷瑞恵　04年）、「風の王国」（毛利志生子　04年）などのシリーズがスタートします。

コバルト小説のジャンルをどう分ける？

コバルト文庫に限ったことではないのですが、コバルト文庫の小説は特に、ジャンル別にきれいに分けることができません。それは、創刊以来、コバルト

コバルトクイズ
問2

雑誌小説ジュニアの創刊号の記事で、ステキな職場のトップレディたちとして紹介されていた、当時はちがう呼び名が一般的だった職業は何？

1 客室乗務員

2 保育士

3 看護師

答えは269ページです。

㋙06年4月

ジャンル別に既刊本を紹介。

文庫の歴史が既成の路線にしばられず、読者の読書欲の先へ先へと走り続けてきた結果なのでしょう。

そんな頭でこのころのコバルト文庫のラインナップを見ると、たとえばコバルトのマスコットだった5色のテディベアがジャンル別にイチオシのシリーズを紹介した2003年春フェアでは、

＊ピンクの恋するテディLoveliは［恋愛小説&青春ドラマ］
イチオシは、「ちょー」シリーズ、「マリア様がみてる」、「レヴィローズの指輪」と「猫かぶりの君」

＊ブルーの冒険好きテディDokimは［アクション&ミステリー］
イチオシは、「破妖の剣」と「聖石の使徒」、「聖霊狩り」、「有閑探偵コラリーとフェリックスの冒険」、「流血女神伝」、「外法師」、「ルナティック・ラブ」、「東京ANGEL」

＊オレンジ色のコミカルテディWahhaは［コメディ&痛快ストーリー］
イチオシは、「青桃院学園風紀録」、「まほデミー♡週番日誌」、「少年舞妓・千代菊がゆく！」、「東京S黄尾探偵団」、「楽園の魔女たち」の各シリーズ

＊レモン色の感動屋テディJeanは［歴史ロマン&感動作］
イチオシは、「姫神さまに願いを」シリーズ、「炎の蜃気楼」シリーズ、「赤の神紋」シリーズ、「グラスハート」シリーズ

＊ラベンダー色の夢見がちなテディUruruは［傑作ファンタジー］
イチオシは、「緑のアルダ」シリーズ、「月17世」シリーズ、「銀葉亭茶話」シ

メディアミックス

炎の蜃気楼
（桑原水菜）

ドラマＣＤやコミカライズ、アニメ、舞台と様々なメディアで展開している。

DVD & VHS

『炎の蜃気楼　vol.1~vol.6』
TV シリーズ全 13 話を収録。
キャスト／関 俊彦、速水 奨 他。

ドラマ CD

『赤の神紋-DIVINE RED-』
キャスト／竹若拓磨、櫻井孝宏、関俊彦、鈴村健一、立木文彦他。

DVD

『舞台 炎の蜃気楼 昭和編 夜啼鳥ブルース』
シリーズ初の舞台化作品の DVD。
キャスト／富田 翔、荒牧慶彦他。

リーズと「竜の眠る海」シリーズ、「汝」シリーズと、恋愛、アクション、学園コメディ、歴史ロマン、ファンタジーなどと、どれを読もうか目移りするような華やかさです。

ちなみに同時期には、

＊通いたくなる学園　「青桃院学園風紀録」、「マリア様がみてる」など
＊ファンタジー　「竜の眠る海」、「レヴィローズの指輪」、「緑のアルダ」など
＊ロマンあふれる「時代」「姫神さまに願いを」、「炎の蜃気楼」など
＊乙女のテキスト「スタンダード」「吸血鬼」シリーズ、「アリス」シリーズ、「丘の家のミッキー」、「なんて素敵にジャパネスク」、「星座」シリーズなど

といったカテゴライズもありました。

ジャンルはのちに、恋愛、冒険、コメディ、感動、歴史、ボーイズラブと分けて、ジャンル分けマークで表すようになったりもしています。

30周年　メディアミックス2

２００６年はコバルト文庫創刊30周年の記念年。

青木祐子「ヴィクトリアン・ローズ・テーラー」、桑原水菜「シュバルツ・ヘルツ」、岡篠名桜「月色光珠」、ココロ直「小説版　ラブ★コン」のシリーズもスタートしました。

歴史、学園、ファンタジーなどをモチーフにしたこのころのコバルト文庫の小説世界は、日本史、西洋史、侍、宗教、天上界魔界などなど、ディープなう

DVD
『マリア様がみてる』
キャスト／伊藤美紀、植田佳奈
監督／ユキヒロマツシタ

コミックス
『マリア様がみてる』
漫画／長沢 智

実写映画
『マリア様がみてる』
出演／波瑠、未来穂香、平田 薫、滝沢カレン
監督／寺内康太郎

メディアミックス

マリア様がみてる（今野緒雪）

ドラマＣＤやコミックス、アニメに展開され、2010年には実写映画化された。

んちくの塊りのようでした。ディープな知識を駆使して生まれた物語世界を楽しく読み進むうちに、頭の中で自然と歴史年表になったり、古典文学の基礎知識になったりしています。「コバルトのおかげで薔薇っていう漢字が書けるようになりました」というコバルトファンもきっとたくさんいることでしょう。

２００８年夏、「Ｃｏｂａｌｔ」がサイズをコンパクトなＡ５判＝コバルト文庫を横に2冊並べた大きさにリニューアル。発売月は偶数月から奇数月の1日となり、コバルト文庫の発売日により近くなりました。リニューアル第1弾の9月号は、「伯爵と妖精」「マリア様がみてる」Ｗアニメ最新情報の大特集。リニューアル特別書き下ろしとして、桑原水菜「炎の蜃気楼幕末編」＋まんが「炎の蜃気楼邂逅編」もあります。

「炎の蜃気楼」「マリア様がみてる」「伯爵と妖精」の3作品は、90年以降のコバルト文庫のメディアミックスを象徴する存在です。

テレビアニメ化は、「炎の蜃気楼」（桑原水菜　02年）、「マリア様がみてる」（今野緒雪　04年、09年）、「伯爵と妖精」（谷瑞恵　08年）。それ以外には、「炎の蜃気楼」＝コミカライズ、カセットブック、ＣＤ（ドラマ、イメージソング集）、ＯＶＡ、Ｗｅｂラジオ、舞台化。

「マリア様がみてる」＝コミカライズ、テレビアニメ化、アニメ声優によるＷｅｂラジオ、ＯＶＡ、10年には「Ｓｅｖｅｎｔｅｅｎ」の専属モデルをしていた波瑠と中学生向け雑誌のモデルだった未来穂香のＷ主演で実写版映画化。

「伯爵と妖精」＝ドラマＣＤ、テレビアニメ、ｗｅｂラジオ、コミカライズ、ゲーム化。

コミックス 『伯爵と妖精』
漫画／香魚子

メディアミックス

伯爵と妖精（谷 瑞恵）

2008年にＴＶアニメ化（全12話）された。ＤＶＤ化、コミカライズも。

DVD

『伯爵と妖精』
キャスト／水樹奈々、緑川 光
監督：そ〜とめこういちろう
脚本：長尾徳子
キャラクターデザイン：藤井まき

と多種多様なメディアミックスの展開をみせました。
三作以外のメディアミックスをまとめると――。

◆まずはCD。カセット化の流れをうけて、ドラマCDが発売されました。「まんが家マリナ」シリーズ（藤本ひとみ　90年）、『破妖の剣』（前田珠子　91年）、『ハイスクール・オーラバスター』（若木未生　93年）、『ちょー美女と野獣』（野梨原花南　99年）、『少年舞妓・千代菊がゆく！』（奈波はるか　04年）、『風の王国』（毛利志生子　06年）など、約20タイトルがあります。

◆OVA化は、『ザ・学園超女隊』（団龍彦　91年）、『放課後のティンカー・ベル』（日向章一郎　92年）、『破妖の剣』（前田珠子　92年）、『ハイスクール・オーラバスター』（若木未生　99年）など。

◆映画化は、『愛と剣のキャメロット　まんが家マリナ　タイムスリップ事件』（藤本ひとみ　90年）、『月光のピアス　ユメミと銀のバラ騎士団』（藤本ひとみ　91年）の2作品。

◆ノベライズは、［漫画＝『天使なんかじゃない』『ご近所物語』（ともに原作・矢沢あい）、『有閑倶楽部』（原作・一条ゆかり）、『君に届け』（原作・椎名軽穂）、『高校デビュー』（原作・河原和音）］、［映画＝『NANA』（原作・矢沢あい）、『天然コケッコー』（原作・くらもちふさこ）、『花より男子ファイナル』（原作・神尾葉子）］、［テレビドラマ＝『ハチミツとクローバー』（原作・羽海野チカ）］などが下川香苗、倉本由布ほかによって次々に刊行されています。

㋙別冊付録

13年9月

12年9月

11年9月

2010年代　コバルト文庫40周年

2010年代には2005年以降にデビューした松田志乃ぶ、我鳥彩子、長尾彩子、白川紺子などが活躍していきます。ラブコメブームが花盛りで、10年には『橘屋本店閻魔帳』（高山ちあき）、『悪魔のような花婿（あなた）』（松田志乃ぶ）、『月の瞳のエゼル』（我鳥彩子）、『小説版　ストロボ・エッジ』（阿部暁子）、『鬼姫』（瀬川貴次）、『三千寵愛在一身』（はるおかりの）、11年には、『裏検非違使庁物語　姫君の妖事件簿』（長尾彩子）、『ひみつの陰陽師』（藍川竜樹）、13年には、『リリー骨董店の白雪姫』（白川紺子）、『姫頭領、百花繚乱！』（彩本和希）、『皇帝陛下のお気に入り』（せひらあやみ）、『炎の蜃気楼　昭和編』（桑原水菜）の各シリーズがスタートしました。

このころ、「Ｃｏｂａｌｔ」に別冊付録が付くようになり、なかに「別冊コバルト文庫」も3冊あります。さいしょの別冊コバルト文庫（11年9月号）は、「炎の蜃気楼」の新作イラストと7年ぶりの書きおろし小説、「マリア様がみてる」の種村有菜による描きおろし漫画など。12年9月号では、「別冊コバルト文庫おかわりっ。編集部公式アンソロジー第2弾」。13年9月号にも編集部公式アンソロジー「別冊コバルト文庫　3杯目っ！」が付いて読者へのうれしいプレゼントになりました。

14年11月には、「少年舞妓・千代菊がゆく！」シリーズが54巻で完結しました。02年8月に第1巻「花見小路におこしやす♥」が出てから12年間、主人公

コ16年5月号

コバルト文庫40周年記念号。本書の元になった号です。

の男子中学生・美希也がひょんなことから舞妓に扮して働くことになるこの作品は、10代から70代までとファンの年齢層が広いのも特徴です。

2016年にコバルト文庫が40周年を迎えると、「Cobalt」は「集英社WebマガジンCobalt」へとリニューアル。紙媒体としては最終号となった「元祖乙女ちっく通信」のコバルト文庫の新刊案内は、「前田珠子作品、三カ月連続刊行開始!!　破妖の剣6　鬱金の暁闇27　ラスv.s.女皇!!　長期戦の行方は!?」「売れてます！　続々重版！「ひきこもり」シリーズ」「「通学」シリーズ累計140万部突破！」でした。

紙のコバルト文庫とWebマガジンがタッグを組むことで、予想を超える〝なにか〟が新たな物語となって生まれて、きっとこれからもコバルト少女たちを驚かせてくれるに違いありません。

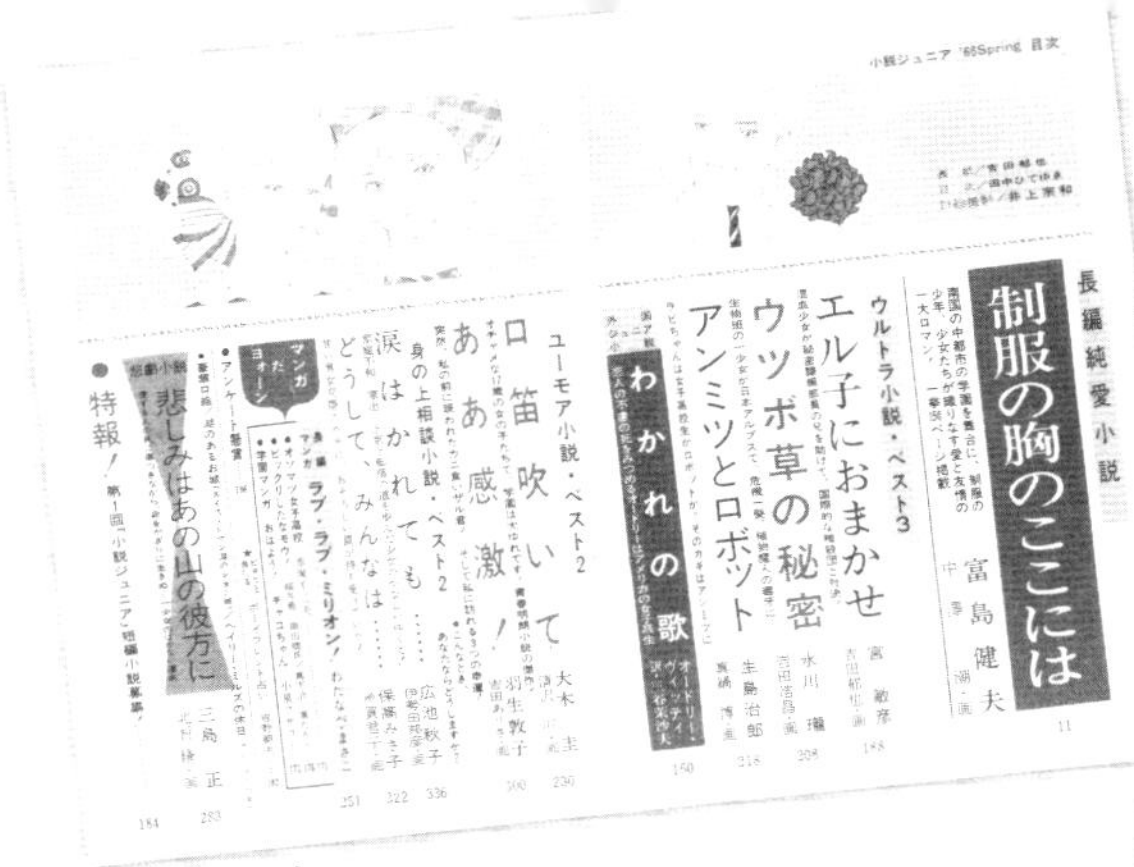
小説ジュニア '66Spring 目次

表紙／吉田郁也
目次／田中ひでゆき
口絵構成／井上東和

長編純愛小説
制服の胸のここには　富島健夫　中　淳・画　11

ウルトラ小説・ベスト3
エル子におまかせ　宮　敏彦　吉田郁也・画　188
ウッポ草の秘密　水川　瀧　吉田浩昌・画　208
アンミツとロボット　生島治郎　真嶋　博・画　218

わかれの歌　オードリー・ヴィッティ　訳・谷　150

ユーモア小説・ベスト2
口笛吹いて　大木　圭　230
ああ感激！　羽生敦子　吉田あい子・画　300

身の上相談小説・ベスト2
涙はかれても……　広池秋子　伊勢田邦彦・画　322
どうして、みんなは……　保高みさ子　336

マンガだヨオーン
ラブ・ラブ・ミリオン！　わたなべまさこ　251

悲しみはあの山の彼方に　三島　正　北村　操・画　283

特報！第1回「小説ジュニア」短編小説募集！　184

㋛創刊号目次

㋛創刊号

コバルト文庫の前身だったコバルト・ブックス

特別コラム

コバルト文庫が生まれる前のお話

コバルト文庫創刊から11年ほど時計を逆回転した、昭和40年＝1965年。

「コバルト」という言葉をさいしょに使った単行本のシリーズ「コバルト・ブックス」が誕生しました。創刊のころの表紙は白地に藤田ミラノの優雅な美少女イラストのおしゃれな造本です。

最初の本は、65年5月刊の松島トモ子の『ニューヨークひとりぼっち―ミュージカル留学記』。本が出るちょうど10年前に創刊した少女まんが誌「りぼん」で、毎号のようにグラビア、特集記事、ふろくを飾っていた国民的ちびっこスターだった少女が、成長し独り立ちするためにひとりで挑んだ留学記です。この本は、大スターが等身大でつづった青春エッセイとして、大評判になりました。この1冊目が出たのちに、青春という言葉を象徴する色＝コバルトブルーからそのシリーズ名をとり、本の背にあったすみれ色の四葉を縦にしたようなマークをシンボルマークにして2冊目からはシンボルマークとともに「コバルト・ブックス」と表紙に記されるようになりました。

『潮風を待つ少女』（佐伯千秋）、『水色の慕情』（津村節子）と刊行がつづき、66年4月、「コバルト・ブックス」が7冊になったタイミングで雑誌「小説ジュニア」（1966年Spring号）が創刊。「若い知性を育てるジュニアのための文芸書シリーズ」がキャッチフレーズで、創刊号は、表紙が赤い洋服でベースをかかえた金髪ボブへアのお姉さんの写真、巻頭がコバルト文庫創刊第1号になった『制服の胸のここには』の書き下ろし小説150ペー

77年8月

77年11月

78年2月

78年2月刊コバルト文庫はさみこみのチラシ

㋛82年6月

㋛第3号

ジ一挙掲載でした。

創刊第2号は川上宗薫の「かなしみの海」を一挙130ページ掲載！「一冊で単行本の10冊分の内容！オール小説 全編読みきり」という惹句が雑誌の帯を飾っています。

季刊でスタートしたけれど、第2号は予告より早い6月に発行、3号目にしてたちまち「日本ではじめて！ジュニアのための小説月刊誌！」として月刊化が決まりました。

執筆陣も富島健夫をはじめ、少女小説界の女王・佐伯千秋、根強い人気で長老的存在だった三木澄子、芥川賞作家の三浦哲郎・津村節子、児童文学界から吉田とし、「ジュニア小説」の両雄の川上宗薫・赤松光夫、直木賞作家の平岩弓枝・佐藤愛子など、コバルト文庫創刊期の豪華なスター作家が名を連ねています。

それからは、「小説ジュニア」掲載→コバルト・ブックス化→コバルト文庫化、あるいはコバルト・ブックスで書き下ろし→コバルト文庫化という刊行ルートが主流となりました。また、「小説ジュニア」に文庫本サイズの別冊ふろくがつくことがあり、その後加筆してコバルト文庫になりました。

コバルト・ブックスは、裏表紙に216という通しナンバーが付いた『心に愛の血が流れている』（赤松光夫 76年4月10日発行）までつづきました。全巻のうち半数以上がその後コバルト文庫になっています。

「小説ジュニア」は、82年に雑誌「Cobalt」にリニューアルするまで、17年間つづきました。

第3章

作家別シリーズ紹介

コバルト文庫
年表つき

白い少女たち

千佳が家出した理由を知っているが、それを言えない倫子。何も言わずにいなくなった親友にショックを受ける瑞穂。少女たちの繊細な心を描いた伝説のデビュー作。

氷室冴子

Saeko Himuro

1957～2008

「さようならアルルカン」で第10回小説ジュニア青春小説新人賞に佳作入選。コバルト文庫『なんて素敵にジャパネスク』シリーズなど。

なんて素敵にジャパネスク

田舎でのびのび育った型破りな貴族の姫君・瑠璃。都で起きた騒動が原因で結婚が延期されたため、自分で事件を解決しようと立ち上がる。平安京を舞台にしたロマンチック・コメディ。

イラスト/峯村良子、後藤 星

イラスト／藤田和子

シンデレラ迷宮

シンデレラシリーズ

朝目覚めたら、まるで知らない世界へ来ていた。記憶を失った利根（りね）をのぞきこんでいたのは、変な赤毛の踊り子。それが『白鳥の湖』のオディールだった！　どうなってるの？

イラスト／星野かずみ

雑居時代

数子が留守番を引き受けた知人宅に、同じく留守番の約束をしたと言って、漫画家志望の同級生・家弓と浪人生・勉が転がり込んできた。女２人男１人の奇妙な同居生活を描く。

アグネス白書　クララ白書

徳心学園中等部の寄宿舎「クララ舎」と、高等部の「アグネス舎」を舞台にした、友情と成長の物語。しのぶ、菊花、マッキーの仲良し＆賑やか３人組が、学校行事で大奮闘。

イラスト/原田 治、谷川史子

1976～

コバルト文庫 年表

年	
1976	集英社文庫コバルトシリーズ創刊（奥付は１９７６年６月28日）
1977	氷室冴子が『さようならアルルカン』で、正本ノンが『吐きだされた煙はため息と同じ長さ』で第10回「小説ジュニア青春小説新人賞」佳作入選、同作で作家デビューをする
1978	片岡義男『ハロー・グッドバイ』
	宇宙戦艦ヤマトブーム到来、若桜木虔が『さらば宇宙戦艦ヤマト愛の戦士たち』を発刊、以後、アニメのノベライズが続く
	久美沙織、田中雅美、「小説ジュニア」に掲載
1980	赤川次郎『幽霊から愛をこめて』
	氷室冴子『クララ白書』
	新井素子『いつか猫になる日まで』

ざ・ちぇんじ！

男の子のように活発な綺羅姫と、女として育てられた綺羅君。異母姉弟の２人が、性別が逆転したまま元服・裳着を行うことに。外見はそっくりな２人の波瀾万丈絵巻。

イラスト/峯村良子

恋する女たち

理屈っぽい多佳子、惚れっぽい緑子、年下好きの汀子という、個性的な女子高生３人の、恋心と失恋を乗り越える様子を描いた、青春物語。斉藤由貴主演で映画にもなった。

なぎさボーイ

多恵子ガール

イラスト／渡辺多恵子

女みたいな名前と顔、小柄な外見にコンプレックスを持ち、男らしさを追求するなぎさくんが、友達の悩み事を解決しようとがんばる、青春と友情の物語。『多恵子ガール』は恋愛未満の女友達・多恵子の視点から描いた物語。

イラスト/飯田晴子

銀の海 金の大地

淡海の国でヨソ者と言われ疎外されてきた真秀（まほ）。しかし彼女の中に巫女一族の血が流れているため、いつしか戦に巻き込まれていく。『古事記』をモチーフにした古代転生ファンタジー。

少女小説を育てた偉大な作家

少女小説を親しみやすい読み物に変えた氷室冴子。エッセイ、戯曲なども手掛け、教科書や入試問題にも採用されました。享年51歳。早すぎるお別れでした。

立原あゆみ「麦ちゃんのヰタ・セクスアリス」シリーズスタート

ルネ・ヴァン・ダール・ワタナベ『星たちからのメッセージ』

田中雅美『ホットドッグ・ドリーム』

1981

久美沙織デビュー文庫『宿なしミウ』

松田聖子『両手で聖子』

少女小説家ブーム到来！

コバルト文庫四天王
氷室冴子、正本ノン、久美沙織、田中雅美

氷室冴子『アグネス白書』

1982

雑誌「小説ジュニア」が雑誌「Cobalt」にリニューアル

1983

第1回コバルト・ノベル大賞スタート。初代審査委員は赤川次郎、阿木燿子、阿刀田高、眉村卓（1987年まで）

杉本りえ、第2回コバルト・ノベル大賞受賞

赤川次郎

Jiro Akagawa

福岡県生まれ。1976年にデビューして以来、40年間ベストセラー作家として活躍し続ける。

吸血鬼はお年ごろ シリーズ

由緒正しき吸血鬼は、正義の味方？　正当な吸血鬼の血を受け継ぐ父クロロックと人間の母との間に生まれた少女エリカは、花の18歳。次々と怪事件に挑むが…？　ヴァンパイアのユーモア推理。

イラスト/長尾 治、ひだかなみ

イラスト/ひだかなみ

路地裏の吸血鬼

就職もままならず貧乏生活を送っていた峰岸の前に突然、立派なドアが現れた。豪華な食事に、妖しげな美女、謎の路地裏に隠された秘密とは⁉

イラスト/金森 達

デビュー文庫

幽霊から愛をこめて

女子学生が幽霊に殺された。学園に潜む恐ろしい秘密とは…⁉　女子高生素人探偵、令子がなぞに迫る。

三次元の殺人

芸能一家に生まれた千晶はミステリー好きの18歳。祖父の誕生日に転落死した元女優、義父の変死…と相次ぐ事件に、千晶は2人の主治医である自分の恋人に疑いを持つ。

イラスト/張 佐和子

ふたりの恋人

イラスト/佐藤貞夫

金持ちの娘・麗子、レストランで働く広美…信一には恋人が2人いる。ある日麗子が、ついで麗子の母が殺され、広美も姿を消した。この事件の容疑者になってしまった信一は、真犯人を追う。

1984年～

コバルト文庫 年表

1984

氷室冴子「なんて素敵にジャパネスク」シリーズ開始

唯川恵、第3回コバルト・ノベル大賞受賞、倉本由布佳作入選（このとき、倉本由布は16歳）

杉本りえ『言い忘れたI LOVE YOU』

小林弘利『星空のむこうの国』

1985

藤本ひとみ、第4回コバルト・ノベル大賞受賞

唯川恵『Cボーイ・すくらんぶる』

藤本ひとみ「まんが家マリナ」シリーズを開始

山浦弘靖「星子」シリーズを『殺人切符は♥色』で開始

波多野鷹、第5回コバルト・ノベル大賞受賞

島村洋子、第6回コバルト・ノベル大賞受賞

1986

日向章一郎、第6回短編小説新人賞佳作入選

団龍彦「こちら幽霊探偵局」シリーズ開始

倉本由布『シナモンハウスの午後』

久美沙織

Saori Kumi

盛岡市出身。1979年「小説ジュニア」でデビュー。『丘の上のミッキー』などヒット作多数。

イラスト/めるへんめーかー、竹岡美穂

丘の家のミッキー シリーズ

由緒正しいお嬢様たちの通う華雅学園の中でも特に気高く神聖な集まり「ソロリティー」。「三丁目のミシェール」と呼ばれ、その一員であることは未来の誇りだったのに…!?

イラスト/もとなおこ

鏡の中のれもん シリーズ

女優志望の内藤結実は、中学2年生。毎日が完璧なステージのはずだった生活が、イトコの同居で大きくくずれ始めた。元気娘のはつらつストーリー。

イラスト／新井苑子

宿なしミウ

会った男はすべて、その不思議な魅力に引き込まれてしまう16才の小娘、それがミウ。男たちを翻弄しながら彼女が見つけた愛とは？

花の時間 鳥の時間

イラスト／藤臣柊子

「ここはどこ？」白いふわふわしたものの中に浮かんでるあたし。そして目の前には究極の美少年。だけど、夢にしちゃ長いし、リアルで…。栞子とイズルの不思議物語。

夢のつづきはかためを閉じて

夢みる少女の安寿子の夢は、いつも無残にも打ち砕かれる。意気込んで応募した懸賞小説には落ちるし、好きでもない男の子に迫られて…。現実ってムゴい！

イラスト/白鳥瑞江

唯川恵『そんなあなたにリフレイン』
島村洋子『オール・マイ・ラヴィング』
図子慧、第8回コバルト・ノベル大賞受賞

1987
唯川恵『1／2タイムの恋人』『夢色ラビリンス』
前田珠子、第9回コバルト・ノベル大賞佳作入選
前田珠子、デビュー文庫『宇宙に吹く風 白い鳥』

1988
山本文緒、第10回コバルト・ノベル大賞受賞
彩河杏、第11回コバルト・ノベル大賞受賞
日向章一郎、「放課後」シリーズを『放課後のトム・ソーヤー』で開始
喜多嶋隆『レタスと剣』

1989
山本文緒『ぼくのパジャマでおやすみ』
若木未生、第13回コバルト・ノベル大賞佳作入選
桑原水菜、第14回コバルト・ノベル大賞読者大賞受賞
若木未生、「ハイスクール・オーラバスター」シリーズを『天使はうまく踊れない』で開始
季刊誌だった雑誌Cobaltが隔月誌に

新井素子

Motoko Arai

高2の時に第1回奇想天外新人賞に佳作入選。『あたしの中の……』などヒット作多数。

いつか猫になる日まで

海野桃子は、奇妙な夢をみる。それは桃子と親友のあさみ、中学時代の同級生・殿瀬くんと、知らない３人の６人で何かを待っている夢で⁉

イラスト/長尾 治、四位広猫

イラスト/長尾 治、羽海野チカ

扉を開けて

「三拍子揃うと危険！」あたしのテレパスがささやく。だけど、美弥子たち超能力者3人組が集まってしまった時、突然目の前に扉が現れた。その向こうには何が…。

イラスト／長尾 治、四位広猫

あたしの中の……

バスの転落事故で記憶を失ったあたし。どうやら通算27回も殺されかかって、なお不死身らしい。あたしって、いったい何者なんだろう。表題のデビュー作をはじめ、初期の4作を収録。

イラスト／石関詠子

ブラックキャット シリーズ

あたし、広瀬千秋、19歳。天才的に不器用なあたしの唯一の特技は、なぜか“すり”。そんなあたしが、「キャット」と名乗る謎の美女と出会って、奇妙な悪事の片棒をかつぐハメになっちゃった。

星へ行く船 シリーズ

現在進行形で家出中の森村あゆみ、19歳。家を捨てるついでに地球まで捨てる覚悟で乗った宇宙船で、次々にハプニングに巻き込まれ⁉

イラスト/竹宮惠子

1990〜

コバルト文庫 年表

年	月	
1990		集英社コバルト文庫に改名
	7	落合ゆかり&カトリーヌあやこ「いきなりミーハー」シリーズ開始
	11	桑原水菜「炎の蜃気楼(ミラージュ)」シリーズ開始
1991	3	スーパーファンタジー文庫創刊 1991年3月から2001年4月にかけて刊行された、ファンタジー・ライトノベル系文庫レーベル。のちにコバルト文庫で活躍する作家も多く輩出した
	7	榎木洋子「リダーロイス」シリーズ『東方の魔女』にてデビュー
1992		ファンタジーロマン大賞創立
	3	コバルト・ピンキー文庫創刊 1992年3月から1998年2月にかけて、「りぼん」や「別冊マーガレット」などで人気だった少女マンガのノベライズを刊行したレーベル
	3	氷室冴子「銀の海 金の大地」シリーズ開始
	8	響野夏菜「カウス=ルー大陸史・空の牙」シリーズ開始

正本ノン

Non Masamoto

1977年「吐きだされた煙はため息と同じ長さ」が第10回小説ジュニア青春小説新人賞で佳作入選。

初恋セレナーデ

転校そうそうあの人にキュン、この人にドキ…。美少女花音のほんとの初恋はいつ訪れる？　パリ、ニューヨーク、シンガポールを回って帰国した花音の初恋ストーリー。

イラスト/つるとみ子

イラスト/金森 達

デビュー文庫

吐きだされた煙はため息と同じ長さ

高2のオレは、優等生な女子や担任の説教にうんざりして腹立ち紛(まぎ)れにラグビーボールを蹴った。そうしたら、恋に落ちてしまったのだった…。

田中雅美

Masami Tanaka

1979年、「夏の断章」が「小説ジュニア」に掲載される。同年、「いのちに満ちる日」で第7回小説新潮新人賞受賞。

謎いっぱいのアリス
アリスシリーズ

憧れのサッカー部の小沢くんを大っぴらに撮影できるという理由で写真部に入部した幸。しかしある日、小沢くんの笑顔に影を感じ…!?

イラスト/赤星たみこ、竹岡美穂

イラスト/赤星たみこ

ぴかぴか★物語

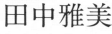

服のセンスが悪いからという理由で別れを告げられた亜美。しかしファッション誌から抜け出たような青年・英二が亜美の前に現れ!?

イラスト/たかのちはる

赤い靴探偵団 シリーズ

雪村奈々は如月高校の１年生。親友の陽子と「ミステリー研究会」に参加している。もちろん、あこがれの憭くんがいるからだ。これで事件は解決♡学園ミステリー。

---

12 ゆうきりん「人知らずの森のルーナ」シリーズにてデビュー

1993

9 榎木洋子「龍と魔法使い」シリーズ開始

10 さいきなおこ「プリンセス迷図」にてデビュー

12 樹川さとみ「雪月の花嫁」

1994

1 高遠砂夜「レィティアの涙」にてデビュー

3 今野緒雪「夢の宮」シリーズにてデビュー

11 「コバルト♡ときめきテレホン」スタート（第一回目は、桑原水菜）

11 金蓮花「銀葉亭茶話」シリーズ開始

1995

2 須賀しのぶ「惑星童話」にてデビュー

3 橘香いくの「嘘つきな天使たち」にてデビュー

6 須賀しのぶ「キル・ゾーン」シリーズ開始

6 真堂樹「四龍島」シリーズ開始

9 「コバルトくるりんFAX」スタート

10 本沢みなみ「東京ANGEL」シリーズ開始

1996

コバルト・ノベル大賞をノベル大賞、ファンタジーロマン大賞をロマン大賞と改称

藤本ひとみ

Hitomi Fujimoto

1985年作家デビュー。コバルト文庫でヒット作多数。歴史小説を数多く著している。

デビュー文庫

イラスト/谷口亜夢、高河ゆん

まんが家マリナ最初の事件

愛からはじまるサスペンス

編集長から最後通告が下った三流少女まんが家のマリナは、無謀にも「大音楽大河恋愛セクシーロマン」に挑むのだが、事件に巻き込まれ!?

イラスト/谷口亜夢

愛してマリナ大辞典 1

マリナをめぐる様々な愛の形を描いたイラスト集。マリナのほか、和矢、カミルス、シャルル、薫、美女丸たちの秘密も公開されたファン必携本。

新花織高校恋愛サスペンス

君のためのプレリュード

高校２年生の花純は、親友が中学生にフラれたと聞いてビックリ!!　思いしらせてやろうと作戦をたてたものの、この美馬貴司がおそろしくイイ男で、思わずときめいてしまった。

イラスト/さいとうちほ

キューピッドの迷宮 Revival Selection

明子は親友の文恵ちゃんと恋の宅配便〈キューピッド〉をやっている。ある日、明子と犬猿の仲の少女が死体で発見された。ところが、明子には事件当日の記憶がないのだ。

イラスト/さいとうちほ

ユメミと銀のバラ騎士団

月光のピアス

ママを亡くして、高校生主婦をやっている夢美。ところが不思議なピアスをつけてから、大変なことが…。だってドキッとするたびにみんな姿が変わっちゃうんだもの。

イラスト/しもがやぴくす、みらい戻

1996〜

コバルト文庫 年表

年	月	
1996	1	藤原眞莉『帰る日まで』にてデビュー
	1	樹川さとみ「楽園の魔女たち」シリーズ開始
1997	2	朝香祥「三国志」シリーズ開始
	4	金蓮花「竜の眠る海」シリーズ開始
	5	野梨原花南「ちょー」シリーズ開始
	6	あさぎり夕「雪之丞事件簿」シリーズ開始
1998	4	今野緒雪「マリア様がみてる」シリーズ開始
	9	藤原眞莉「姫神さまに願いを」シリーズ開始
	9	あさぎり夕「御園高校」シリーズ開始
1999	2	響野夏菜「東京S黄尾探偵団」シリーズ開始
	7	須賀しのぶ「流血女神伝」シリーズ開始
	8	桑原水菜「赤の神紋」シリーズ開始

山浦弘靖

Hiroyasu Yamaura

1961年脚本家デビュー。多くのアニメ、映画、テレビドラマなどの脚本を手がける。小説家としても「星子」シリーズなどヒット作多数。

イラスト／服部あゆみ

殺人切符は♥(ハート)色

星子ひとり旅シリーズ

いじめっ子の上級生をこらしめて停学になった星子は、これを機会に猫のゴンベエと長崎にやってきた。だが着いたとたんに殺人事件にまきこまれ…ユーモア・ミステリー。

イラスト/市居りさ

恋姫たちは振り向かない

大江戸ロマネスクシリーズ

大奥で側室の一人が、妖怪キツネにとりつかれる騒ぎが起きた。不義の子が原因だと言われ、窮地に立たされた側室・八重を救うため、ななは奮闘する。

イラスト／浦川佳弥

I LOVE YOUは♥(ハート)色

星子＆宙太ふたり旅シリーズ

待望の結婚式をあげた星子と宙太は、甘〜い新婚生活にうっとり…のはずだったが、同じマンションに凶悪犯がっ⁉　大人気シリーズ第2部。

下川香苗

Kanae Shimokawa

1984年、「桜色の季節」で第3回コバルト短編小説新人賞に入賞。少女小説の他、「君に届け」など少女漫画のノベライズも手がける。

イラスト/たかのちはる

それはキッスで始まった

高校の寮生活を送りながら、完全自立のためにバイトに精を出す亜美。ところが、クラスに転校生が現れてから、ペースが乱れっぱなし…青春ラブ・ストーリー。

夕やけ色のラブレター

金沢から岐阜の大学に入学した聡子の下宿に奇妙な同居人が住みついた。その名は、マリア、なんと聡子に取りついている幽霊だ、というのだが…。オカルトコメディ。

イラスト/松原理恵

9 片山奈保子「汝」シリーズ開始

2000
9 瀬川貴次「聖霊狩り」シリーズ開始

2001
2 片山奈保子「シャドー・イーグル」シリーズ開始

2 高遠砂夜「レヴィローズの指輪」シリーズ開始

4 谷瑞恵「魔女の結婚」シリーズ開始

6 真堂樹「青桃院学園風紀録」シリーズ開始

7 前田珠子「聖石の使徒」シリーズ開始

2002
1 テレビアニメ「炎の蜃気楼(ミラージュ)」放映

8 奈波はるか「少年舞妓・千代菊がゆく！」シリーズ開始

11 倉世春『祈りの日』にてデビュー

12 榎木洋子「緑のアルダ」シリーズ開始

2003
3 山本瑤「花咲かす君」シリーズにてデビュー

5 倉世春「鏡のお城のミミ」シリーズ開始

6 花衣沙久羅「全寮制男子校物語！」シリーズ開始

11 ココロ直「アリスのお気に入り」シリーズ開始

12 前田珠子「天を支える者」シリーズ開始

唯川 恵

Kei Yuikawa

1984年「海色の午後」で第3回コバルト・ノベル大賞を受賞。2001年直木賞を受賞する。

そんなあなたにリフレイン

なにかと可絵にちょっかいをかけてくる、プレイボーイと悪評の高い日向雅巳。憧れの菊池弘和に会いたくて図書委員になった可絵だったが!?

イラスト/さえぐさじゅん

イラスト/高橋比呂美

デビュー文庫

青春クロスピア

親友の弘美にくどかれて、無理やりバスケット部のマネージャーにされた七瀬。弘美のお目当ては、かっこいい遠山部長らしい。

倉本由布

Yu Kuramoto

1984年当時同賞受賞者の最年少の16歳で第3回コバルト・ノベル大賞に佳作入選。恋愛物、歴史物で著書多数。

海に眠る 義高と大姫
鎌倉盛衰記シリーズ

源頼朝の長女・大姫のお婿さまとしてやってきた義高。だが、本当は人質。「俺は、死んだら海にかえるよ」大姫を腕に抱きながら、義高は…。感動の歴史悲恋物語。

イラスト/湯口聖子

イラスト/槇 夢眠

天使のカノン
シリーズ

ママが死んで、6年ぶりにパパの家にひきとられた花音。不安でいっぱいだったけれど、海辺で一泉くんという男の子と友達になれて、ちょっぴり安心！

イラスト/本田恵子、あいざわ遥

きっとめぐり逢える
〜濃姫夢紀行〜
きっとシリーズ

現代から戦国時代にタイムスリップしてしまった女子高生の濃子(のうこ)。死んだ姫の身代わりに織田信長のもとへお嫁にいくことになってしまった。逃げ出すチャンスをうかがうが…。

2004〜

コバルト文庫 年表

年	月	
2004	1	テレビアニメ「マリア様がみてる」放映開始
	2	漫画「マリア様がみてる」刊行開始（全9巻）
	3	谷瑞恵「伯爵と妖精」シリーズ開始
	6	毛利志生子「風の王国」シリーズ開始
	7	OVA「炎の蜃気楼(ミラージュ)〜みなぎわの反逆者〜」全3巻発売
2006	2	青木祐子「ヴィクトリアン・ローズ・テーラー」シリーズ開始
	3	桑原水菜「シュバルツ・ヘルツ」シリーズ開始
	3	岡篠名桜「月色光珠」シリーズ開始
	6	ココロ直「小説版ラブ★コン」シリーズ開始
2007	8	ひずき優『キミのいる場所―REAL×FAKE』にてデビュー
	8	下川香苗「小説版君に届け」シリーズ開始

日向章一郎

Shoichiro Hyuga

埼玉県出身。1985年第６回コバルト短編小説新人賞佳作入選。「ユーモアミステリー」で人気を博す。

デビュー文庫 シリアス・タッチで口説かせて

シゲルとケイゾーはごく普通の高校生。マジメでもワルでもなく、一応彼女もいる２人に、高校最後の夏、ある出来事がおこった。

イラスト/吉田紀子

牡羊座は教室の星つかい

星座シリーズ

ノリミは高校に入学が決まったばかりの15 歳。卒業記念に友達とハメを外した夜、気づいたら、ちょっと不良なリョウと２人ホテルにいて…!? 思いつめたノリミは 家出をした先で…!?

イラスト/みずき健

イラスト/
みずき健、
穂波ゆきね

放課後のトム・ソーヤー

放課後シリーズ

ケンイチは、バレンタインの 前日、水泳部の華・桜子先輩からチョコをもらい有頂天になる。しかしその翌々日、先輩の死体が見つかって…!?

電撃娘 163 センチ シリーズ

学園一のヘンな女の子いずみさんを愛するジミな美少年たすく。彼女への愛を貫く毎日。そんなある日、いずみさんが「たんてい部」を作ると言い出して!?

イラスト/谷川史子

楽天使のテーマ

両親のいるロンドンを離れ、吉祥寺でタクトと暮らすことになったシュン。ある日、公園で女子大生の死体が発見された。シュンはその事件が自分の夢に似ていて驚くが。

イラスト/みずき健

2008

4 松田志乃ぶ「嘘つきは姫君のはじまり」シリーズ開始

6 小田菜摘「そして花嫁は恋を知る」シリーズ開始

7 真船るのあ「花嫁」シリーズ開始

10 テレビアニメ「伯爵と妖精」放映開始

10 Webラジオ「伯爵と妖精～ニコの妖精お茶会～が配信

10 みなづき志生「ラーザリューンの少年術師」シリーズにてデビュー

10 阿部暁子『屋上ボーイズ』にてデビュー

11 漫画『伯爵と妖精』刊行開始（全４巻）

11 彩本和希『アルカトラズの聖夜―妄想少女と無口な少佐』にてデビュー

2009

4 響野夏菜「鳥籠の王女と教育係」シリーズ開始

4 ココロ直「小説版メイちゃんの執事」シリーズ開始

4 プレイステーション２用ゲーム『伯爵と妖精～夢と絆に想いを馳せて～』発売

9 かたやま和華「怪盗レディ・キャンディ」シリーズ開始

12 山本瑤「鏡の国」シリーズ開始

破妖の剣シリーズ

魔性が蔓延る世界で人間が対抗しうる力、浮城。そこへ属する半人半妖の少女ラエスリールが、破妖の剣「紅蓮姫」と護り手であり妖主の闇主とともに魔性と戦う数奇な運命の物語！

前田珠子

Tamako Maeda

1987年、「眠り姫の目覚める朝」で第9回コバルト・ノベル大賞佳作入選。1989年に始まった「破妖の剣」シリーズは、ロングヒットとなった。

鬱金の暁闇

第六の妖主・雛の君とラスは、死闘の末に生まれた穢禍というすべてを死に追いやるモノに呑まれ彼方へと飛ばされる。そして、穢禍の蠢く空間から脱出を図るべく一時休戦を決めるが!?

イラスト/厦門 潤・小島 榊

デビュー文庫

宇宙に吹く風 白い鳥

鴫子は木星の衛星カリストへ行くはずが、父の反対で幽閉される。けれど脱出を図り、弟と火星行きの船に!?

イラスト/兼森義則

カル・ランシィの女王 シリーズ

幸せに暮らすカル・ランシィの王女アルスリーア。だが、邪悪な魔術師によって許婚が呪われてしまう。彼女は呪いを解くため、旅立つが!?

イラスト/おおや和美

聖石の使徒 シリーズ

石墨を抱き生まれた"聖石の子供"アラクセイト。優秀とは言いがたい彼女だったが、珊瑚の使徒が請け負う重大な任務を手伝うことになり!?

イラスト/山本鳥尾

聖獣 シリーズ

銀髪碧眼の少女セラは、シリオンの貴族ラマンと出会う。人探しをする彼を手伝うと決めたことで、セラは自分の数奇に満ちた運命に直面し!?

イラスト/おおや和美

2010～

コバルト文庫 年表

年	月	
2010	1	ひずき優「アルカサルの恋物語」シリーズ開始
	4	高山ちあき「橘屋本店閻魔帳」シリーズ開始
	7	松田志乃ぶ「悪魔のような花婿」シリーズ開始
	7	我鳥彩子「月の瞳のエゼル」シリーズ開始
	9	阿部暁子「小説版ストロボ・エッジ」シリーズ開始
	10	瀬川貴次「鬼舞」シリーズ開始
	11	実写映画『マリア様がみてる』公開
2011	2	はるおかりの「三千寵愛在一身」シリーズ開始
	6	長尾彩子「裏検非違使庁物語 姫君の妖事件簿」シリーズにてデビュー
	6	我鳥彩子「贅沢な身の上」シリーズ開始
	7	御永真幸『無音の哀戀歌～さようなら、わたしの最愛～』にてデビュー
	9	高山ちあき「お嬢様は吸血鬼」シリーズ開始
	11	藍川竜樹「ひみつの陰陽師」シリーズにてデビュー

白焰の罠

ラスは、白い焔に包まれて消えた都市を調査する旅の途中、ザハトという少年と出会うが!? 白焰の妖主との対決を描いた一冊。

イラスト/厦門 潤

漆黒の魔性

黒衣の魔性・亜珠に攫われた王女シュラインの救出に向かうラエスリール。けれど、妖貴である亜珠に苦戦し!? ラスと闇主の出会いを描くシリーズ1作目!

イラスト/厦門 潤

イラスト/厦門 潤

イラスト/厦門 潤

イラスト/厦門 潤

翡翠の夢

護り手である闇主が行方不明の中、第五の妖主・翡翠が繰り出す罠に翻弄されるラス。しかも、紅蓮姫の暴走を止めるべく刃を受けて!?

紫紺の糸

リーヴシェランの故国へ向かう途中、ラスたちは死霊に襲われる。だが、闇主は姿を見せなくて…!? 紫紺の妖主との死闘を描く前後編。

柘榴の影

突然、ラスの前に現れた美貌の青年。妖貴であろう彼は意味ありげに柘榴の実を手渡し…!? 柘榴の妖主・闇主の一面に迫る一冊。

天を支える者 シリーズ

無類の本好き少女ナルレイシアは、山ほど本がある王都の屋敷で住み込みの仕事を依頼される。それは、彼女の生活を波乱に導き…!?

イラスト/明咲トウル

魅魎暗躍譚 シリーズ

自分の瞳と髪の色を奪った魔性を探すため旅をする少年・甲斐は、行き倒れの少女・志摩と出会うが!? スーパーファンタジー文庫からの新装版。

イラスト/田村由美

2013
12 白川紺子『嘘つきなレディ五月祭の求婚』にてデビュー
6 白川紺子「リリー骨董店の白雪姫」シリーズ開始
8 彩本和希「姫頭領、百花繚乱！」シリーズ開始

8 長尾彩子「うさぎ姫の薬箱」シリーズ開始
8 せひらあやみ「皇帝陛下のお気に入り」シリーズ開始
9 藍川竜樹「覆面竜女」シリーズ開始

2014
3 一原みう『ロマノフ大公女物語 大帝の恋文』にてデビュー

4 桑原水菜「炎の蜃気楼 昭和編」シリーズ開始
6 御永真幸「ハーフ・クラウン」シリーズ開始
ロマン大賞、ノベル大賞に統合
9 舞台『炎の蜃気楼 昭和編 夜啼鳥ブルース』上演
10 秋杜フユ『さまよえる本に結末を ウィルブック・ハンターあるいは甘い憂鬱』にてデビュー

2016
4 「Webマガジン Cobalt」オープン

桑原水菜

Mizuna Kuwaabara

『風駆ける日』で1989年下期コバルト読者大賞受賞。「炎の蜃気楼」シリーズ、「赤の神紋」シリーズなどヒット作多数。

デビュー文庫 炎の蜃気楼(ミラージュ) シリーズ

戦国時代の霊たちが、新たに天下を取ろうと起こした《闇戦国》。現代人に悪影響を及ぼすその戦を止めるため、高校生の仰木高耶(おうぎたかや)は、上杉謙信の命を受けて甦った「上杉夜叉衆」と呼ばれる面々と共に、怨霊退治をすることに。

イラスト/東城和実、浜田翔子

炎の蜃気楼(ミラージュ)

死後、怨霊退治の使命を与えられた景虎たち夜叉衆。換生という術で肉体を得た彼らは、死者でありながらも400年の時を使命完遂のため生き抜いた。けれど、戦いは激化する一方で…!?

炎の蜃気楼(ミラージュ)邂逅編 真皓き残響(ましろきざんきょう) シリーズ

御館の乱で敗れた上杉景虎が、最初に「換生(魂が別の肉体に入り生まれ変わる)」したときの物語。敗戦した霊たちが暴れる中、かつて上杉家の家督を争った者たちが、景虎を大将にした怨将を調伏する仲間になる。

イラスト/ほたか乱

炎の蜃気楼(ミラージュ) 幕末編 シリーズ

さまざまな政治的思惑が入り乱れて混沌としている京に紛れ込む怨将。景虎たちは亡者の野望を阻むために甦るが、彼らも歴史の渦に巻き込まれていく……。幕末の志士や明治維新の立役者たちと共に戦う上杉夜叉衆を描く。

イラスト/ほたか乱

赤の神紋 シリーズ

新鋭作家の連城は、奇才と呼ばれる戯曲家・榛原を意識するあまりスランプに……。そんなとき新人役者の蛍と出会い、連城、榛原、蛍の運命の歯車が回り始める。商業演劇界を舞台にした、作家と役者のサクセス・ストーリー。

イラスト/藤井咲耶

風雲縛魔伝 シリーズ

真田幸村に仕えるくノ一、風音と葛葉。未熟ながらやる気だけは人一倍、目標に向かって一直線という２人が、幸村の命で神剣〈北斗〉の再生を目指し、鬼神探しの旅に出ることに。桑原水菜、もうひとつの戦国物語。

イラスト/桑原祐子

炎の蜃気楼（ミラージュ） 断章 最愛のあなたへ

上杉家の古戦場を訪ねた高耶。しかし、そこでも闇戦国の怨将たちの陰謀が渦巻いていた。その中で、佐々成政を狙う早百合姫とは…。表題作ほか『凍てついた翼』を収録した番外編。

イラスト/東城和実

炎の蜃気楼（ミラージュ） 昭和編 シリーズ

高度経済成長期に入り、にぎやかさを取り戻しつつある東京。その片隅のジャズ・ホール「レガーロ」で働く加瀬（景虎）と歌姫マリー（晴家）を中心に、上杉夜叉衆が集結。膨大な力を蓄えて甦った織田信長と対峙する。

イラスト/高嶋上総

炎の蜃気楼（ミラージュ）メモリアル

イラスト/浜田翔子

作品年表やインタビュー、短編などを収録した完結記念本。他にも直江メインの「アウディ・ノス」、北条家を描いた「群青」、名もない霊たちの「真紅の旗をひるがえせ」といった番外編が発行されている。

「炎の蜃気楼（ミラージュ）」紀行
トラベル・エッセイコレクション

本編の舞台となった土地を桑原水菜が歩き、思いを綴ったトラベル・エッセイ集。景虎たちの故郷・雪深い春日山城、高耶が生まれ育った長野県松本市、そして米沢の上杉まつりなど、聖地満載。

シュバルツ・ヘルツ ゲスタァン シリーズ

本編で主人公・奏と敵対していたアドルフと、奏の守護役だったアイザック。異世界〈地図にない国〉に落ちてしまった少年時代の2人。たどり着いた先が違い、運命が分かれることに……。2人の過去を描いた異世界サイドの物語。

イラスト/夢花 李

シュバルツ・ヘルツ—黒い心臓— シリーズ

心臓移植手術に成功したことをきっかけに、異世界の争いに巻き込まれてしまった中学生の奏。彼が受け取った心臓は、異世界存続の鍵を握るものだった。神話や古代の聖遺物が絡む壮大なサスペンス・ファンタジー。

イラスト/夢花 李、中村龍徳

若木未生
Mio Wakagi

射手座。A型。1989年「AGE」で第13回コバルト・ノベル大賞佳作入選。

ハイスクール・オーラバスター シリーズ

サイキック・アクション！見えないものが見える亮介は、謎の転校生・諒と美少女・冴子と出会い〈妖の者〉から狙われていると知り!?

イラスト/杜 真琴、高河ゆん

天使はうまく踊れない

デビュー文庫

イラスト/杜 真琴

デビュー文庫にして、ハイスクール・オーラバスターシリーズ1作目。平凡な高校生・亮介が持つ非凡な能力が彼の生活を一変し…!?

グラスハート シリーズ

熱い鼓動が響くハードビートノベル！ プロ志向のバンドでキーボードを弾く少女・朱音は、天才音楽家・藤谷のバンドに誘われて!?

イラスト/橋本みつる、羽海野チカ

満月少年＋太陽少女
ムーンボーイ・ファイアガール

ユーリの一等賞の男の子は丈海。丈海の一等賞の女の子はユーリ。激ラブな２人を冷静に見守る、菅手と雪りんも本当は体中ラブでぱんぱん！ 愛に生きまくる４人の『本気のラブ』ストーリー。

イラスト/いくえみ綾

エクサール騎士団 シリーズ

少女あきらは14歳。3人の兄と義父に囲まれて暮らしている。実は彼らの真の姿は、異界からの使者。本人に自覚はないが、あきらは〈琅月界〉からやってきた巫女なのだ！

イラスト/羽音こうき

ゆめのつるぎ
少年源頼朝の巻

イラスト/夢花 李

13歳の頼朝は、初陣に赴いていた。しかし心ここにあらず。「あきつ」という子供の幻まで見てしまう。悩める普通の若者・頼朝に起こる不思議な運命のいたずらとは？ 新しい源平合戦物語。

XAZSA シリーズ

休業中のギタリスト京平が出会った少年ザザ。彼は天才少女の優亜によって作られた国家機密級の機械人間（マシノイド）だった。シティサイバー・ファンタジー。

イラスト/田村純子

榎木洋子

Y o k o　E n o k i

天秤座。A型。「特別の夏休み」で1990年下期コバルト読者大賞受賞。

デビュー文庫

リダーロイス シリーズ 東方の魔女

翔は、叔父とふたり暮らしをしている普通の高校1年生。だが突然、魚のような銀の怪物に襲われた！「リダーロイス、真の名の使命を思い出せ」――叔父の命令で、異界に飛んだ翔の運命は？「守龍」の世界を描いた第1作目。

イラスト/由羅カイリ

イラスト/辻本めぐり

青い黄金 サキト シリーズ

〈黄昏の空の森の女王の宝冠〉…奇妙な言葉を手がかりに、サキトと七実の宝さがしが始まった。だが、その宝物にはドス黒い陰謀が隠されていた。パソコン少年のロマンティック・アドベンチャー。

イラスト/後藤 星

龍と魔法使い シリーズ

フウキ国のエリート魔法使いタギと相棒のレンは、守護龍の娘シェイラと事件の調査のため旅立つ。魔法と冒険ファンタジー。

桜咲くまで勝負ですッ！

高3の幸乃が一目ぼれしたのは1年生の男子。卒業目前、この恋がうまくいく可能性なんてあるの？　幸乃の親友・陽子や、2年生の千春の恋を描く、傑作ラブストーリー短編集。

イラスト/桃川春日子

ピジョン・ブラッド 影の王国 シリーズ

赤い満月を見た夜から、奇妙なものが目に映るようになった女子高生・瞳。影の中だけに現れる白い蔦、不気味な怪物…。戸惑うばかりだったところに、ある事件が起こった。学園ホラーファンタジー。

イラスト/羽原よしかづ

イラスト/唯月 一

緑のアルダ シリーズ

石占いの娘アルダは、緑の獣、少年剣士とともに、守龍を求める旅に出る。千年の昔より呪われた大地、荒野に支配された祖国の運命を覆すために。コーサ国の未来をかけた冒険の旅。

イラスト/うちみけ清香

STEP OUT

恒星間パイロットになるための養成機関「スペース・アカデミア」で学ぶあきらたち。夢に向かって大きく羽ばたこうとする、個性豊かな少年たちの勇気と友情の物語。さわやかSFファンタジー。

響野夏菜

Kana Hibikino

蠍座。O型。「月虹のラーナ」で1991年下期コバルト・ノベル大賞受賞。

カウス＝ルー大陸史・空の牙 シリーズ

魔物〈陽使〉と同様に〈銀聖色〉を持たない透緒呼。界座領の公女である彼女の出生の秘密とは…!? アクション・ファンタジー！

イラスト/石堂まゆ

イラスト/石堂まゆ

誘いの刻

デビュー文庫

公女でありながらも民の証である〈銀聖色〉を持たずに生まれた透緒呼の運命は!? 「カウス＝ルー」シリーズ1作目。

振り返れば先生がいる シリーズ

ある日突然ママが死んで、名字が変わって、カレシは放浪中。高2の真奈子には踏んだり蹴ったりの春なのに、さらにとんでもないヤツが現れた。担任で義父でおまけに厄病神？ 学園トラブルコメディ。

イラスト/柚木ノム

ダナーク魔法村はしあわせ日和 シリーズ

クールな首都警察特務捜査官イズーは、捜査中に負った傷をいやすため、田舎の警察署に赴任することに。赴任先は世界最後の秘境、ダナーク村。そこは魔女がホウキで空を飛び交う魔法村だった！

イラスト/裕龍ながれ

東京S黄尾探偵団 シリーズ

他人とのかかわりを嫌う行衡は、静かな学校生活を求め、超個人主義システムの黄尾高校に通っている。だが義兄・五月と学校の保健室に行ったことから、女子高生連続失踪事件の捜査に巻き込まれ!? ハイパー学園ミステリー。

イラスト/藤馬かおり

華は藤夜叉 シリーズ

暴走族「獄狼」(ヘルハウンド)のマスコットをつとめる美少女・九藤春香。彼女をめぐり男たちが熱い戦いをくり広げる中、春香自身の心にも、過去の熱い思いがよみがえってきた。迫力の湾岸バトル。

イラスト/石堂まゆ

イラスト/桃栗みかん

アルーナグクルーンの刻印 シリーズ

クィンティーザの隻翼

フィゼルワルドの女王ヴェティーラは、王国にまつわるある秘密によって、ひとり旅にでることになる。片時も離れることのない〈連獣〉灰色鷹を連れて…。大冒険ファンタジー。

須賀しのぶ

S h i n o b u　S u g a

蠍座。O型。「惑星童話」で1994年上期コバルト読者大賞受賞。2016年大藪春彦賞受賞。

イラスト/梶原にき

惑星童話

デビュー文庫

宇宙飛行士アーノルドは時空の流れから取り残される孤独に苦しんでいたが!?　時空を越え、育まれる愛と絆を描いた感動のＳＦロマン。

ブルー・ブラッド シリーズ

23世紀、火星都市。遺伝子操作によって生まれた強化人間のヴィクトール。彼は優れた頭脳と肉体を持ち、輝かしい未来を約束されていた。だが、彼の運命を狂わせる人間が現れた。

イラスト/梶原にき

イラスト／梶原にき

キル・ゾーン シリーズ

23世紀の地球は、国家治安部隊vs.レジスタンスの大内乱時代を迎えていた。激戦地ボルネオで戦う女性分隊長キャッスルと、新入り不良隊員たちがくり広げる、迫力の近未来バトル。

女子高サバイバル シリーズ

伝統ある女子高に通う桐子は、超庶民の普通の子。でもあこがれは「優雅な学校生活」。必死になる部活はやらないと決めていたのに、親友の翠の家に行ったのが運のツキ。彼女の戦いの日々が始まった。

イラスト/長谷川 潤

流血女神伝 シリーズ

運命に立ち向かうサバイバル・ロマン！　男顔負けの狩りの腕を持つ少女カリエはある日、見知らぬ男に攫われる。それは彼女を皇子の影武者にするためで…!?

イラスト/船戸明里

天翔けるバカ シリーズ

婚約者と破局したあげく、売り言葉に買い言葉で空軍にとびこんだリック。初出撃はさんざんな目にあったものの、持ち前の強さと明るさで、エースパイロットを目指す。熱血空軍アクション。

イラスト/梶原にき

MAMA

惑星セレで、亡き父のあとを継ぎ運び屋をしている少女マイカだが、お客が来ない。そんなある日、彼女に初仕事が舞い込むが、依頼人のハヅキは怪しげな男で…。感動のスペース・ファンタジー。

イラスト/後藤 星

金蓮花

Kinrenka

魚座。AB型。「銀葉亭茶話」で第23回コバルト・ノベル大賞受賞。

銀葉亭茶話 シリーズ

美しく紡がれる哀しい愛の物語！　仙境にある一軒の茶屋・銀葉亭。その主・李に請われ雪華公主が語る英雄と舞の名手の恋とは!?

イラスト／青樹 総

イラスト/藤井迦耶

銀朱の花 シリーズ

額の痣（あざ）と二色の瞳を持つ少女の恋物語♥　両親を失い過酷な生活に身を置いてきたエンジュだが、「聖なる乙女」として王宮が迎えに来て、運命が変わる。

竜の眠る海 シリーズ

すべてが緑に埋めつくされ、人々が覚めぬ眠りに落ちてしまったオディロカナ王国。その地にたどり着いた伝説の傭兵ジェイは、不思議な力を持つ王子に出会って!?

イラスト／珠黎皐夕

真堂　樹

Tatsuki Shindo

山羊座。O型。1994年に「春王冥府」で第24回コバルト・ノベル大賞受賞。

青桃院学園風紀録 シリーズ

男子校ライフコメディ♥　ケンカ仲間の朱雀を追いかけて、私立青桃院学園に編入した剣。でもそこは、ちょっとアヤシイ校風の全寮制男子校で…!?

イラスト/松本テマリ

四龍島（スーロンとう） シリーズ

運命が招く愛と嵐のカンフーアクション！　父を喪い白龍（パイロン）市の後継者となったマクシミリアンは、歓楽街『花路（ホワルー）』の頭・飛（フェイ）と出会い!?

イラスト/浅見 侑

スラムフィッシュ シリーズ

二つの組織が抗争を繰り返す旧市街。那智は黒組織の稼ぎ屋として危ない仕事をこなしながら、豊かな新市街に移るのを夢見ていた。しかし、相棒・甲斐の過去を知り…。

イラスト／二宮悦巳

高遠砂夜

Saya Takato

山羊座。AB型。1992年「はるか海の彼方に」で第20回コバルト・ノベル大賞佳作入選。

レイティアの涙 シリーズ

女神レイティアの怒りにふれた王子ユーザは転生するたびに過酷な運命に苦しめられてきた。だが、城の庭に〈翼ある人間〉が舞い降りた夜、王子は忌まわしい運命を断ち切ろうと決意した。

イラスト/赤坂RAM

姫君と婚約者 シリーズ

“奇姫”と呼ばれるディアゴール王国の姫アリィシアと、人間嫌いの魔法使いガルディア。政略結婚させられるはずが、さまざまな事件を乗り越えていくうちに、本物の愛が⁉ ファンタジック・コメディ。

イラスト/赤坂RAM

イラスト/起家一子

レヴィローズの指輪 シリーズ

孤児として生きてきた少女ジャスティーンに、叔母を名乗る人物が現れた。しかも貴族！ 期待に胸躍らせお城に着いた彼女に、叔母は冷たくて…。魔法学園♡の指輪に選ばれた少女の運命は⁉

イラスト/起家一子

聖獣王(クロスティア)の花嫁

妹姫と自分の婚約者に駆け落ちされてしまった王女リージュ。その上、妹の身代わりに大国ゼネスティアに嫁ぐことになった。

純情少年物語 シリーズ

12年間、大貴族の子として育てられた少年アシュネ。だが、生まれてすぐに他の子供と取り替えられていたことがわかり、本当の家へ帰ることになった。彼を待ち受ける過酷な運命とは。

イラスト/JUDAL

本沢みなみ

Minami Honzawa

牡牛座。A型。「ゴーイング・マイ・ウェイ」で1994年下期コバルト・ノベル大賞受賞。

東京 ANGEL シリーズ

高校生にして暗殺の仕事を請け負う尚也。相棒の聖のミスで仕事に失敗し、逃走中に盗んだバイクが同級生のものだったから話は複雑に！　ハードボーイズ・アクション。

イラスト/宏橋昌水

イラスト／高星麻子

新世界 シリーズ

盗みを生業（なりわい）とする少年ルーイとライの2人は、貴族の館からひとりの少女を連れ出してしまう。リリアと名付けられたその少女には、大きな秘密が！　冒険ファンタジー。

イラスト/八重垣ユキ

バーコード・チルドレン

天神小学校、理科準備室。学校の七不思議「踊るガイコツ」の噂を確認しに来た悪ガキ3人組。しかし彼らが見たのはガイコツではなく、羽が生えた少年たちで…。学園エンジェリック・ファンタジー。

七穂美也子

Miyako Nanao

蠍座。O型。1992年、スーパーファンタジー文庫『凶星〜いかなる星の下に』でデビュー。

1/ 2のヒーロー シリーズ

イラスト/片山 愁

ギャンブル好きの高校生、瑞垣聖。ある日、いとこの大学生が突然東京から帰ってきた。瑞垣家が氏子総代をつとめる神社の「巫子」になると言うのだが、不審に思う聖は…。

イラスト／凱王安也子

花の探偵 シリーズ

父の再婚のお陰で、新しい兄ができた中学3年の峻。2歳年上の美しい義兄に夢中になるが、両親の結婚式の日、不思議な事件が起こる。痛快フローラル・ミステリー。

春加先生の心理学ファイル シリーズ

美貌のカウンセラー春加純弥、人呼んで「白衣の天使」。患者が誘拐され、捜査に協力しようという矢先、謎の手紙が届いた。春加先生のミステリーカルテ。

イラスト/橘 皆無

瀬川貴次

Takatsugu Segawa

獅子座。B型。1991年、スーパーファンタジー文庫『闇に歌えば』でデビュー。

聖霊狩り シリーズ

政府の秘密組織、御霊部に所属する柊一が、ヤミブンの誠志郎と対立＆協力しながら怨霊を鎮める霊能バトル。現代の陰陽師物語。

イラスト/星野和夏子

闇に歌えば シリーズ

霊能者の誠志郎は文化庁特殊文化財課（ヤミブン）に所属し、曰くつき物品を回収する。スーパーファンタジー文庫初出作の新装版。

イラスト/星野和夏子

鬼舞 シリーズ

幼い頃から妖に好かれる体質の道冬は、陰陽師を目指すが、安倍吉平・吉昌兄弟にも気に入られ、面倒臭いことに……。平安妖退治物語。

イラスト/星野和夏子

花衣沙久羅

Sakura Kai

水瓶座。A型。1993年、スーパーファンタジー文庫『戒－KAI－』でデビュー。

蒼のソナチネ 蒼 シリーズ

何不自由なく育てられた武之内翼は、偶然出会った年下の遼に強くひかれる。だが、別れの日は突然にやってきた。2年後、再会した2人は⁉ 実の兄弟がたどる数奇な運命の物語。

イラスト/禾田みちる

イラスト/みなみ遥

ラブ♡ユー シリーズ

熱血純情少年の佑は、幼なじみの嵐に片思い中。勘違いから嵐の弟・光司狼に告白してしまった佑は、美少女バーチャル・アイドルとしてデビューすることに⁉

リアランの竜騎士と少年王 シリーズ

高校生活を謳歌中の夏紀が、ある日突然、竜が飛び交う異世界へ⁉　リアラン国の王子だと言われ、王位争いに巻き込まれてしまう。

イラスト/小島 榊

全寮制男子校物語！ シリーズ

川をはさんで隣接する男子校「菜の花東」と「桜花学院」が、共有施設の優先権を賭けてゲームを行う。恋と戦いのボーイズ青春白書。

イラスト/みなみ遥

今野緒雪

O y u k i　K o n n o

双子座。A型。「夢の宮～竜のみた夢～」で1993年上期コバルト・ノベル大賞、コバルト読者大賞受賞。

マリア様がみてる シリーズ

ミッション系のリリアン女学園高等部には、上級生が特定の下級生の指導をするスール（姉妹）という制度がある。普通の女子高生・祐巳は、人気者の祥子から妹に指名され、学園生活は一変する。

イラスト/ひびき玲音

夢の宮 シリーズ

王家の女性たちが暮らす後宮とは別にある『夢の宮』。そこは、正妃や愛妾の他に、王に疎まれた妃に与えられた特殊な宮。古代中華風「鸞国」の世界を舞台に、姫たちの切ない恋を描いた、オムニバス・ストーリー。

イラスト/かわみなみ、波津彬子、江ノ本 瞳、久下じゅんこ

スリピッシュ！ シリーズ

人々から恐れられている東方牢（リーフィシー）城。ある夜、ひとりの少女が城に侵入しようとして捕らえられた。なんでも、彼女の前から姿を消した恋人が、牢城の長官を名乗っているというのだ。

イラスト/操・美緒

お釈迦様もみてる シリーズ

リリアン女学園の隣にある、仏教系の花寺学院高校。入学式の朝、新入生の福沢祐麒は、校門に入ってすぐの分かれ道で立ちすくむ。そこは源平関所だというのだが…⁉ 「マリア様がみてる」の姉弟編。

イラスト/ひびき玲音

マリア様がみてる プレミアムブック

TVアニメ１ｓｔシーズンの設定画を一挙公開。学年ごとの声優キャスト座談会、書き下ろし番外編、コミックも収録。

イラスト/ひびき玲音

イラスト/南部佳絵

異邦のかけら
サカナの天

父の死の謎を解くため宇宙飛行士になったカイ。事故が起こったオーナ星で人魚姫のアーレリアに出会い、無邪気で純粋な彼女にひかれてゆく。哀しくも美しいSFメルヘン。

野梨原花南

Kanan Norihara

1992年『救世主によろしく』(白泉社ノベルズ)でデビュー。コバルト文庫「ちょー」シリーズなどヒット作多数。

イラスト/宮城とおこ

ちょーシリーズ番外編
魔王シリーズ

王子に捧げる竜退治

貧乏な貴族の娘ドリー。国王主催の舞踏会で「一番みっともない」という理由で王子の婚約者にされてしまう。王子への復讐を誓うドリーだったが⁉

ちょー シリーズ

仲良く暮らす美しい姫ダイヤと野獣。けれど、呪いが解け野獣が美しい王子ジオに戻ったことで姫は不機嫌に⁉　恋と冒険痛快ファンタジー！

イラスト/宮城とおこ

イラスト/山田南平

都会(まち)の詩(ポエム)

天先斗基(あまさきとき)は、父親が妙な研究をしていることを除けば、ふつうの高校生。適当にかわいい彼女もいる。ある日、父親に呼び出され山手線に乗っていた斗基の前に、ヒカルと名乗る謎の美青年が現れる。

イラスト/鈴木次郎

居眠りキングダム

高校生の修一は、誰が古文の授業に起きていられるか賭けをする。古文の多田先生の授業は、眠くて一度も起きて授業を聞いたことがないほど…。古文の授業中にしか行けないキングダムとは⁉

よかったり悪かったりする魔女 シリーズ

住み込みの見習い魔女ポムグラニット。魔女らしいことをすれば休みをあげると先生に言われ、13人の義姉たちにいじめられているというレギ伯爵の末娘を助けようとするが…。

イラスト/鈴木次郎

ヘブンリー 君に恋してる

ヘブンリーシリーズ

島国エリスンのデュガー魔法院に転校してきた16才の少女フォルミカ。美しい彼女には、転校初日からラブレターや薔薇の花が渡されるが、ウブな彼女には意味がわからない。初恋マジカル・ファンタジー。

イラスト/崎山 織

藤原眞莉

Mari Fujiwara

山羊座。O型。高校生の時、「帰る日まで」で1995年上期コバルト読者大賞受賞。

帰る日まで

イラスト/藤原多恵

斎藤道三の娘・帰蝶は実は男。政略のために織田信長のもとに嫁ぎ、彼を殺害してくるように命じられる。コバルト読者大賞を受賞した表題作のほかに続編『彷徨夜』『夜見る焔』を収録。

姫神さまに願いを シリーズ

諸国放浪する行脚僧カイは、不思議な少女テンと出会う。ふたりで稲村城に身を寄せるが、カイには思わぬ運命が!? 波乱の戦国ラブコメディー。

イラスト/鳴海ゆき

雨は君がために

徳川14代将軍・家茂と皇女・和宮は政略結婚させられたが、なぜか心が引かれ合うのだった。一方、幕末の江戸城には陰謀が渦巻き…。歴史ロマン。

イラスト/藤原多恵

清少納言 梛子(なぎこ) シリーズ

時は一条帝の御世。『姫神さまに願いを』のハルさんシリーズにも登場する梛子が清少納言に転生した。強気な性格は変わらず、時にものくるおしい状態に。超有名才女の奇妙な貴族生活は？

イラスト/鳴海ゆき

天の星 地の獣
天帝譚 シリーズ

赤帝の一人娘、絳星(こうせい)は黄の宮で半人前の聖霊獣・須玄に出会う。昼は人間、夜は亀の姿になる須玄は謎の暴風にふき飛ばされて迷っているという。

イラスト/藤原多恵

神巫(かんなぎ)うさぎと俺様王子の悩ましき学園生活
神巫うさぎ シリーズ

15歳の美和は、格式ある巫女一族に生まれながら「天師術」も使えない、平凡で地味な少女。高等部の入学式の日、遅刻しかけた美和の前に、超美形の魔族の王子が現れる。和洋折衷ふしぎファンタジー。

イラスト/鳴海ゆき

王宮ロマンス革命
シリーズ

クィンシード王国第２王女のエヴァは紫の瞳を持つ15歳。ある日秘密のパーティに参加し、妖しい隣国の貴族に狙われる。しかしそこで、彼女の隠された能力が開花した。

イラスト/鳴海ゆき

毛利志生子

Shiuko Mouri

蠍座。O型。1997年、ロマン大賞を受賞した「カナリア・ファイル～金蚕蠱～」をスーパーファンタジー文庫から出し、作家デビュー。

風の王国 シリーズ

唐の皇帝・李世民の姪、李翠蘭は素性を偽って公主（帝の娘）として吐蕃の王と政略結婚をすることに。嫁入りの途中で賊に襲われるが、そこを助けてくれた謎の青年、彼こそが吐蕃の若き王リジムで!?

イラスト/増田メグミ

外法師（げほうし） シリーズ

時は平安。嵯峨野にすむ「水守」の少女玉穂は、父を失ったショックで10歳の頃から成長が止まってしまった。玉穂は都からの訪問を受け、中宮を呪詛するものを探るよう依頼される。

イラスト/紗月 輪

クロス ～月影の譜～

従姉妹の真弥が蒸発して2年、飛鳥のもとに招待状が届く。「真弥が結婚？」相手の名はハーディ・モンフォール。2年前に飛鳥を殺そうとした吸血鬼だった。

イラスト/増田 恵

カナリア・ファイル シリーズ

バーテンにして「呪禁師」の有王。人間の生命を食べて黄金を生むという「金蚕蠱（きんさんこ）」を祓ったことをきっかけに、呪術VS.呪術の壮絶なバトルが始まる。

イラスト/増田 恵

イラスト／藤田麻貴

深き水の眠り シリーズ

高校の帰りに、見知らぬ青年に「ずっと探していた」と言われた沙月。それ以来、沙月の回りで奇妙な出来事が起こる。水蛇と呼ばれる精霊の戦いに巻き込まれた沙月の運命は!?

遺産 ～Estate Left～

暮林小鳥は高校3年生。郊外の洋館で母親と2人暮らしだったが、母親が亡くなり、同じ日に顔も知らなかった父親の遺産の話が舞い込む。困惑する小鳥の身辺に次々と危険が…。痛快本格ミステリー。

イラスト/綾坂瑠緒

あさぎり夕
Yu Asagiri

蟹座。O型。1976年漫画家デビュー。少女漫画で人気に。1990年代からBL小説を出すようになり、コバルト文庫でもヒット作多数。

雪之丞事件簿 シリーズ

名門私立高校で生徒会長を務める村雨雪之丞。冷静沈着でクールビューティーと呼ばれる彼が、周囲で起こる事件を解決していく。不良転校生・真崎の前では冷静でいられない雪之丞の学園ラブ・ミステリー。

イラスト/あさぎり夕

イラスト/あさぎり夕

親猫子猫 シリーズ

クールな御曹司の芳と、彼を追いかける同僚で、実は子持ちの久住。そんな2人の、大人の恋の物語。高校生になった久住の息子と、同級生との恋愛を描いた「子猫」シリーズも。

デリバリーホスト シリーズ
ホストなあいつ

キスから先は客とホストの契約次第、という異色のアルバイト「デリバリーホスト」。貴之社長が経営するホストクラブを中心に、さまざまな事情を抱えた人たちの恋を描いた、オムニバス作品。

イラスト/あさぎり夕

イラスト / 穂波ゆきね

甘い恋の賞味期限

大学生の要は失恋の寂しさをまぎらわすために、サークル顧問の津山と一夜を共にしてしまう。カラダの関係から始まった恋の行方は……？

奈波はるか
Haruka Nanami

2001年よりコバルト文庫で執筆開始。「少年舞妓・千代菊がゆく！」シリーズはロングヒットに。

少年舞妓・千代菊がゆく！シリーズ

置屋を営む母親を助けるために、急遽舞妓・千代菊としてお座敷に出た美希也。ＶＩＰ客に気に入られ、舞妓を続けることに。祇園を舞台にした複雑な恋物語。

イラスト/ほり恵利織

イラスト/紋南 晴

清涼学園男子寮シリーズ
恋せよ、少年！

素行不良のため寮に入れられた富井は、優等生の槇と同室に。中高一貫の男子校・清涼学園において、美形の槇は大人気。一緒に生活するうちに富井も槇が気になって……。

谷　瑞恵

Mizue Tani

水瓶座。O型。「パラダイス　ルネッサンス」で1997年ロマン大賞佳作入選。「魔女の結婚」シリーズ、「伯爵と妖精」シリーズなど。

伯爵と妖精 シリーズ

イラスト/高星麻子

妖精と話ができるフェアリードクターのリディアが、謎めいた美青年エドガーと出会い、妖精が絡んだ不思議な事件を解決しながら愛を育む、ロマンティック・ファンタジー。

呪いのダイヤに愛をこめて

呪いのダイヤを手に入れた伯爵エドガー。周囲で不吉なことが続いてやきもきするリディアだったが、エドガーはそのダイヤを復讐劇に利用しようとする。

イラスト/高星麻子

イラスト/蓮見桃衣

魔女の結婚 シリーズ

古代の巫女姫エレインは、魔術師マティアスによって1500年もの眠りから覚まされる。変わり果てた世界に驚きながらも、結婚願望が強い彼女は、この世界で運命の相手を探すことに。恋心あふれるファンタジー。

イラスト／夬己あゆり

摩天楼ドール シリーズ

ならず者が集まる街オムル。この街には、邪悪な存在を排除するドールと呼ばれる者たちがいた。ドールである悠とハヤトは、誘拐された少女の救出を依頼されたが。

さまよう愛の果て
—失われた王国と神々の千一夜物語

砂漠の国の少女アイーシャは、意に染まぬ結婚式の当日、花嫁衣裳のまま家出する。謎めいた吟遊詩人サンジャルに助けられたアイーシャは、次第に彼に魅かれて…。純愛ファンタジー。

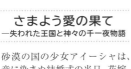

イラスト/山本鳥尾

長尾彩子

Ayako Nagao

９月６日生まれ。乙女座。O型。「にわか姫の懸想」で2010年度ノベル大賞受賞。

イラスト/宵マチ

童　話 シリーズ

辺境の村に一人で暮らす樹木医のレナーテ。手紙を交わしている天才博物学者のメルに淡い憧れを抱いている。ある日、彼女を捨てた貴族の父から政略結婚に利用されかけ…。

我鳥彩子

Saiko Wadori

蠍座。B型。「最後のひとりが死に絶えるまで」で2009年度ロマン大賞佳作入選。

イラスト/犀川夏生

贅沢な身の上 シリーズ

縁談を迫られた豪商の娘・花蓮は趣味に生きるため、新皇帝の後宮に入り、何千人もいる妃に紛れて生きることを目論むが、皇帝に気に入られ？

藍川竜樹

Tatsuki Aikawa

山羊座。O型。"秘密の陰陽師～身代わりの姫と恋する後宮～」で2011年度ロマン大賞受賞。

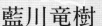

イラスト/サカノ景子

覆面竜女 シリーズ

蓉華は自分の"醜い"容貌を恥じて覆面で顔を隠しているもぐりの竜娘。しかし、皇子蒼翔に竜女候補になるよう命じられ!?

はるおかりの

Rino Haruoka

７月２日生まれ。蟹座。AB型。熊本県出身。「三千寵愛在一身」で2010年度ロマン大賞受賞。

イラスト/由利子

後　宮 シリーズ

継母に冷遇され笑顔を失った淑葉は皇兄・夕遼に嫁がされるが、その婚姻はすれ違いで…。書をめぐる中華後宮ミステリー！

秋杜フユ

Fuyu Akito

魚座。O型。「幻領主の鳥籠」で2013年度ノベル大賞受賞。

イラスト/サカノ景子

ひきこもり シリーズ

引きこもっていた魔術師のビオレッタは「光の巫女」に選ばれる。しかも腹黒王子エミディオと政略結婚することになり!?

せひらあやみ

Ayami Sehira

乙女座。A型。東京都出身。「異形の姫と妙薬の王子」で2011年度ノベル大賞佳作入選。

イラスト/みずのもと

皇帝陛下のお気に入り シリーズ

箱入り娘の清佳は宮廷に出仕する女官。ある時皇帝の姿を垣間見たのがきっかけで儀仗兵の洸輝に皇帝付きに召し上げられ!?

倉世 春
Haru Kurase

5月11日生まれ。牡牛座。AB型。青森県在住。「祈りの日」で2002年度ロマン大賞佳作入選。

イラスト/水谷悠珠

鏡のお城のミミ シリーズ

ミミはお城に連れ去られた弟を救出するため城に潜入。だが下働きのエリックと国を揺るがす陰謀に巻き込まれ⁉　元王子とお転婆娘の大冒険。

青木祐子
Yuko Aoki

8月16日生まれ。獅子座。A型。「ぼくのズーマー」で2002年度ノベル大賞受賞。

イラスト/あき

ヴィクトリアン・ローズ・テーラー シリーズ

19世紀イギリス。仕立て屋「薔薇色」の店主クリスの仕立てるドレスは、恋をかなえてくれると大評判。今日も、恋に悩むお客様が店を訪れ…。英国ロマン！

ココロ直
Nao Kokoro

双子座。A型。「夕焼け好きのポエトリー」で2002年度ノベル大賞読者大賞受賞。

イラスト/アキヲ

アリスのお気に入り シリーズ

亜理須のお気に入りはアンティークショップの凄腕鑑定士・白羽とのお宝探し。古今東西曰くつきのアンティークの謎を解けるのか――？

山本 瑤
Yo Yamamoto

牡羊座。O型。千葉県在住。「パーフェクト・ガーデン」で2002年度ノベル大賞佳作入選。

イラスト/明咲トウル

鏡の国 シリーズ

ティファニーは魔法の鏡の中の王国に引き込まれ、鏡の守護者となることを命じられる。さらには意地悪な王太子シリンと政略結婚させられ…。

白川紺子
Kouko Shirakawa

2月8日生まれ。水瓶座。O型。「嘘つきな五月女王」で2012年度ロマン大賞受賞。

イラスト/宵マチ

リリー骨董品店の白雪姫 シリーズ

骨董品の声が聞こえる伯爵令嬢クレアはロンドンで骨董品店を構えている。それは呪いを解く鍵を探すため…。宝石が導く英国ラブストーリー！

松田志乃ぶ
Shinobu Matsuda

11月7日生まれ。蠍座。O型。東京出身。「花ざかりの夜」で2005年度ノベル大賞佳作入選。

イラスト/有村安息日、Ciel

悪魔のような花婿（あなた） シリーズ

スプリング男爵家の末娘ジュリエットの求婚者は名門伯爵家の跡継ぎだが"悪魔伯爵"と恐れられていて…。新婚ラブファンタジー‼

みずき健

みずき・けん●まんが情報誌「ぱふ」に自作の同人誌を送ったのをきっかけにイラストの仕事を始める。「放課後」シリーズ、「星座」シリーズ他のイラスト担当。

梶原にき

かじわら・にき●第4回コバルト・イラスト大賞佳作入選。「キル・ゾーン」「天翔けるバカ」他のイラスト担当。

第4章

コバルトは賞とともに

コバルト文庫40周年時点で、応募総数約6万作品。多くの力作が編集部に寄せられた、ノベル大賞をはじめとする各賞のアツい軌跡をたどります。

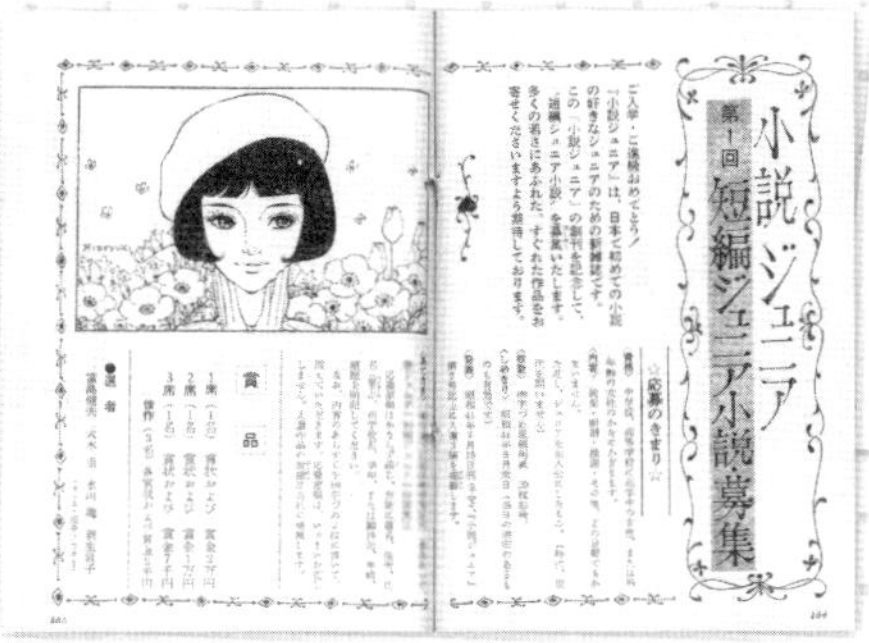

㋛創刊号

㋛68年2月

青春小説新人賞

コバルト・ノベル大賞の歴史は、1966年に雑誌「小説ジュニア」創刊号から募集を開始した「短編ジュニア小説」と、68年開始の「小説ジュニア青春小説新人賞」(創設時は「小説ジュニア新人賞」、76年に改称)にはじまります。「短編ジュニア小説」の初回応募要項を見ると、応募資格は、中学・高校に在学中あるいは同年齢の女性。ジャンルは、純愛、明朗、推理、その他、どの分野でもかまわない。時代、現代を問わず、ジュニアを主人公にしたもの。400字詰めで20枚前後。締切は募集開始から1か月半後の5月末日(当日消印有効)。賞品は、一席(1名)賞状および賞金2万円。二席(1名)賞状および賞金1万円。三席(1名)賞状および賞金7千円。佳作(3名)各賞状および賞金3千円。選者は富島健夫、大木圭、水川瓏、羽生敦子でした。

はじめての小説募集で反響は大きく、「選考委員の諸先生をはじめ、編集部一同、すっかり感激いたしました」(66年8月号)という応募総数は、3246編。入選第一席「春の異変」相田満里子(高校2年)をはじめ、第二席、第三席、佳作3名の受賞者は全員高校生でした。最終選考に残ったのは9編で、そのうち8編が異性関係をあつかった作品です。

2年後に創設した、「小説ジュニア青春小説新人賞」は、文壇デビューへ直結する賞で、枚数は80~250枚。賞金も20万円になります。

両賞は「小説ジュニア」が「Cobalt」にリニューアル創刊されると、

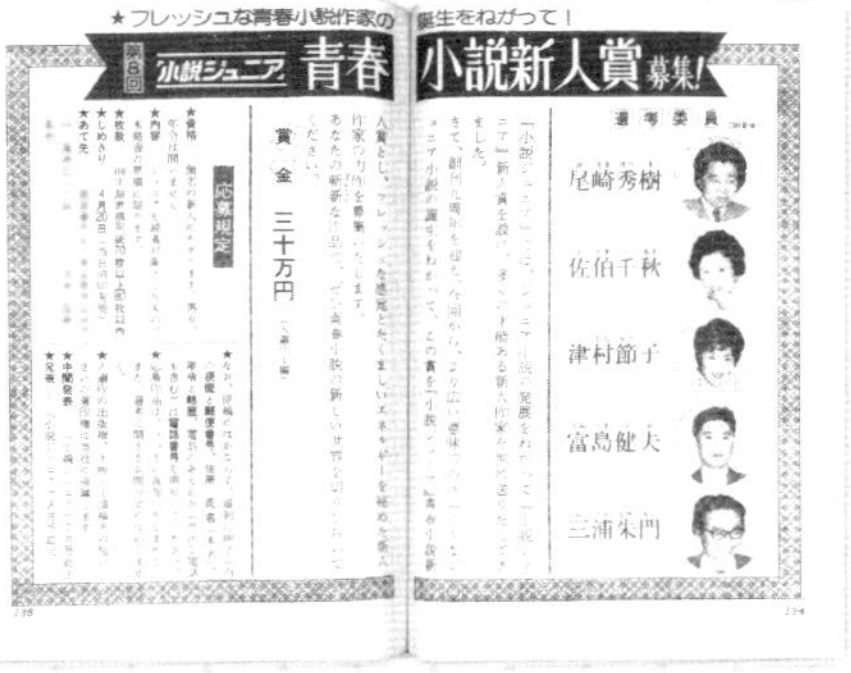

㋙76年2月

㋙78年9月
氷室冴子受賞作掲載。

「青春小説新人賞」は「コバルト・ノベル大賞」に、「短編ジュニア新人賞」は「コバルト短編小説新人賞」に、それぞれ引き継がれました。

「青春小説新人賞」出身の作家には、のちに「コバルト四天王」と称される氷室冴子、正本ノン、久美沙織（受賞時ペンネームは山吉あい）、田中雅美がいます。このうち、氷室、久美、田中は、雑誌デビュー時はまだ学生。青春小説新人賞の最終回の受賞者は、最後の回にして最年少の14歳の中学生・下条あかね。受賞作は「笑って！　ヒーロー!!」でした。

コバルト・ノベル大賞（昭和）

コバルト・ノベル大賞は雑誌「Ｃｏｂａｌｔ」創刊を記念して始まります。創設時は、［上期（年初〆）・下期（夏〆）］と区切られ、95年までは年２回の開催、96年度以降は年１回の開催になりました。

第１回（83年上期）のコバルト・ノベル大賞の募集告知は、「Ｃｏｂａｌｔ」創刊号（82年夏号）に、１ページ大で載りました。

「ロマンの新しい時代を切りひらく、あなたのフレッシュな力作を、お待ちしております。」

性別・年齢・ジャンルを問わず、20歳前後の若い女性を対象にした未発表作品で、４００字詰め原稿用紙１００枚前後（95枚以上１０５枚以内）。かならずたて書きのこと。締切は１９８３年１月15日（当日消印有効）。大賞には正賞の楯と副賞50万円。佳作は正賞の楯と副賞10万円。選考委員は赤川次郎、阿

コ創刊号

季刊誌創刊を記念して設けられた「コバルト・ノベル大賞」最初の募集告知。

刀田高、阿木燿子　眉村卓。

反響は大きく、創刊第2号（82年秋号）には、さっそく作家志望の読者から、読者ページ「パンプキン・コネクション」に「♥コバルト・ノベル大賞をねらってるけど、対象が20歳前後の人用小説を書くなんて、しんどい！」（14歳・T子）と、投書が寄せられます。

同号には、青春小説新人賞の最後の受賞作が「史上最年少作家誕生!!　14歳少女が描くかわゆ〜い学園ラブコメディ!!」と華々しく掲載されていましたから、それに合わせて、投書には、「14歳が描いた14歳の世界のお話でも、ちゃーんとお姉さまがたのハートを胸キュンさせてしまうんだもん！　グワンバッテ!!」と編集部からのおちゃめな口調だけれど本音の励ましの返信がついてます。

コバルト・ノベル大賞の記念すべき第1回は、応募総数３３８編、最終予選通過6編。残念ながら、大賞は該当作なし。佳作は、高校生がさだまさしの歌をヒントに描いたSFファンタジー「聖野菜祭（セントベジタブルディ）」那由他（のちに片山満久）とタイピストを目指すヒロインの生活をえがいた「たとえば、十九の時のアルバムに」一藤木杏子の二作。選考は山の上ホテル、贈呈式は集英社の会議室で、出席者は編集部員と集英社の幹部という授賞式です。

また、コバルト短編小説新人賞も始まりました。年4回の発表で、年齢・性別・ジャンルを問わず20歳前後の若い女性を読者対象とした未発表作品、かならずたて書きのこと。と、ここまではコバルト・ノベル大賞と同じで、４００字詰め原稿の枚数は25枚〜30枚、選考はコバルト編集部です。第1回（83年春

あなたの力作を待ってます!! 「COBALT」各種募集のお知らせ

●コバルト短編小説新人賞、募集開始!

コバルト編集部では、ただいま募集中の「コバルト・ノベル大賞」(77ページを参照)とは別に、年四回、短編小説部門の新人賞を設定いたしました。優秀作は'83年春の号より毎回発表、作品を掲載いたします。

賞……入選作・正賞の盾と副賞20万円

(応募のきまり)

★資格……新人に限ります。性別、年令は問いません。

★枚数……四〇〇字詰原稿用紙25枚~30枚。(かならずたて書きのこと)

★選考……コバルト編集部

★原稿には、郵便番号、住所、氏名(本名)、年齢と略歴、電話番号(呼び出し電話も含む)を明記してください。作品にはタイトルを忘れずに。

★応募作品はお返ししません。また入選作の出版権、上映・上演権その他いっさいの著作権は、集英社に帰属します。

★発表……「COBALT」'83年春の号より毎号発表の予定

●ミニ小説を書いてみませんか!?

ベスト・ショート・ショート 募集中

(応募のきまり)

★資格……どなたでも。

★枚数……四〇〇字詰原稿用紙二~五枚。原則としてたて書き。

★内容……SF、ロマンス、パロディーなどどんなジャンルでもOK。文章・アイデアとも、必ずオリジナルの未発表作品であること

★しめきり……とくにありません。

★あて先……

★選考……コバルト編集部

★賞金……入選作一編につき一万円。佳作は五千円。

★発表……「COBALT」誌上

★原稿には、郵便番号、住所、氏名、年齢、学年または職業、電話番号を明記し、フリガナをつけてください。作品にはタイトルを忘れずに。応募作品はお返ししません。作品の出版権、上映・放送権その他いっさいの著作権は集英社に帰属します。

●コバルト・ノベル大賞の募集は　ページにあります。

Ⓒ82年秋

コバルト短編小説新人賞の募集告知は、雑誌最後のページに掲載。

号発表)は、応募作280編。こちらも大賞は該当なし、佳作に「遠い国・近い国」木野葡萄。その後、第3回佳作に星川翔(のちに下川香苗)、第6回佳作に日向章一郎と、のちにコバルトを支える新しい才能を続々と輩出してゆきます。

コバルト・ノベル大賞第2回(83年下期)は第1回より150作ほど多い応募総数483編で、初めて大賞が出ました。「未熟なナルシスト」(杉本りえ)です。

発表号の巻末《編集長から》では「回を追うごとに応募作品が増えて編集部としても一面嬉しいのですが、問題は量より質なのです。選考委員の先生が選評でも書かれているように、小器用にまとめた作品より新人らしい斬新な作品が待たれているのです。新人に期待すること大です。」と厳しい指摘がつづきました。

「小器用にまとめた作品より新人らしい斬新な作品」――この文意はコバルト・ノベル大賞の中核になるテーゼとして、その後も幾度となく選評などで書かれています。

第3回(84年上期)の選考は、議論が白熱し、決まったのは午後9時過ぎ。激論を制して大賞に選ばれたのは、唯川恵でした。そして、佳作を受賞したのは16歳、高校2年生の倉本由布。当時、高校生の入賞は話題を呼び、以降、倉本由布に続くように10代の受賞者が増えていきました。

対照的に、第4回(84年下期)の選考時間はわずか40分で、「拍子抜けするほどあっさり」(眉村卓)と決まり、他の追随を許さぬほど評価が高かったた

コ 91年秋

ビッグカップル誕生と第1回イラスト大賞贈呈式が同じページに。

め、佳作なしとなりました。受賞したのは「まんが家マリナ」シリーズが人気となる藤本瞳（のちに藤本ひとみ）です。賞の〝4回目にして3度目の最終候補〟となっての順当な結果でした。

第5回（85年上期）の大賞は白亜谷鷹改め波多野鷹。17歳の高校3年生でした。86年冬号では、ともに受験を控えた倉本由布との対談が載り、無事に大学に入学したことものちに記事で伝えています（その5年後、91年4月号「Ｃｏｂａｌｔ」の読者ページ「ガールズステーション」には、波多野鷹&久美沙織の結婚写真が載っています）。

第6回は島村洋子が大賞受賞。応募数はうなぎのぼりで、コバルトでデビューした作家たちも応募作の下読みを手伝うようになりました。85年秋号では、「影の選考委員」として一次選考を手伝っている現役バリバリの若手作家20人を紹介しています。

応募数が初めて１０００作を突破した第8回（86年下期）の大賞は、図子慧。そして、第9回（87年上期）で、前田珠子が佳作になります。前田は翌88年『宇宙（そら）に吹く風　白い鳥』で文庫デビューして、89年には、90年代以降のファンタジーブームを牽引する作品となる「破妖の剣」シリーズをスタートしています。

第10回（87年下期）で、応募総数１４３１編。以降、90年代までは、毎回、〝過去最高の応募数〟といった言葉が発表号の誌面を飾るようになります。ちなみに第10回の応募者の内訳は、10代が52%、20代が39%、30代以上が9%。最年少は11歳の小学5年の女のコ。男女別では、女性が78%、男性が22%でし

選評
面白く読ませる努力を
赤川次郎
いつまでも心に残る作品を
阿木燿子
歩どまりの高い賞
阿刀田 高
息もつかせぬいい作品を
眉村 卓

コ87年春

た。

第10回で山本文緒が佳作を、第11回で彩河杏が大賞を、それぞれ受賞します。

「コバルト・ノベル大賞は、もっとも歩どまりの高い新人賞のひとつである。歩どまりというのは、受賞者がその後、作家としてどのくらいの率で活躍しているか、その度合いのことだ。ジュニア小説という特殊性はあるにせよ、この賞は他の新人賞と比べて極度に歩どまりが大きい。ほとんどの受賞者が継続的に原稿発表の機会を与えられているのは稀有のケースと言ってよいだろう。選考にたずさわる者として、うれしいことではあるけれど、それだけに責任も重い。」という阿刀田高選考委員の選評（87年上期）がまさにコバルト・ノベル大賞を言い表しています。

その言葉通り、レーベルと読者の年齢層を超えて広く活躍することになる作家が多数いることに驚く人もいらっしゃるでしょう。直木賞の他、さまざまな文学賞を受賞したり、学校の教科書に採用されたり、入試問題の定番になった作家もいます。

読者大賞創設

第11回（88年上期）からは、池田理代子、北方謙三、高橋三千綱、夢枕獏が新選考委員となりました。初選考会後、ある先生が娘さんのために池田先生にサインをおねだりしたというほのぼのとしたエピソードはさておいて……。

第12回の大賞は西田俊也。選考委員全員一致の受賞。その半年前には短編小

Ⓒ89年春

多くの作家を生み出した、読者大賞の最初の告知。

説新人賞佳作に入選しています。

この頃には賞が広く注目されるようになったため、コバルト文庫では「コバルト・ノベル大賞入選作品集」①～⑧（84年～92年）を発売。また、隔月刊行の雑誌「Ｃｏｂａｌｔ」だけでは読者の熱意に対応しきれず、「別冊Ｃｏｂａｌｔ　コバルト・ノベル大賞作家特集号」（89年4月20日号）を出すほどでした。別冊の表紙は岩館真理子で、カラー特集は「これが私のデビュー文庫でーす！」。第1回佳作入選者の一藤木杏子から第12回大賞の西田俊也まで16人が登場しています。

平成元年＝1989年には、第13回（89年上期）で「オーラバスター」シリーズが人気となる若木未生が佳作を、第14回（89年下期）では、「炎の蜃気楼」が一大ブームとなる桑原水菜が、新設された読者大賞を受賞します。

「読者大賞」は、「Ｃｏｂａｌｔ」創刊7周年を記念して創られた読者による賞です。審査員は「Ｃｏｂａｌｔ」誌上で30人を募集。審査員になるための条件は、ただひとつ、コバルトの読者であること。最終選考に残った5～6作品を読み、2週間で審査をします。当時の謝礼は審査員認定書と5000円分の図書券、コバルト・ノベル大賞出身の中で好きな作家1名のサイン入り色紙でした。

ここまで7年間の統計は、応募総数1万2054編、受賞者数23名［大賞10名、佳作12名、読者大賞1名］。男性6名、女性17名（応募者の男女比からいうと男性が健闘）、受賞者の平均年齢は23・3歳で、10代が1人、20代が19人、30代が1人。最年少の受賞者は、第3回佳作の倉本由布で16歳10か月。大賞の

㋙90年10月

最年少は第5回の波多野鷹で17歳6か月（読者大賞の桑原水菜は応募時点では19歳）。

受賞者の文庫デビューは、16名、総冊数170冊（89年11月現在）にのぼります。

イラスト大賞とコバルト三大賞の定着

1990年、「Ｃｏｂａｌｔ」隔月化1周年記念企画で「コバルト・イラスト大賞」の募集が始まります。

「あなたのイラストでコバルト文庫の表紙を飾ってみませんか?」がキャッチコピーで、「入選したかたは、今後、『Ｃｏｂａｌｔ』やコバルト文庫誌上で、イラストレーターとして活躍していただく予定です」というまさにデビューへの登竜門でした。

大賞1名は賞状と副賞30万円。優秀賞3名は賞状と副賞10万円、佳作5名は賞状と副賞5万円。プロ・アマ問わず。応募作は2点必要で、1点は課題イラスト（コバルト文庫の既刊をテーマにした作品）、タテ25センチ×ヨコ18センチ（「Ｃｏｂａｌｔ」と同じ大きさ）の画用紙に描く。もう1点は自由イラストで、キャラクター（人物）をメインにし、背景も入れた、もっとも得意とするイラスト。第1回の締切は、90年10月31日（当日消印有効）。選考委員は、当時「Ｃｏｂａｌｔ」の表紙を描いていた田渕由美子、ノベル大賞受賞から6年目で「まんが家マリナ」「花織高校」「ユメミと銀のバラ騎士団」の3シリー

㋙ 90年10月

第３回イラスト大賞選考会の報告。激論になったのは選考委員の人数のせい？

ズをもつ藤本ひとみ、「丘の家のミッキー」のイラストなどで人気だっためるへんめーかー、本誌編集長でした。

第1回応募総数は２９８６作。「どれだけ応募する人がいらっしゃるか、ドキドキ気分で始めた」編集部が驚くほど多い数です。最終予選通過30作。大賞は、「地下世界のダンディ」（図子慧）を選んで描いた後藤星。その後、「龍と魔法使い」（榎木洋子）他人気シリーズのイラストを多数手がけます。優秀賞は、山口広子・吉田花野子・二木志乃。佳作は松村果歩・中尾香珠世・香北はる・杉山玲子・鴫靖子。カラーで課題、モノクロページで一色の自由作品が発表号に掲載されています。

91年4月号ではさっそく、前年のノベル大賞佳作の赤木里絵とイラスト大賞優秀賞の山口宏子の高校生コンビが「Ｃｏｂａｌｔ」デビューしています。

第２回からは、巻頭のカラー口絵で第２回イラスト大賞募集（91年10月号）が大きく出て、以降は募集広告、結果発表とともに、三つ折りの巻頭カラー口絵で掲載されつづけます。

第２回は３５１８通、第３回２７５４通と多数の応募がつづき、第３回では選考委員が、小泉まりえ、後藤星、日向章一郎、前田珠子、若木未生、本誌編集長にかわりました。選考会は白熱し、最終予選通過38通から10作品の受賞作を決定するのに、各先生方が激論を交わしています。その選考会は「殴り合い寸前!? 無念、大賞決まらず。涙の激論選考会!!」と題して「Ｃｏｂａｌｔ」で誌上再現されるほどのせめぎ合いでした。「魅力的ではあるけれど、誰かの絵に似ている気がする」（小泉）、「白黒だけならいいけど……カラーを近くで

コバルトクイズ
問3

『丘の家のミッキー』で、ミッキーこと未来が葉山で知り合った美少年は、とある伝統芸能の家元です。その伝統芸能とは？

1 茶道
2 華道
3 香道

答えは269ページです。

Ⓒ92年12月
「コバルト3大賞」と呼ぶようになりました。

見ると5点もあげられない」（日向）。激論になった一因は選考委員の先生の数が6人と偶数だったから。「ああ、3対3だ」と編集長が唸りつつ、ようやく準優勝2名に決着しています。

ノベル大賞も第17回（91年上期）から、選考委員が、岩館真理子、菊地秀行、高橋源一郎、氷室冴子となります。第18回（91年下期）には、学園ミステリー「東京S黄尾探偵団」などで知られる響野夏菜が大賞。〝過去最高の激戦〟つづきの選考過程は、「Ｃｏｂａｌｔ」に一次、二次、三次予選通過作品と著者名が紹介されています。

このころから、コバルトの「ノベル大賞、読者大賞、イラスト大賞」を総称して「コバルト3大賞」と呼ぶようになり、定着してゆきます。

初のダブル受賞と94年組

第21回（93年上期）、今野緒雪が大賞と読者大賞を同時受賞します。同時受賞は史上初の快挙で、しかも大賞は、激しい議論が戦わされるのが通例だったノベル大賞の歴史にあってめずらしい満場一致での受賞でした。

94年（第23、24回）の受賞者は、のちに「花の94年組」と呼ばれるようになった人気作家ぞろいです。第23回に金蓮花（大賞）、橘香いくの（佳作）、須賀しのぶ（読者大賞）、第24回に真堂樹（大賞）、本沢みなみ（佳作）などがいます。真堂は、応募1回目は箸にも棒にもかからず、2回目は最終選考まで残り、さらにもう一度投稿して、まさに三度目の正直の受賞となりました。

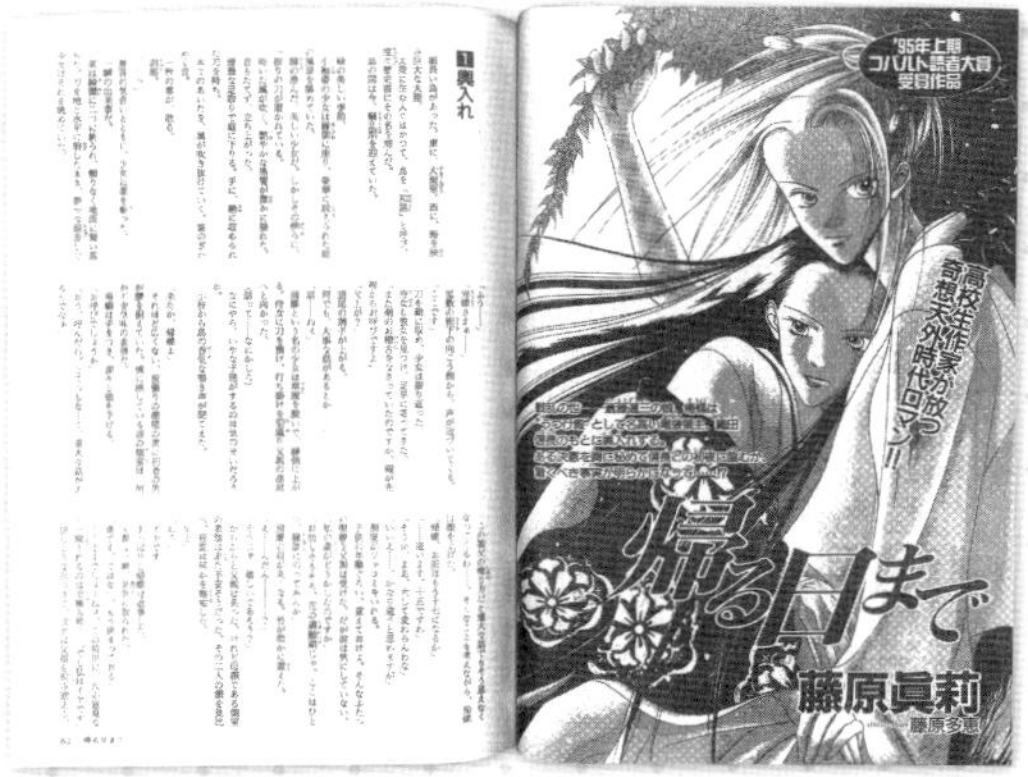

コ 95年8月
藤原眞莉受賞作掲載。

第25回（95年上期）には、「姫神様に願いを」シリーズの藤原眞莉が読者大賞を受賞。２年半前に7作応募するものの全敗し、この回に5編応募で臨んでみごと高校在学中に念願の入選を果たしています。

第26回（95年下期）では応募のきっかけが震災だったという作品が応募作1856編の頂点に立ちました。大賞受賞者の遠田緩（とおだかん）は、受賞の言葉で「あの一月十七日、電気もガスも水道もとまった部屋で寒さと絶え間なく続く余震にふるえながら、わたしは、子供を生もう　小説を書こう　と決心しました。」と同年の阪神淡路大震災が執筆の動機だったと、その心中を吐露しています。

ノベル大賞・イラスト大賞の受賞作は、選考結果発表号の「Ｃｏｂａｌｔ」に掲載され、受賞者たちは次々に文庫デビューしてゆきました。

ノベル大賞の受賞作は中編（約１００枚）ですから、そのまま文庫デビュー作になるわけではありません。受賞者は、受賞直後のインタビューや座談会、受賞一作の30枚の短編書きおろしをこなしながら、文庫デビューのための文庫1冊分の原稿を用意します。受賞の栄光にひたるのもそこそこに、受賞者はたちまちプロとしての超人的なスピードと実力が要求される即戦力の現場と対峙することになるのです。

ロマン大賞出身作家

96年には、「コバルト・ノベル大賞」とスーパーファンタジー文庫向けに92年に創設した「ファンタジーロマン大賞」（選考委員、久美沙織・星敬・安田

緊急ニュース！

「コバルト・ノベル大賞」と「ファンタジーロマン大賞」が生まれ変わります！

あなたも、作家になる夢をかなえてみませんか？

新選考委員から激励メッセージ

眉村 卓
槇村さとる
氷室冴子
橋本 治
佐々木譲

コ95年8月
長編の募集も始まりました。

均）が合体し、「コバルト文庫　スーパーファンタジー文庫　ノベル大賞、ロマン大賞」となりました。

91年に創刊したスーパーファンタジー文庫は、折からのRPGブームにのって、オリジナルのファンタジーノベルを中心にラインナップをそろえた文庫レーベルです。

両文庫の読者を対象とする小説作品ならば、ジャンルは問わず、青春小説、恋愛、ミステリー、ファンタジー、SF、ホラー、歴史ものなど、時代のエンターテインメントを創り出す才能に広く門戸を開き、入選後の活躍の場も両文庫に広がりました。両賞は、２０１５年に再度合体するまで、中編作品で新人賞の性格もある「ノベル大賞」、長編ですぐ出版にむすびつく「ロマン大賞」とすみわけて、応募の選択肢を多様にしています。

大賞が生まれ変わったことにともなって、選考委員も新しくなります。

ロマン大賞は、佐々木譲、橋本治、氷室冴子、槇村さとる、眉村卓（大賞：正賞の楯と副賞１００万円。佳作：正賞の楯と副賞50万円）。ノベル大賞は、橋本治、槇村さとる、氷室冴子、眉村卓（大賞：正賞の楯と副賞１００万円、佳作：正賞の楯と副賞50万円）。ノベル大賞読者大賞は変更なく、正賞の楯と副賞50万円が贈られました。

両文庫の賞の垣根をとりはらったことで、ロマン大賞受賞者からは、「妖精の騎士」シリーズの嬉野秋彦、「風の王国」シリーズの毛利志生子、「伯爵と妖精」シリーズの谷瑞恵、「鏡のお城のミミ」シリーズの倉世春、「アルカサルの恋物語」シリーズのひずき優、初応募から17年目に佳作入選した「月の瞳のエ

ゼル」「贅沢な身の上」シリーズの我鳥彩子、「ひみつの陰陽師」シリーズの藍川竜樹、11年にコバルト短編小説新人賞を受賞した後、12年度のロマン大賞を受賞した「リリー骨董店の白雪姫」シリーズの白川紺子、などのコバルト作家が次々に誕生しました。

新生「ノベル大賞」（コバルト・ノベル大賞から通算27回）には、２６５５編の応募がありました。最終選考に残った6作品から、大賞「ＳＩＬＥＮＴ ＶＯＩＣＥ」橘有未。佳作「月を描く少女と太陽を描いた吸血鬼」川村蘭世。96年度ノベル大賞読者大賞には、「楽園幻想」高野冬子が選ばれます。98年度は「汝」シリーズの片山奈保子が読者大賞、99年度は竹岡葉月が佳作になりました。

２０００年以降

２００２年度（通算33回）の大賞は、「ヴィクトリアン・ローズ・テーラー」シリーズの青木祐子（受賞作「ぼくのズーマー」）、佳作に「桃源の薬」シリーズの山本瑤。

この年には、イラスト大賞で前年に史上初のＣＧ作品入賞者がでたことから、ＣＧイラスト大賞部門が新設されています。

03年からは、ノベル大賞とロマン大賞の選考委員が同じメンバーになりました。読者大賞は、「そして花嫁は恋を知る」シリーズの小田菜摘（受賞時は沖原朋美）です。

夢を実現しましょう

書きたい、読んでもらいたいという気持ちをおさえられないあなた
こうすればありあまる才能を生かして作家になれます。

87年解説目録

解説目録にも小説家志望者への特集が掲載されました。

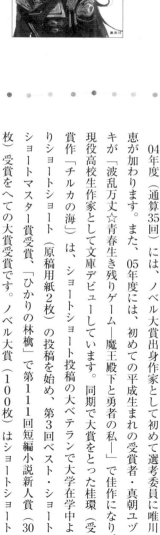

04年度（通算35回）には、ノベル大賞出身作家として初めて選考委員に唯川恵が加わります。また、05年度には、初めての平成生まれの受賞者・真朝ユヅキが「波乱万丈☆青春生き残りゲーム―魔王殿下と勇者の私―」で佳作になり、現役高校生作家として文庫デビューしています。同期で大賞をとった桂環（受賞作「チルカの海」）は、ショートショート投稿の大ベテランで大学在学中よりショートショート（原稿用紙2枚）の投稿を始め、第3回ベスト・ショートショートマスター賞受賞、「ひかりの林檎」で第111回短編小説新人賞（30枚）受賞をへての大賞受賞です。ノベル大賞（100枚）はショートショートの50本分ですが、「でも、いつかは。決意して、ノベル大賞の選評を何度も読んできた」と受賞の言葉でそれまでの努力を言葉にしています。

このころになると、「デビュー文庫6・7・8月刊で3カ月連続刊行決定！ラフ絵のヒーローヒロイン付きで紹介」、「デビュー文庫速報！〜ただいま印刷中〜」などと題したパワフルな記事が「Cobalt」を毎号のように飾るようになります。まだ線画段階のキャラ設定やカバーイラストを紹介したり、「早くもマンガ化計画進行中！三人のフレッシュな先生方の座談も掲載！」「私たち、この夏デビューします！」などの新着情報が次々に掲載されました。

07年には、各賞の創設当初から「Cobalt」誌上で幾度となく繰り返し紹介されてきた〝受賞するための〟詳細レクチャー記事の集大成のような、「ノベル大賞・ロマン大賞特集！「あなたも小説家になれる！」」という大特集が組まれました（10月号）。「人気作家に訊く！ 小説を書く方法＆「わたしはこうして小説家になりました」」では、桑原水菜、今野緒雪、響野夏菜、青木

㋙07年10月

祐子、山本瑤の5先生が、「題材はどうやって見つけるの？　キャラクターの作り方は？　プロット（小説の設計図）をつくる！　いざ、執筆！　書き上げたら必ず推敲を！　発送前に、もう一度確認！」で具体的な実体験を語っています。

そして——、この年、新たに選考委員になった桑原水菜が書いた初選評のさいごの一文は、「最後に、元選考委員で私達コバルト出身作家の大先輩である氷室冴子先生のご冥福を心よりお祈り申しあげます。」という悲しい言葉でした。10年度からはアニメ「マリア様がみてる」でシリーズ構成を担当した吉田玲子が選考委員に就任します。10年度ロマン大賞は2作。はるおかりの「三千寵愛在一身」と湊ようこ「春にとけゆくものの名は」は、ともに政略結婚というコバルトの王道中の王道をモチーフにしながら、切り口も書き方も違う物語です。10月、11月で連続刊行、しかも両作を同じイラストレーター（由利子）で、Ｗｅｂコバルト、ケータイコバルトでも試し読みで読み比べが楽しめたことから、話題になりました。ロマン大賞・ノベル大賞の評価シートの応募者への返送もこの年から開始されます。

選考委員に今野緒雪が加わった15年には、ロマン大賞とノベル大賞を合体してリニューアルされ賞金も大幅アップして、年1回の開催となりました。「Ｃｏｂａｌｔ」がＷｅｂマガジンになって以降も、「小器用にまとめた作品より新人らしい斬新な作品」というコバルトの賞の精神はそのままに、ノベル大賞（大賞３００万円、準大賞１００万円、佳作50万円）、短編小説新人賞（入選20万円、佳作10万円）、コバルト・イラスト大賞（大賞10万円、入選５万

コバルトクイズ
問4

「オーラバスター」シリーズで、諒や亜衣との出会いで精神的にたくましくなった亮介は、高2から部活を始めることに。入部したのは？

1 放送部
2 漫研
3 美術部

答えは269ページです。

入選作を集めた文庫本も刊行されました。

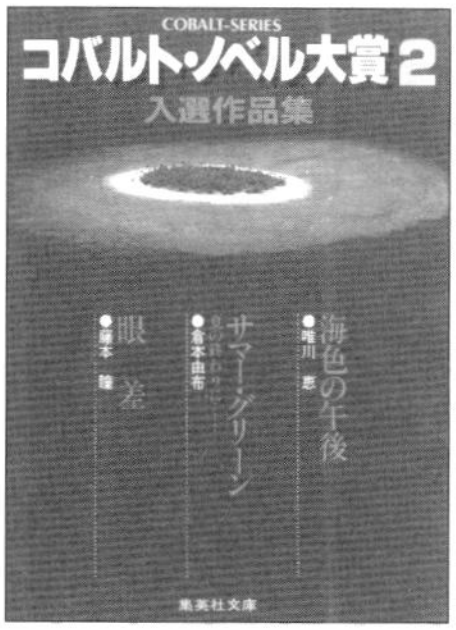

円）は続いています。郵送、Ｗｅｂの両方で応募可能になったノベル大賞は、400字詰めで100～400枚の幅広く楽しめるエンターテインメント作品であれば、どんなジャンルでも大歓迎!!　性別・年齢・プロアマは不問で、締切は、郵送投稿が「当日消印有効」、Ｗｅｂ投稿が締切日の「23時59分まで」。門戸をより広くして、新たな才能の登場を待ち望んでいます。

2016年4月1日にオープンしたよめる&かける総合小説サイト「ＷｅｂマガジンＣｏｂａｌｔ」は、「よめる」だけでなく「かける」機能も重視。コバルト三大賞に加え、ユニークな投稿企画も多数開催しています。時代や環境が変わろうとも、清新な作品を期待する気持ちは、小説ジュニア創刊時から変わりません。

歴代の受賞作家

コバルト・ノベル大賞

回	開催年	入選	佳作	読者大賞
1	一九八三年上期		藤木杏子・片山満久	
2	一九八三年下期	杉本りえ	塩田　剛・藤本圭子	
3	一九八四年上期	唯川　恵	倉本由布	
4	一九八四年下期	藤本ひとみ		
5	一九八五年上期	波多野鷹		
6	一九八五年下期	島村洋子		
7	一九八六年上期		片桐里香	
8	一九八六年下期	図子　慧		
9	一九八七年上期		前田珠子・夏川裕樹	
10	一九八七年下期	五代　剛	山本文緒	
11	一九八八年上期	彩河　杏		
12	一九八八年下期	西田俊也		
13	一九八九年上期	水樹あきら	若木未生	
14	一九八九年下期		三浦真奈美・児波いさき	桑原水菜
15	一九九〇年上期	川田みちこ	小山真弓	小山真弓
16	一九九〇年下期	涼元悠一	赤木里絵	榎木洋子
17	一九九一年上期	水杜明珠	島田理聡・久嶋　薫	もりまいつ
18	一九九一年下期	響野夏菜	北村染衣	立原とうや
19	一九九二年上期	ゆうきりん	沙山　茴	原田　紀
20	一九九二年下期		甲紀枝・高遠砂夜・野間ゆかり	水野友貴
21	一九九三年上期	今野緒雪	藍あずみ	今野緒雪
22	一九九三年下期	茅野　泉	花宗冬馬	緑川七央
23	一九九四年上期	金蓮花	橘香いくの	須賀しのぶ
24	一九九四年下期	真堂　樹	本沢みなみ	藤上貴矢
25	一九九五年上期	香山暁子	いたみありあ	藤原眞莉
26	一九九五年下期	遠田　緩	森田　尚・吉田　緑	浩祥まきこ

※読者大賞は第14回から第43回まで。

ロマン大賞

回	開催年	受賞者
5	一九九六年度	入選　荻野目悠樹 佳作　弓原　望
6	一九九七年度	入選　毛利志生子 佳作　谷　瑞恵
7	一九九八年度	入選　久和まり
8	一九九九年度	入選　霜越かほる 佳作　さくまゆうこ
9	二〇〇〇年度	佳作　渡瀬桂子 佳作　中井由希恵
10	二〇〇一年度	佳作　佐藤ちあき 佳作　鷲田旌刀
11	二〇〇二年度	佳作　久藤冬貴 佳作　倉世　春

ファンタジーロマン大賞

回	開催年	受賞者
1	一九九二年度	入選　矢彦澤典子 選外佳作　青木弓高
2	一九九三年度	入選　藤原　京 選外佳作　田中啓文
3	一九九四年度	入選　嬉野秋彦 選外佳作　一条理希
4	一九九五年度	選外佳作　小林栗奈 選外佳作　柴田明美

ノベル大賞

回	開催年	入選	佳作	読者大賞
27	一九九六年度	橘 有未	川村蘭世	高野冬子
28	一九九七年度	小松由加子	榊原和希・河原 明	小松由加子
29	一九九八年度	深谷晶子	片山奈保子	片山奈保子
30	一九九九年度		竹岡葉月・吉平映理	松井千尋
31	二〇〇〇年度	小沼まり子	石川宏宇・ユール	ユール
32	二〇〇一年度	清水 朔	なかじまみさを・深志いつき	清水 朔
33	二〇〇二年度	青木祐子	山本 瑤	ココロ直
34	二〇〇三年度	小池 雪	菊池 瞳	沖原朋美
35	二〇〇四年度		高川ひびき・桃井あん	足塚 鰯
36	二〇〇五年度	桂 環	松田志乃ぶ・真朝ユヅキ	岡篠名桜
37	二〇〇六年度	藤原美里	木崎菜菜恵・閑月じゃく	ながと帰葉
38	二〇〇七年度	相羽 鈴	一井七菜子	彩本和希
39	二〇〇八年度		汐月 遥・香月せりか	椎名鳴葉
40	二〇〇九年度	久賀理世	夢野リコ	高山ちあき
41	二〇一〇年度	長尾彩子	御永真幸	高見 雛
42	二〇一一年度	野村行央	せひらあやみ	小糸なな
43	二〇一二年度		汐原由里子・きりしま志帆	後白河安寿
44	二〇一三年度	秋杉フユ	東堂 燦・つのみつき	
45	二〇一四年度	杉元晶子	紙上ユキ	

回	開催年	大賞	準大賞	佳作
46	二〇一五年度	白洲 梓	長谷川 夕	
47	二〇一六年度	ゆきた志旗		
48	二〇一七年度	高森美由紀		奥乃桜子・時本紗羽

回	開催年	受賞者
12	二〇〇三年度	佳作 杉江久美子
13	二〇〇四年度	佳作 中村 幌 佳作 小林フユヒ
14	二〇〇五年度	佳作 広瀬 晶 佳作 友桐 夏
15	二〇〇六年度	佳作 神埜明美
16	二〇〇七年度	入選 夏埜イズミ 入選 ひずき優 佳作 崎谷真琴
17	二〇〇八年度	入選 阿部暁子 入選 みなづき志生
18	二〇〇九年度	佳作 我鳥彩子
19	二〇一〇年度	入選 はるおかりの 入選 湊ようこ
20	二〇一一年度	入選 藍川竜樹
21	二〇一二年度	入選 白川紺子 入選 希多美咲
22	二〇一三年度	入選 一原みう 佳作 小湊悠貴
23	二〇一四年度	入選 辻村七子

※作家名は、デビュー時のものです。空欄は、該当作品なし。
途中で賞の名前が変わりますが、回は通算で数えています。

回	発表号	入選	佳作
1	83年春		木野葡萄
2	83年夏		橋本よしえ
3	84年冬		星川　翔
4	84年夏		山田修治
5	85年冬		岩垂みき
6	85年春		日向章一郎
7	85年夏		荒井美鈴
8	86年冬		桂木圭子
9	86年春	加藤功騎	
10	86年夏		鈴木裕毅
11	86年秋		
12	87年冬		
13	87年春		
14	87年夏		透野友里
15	87年秋		小谷たかし
16	88年冬		山岸　優
17	88年春		西田俊也
18	88年夏		三鷹清貴
19	88年秋	木下聖美	
20	89年冬		森藤景子
21			
22	89年夏		紫あゆみ
23	89年10		亜川星樹
24			
25	90年2	長島由美子	
26	90年4		水城さとこ
27	90年6		伊藤清流

回	発表号	入選	佳作
28	90年8		片瀬芳菜
29	90年10		宮川　尊
30	90年12		夢魔　狼
31	91年2		藤上　緑
32	91年4		清水美季
33	91年6		阿久津なこ
34	91年8		秋津　雅
35	91年10		遥めぐみ
36	91年12		和泉万里
37	92年2		桂木柚子
38	92年4		元禄あげは
39	92年6		有里　好
40	92年8		綾乃なつき
41	92年10		沼野さおり
42	92年22		菊地芙美子
43	93年2		嶋　直穂
44	93年4		
45	93年6		砂木　碧
46	93年8		菊池麻由
47	93年10		柴田悠希
48	93年12		松村比呂美
49	94年2		織田葉月
50	94年4		高山みどり
51	94年6		加納夢葉
52	94年8		森　映美
53	94年10		相江宇遠
54	94年12		

回	発表号	入選	佳作
55	95年2		夭紫苑
56	95年4		織乃うらら
57	95年6		海野森魚
58	95年8		森　暁良
59	95年10		藤原成美
60	95年12		中本雅子
61	96年2		藤林ゆえ
62	96年4	坂木　恵	
63	96年6		中嶋洋子
64	96年8		汐視夏代
65	96年10		笙地もと子
66	96年12		宮城知子
67	97年2		
68	97年4		松井千尋
69	97年6		楽本純子
70	97年8		
71	97年10		笙地もと子
72	97年12		宇都宮碧
73	98年2	真田澄野	
74	98年4		吉浦椰珂
75	98年6		磯尾順子
76	98年8		毬村優花
77	98年10		
78	98年12	浅野紘子	
79	99年2		叶迁正美
80	99年4		上林みや
81	99年6		ゆうり

回	発表号	入選	佳作
82	99年8		日ノ宮伊織
83	99年10		
84	99年12		早川千祈
85	00年2	(準入選)伊藤早季子	三森まのあ
86	00年4		藤まゆみ
87	00年6		新佛ユミカ
88	00年8		前島千恵子
89	00年10		なかじまみさを
90	00年12		
91	01年2		木下拓史
92	01年4		倉世 春
93	01年6		
94	01年8		あべみなみ
95	01年10		磯尾順子
96	01年12		依映まゆみ
97	02年2	倉世 春	
98	02年4		鈴木奈央子
99	02年6		葛原亜紀
100	02年8		水瀬 椿
101	02年10		気田彩子
102	02年12		松本佳代子
103	03年2		岸 興詳
104	03年4		気田彩子
105	03年6		恩田泫子
106	03年8		なおさと美生
107	03年10	藤村はじめ	
108	03年12		水瀬 椿

回	発表号	入選
109	04年2	飴野シロ
110	04年6	高橋 六
111	04年8	桂 環
112	04年10	シヲムラタカコ
113	04年12	むらさき志乃ぶ
114	05年2	
115	05年4	荒井由香利
116	05年6	冬野みゆき
117	05年8	
118	05年10	吾ワ猫
119	05年12	真左希香子
120	06年2	丘咲かをり
121	06年4	青戸 城
122	06年6	有沢真尋
123	06年8	寅田 茗
124	06年10	善生茉由佳
125	06年12	雨
126	07年2	遙島冬晴
127	07年4	関 直恵
128	07年6	千葉かおり
129	07年8	平川深空
130	07年10	阿部暁子
131	07年12	たちばなえい
132	08年2	瀬戸美月
133	08年4	長崎綾野
134	08年6	いちひめ
135	08年9	船岡 祥
136	08年11	小椋新之助

回	発表号	入選
137	09年1	檀ハルミ
138	09年3	桐沢えみゆ
139	09年5	中村涼子
140	09年7	志波
141	09年9	久賀理世
142	09年11	成江あやこ
143	10年1	カミツキレイニー
144	10年3	一田和樹
145	10年5	知子
146	10年7	桃通ユイ
147	10年9	伊海琥珀
148	10年11	秋吉マユリ
149	11年1	竹内憲太郎
150	11年3	十七里星歌
151	11年5	若草もなか
152	11年7	塩原由里子
153	11年9	野村行央
154	11年11	白川紺子
155	12年1	六花
156	12年3	渡邊葉々
157	12年5	桜田エミ
158	12年7	後白河安寿
159	12年9	山本奈央子
160	12年11	一原みう
161	13年1	平板静音
162	13年3	おとわはこ
163	13年5	砂谷有生
164	13年7	清瀬くろ

回	発表号	入選
165	13年9	黒瀬かすみ
166	13年11	micxey
167	14年1	海蔵ゆうこ
168	14年3	吉川 明
169	14年5	雨咲まどか
170	14年7	村上はいり
171	14年9	佐倉ユミ
172	14年11	奥野さくら
173	15年1	作楽シン
174	15年3	高橋和珪
175	15年5	久芳
176	15年7	更山寛和
177	15年9	夜野せせり
178	15年11	翁 千尋
179	16年1	高峰なずみ
180	16年3	平野一葉
181	16年5	羽鳥 陽
182	16年6	木津川結
183	16年8	廣瀬美揮子
184	16年10	黒瀬みのる
185	16年12	栗栖 祐
186	17年2	仁科里津
187	17年4	ソワノ
188	17年6	針野 羊
189	17年8	雪 町子 月原たぬき
190	17年10	苦夏まどか

※作家名は、発表号掲載のものです。空欄は該当作品なし。109回以降は入選のみです。
23回以降発表号欄、年の後の数字は、月号です。182回以降は、Webマガジン Cobalt更新月です。

コバルト40周年 おめでとう！

2016年に創刊40周年を迎えたコバルト文庫へ寄せられた、
たくさんの作家からのメッセージです。

今野緒雪
【こんの おゆき】

コバルト文庫は、ど素人の私を拾って根気よく育ててくれた恩師、いやニュアンス的には母校、でしょうか。以来ぬくぬくと居座って、今後もお世話になる気満々ですので、末永くよろしくお願いします。祝40周年！

榎木洋子
【えのき ようこ】

あまたの乙女の瞳には星と月と太陽と、そしてコバルト文庫があった……。というくらい乙女に馴染み深いコバルト文庫。40周年おめでとうございます！

青木祐子
【あおき ゆうこ】

コバルト40周年おめでとうございます。そんなに長いのかとびっくりしますね。読者として楽しんだこと、書き手として喜んだり悩んだりしたこと、すべてがわたしの糧です。これからもずっと、優しく強い少女のための小説として、お守りのようにそこにありますように。

真堂 樹
【しんどう たつき】

小説はワクワクする宝箱、熱くうねる生命体……コバルトを読んで初めてそう感じました。ますます多くの読者に物語の魅力をアピールされますように！ 文庫創刊40周年＆Webマガジン始動、おめでとうございます。

花衣沙久羅
【かい さくら】

夢、花、恋…そして冒険も！ コバルト文庫は永遠乙女の玉手箱。文庫の装丁もほんとに可愛くて大好きです。これからもずっと私のそばで、キラキラに輝いててください。コバルト文庫40周年おめでとうございます！

赤川次郎
【あかがわ じろう】

僕は今年、作家生活40年ですが、コバルト文庫とのお付き合いは36年！　ほとんど第一歩から共に歩んで来た「仲間」です。40周年、おめでとう。これからも若い読者のよき友でいてください。

須賀しのぶ
【すが しのぶ】

40周年おめでとうございます！　少女たちの夢であり続けて40年。本当にすごいことです。Webという時代に即した形となり、ますます自由に楽しく広がっていきますね。楽しみです！

久美沙織
【くみ さおり】

40周年おめでとうございます。ひとりの書き手としてここにかつて居場所をいただいたことを光栄に、幸福に、そして懐かしく思っております。月日が流れ、時代がどんなに変わろうとも、「少女」はまた生まれ、巣立っていく。大切な季節に寄り添うコバルトは、永遠に不滅です！

新井素子
【あらい もとこ】

SF雑誌でデビューした私、まったく畑が違うコバルトでお世話になり、とっても楽しかったです。何より、女性が沢山いると、非常に華やか！　これからもコバルトの発展をお祈りしております。

瀬川貴次
【せがわ たかつぐ】

40周年おめでとうございます。移り変わりの激しい中、これだけ長きに渡って数々の作品を世に送り出せていけるのはもの凄いことです。これからも楽しみにしております！

桑原水菜
【くわばら みずな】

コバルト文庫40周年おめでとうございます！　作家としての私の巣であり学校であり戦場でもあったコバルト。これからもたくさんの作家の挑戦の場であって欲しいと思います。攻めていきましょう‼

岩井志麻子
【いわい しまこ】

作家の私を産みだしてくれたコバルトシリーズには、親孝行することしか考えておりません。できの悪い子どもも愛してくださってありがとうございます。

山浦弘靖
【やまうら ひろやす】

コバルト文庫40周年おめでとうございます。「星子」シリーズ今もWebでがんばってます。FCの皆様とも同人誌を作ったり、僕の劇団公演に参加してくれたり交流は続いています。コバルトの絆を大切に！

日向章一郎
【ひゅうが しょういちろう】

一読者の立場だったときも、発表の場を与えていただいた後も、物語を通じてさまざまな出会いがありました。コバルト文庫が大好きです。40周年、本当におめでとうございます。

田中雅美
【たなか まさみ】

創刊40周年おめでとうございます。刊行される本が、いつも多彩で新鮮な魅力に満ちあふれているコバルト文庫。これからもますます、豊かな広がりをみせてくれることを期待しています。

唯川　恵
【ゆいかわ けい】

もう創刊から40年も経つのですね。私のデビューは85年。大変お世話になりました。これからも、コバルトらしい夢のある小説を世に送り出してください。おめでとうございます。

藤本ひとみ
【ふじもと ひとみ】

コバルト文庫創刊40周年、おめでとうございます。第４回のノベル大賞を受賞してデビュウした私も、今年で作家生活32年になります。いろいろな事がありましたが、コバルトは、今も私の心の故郷です。

谷　瑞恵
【たに みずえ】

読者として知ったコバルト文庫、書き手としても共に歩んできたかと思うと感無量です。40周年！　長い歴史の中でたくさん愛されてきたってすごいことですよね。おめでとうございます！

ゆうきりん
【ゆうき りん】

40周年おめでとうございます。現在も何とか作家を続けていられるのは、コバルト文庫で鍛えて頂いたおかげだと思っております。ますますのご発展を祈りつつ、微力ながら、そのお手伝いをさせていただければ、幸いです。

前田珠子
【まえだ たまこ】

コバルト文庫40周年、おめでとうございます！　学生時代に読み始めた頃は、まさか自分がコバルトからデビューできるだなんて、想像もしてませんでした。あれから○十年……これからもよろしくお願いします。

奈波はるか
【ななみ はるか】

コバルト文庫40周年！　おめでとうございます。12年続いた千代菊シリーズは、四分の一余りの年月、ここに生きていたんだなと思うと感慨深いです。

若木未生
【わかぎ みお】

27年前、青春を書きたくてノベル大賞に投稿し、絢爛たる物語たち、偉大な先輩、愛しき戦友と出会いました。いまやコバルト文庫そのものが私の青春です。祝40周年。私なんかまだひよっこだなと思えて幸せです。

三浦しをん
【みうら しをん】

子どものころから読んできたコバルトが、40周年！　おめでとうございます！　今後も多くの読者の胸をときめかせ、ときに希望の光となる作品が、次々に生みだされることでしょう。とっても楽しみにしています。

野梨原花南
【のりはら かなん】

コバルト文庫40周年おめでとうございます。本屋で新井素子先生の「あたしの中の…」を一冊全部立ち読みしてから買い、その後闊達に変遷するカラーに楽しませていただきました。これからも楽しみにしています。

毛利志生子
【もうり しうこ】

40周年おめでとうございます。今後もコバルトが多くの読者様に愛される存在であり続けることを願っております。

響野夏菜
【ひびきの かな】

40周年おめでとうございます。25周年でもコメント寄せさせていただきましたが、もう15年経ったんですか…遠い目。ぜひ50周年も迎えられますように。というか、コバルトは永遠に不滅です。弥栄‼

目録エッセイ再録

2000年代中頃まで、毎年、コバルト文庫解説目録（非売品）
というものがありました。初期の目録に掲載されていた
歴代作家のエッセイをページそのままお見せいたします。

'86
解説目録
75ページ

anniversary ありがとう 10周年

COBALT ESSAY
コバルト創刊10周年に寄せて

あこがれの"沙織"さま―久美沙織

十年前久美は十七歳。『十七歳』といえば、南沙織さまのデビュー曲なのですよね。

あたしはあのかたへの憧れで、ずいぶんいろんなことを決めてきたような気がします。ペンネームはモロ、上智に行ったのも、沖縄大好きなのもたぶんそう。ストレート・ロングのつけ毛は持ってるし、去年はついに歌手のマネもしてしまったし、未だに原宿MILKをひいきしてしまう。MILKは十数年前、沙織さまのお気にいりだって雑誌に載ってたブティックなの。今でも素敵な服ばかりで、がんばっててくれて、嬉しいです。

だから、十七歳になっちゃった時には、相当焦りました。もう、ウカウカしてられない、何か始めなきゃ、って。演劇部でがんばってみたり、ポプコンに応募してみたり、まだまだミーハーで、自分にふさわしいことが何なのかとても決められなかったけど。実は、毎月『小説ジュニア』を読み、ノートに何冊もになる駄文を書きなぐってましたね。

おめでたい十周年を、こうして、沙織として迎えることができるなんて、夢みたいです。

COBALT ESSAY
あいらぶぶっく

私の読書法―目録読書―氷室冴子

中学・高校時代の読書戦というと、思い出すのは〝目録〟だな。

中学時代ってお小遣いは少ないし、読みたい本は多すぎる。図書館や友達から借りて読むのは趣味じゃなくて、読むからには〝わたしの本〟として読みたいなんて美意識をもってたから、いつもピーピーしてました。

そこであみ出したのが、目録読書。各出版社が出版目録ってのを出してて、あれには二〇〇字くらいのあらすじとか書いてあるでしょう。あれを読んで、内容をじっくりと吟味して、欲しい本の順番を決めたり、お小遣いがいよいよない時はあらすじを読むだけで満足してみたり、内容を想像してみたり、けっこう楽しんでました。

時々、想像してた時の方がおもしろくて、いざ読んでみたらコケる、なんてこともあったけれど、ね。

'84
解説目録
61ページ

1984年 解説目録

巻頭言「さまざまな好奇心にこたえる
ラインナップのなかに
青春の出会いが待っています。」

'86
解説目録
31ページ

anniversary
ありがとう10周年

COBALT ESSAY
コバルト創刊10周年に寄せて

十年前の記録的スランプ——新井素子

　十年前っていうと、ちょうどあたしは、中学校を卒業して高校に入ってました。その頃のあたしは、小説が書きたくて書きたくてでも書けないっていう、驚くべきことに一人前の顔してスランプなんかの真っ最中でした。うん、今までで一番長いこと続いたスランプだったんじゃないだろうか、あの頃が。

　だから、この頃の思い出っていうと……毎日、書きたい、書けない、書きたい、書けないの繰り返しだったみたい。で、その記録的なスランプ状態をのりきったのが、忘れもしない11月、朝起きた瞬間、書ける！って思って、そのあとばたばたって書いちゃったのが『ブラック・キャットⅠ』にあたる作品です。でもって、書けるっ！っていう余勢をかって書いたのが、デビュー作になった『あたしの中の……』。

　プロになったあと、あれより長いスランプっていうのにでくわしていないのは……しあわせな人柄だと思います、あたしって。

'86
解説目録
107ページ

anniversary
ありがとう10周年

COBALT ESSAY
コバルト創刊10周年に寄せて

十年前の私——田中雅美

　コバルト・シリーズが創刊されて今年でちょうど十年になりますが、今から十年前というと、私が大学に入学した年です。

　今は郊外に移転してしまいましたが、そのころ私の大学は東京のお茶の水という学生街にありました。

　講義が終ってから、毎日のように大学近くの本屋さんのハシゴをしていた私は、毎月本屋さんの棚に並ぶコバルトを、新鮮に感じていました。

　そして自分の書いた小説が、このシリーズの一冊として本になったら、どんなに素敵だろうとおもっていました。

　それからの一年一年は、私の夢が少しずつ少しずつ、夢から現実になっていく時間でした。

　創刊以来、コバルトは、多勢の方々に愛読されてきました。

　自分の小説を、そのコバルト・シリーズの何冊かとして読者のみなさんにおとどけすることができて、とてもうれしいです。

1986年 解説目録

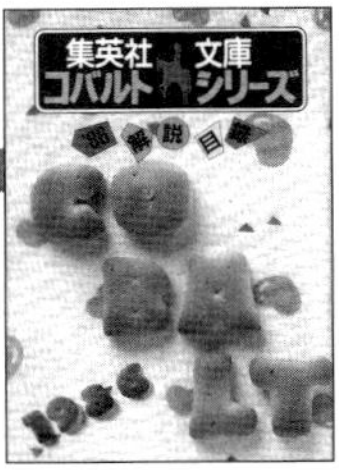

創刊10周年の節目の年。エッセイのテーマは
「コバルト創刊10周年に寄せて」
でした。

'86
解説目録
159ページ

anniversary ありがとう10周年

COBALT ESSAY コバルト創刊10周年に寄せて

コバルト十年と私―氷室冴子

十年前といえば、何と言っても小説を書き散らしていた時期に相当します。

『窓辺にて』だの『明日続く道』だのと、題名からして昔の少女小説風なものを書いていたかと思えば、一方で『泣きながら目覚めて』『忘れたと言わせて』といった純恋愛ものも書いていました。（二編とも、友人の漫画家さんと題名だけ共有しています）

懐かしくも恥かしく、サリンジャーふうに言えば〝愛と汚辱〟にまみれた、若やかな日々でした。

そして翌年に『さようならアルルカン』で賞を頂いて、はや九年目。

コバルトの十年は、小説を書いてきた道筋と重なる、私の個人史でもあるのです。

anniversary ありがとう10周年

COBALT ESSAY コバルト創刊10周年に寄せて

少女の心をもう一度―唯川 恵

私が多感な年頃と呼ばれていた時、そばにいつも『小説ジュニア』と言う少し小振りで分厚めの雑誌があった。それは国語の授業や図書室では味わえない、くすぐったさに似たゾクゾク感を与えてくれた。

もちろん大人達が快く頷いてくれるような本も読んでいたけれど、面白いなと思いながらも、いつもどこかに物足りない気持ちが残っていた。それはたぶん、そういう本が持つ高い位置からの教える目みたいなものがひっかかっていたからだと思う。私は、

私と同じ位置にある目が欲しかった。

『コバルト文庫』が登場した十年前は、少女の心を忘れかけた頃である。私を見る時いつもしかめっ面だった大人達に、知らぬうちに仲間入りしていたらしい。

そして今、私は失くしたものを少しずつ取り戻している。あと十年たっても、これだけはもう二度と失いたくはない。あの頃私が貰ったものを、今度はあなたに贈るために――

'86
解説目録
123ページ

1987年 解説目録

巻頭にカラー口絵32ページつき。内容は、作家名鑑と少女小説家入門の大特集です。エッセイのテーマは「青春時代の読書」でした。

'87
解説目録
171ページ

COBALT ESSAY 青春時代の読書

純文学からポルノまで　山浦弘靖

あなたの青春時代の読書はいかがなモノでしたか――と聞かれても、僕の場合、コーヒーに塩と酢を入れて飲んでいるのと同じだ。

　要するに、そう、ハチャメチャ。漫画から始まって戦記物、講談、立志伝、怪人二十面相、実録物などを小中高時代に読破。大学に入ってからは、突然、やたらクラーイ文学が好きになり、あの頃はやったジャズ喫茶の暗い照明の下でサルトルや太宰治なんかを読んでいた。でも、今でも一番印象に残っている読書体験といえば、中高校生時代、親が押入れやタンスに隠しているポルノ雑誌（当時はエロ本といった）を盗み読みしたことだ。あのスリルと興奮こそ読書の楽しみの最たるものだった。星子一人旅シリーズの原点は、案外、こんな所にあるのかも知れない。

'87
解説目録
93ページ

COBALT ESSAY 青春時代の読書

読書の為の戦いの日々　新井素子

高校時代のあたしは、内職と睡眠のプロでした。夜中ずっと小説を書いていましたから、授業時間は睡眠時間でしたし、起きていればいたで、それは貴重な読書時間。教科書をたて、いかにも右手でノートをとっているようなふりをして、右腕の下には文庫本が隠れてるなんて、ほんとに日常茶飯事でした。

　家にいる時も、そうでした。勉強を全然しないで、本読んだり小説ばっかり書いているあたしは、当然母の小言の的で、机の一番上の引きだしに本をおいて、母がやってくるとぱっと引きだしをしめ、机の上の教科書を睨んだものでした。

　今となっては、全部懐かしい思い出ですが――当時はほんと、読書の為の戦いの日々でした。

1991年 解説目録

創刊15周年記念。エッセイのテーマは
「作家になろうと思ったきっかけ」でした。

'91 解説目録 79ページ

COBALT ESSAY

作家になろうと思ったきっかけ

『もっと』多くの人に読んでほしいから。――前田珠子

　書き始めた頃の作品は、本当に『下手の横好き』としか評することのできない代物でした。それでも人に読んでほしいと思うあたり、物書きとしての欲求だけはありました。

　最初は友人に――一人、二人とその数は増えていきます。言葉を飾らずに感想や意見をくれた友人達には、本当にいくら感謝しても足りませんが、それでも私は『もっと』と思わずにいられませんでした。

　もっと多くの人に読んでもらいたい。

　ではどうする？　多くの人に読んでもらうには、プロになるのが一番――それがどんな大変なことなのか、プロの世界がどんなものなのか、知らないまま私は踏み出しました。

　プロの世界は、傍で見ているほど格好良くも華やかでもありません。でも、自分の作品をより多くの人に読んでもらいたいという願いはかないました。今では更に多くの人に読んでもらいたい、と欲張りなことを考える私です。

'91 解説目録 105ページ

COBALT ESSAY

作家になろうと思ったきっかけ

書きたい物を形に残したい!――山浦弘靖

　学生時代にテレビの公募脚本に入選して以来、二十数年間、あらゆるジャンルのテレビや映画の脚本を書いてきました。

　しかし、脚本というものはテレビ局や製作会社のプロデューサーや監督、俳優にまで、あれこれと注文をつけられ、何度も書き直しをさせられて、最初に自分が考えたテーマとかアイデア、ストーリー展開等が大幅に変更になる事がよくあります。

　しかも、そんなに労力を費やしても脚本料は押えられ、スタッフからはホンヤさんなんて軽く見られ、しかも、苦労して書いたものはその場限りで屑籠行きです。

　物書きとして、こんなにつらくて悲しい事はありません。何とか、自分の書きたい物を前面に押し出して、しかも、きちんと形に残したい。そして、出来たら大きな顔をしたいし、お金も稼ぎたい。そんな一心で、小説にチャレンジした次第です。

　要するに、欲求不満が小説家を志すきっかけになったわけです。

　オソマツサマ。

1996

Cobalt Bunko Color Selection

COBALT-SERIES
翡翠の夢 4
前田珠子
君が眠りゆく朝に 下
藤原眞莉
龍と魔法使い 8
榎木洋子
悲鳴
茅野泉
ちょー美女と野獣
野梨原花南
マリア様がみてる
黄薔薇革命
龍と魔法使い 10
榎木洋子
グッドモーニング・ボルネオ
須賀しのぶ
きっとまた逢える
倉本由布
恋殺人は♡迷宮
山浦弘靖
ヴィーナスの迷宮
あさぎり夕
十字架を抱いて眠れ
桑原水菜
冬の日の幻想
龍と魔法使い 9
ヴィシュバ・ノールの風によせて
水杜明珠
さいきなおこ
姫君と婚約者 11
高遠砂夜
いきなりミーハー！
怨讐の門
桑原水菜
牡羊座の恋愛教習所
日向章一郎
真堂樹
幻影姫
さいきなおこ
KAZUMA
龍は濡れ濡つ
真堂樹
恋姫たちは涙をみせない
山浦弘靖
倉本由布
エスケープ・ゲート
Boy Doll
綾乃なつき
鎖ざされた窓
緑川七央
異分子
須賀しのぶ
こどものおもちゃ 2
ファントム・ペイン 2
榎木洋子
龍と魔法使い
榎木洋子
ロミオ注意報
日向章一郎
恋姫たちは眠れない
山浦弘靖
裂命の星
桑原水菜
長い夜
マスカレードの
怨讐の門
桑原水菜
姫君と婚約者 4
高遠砂夜
集英社

カラーで見るコバルト文庫の歴史Ⅱ

1996~1999

Cobalt Bunko Color Selection

龍と魔法使い
外伝2
榎木洋子
呼ぶ声が聞こえる
前田珠子
マリア様がみてる
東京S黄尾探偵団
響野夏菜
龍は暁を求む
真堂樹
なんて素敵にジャパネスク2
氷室冴子
ちょー歓喜の歌
野梨原花南
キメてもいいだろ!
耀変黙示録VI
桑原水菜
聖者狩り
瀬川貴次
ダブル・キャンピット
榎木洋子
砂の覇王2
須賀しのぶ
十六夜異聞
榎木洋子
魔女の結婚
谷瑞恵
クララ白書II
氷室冴子
ちょー火祭り
野梨原花南
マリア様がみてる
今野緒雪
群青
桑原水菜
十六夜異聞二
榎木洋子
マリア様がみてる
ロサ・カニーナ
今野緒雪
逃げちまえ!
野梨原花南
太陽の祭典
真堂樹
マリア様がみてる
いとしき歳月(前編)
ジャパネスク・アンコール!
氷室冴子
赤の神紋
桑原水菜
砂の覇王9
須賀しのぶ
若木未生
汝、虹を仰ぐ者たちよ
まどろみの闇
毛利志生子
クラブM
蒼のトッカータ
花衣沙久羅
須賀しのぶ
叛逆
日向章一郎
ウォーターソング
コッパーラスト
榎木洋子
赤の神紋
桑原水菜
ねむる保健室
マリア様がみてる
パラソルをさして
今野緒雪
龍は麗く
真堂樹
赤の神紋
第六章 Scarlet and Black I
桑原水菜

カラーで見るコバルト文庫の歴史Ⅱ

1999~2002

Cobalt Bunko Color Selection

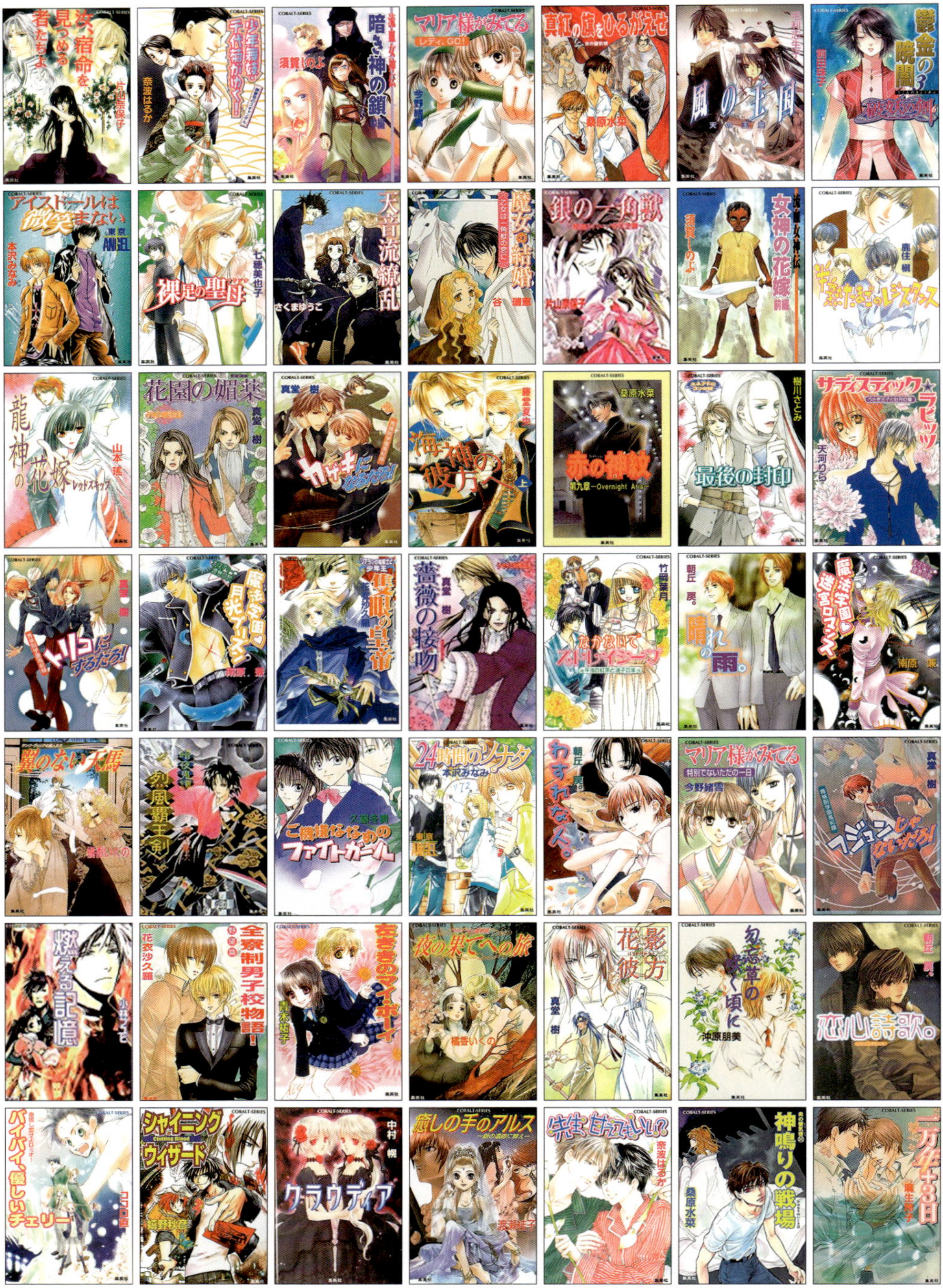
COBALT-SERIES
汝、宿命を見つめる者たちよ
片山奈保子
奈波はるか
暗き神の鎖
須賀しのぶ
マリア様がみてる
レディ、GO!
今野緒雪
真紅の旗をひるがえせ
桑原水菜
風の王国
アイスドールは微笑まない
東京ANGEL
本沢みなみ
裸足の聖母
七穂美也子
天音流繚乱
さくまゆうこ
魔女の結婚
谷瑞恵
銀の一角獣
片山奈保子
女神の花嫁 前編
須賀しのぶ
鹿住槇
龍神の花嫁
山本瑤
花園の媚薬
真堂樹
海神の彼方へ
赤の神紋
第九章―Overnight Aria―
桑原水菜
最後の封印
樹川さとみ
サディスティック★ラビッツ
天河りら
双眼の皇帝
薔薇の接吻
真堂樹
竹岡葉月
朝丘戻。
晴れの雨。
南原兼
翼のない天馬
橘香いくの
烈風覇王剣
ご機嫌ななめのファイトガール
24時間のソナタ
本沢みなみ
マリア様がみてる
特別でないただの一日
今野緒雪
真堂樹
全寮制男子校物語!
花衣沙久羅
夜の果てへの旅
橘香いくの
花影彼方
真堂樹
沖原朋美
恋心詩歌。
朝丘戻。
バイバイ、優しいチェリー
シャイニング ウィザード
クラウディア
癒しの手のアルス
先生、甘えてもいい?
奈波はるか
神鳴りの戦場
桑原水菜
集英社

2003~2005

Cobalt Bunko Color Selection

黒焔の呪言
そして花嫁は恋を知る
小田菜摘
月色光珠
岡篠名桜
伯爵と妖精
吸血鬼は殺し屋修業中
赤川次郎
嘘つきは姫君のはじまり
松田志乃ぶ
真皓き残響
桑原水菜
ヘブンリー
そして花嫁は恋を知る
恐るべき子供たち
神々の脈拍
vital.A
さくまゆうこ
NANA
novel from the movie
矢沢あい
天国の門衛
夜刀の約束
高遠砂夜
少年忍者
甘えてやるから。
前田珠子
倉世 春
歌姫
銀朱の花
丘の上の城
海のさいはて天国の扉
ラブ☆コン
傀儡師
毛利志生子
結婚式は大騒ぎ!
ギムナジウムの貴公子
野分け草子
汝、未来を担う者たちよ
片山奈保子
覇王の竜剣
花衣沙久羅
永遠のレジェンド
月色光珠
きみに灯る紫の星
赤の神紋
ハチミツとクローバー
honey and clover
前田珠子
緑の糸をたどって
君に届け
王宮ロマンス革命
白銀の邪剣
双翼紅夢
COBALT-SERIES

カラーで見るコバルト文庫の歴史Ⅱ

2006~2009

Cobalt Bunko Color Selection

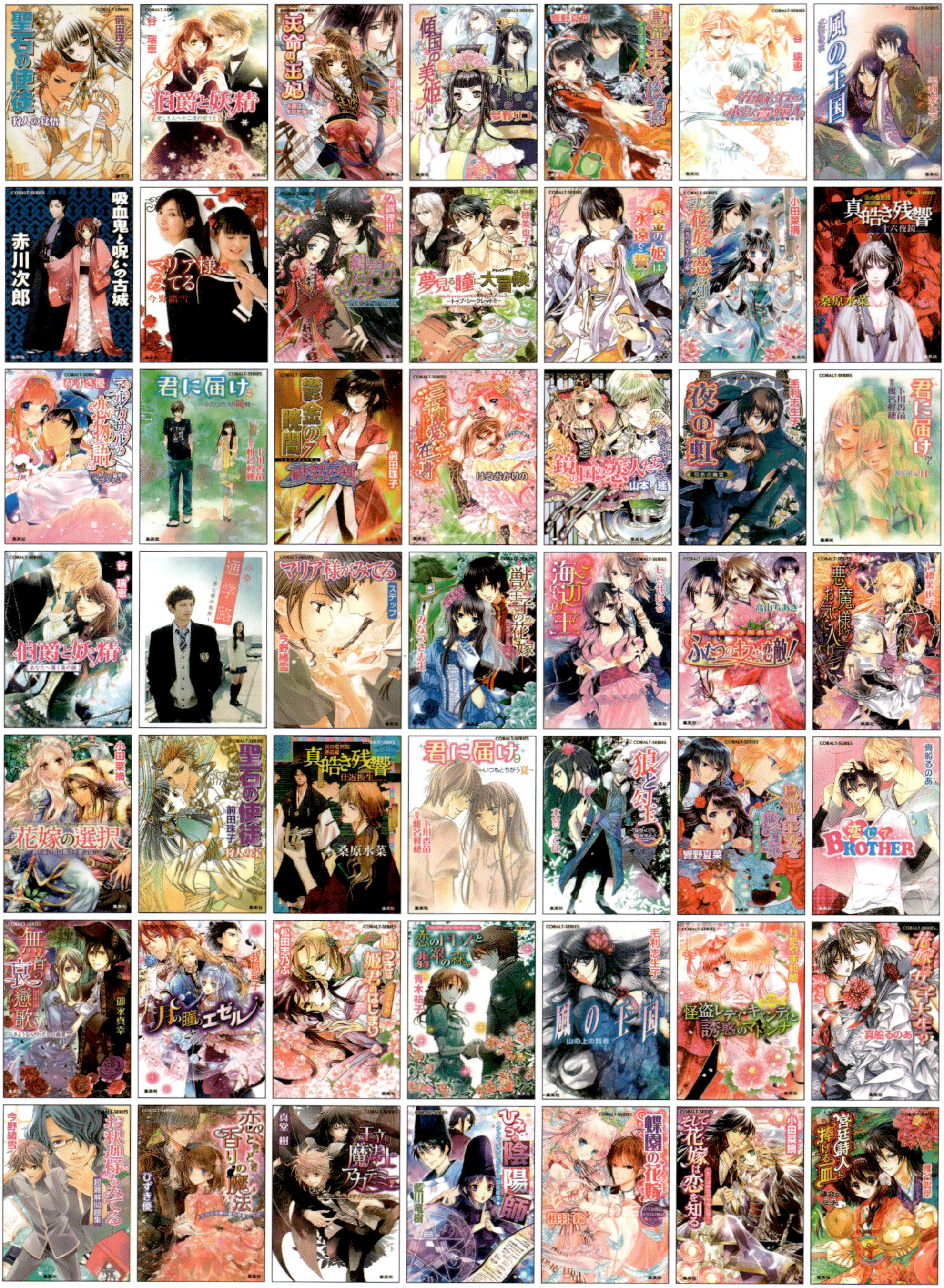
聖石の使徒
狩人の覚悟
前田珠子
伯爵と妖精
谷瑞恵
天命の王妃
傾国の美姫
風の王国
吸血鬼と呪いの古城
赤川次郎
マリア様がみてる
今野緒雪
夢見る瞳に大冒険
~トップ・シークレット!!~
黄金の姫は永遠を誓う
そして花嫁は恋を知る
小田菜摘
真皓き残響
十六夜鏡
桑原水菜
君に届け
前田珠子
はるおかりの
鏡の国の恋人たち
山本瑤
夜の虹
毛利志生子
君に届け
下川香苗
椎名軽穂
伯爵と妖精
谷瑞恵
通学路
マリア様がみてる
ステップ
今野緒雪
海辺の王
高山ちあき
花嫁の選択
小田菜摘
聖石の使徒
前田珠子
真皓き残響
桑原水菜
君に届け
~いつもとちがう夏~
下川香苗
椎名軽穂
狼と勾玉
響野夏菜
BROTHER
真船るのあ
御永真幸
月の瞳のエゼル
松田志乃ぶ
青木祐子
風の王国
毛利志生子
怪盗レディ・キャンディと誘惑のマドンナ
真船るのあ
今野緒雪
ひずき優
陰陽師
蝶園の花嫁
そして花嫁は恋を知る
小田菜摘

カラーで見るコバルト文庫の歴史Ⅱ

2010~2013
Cobalt Bunko Color Selection

揚羽蝶ブルース
桑原水菜
螺旋世界
異人館画廊
谷瑞恵
キス帝国
君に届け
下川香苗
椎名軽穂
スカーレット・バード
覆面竜女
路地裏の吸血鬼
赤川次郎
紫陽花茶房へようこそ
かたやま和華
贅沢な身の上
朱華姫の御召人
白川紺子
あくまで悪魔!
少年舞妓・千代菊がゆく!
奈波はるか
鬼舞
瀬川貴次
アオハライド
咲坂伊緒
幻想図書館
前田珠子
僕の第六天魔王

カラーで見るコバルト文庫の歴史Ⅱ

2014~2017

Cobalt Bunko Color Selection

氷室冴子似顔絵Tシャツ
オーラバスターのトレーナー

雑誌では、ウエアのプレゼントも好評でした。

小説ジュニア
1979年9月号

表は定期入れ、裏はお財布。実用的なグッズも数多くありました。

1993年
集英社CDブック

人気声優によるオリジナルのドラマが入っています。

コバルト乙女の
プチセット

1988年コバルト文庫春のフェア。3万名に当たるプレゼント企画でラストの賞。

**雑誌コバルト
2006年6月号**

人気キャラクターが、街へ出てイメージに合うグッズを選んでくれたという企画。

人気キャラから、ハートを込めて♥
お楽しみイメージアイテム109名大プレゼント

みんなにあげちゃいます!!
隔月刊化記念
コバルト人気キャラクター・テレホンカード応募者全員大サービス

**雑誌コバルト
1989年10月号**

雑誌コバルト隔月化リニューアル記念のテレホンカードプレゼント。

**コバルトF.C.
特製バッジ**

I LOVE COBALT

**雑誌コバルト
2004年8月号**

人気シリーズ5作品が入った、よりどりみどりのドラマCDプレゼント企画。

8月号・10月号連続企画
この号だけで応募できます
Cobalt 2004

今年も大人気シリーズがドラマCDになりました! 豪華声優陣による録りおろしドラマがたっぷり入ってますますパワーアップ! 文庫とあわせて楽しんでね。応募してくれた方、全員にお届けします!
8月号・10月号で、応募できるCDの内容が異なります
この号でもらえる!
ヨリドラ①

ドラマはたっぷり、ロングバージョン!
10月号でもらえる!
ヨリドラ②

雑誌コバルト創刊号
（1982年夏号）

雑誌コバルト
1990年2月号

隔月化にリニューアル後の第3号。

雑誌コバルト増刊号
1982年8月発売

立原あゆみのヰタ・セクスアリス　麦ちゃん増刊。

雑誌コバルト
2001年6月号

通巻100号＆コバルト文庫創刊25周年記念号。

雑誌コバルト
2006年2月号

コバルト文庫創刊30周年記念号。

雑誌コバルト
2016年5月号

コバルト文庫40周年＆集英社 Web マガジン Cobalt オープン記念号。

第
5
章

読者サービスあれこれ

懸賞やサイン会、「くるりんＦＡＸ」…コバルト文庫をもっと好きになってもらうために考えた、コバルト流おもてなしの思い出です。

㋛創刊号

創刊号から、太っ腹なプレゼント。

読者プレゼント・創刊〜80年代

まずは、プレゼントを辿るだけで昭和の半ばから平成にかけての女のコが一番欲しいモノカタログとコバルト文庫人気キャラクター図鑑が出来上がりそうな、コバルトの読者プレゼントをふりかえりましょう。

コバルト文庫のオビや雑誌「Ｃｏｂａｌｔ」についているシールを集めたり、差し込みはがきのアンケートに答えたりして集英社に送ると、懸賞や全サ（応募をした人全員に届く全員サービスのこと）でさまざまなプレゼントがもらえました。

そのプレゼントは、コバルト文庫創刊以前、１９６６年の雑誌「小説ジュニア」創刊号からかなり太っ腹です。［特別企画　愛読者アンケートによる懸賞　挟み込みのはがきで5円切手を貼り応募。「コバルト・ブックス」を80名の方にプレゼント］。なんと既刊8冊のなかから好きな本を1冊、合計80名にプレゼントしちゃおう！　という大サービスでした。

コバルト文庫創刊記念としては、季節に合わせて「初夏の草原を描いた丈夫でステキな」特製ブックカバーを、文庫購入者全員に書店の店頭でプレゼントしています。創刊時のキャンペーンガールは、「若草のデート」で歌手デビューしたばかりの北村優子で「あの「コバルト・ブックス」がラブリーな文庫になりました」という惹句とともに創刊ラインナップを胸にかかえた写真が広告を飾りました。

ジ 82年秋

「コバルト」の文字が入ったグッズがこの頃のプレゼントの定番でした。

「Ｃｏｂａｌｔ」創刊時（82年）の全サは「中村都夢★メルヘン・しおり」。コバルト文庫２か月間分の新刊12冊についていたピンク色の帯、あるいは「小説ジュニア」最終号か「Ｃｏｂａｌｔ」創刊号のいずれかについたコバルトマークのシールをアンケートはがきに貼り付け、40円切手を貼って送ると、「シール２枚で２枚・シール３枚で６枚・シール６枚で12枚」のしおりが必ずもらえる仕組みです。

しおりは、読者サービスの鉄板アイテムのひとつで、読者プレゼントになっただけでなく、新刊には、新刊ニュース「乙女ちっく通信」などの折りこみ広告といっしょに文庫にサービスで挟み込まれていました。その図柄はコレクター心をくすぐるような美しさで、表面は70年代の「青春の一冊　Ｃｏｂａｌｔ―ｓｅｒｉｅｓ」として白いパンツ＆スニーカーの野口五郎がコバルト文庫を手にした写真をはじめ、歌手のイルカ、永田萠、大島弓子、田渕由美子などのカラーイラスト、裏面は新刊情報がきっちりと並んでいます。３枚つづきのお楽しみしおりまであって、毎月のしおりは、小さいながらも情報と美を兼ねそなえたプチメディアになっていました。

また、コバルト文庫に関するアンケートはがきを送ると抽選でもらえたモノとしては、「アダルト感覚いっぱい!!」のオリジナルトレーナー、ギンガムチェックのカーディガンやボーダーポロシャツ、オリジナルリュックサックなどがあります。

86年春には、コバルト文庫創刊10周年を記念して、１００００名プレゼント。Ａ賞「文庫型メモつきブックカバー　ぱっくん」（３０００名）、Ｂ賞「ミ

㋙89年春

キャラクターのイラストが入ったグッズが増えました。

ニ文具セット　コバルトmini」（1000名）、C賞「おしゃれなペンセット　P's Bar」（950名）など。

そして特別賞はなんと「作家の先生方から直接あなたにテレホン・コール！ドキドキホットライン」（50名）です。このスペシャルなプレゼントについて、電話をかけることになっていた正本ノンが、〝学生時代に芥川賞作家の庄司薫に手紙を出したら本人から直接電話が来て大騒ぎした〟という思い出とともに「私がかけたときはちゃんと出てね」と紹介しています。このころから10000名プレゼントはコバルトの定番読者サービスとなってゆきます。

89年春号には、「コバルト人気キャラクター　らんらんペーパーウォッチ」があります。プレゼント総数なんと20000名。瑠璃姫、未来、奈々、マリナ、星子、由香子、超女隊、菜生、ケンイチ、アルスリーアの人気キャラクターたちが勢ぞろいして10種の腕時計になっています。28センチ×9センチの自分で切り取って腕にはめる紙製バンドのデジタル時計でした。

90年代に入ると、ヒーロー、ヒロインブームにのって、作家名と人気キャラクターが併記されたグッズが多くなります。「日向章一郎のケンイチ&ミサコの放課後パネル時計」、「山浦弘靖の星子ランチボックス」、「若木未生のハイスクール・オーラバスター　シューズバッグ」、「前田珠子の破妖の剣パスケース」、「藤本ひとみのマリナminiクリップ」などなど。ほかにも人気キャラクターバースデイ・ブック、ビニールケース入り人気シリーズ12枚セットのキャラクターブロマイド&星占い付（10000名、91年10月）などとキャラクター満載でした。

㋙95年6月
キャラクター入りのウエアも人気でした。

92年の3月のフェアのオビは、なんとレモンの香り付き。オビに付いている応募券を3枚送るとレモンの形をしたどでかクッションが抽選で当たりました。キャラクターモノ以外では95年夏のフェアは、電卓付電子電話帳、電卓付ポケベル暗号カード、それに嘘発見器なんてモノまであります。

90年代は、有名ブランドとコラボした、SAZABYのデイパック、MOSCHINOのミニリュック、ベネトンのショルダーバッグなども目をひきます。

2000年10月号では、「シックにエレガンス、100名」と題して、キャサリンハムネットロンドンのキーケース、フェラガモのパルファン、アニエスベーボヤージュのショルダーバッグ、ラルフローレンのコインケースなどのブラック&ホワイトグッズがシック&豪華にプレゼントページに並びました。

2001年のコバルト文庫創刊25周年では、25周年記念マスコットになった5色のコバルトミニテディ（もちろん手足が動きます）が、2冊で必ずもらえる全員サービスになっています。

テレホンカードとカレンダー

さまざまな読者プレゼントがあるなかで、コバルト文庫ファンに特に人気があったのは、コバルト文庫のカバー絵や、カバー絵を担当した先生の描き下ろしによる人気キャラクターのイラストがついた、テレホンカードとオリジナルカレンダーでしょう。

87年秋には、コバルト文庫1000点突破を記念して、キャラクターテレホ

コ 92年8月

ンカード（３０００名）プレゼントがありました。カードは12種類。新井素子『そして、星へ行く船』、赤川次郎『吸血鬼はお年ごろ』、氷室冴子『なんて素敵にジャパネスク』、久美沙織『丘の家のミッキー』、田中雅美『謎いっぱいのアリス』、正本ノン『15クラブへようこそ』、杉本りえ『とら猫タマの四季』、唯川恵『少しだけラブストーリー』、藤本ひとみ『愛からはじまるサスペンス』、団龍彦『こちら幽霊探偵局』、島村洋子『オール・マイ・ラヴィング』、倉本由布『夜あけの海の物語』。お馴染みのエリカや瑠璃姫、ミッキーやまんが家マリナなど、コバルトのアイドルがいっぱいでした。

テレホンカードは「もったいなくて使えない」コレクターアイテムにもなってゆき、全サなどでも、折々にプレゼントされます。92年にはファンタジーノベルが人気急上昇したことで、前田珠子、若木未生、桑原水菜、三浦真奈美、榎木洋子のテレホンカード各２００名計１０００名にプレゼント。２０００年には、ミレニアムテレカ２０００名プレゼントとして、石堂まゆ『夜光街』から、ゆうきりん『灰髪姫と七人の醜男』まで18種類の図柄があり、筆者の直筆サイン入りテレホンカードも50名に当たりました。この時のWチャンスは、オリジナルケイタイストラップでした。

カレンダーが華々しく登場したのは、88年秋号。「コバルト・エブリデイグッズ」（１５０００名）プレゼントのA賞「'89コバルト・オリジナルキャラクターカレンダー」（３０００名）です。毎月ごとの人気のキャラクターはコバルト文庫のイラストを手がける先生方の描き下ろしで、プレゼントを応募した翌号の「Ｃｏｂａｌｔ」にも自分で切り取ってつかえる定期入れサイズにした

乙女ちっく通信

コバルト文庫&スーパーファンタジー文庫ジョイント企画

'96オリジナル大判カレンダー
抽選で5,000名様プレゼント！

おまたせしました。コバルト文庫&スーパーファンタジー文庫、毎年恒例のプレゼントが始まったよ！描きおろしばかりだから、このカレンダーでしか見られないイラストもいっぱい！これは応募するしかないぞ！

描きおろしイラスト満載！サイズは大判515ミリ×364ミリ

'96カレンダーラインナップ

'96 1月～3月 氷室冴子 イラスト／飯田晴子「銀の海 金の大地」
4月 桑原水菜 イラスト／浜田翔子「炎の蜃気楼」
5月 今野緒雪 イラスト／波津彬子「夢の宮」
6月 丘野ゆうじ イラスト／四位広猫「スターウィザード」
7月 榎木洋子 イラスト／後藤星「龍と魔法使い」
8月 瀬川貴次 イラスト／華不魅「暗夜鬼譚」
9月 金蓮花 イラスト／久下じゅんこ「水の都の物語」
10月 日向章一郎 イラスト／みずき健「星座」シリーズ
11月 前田珠子 イラスト／厦門潤「破妖の剣」
12月 カトリーヌあやこ 緑谷ゆかり「電撃おさわがせ隊」
'97 1月 花衣沙久羅 イラスト／塚中守「野郎！」
2月 若木未生 イラスト／杜真琴「ハイスクール・オーラバスター」
3月 響野夏菜 イラスト／石堂まゆ「カウス＝ルー大陸史・空の牙」

'96年1月から'97年3月まで、合わせて15か月間たのしめるよ!!

応募方法 コバルト文庫・スーパーファンタジー文庫のフェアのオビ、または11月・12月・'96年1月の新刊のオビについている応募券いずれか一枚を官製ハガキに貼り、あなたの郵便番号・住所・氏名・年齢・職業(学年)・電話番号を明記のうえ、右記の宛先までお送りください。抽選で5,000名様にプレゼントいたします。

あて先

しめきり／1996年1月10日(当日消印有効)

＊当選者の発表は賞品の発送をもってかえさせていただきます。

168

㋙95年12月

カレンダーも、毎年の定番でした。

縮小版カレンダーを掲載するというサービスぶりでした。ちなみに、この時のB賞は美少年図鑑コバルト作家エッセイつきバインダー文庫ダイアリーで、選にもれた方から再抽選でブックカバーセットを1000名にプレゼントしています。

「お正月は平安風に瑠璃姫たちと優雅に過ごして、春はケンイチたちと卒業シーズンに胸キュン。夏にはマリナを囲む美少年たちに恋をして、冬は宙太さんのような恋人をみつけてメリークリスマス！　カレンダーをながめているだけでも、ドキドキするような夢があふれちゃうぞ。これで91年は毎日がハッピー♡もう、キマリだね!!」などと紹介されるオリジナル・カレンダーのプレゼントは、「大好きなキャラクターと一年中いっしょにいられる」とコバルトファンの毎年恒例のお楽しみになりました。

90年は「らぶりい'90卓上カレンダー」。91年は360ミリ×350ミリのおしゃれなサイズのイラスト描き下ろし12枚セット（1000名）。パスケースに入るサイズのカレンダーもありました。

92年と、集英社スーパーファンタジー文庫ジョイント企画となった93年には515ミリ×364ミリと大判になり、真秀（まほ）や高耶（たかや）、リダーロイスなど、コバルトの「人気キャラクターが、大集合♡」しています。

94年はポスターにしてもOKの豪華版（364ミリ×257ミリ）。95年には、95年1年分に96年の1、2、3月分をプラスした、15か月分のカレンダー……壁にはる大判カレンダーは2001年（28ページ！）までつづきます。

2002年からはデスクトップカレンダーに変わり、ポストカードにもなっ

コ 98年6月

作家の生の声が聞ける「ときめきテレホン」。本当にときめきました。

たり、キャラ情報やイラスト&スケジュールシールや簡単に組み立てられるスタンドなどがおまけについていたりと、機能的になってゆきました。

ときめきテレホン、くるりんFAX

あこがれの先生の肉声が電話できける「ときめきテレホン」と、神様のような先生からファックスで肉筆がとどく「くるりんFAX」はコバルト文庫ファンが夢中になった記憶に残る読者サービスです。

「大好きな先生のナマの声がきけちゃう！　コバルト♡ときめきテレホン　スタート　第1弾桑原水菜先生の蜃気楼（ミラージュ）トーク　桑原水菜先生が楽しいおしゃべりをきかせてくれるよ♡」（「Cobalt」93年12月号。コバルトメイトらんど。HOT　NEWS）という告知で始まった「ときめきテレフォン」はたちまちコバルトファンをとりこにし、多くはCDにまとまって読者プレゼントになりました。

声優をゲストに対談や作品の朗読があり、わずか3分間の自動再生の録音でしたが、その人気は「ミラージュ・ファンは聞かなきゃソンだぞ!!　楽しいトークがいっぱいよ♡　今回のゲストは高耶役の関俊彦&直江役の速水奨。24時間いつでもOK！　ただしかけまちがえないようにくれぐれも気をつけてね！」「藤本ひとみ先生、声のゲスト佐々木望、松本保典さん。ステキな声優さんと藤本先生による、マリナ〝パリ編〟のドラマが聞けるよ！」とヒートアップしました。日向章一郎、若木未生、前田珠子、榎木洋子&後藤星と次々に人

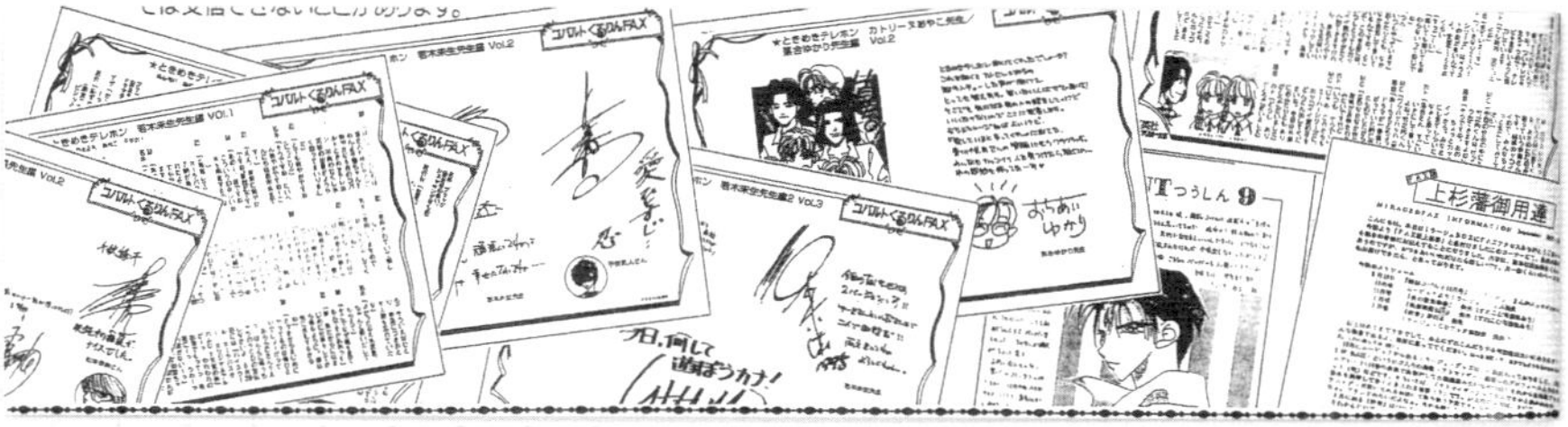

㋙95年12月

「くるりんＦＡＸ」は、ネットが普及する前の、貴重な情報源でした。

気作家・イラストレーターが登場。98年4月1日からは、「NEWときめきテレホン」としてパーソナリティの小野坂昌也が司会進行役になってラジオ番組風に構成をバージョンアップしました。読者からの質問に答える一問一答コーナーもあり、リニューアル第1回ゲストは桑原水菜。Q「最近、めっきり登場しなくなった沙織ちゃんは今後、登場の予定はあるんですか？」A「（きっぱりと）ありません」といったミラージュ・マニアにとってうれしい内容で、この音源はのちにCDプレゼントにもなっています。

くるりんFAXは、95年6月に始まります。プッシュ回線のFAXで指定の番号をコールし、ガイダンスに従って希望の情報の入っているボックスの番号を押しFAXの送受信ボタンを押すと、プリントアウトできる仕組みでした。通話料はかかりますが、情報料は無料で、新刊情報やときめきテレホンシナリオなど多彩な情報が得られました。作家別の最新ニュースは特に人気で、「MIRAGE☆FAX　INFORMATION」（発行・桑原水菜）、「INNOCENTつうしん」（発行・さいきなおこ）、「東京さくら天国(ヘブン)」（発行・花衣沙久羅）、「魅惑の四龍島(スーロン)」（発行・真堂樹）、「WILD　ZONE」（発行・須賀しのぶ）、「蓮花亭だより」（発行・蓮花亭）などがありました（大事にずっともっていたのに感熱紙だから消えちゃったというファンもいるのでは？）。

2000年代、生写真と「よりドラ」CD

2000年代には、ドラマCDや人気キャラクター生プリントが好評でした。

コ 03年8月

人気声優によるミニドラマを集めたCDのプレゼントです。

生プリントは文字通りキャラクターをプリントした〝実在するアイドル〟感たっぷりの写真です。「2005年4月5月全タイトルの生プリント、特製フォトフレームがセット。28タイトル×500名。14000名。」などと告知されました。特製アルバムが付いたこともあり、コレクター魂をくすぐるプレゼントでした。

2004年からは、ときめきテレホンでファンにお馴染みだったミニドラマを集めた「よりドラ CD」(「よりどりみどりのドラマ CD」の略)が全サになっています。Vol.1は「マリア様がみてる」「炎の蜃気楼」「鏡のお城のミミ」「姫神さまに願いを」「汝」シリーズ、ボーナストラックに「マリア様がみてる」の声優さん4人によるスペシャルトーク入り、Vol.2は「マリア様がみてる」「御園高校」「聖石の使徒」「緑のアルダ」「レヴィローズの指輪」「銀朱の花」シリーズ。「よりドラ'05」は描き下ろしの着せ替えジャケット付きで、1「マリア様がみてる」「天を支える者」「銀朱の花」「鏡のお城のミミ」「風の王国」シリーズ。ボーナストラックは「マリア様がみてる」出演者たちのフリートーク。同年2は「炎の蜃気楼」「デリバリーホスト」「緑のアルダ」「マリア様がみてる」シリーズ、ボーナストラックは「炎の蜃気楼」。06年「よりドラ'06」、「デリバリーホスト」「銀朱の花」「シュバルツ・ヘルツ」「マリア様がみてる」「聖獣王の花嫁」「伯爵と妖精」「王宮ロマンス革命」「天を支える者」「風の王国」シリーズと続きました。

09年の「コバルトCDプレミアム」プレゼント2号連続企画では、アニメ「伯爵と妖精」の名コンビ、緑川光&杉田智和がナビゲート役で、「炎の蜃気

コ 04年8月

楼」「破妖の剣」「風の王国」「マリア様がみてる」「伯爵と妖精」のボイスドラマ、声優トーク、スペシャルキャラボイス秘蔵・撮り下ろし音源をたっぷり収録しています。

03〜13年には、ときめきテレホンのミニドラマなどを再編した「ときめきドラマCD」、「Cobalt Dream CD」、「Cobaltヨリドラ」、「Cobalt星（スタア）7ドラマCD」などが、読者プレゼントになりました。11年には、「Cobalt星（スタア）7ドラマCD　Gold」と題した、初ドラマCD化の作品4本をくわえた豪華声優陣による「炎の蜃気楼」「悪魔のような花婿」「鬼舞」「マリア様がみてる」「伯爵と妖精」「天命の王妃」「三千寵愛在一身」、13年には、「Cobalt星（スタア）7ドラマCD　Etoile」などが全サになっています。

読者との交流

創刊から40年間、つねに熱狂的な読者ファンに支えられ、その読者とともに歩んできた歴史は、やはり「小説ジュニア」時代にはじまっています。

創刊2号（66年初夏号）で「私もコバルト・ファン」のページでは、「内容がジュニアにぴったりなだけでなく、おしゃれなアクセサリーにもなって一石二鳥」（山本リンダ）、「きれいなさし絵入りでとても読みやすくて旅行にぴったり」（浅野順子）、「わたしが通っているアメリカン・スクールのお友だちも、〝ワンダフル！〟といってあつまってくる」（ジュディ・オング）、「お仕事で疲

㋙創刊号

読者からの手紙を紹介するページ。

れているときでも、疲れが吹き飛びます」（二木てるみ）と、１９６０年代の国民的ジュニア・タレントたちが、アツい言葉を寄せています。

読者と作家との直接交流もあり、「作家と読者のホームルーム」と題して、セーラー服やブレザーの制服姿の初々しい中高生読者たちの待つ地方都市へと作家が出かけて行って、新作の感想を聞くことを入り口に気さくにおしゃべりするページがありました。

第1回はコバルト文庫創刊ラインナップの1冊「初恋宣言」を書いた富島健夫が福岡の女子高生6人と、「2月号の『初恋宣言』読んでくれましたか。」（富島）、「一気に読みました。すばらしかった。この座談会で、あれもいおう、これもいおうと思っていたのに、いざ出席してみると、なんにもいえない。（笑）」（高1のIさん）、「静と一丸の交際は、私には理想的ですが、高1にしてはちょっとマセすぎているみたい。」（高3のTさん）、「でもあんまり現実とおなじでは、読む気がしなくなってしまう。一丸のように、感情家で、ユーモアがあり、素直な少年が私の前に現れてこないかな。（笑）」（高3のNさん）という感じで気さくにおしゃべりしています（67年3月号）。

小説ジュニアには愛読者からの手紙を紹介するページがあり、「Ｃｏｂａｌｔ」になってからも創刊号（82年夏号）から「パンプキン・コネクション」という名でかぼちゃ姫が読者の投稿に答えたり、コバルトや先生方に関する最新情報を教えてくれました。隔月化で「ガールズ・ステーション」と名前を変え、その後も「コバルト読者共和国」「放課後パラダイス」などずっと続きました。「Ｃｏｂａｌｔ」リニューアル後は読者投稿ページは「和風アリス喫茶」とな

コバルトクイズ
問5

90年雑誌 Cobalt 6月号で発表のコバルト文庫コピー大賞。優秀作に選ばれたコピーは「コバルトは　平成乙女達（ギャルズ）の　○○○！」

1 大親友
2 参考書
3 必需品

答えは269ページです。

㋙16年5月
読者からの手紙を紹介するページ扉。

って花・風・海の三人娘のキャラクターが新刊おすすめ情報や読者からの質問にこたえています。

「先生に会える！」イベント

コバルト出身の作家で、「コバルトでデビューしてよかったことは？」と訊かれ、「読者の生の声がきけるサイン会がたくさんあったこと」「コバルトじゃなかったら、こんなにサイン会はなかったと思います」とこたえた先生がいます。締切の合間をぬって日本全国を訪ねるサイン会や交流会は、作家にとっても、直接読者の声をきくことができる絶好のチャンスでした。

１９８２年には、札幌、新潟、名古屋、広島、福岡で「コバルト・キラキラ文章ゼミナール」を開催。トップを切って札幌に向かったのは氷室冴子でしたが、開演30分前に「この服じゃきまらない」とひと言叫んで町のブティックへ駆け込むと、3分ほどで2着試着して即購入、会場のホテルへ駆け込み間に合ったという、〝先生の必死の女心、でも担当者にとっては冷や汗もの〟のエピソードがのこっています。

85年4月下旬には、東京、名古屋、大阪の3都市で第1回少女小説家サイン会とファンのつどいが開催され、満員札止めの会場もあり大盛況。87年に、新井素子の「星へ行く船」シリーズ完結記念サイン会を津田沼の書店で開催すると、あいにくの雨にもかかわらず、ファンの長蛇の列ができて、予定時間を2時間もオーバーするフィーバーぶりでした。

コ 85年秋

サイン会は各地で開催され、毎回大盛況でした。

講演会、サイン会、取材などのリクエストが多くなるなかで、コバルト作家が5〜6人で各地会場へ出向き、「コバルト・ハリキリ乙女ゼミナール」（86年、東京池袋）、88年秋には「コバルト・ワンダーランドシアター」（88年、横浜、松山、新潟）、コバルト文庫1000点記念「1000点ろまんす乙女の集い」（仙台、熊本、広島）などが開催されました。サイン会に続いて、ファンの集いでは、伝言ゲーム、連想ゲーム、先生方の顔写真を使ったユーモラスなジクソーパズルゲームなど、楽しい企画がたっぷりです。

作家の海外取材に同行する、という夢のような企画もありました。

最初は、87年12月の「青春スクールinハワイ　特派員」。久美沙織、田中雅美、正本ノンの3先生とゆく6日間の旅で、スポーツや英会話にも挑戦できるという取材旅行です。「「私が見た、聞いた、感じたコワーイ話（実話でも創作でも）」を800字以内で書く」のが課題で、応募総数は4885編。「全体的にハイレベルで選ぶのに困りました」という応募作から5名が選ばれ、3先生とハワイに旅立っています。

「応募者全員にハワイからの先生方の年賀状をお送りします」というコバルト愛にあふれるスペシャルな応募者サービスでは大騒動が勃発！　ハナウマ湾の海辺の郵便局で5000通近い応募者全員への年賀状を出すことになったのですが、小さな郵便局で結局は全部に切手を貼って出さなければならなくなったのです。いつもはのんびりしているハワイの海辺の郵便局職員は国際郵便5000通分の切手をかき集めるのに近くの郵便局を駆けずり回り、参加者と先生方も、さっきまで極彩色の熱帯魚たちと遊んでいた優雅なハワイ気分はど

㋙87年秋
あこがれの作家と一緒に海外取材旅行という夢のような企画。

こへやら、狭い郵便局内で全員協力して汗だくで切手を貼りました。「切手貼りってものすごい重労働だったのね！」とのちにある先生が取材旅行記で感想を書いています。

88年12月には、ヒーロー、ヒロインへのラブレターを自由に書いて応募すると、杉本りえ、唯川恵、藤本ひとみの3先生のオーストラリア取材旅行に同行特派！　コアラやカンガルーと遊んだり、ゴールドコーストでマリンスポーツをエンジョイしたりオペラハウスを見学したり。真夏のクリスマスを満喫できる企画です。募集5人にたいし、13742通の応募。89年には、再度、ヒーローヒロインへのラブレター大作戦として初恋ゼミナールinアメリカ西海岸特派員募集。15958通の応募があり、なかには、まんが家マリナシリーズへの和紙を使った巻紙での恋文という力作もありました。

90年の夏休みは、豪華客船でベイ・クルージングです。東京ヴァンテアン号、神戸パルデメール号で船長さんは藤本ひとみ、山浦弘靖の両先生。東京では当時のコバルトのイメージタレント田村英里子のライブコンサート、まんが家マリナシリーズ「愛と剣のキャメロット」の映画アニメ化予告編上映、コバルト文庫の原画パネル展示もありました。この時に予告を流した映画は大盛況で、東京池袋のテアトルダイヤでおこなわれた初日舞台あいさつに2000人ものファンが殺到し、1回の予定だった舞台挨拶を3回に増やしたほどでした。

90年春の「ときめきロマンパーティ」（福岡、仙台）、91年春の「恋2きらめきティータイム」（長崎、東京、長野、広島、静岡）も大盛況でした。

それにつづいて、96年の夏は、夏休みスペシャル企画「サイン会&おちゃ

Ⓒ97年10月

作家のティーパーティにご招待。毎回たくさん応募がありました。

べりパーティ」で、名古屋（前田珠子、榎木洋子、金蓮花）、札幌（若木未生、真堂樹、花衣沙久羅）、福岡（桑原水菜、今野緒雪、高遠砂夜）を開催。その後も、97年横浜、神戸、仙台。98年、静岡、京都、熊本。書店で新刊のコバルト文庫に先生から直筆のサインとメッセージをもらい、ホテルのパーティルームでは、あこがれの先生とお茶を飲みながらおしゃべりしたり、ビンゴゲーム、突撃Q&A、ポラロイド撮影大会があったり、初めはちょっと緊張している読者も、たちまちうちとけ、どこも笑いの絶えないティーパーティでした。

このころには、「高校生のための文化講演会」の講師としてコバルト作家の先生方が全国の高校へ出向き、「ファンの集い以上に作家の人となりに触れられる」と好評でした。

そして最後に、コバルト文庫の読者へのプレゼントといえば、何より、各文庫のおしまいに付く「あとがき」ではないでしょうか。原稿を脱稿したばかりの作家が書くあとがきは、コバルト秘話の宝庫になっていて、ここから読むという読者も多数います。

乙女ちっく
コラムつき

コバルト文庫全部リスト

これが40年間すべてです。懐かしかったり、新しい
発見があったり。どうぞお楽しみください。

5月

制服の胸のここには　富島健夫
初恋宣言　富島健夫
若い樹たち　佐伯千秋
青春放浪　佐伯千秋
ヴィナスの城　吉田とし
この花の影　吉田とし
純愛　三木澄子

6月

美しき〃おんな〃への道　鈴木健二
困ったなア　佐藤愛子
こころはいつもあなたの隣　清川 妙
愛の詩集　新川和江（編）

きみが心は　富島健夫
おとなは知らない　富島健夫
初めてのデイト　川上宗薫
若い愛はみどり　佐伯千秋
燃えた海　佐伯千秋
卒業の前　吉田とし
純愛のウエディング・ドレス　赤松光夫
青春はいじわる　佐藤愛子

7月

純子の実験　富島健夫
ふたりの恋の物語　富島健夫
十七歳の歌　富島健夫
花と風の季節　佐伯千秋
素足の青春　佐伯千秋

乙女ちっくコラム＊1

カタログ＝目録

歴史を語るのにこれ以上のものはない、との思いから、四十年間に刊行されたコバルト文庫全部のリストを作ることにしました。集英社内で使っているコンピュータシステムに、「初版発売日」として登録してあるデータを元に、発売の月ごとに並べました。本の奥付や宣伝物その他に載っている発売日（発行日）とは、ちがうものもあります。システムが導入される以前の本に関しては、特にご注意ください。

原則、毎月1回の発売ですが、複数回発売になった月もあります。その場合、同じ月に並べています。スペースの関係で、ルビ（振り仮名）と一部のサブタイトルは割愛しています。

では、たまに入っているコラムとともに、どうぞご覧ください。

1976

若き日の詩集　新川和江(編)
かなしみの海　川上宗薫
リラの愛・むらさき　三木澄子

8月

朝雲の序曲　富島健夫
悪友同士　富島健夫
涙の川をわたれ　佐伯千秋
遠い初恋　佐伯千秋
誰かいませんか　吉田とし
その愛は野の花　清川　妙
青い実の冒険　藤木靖子
愛の鳥いつはばたく　桐村杏子

9月

恋するまで　富島健夫
あした若者たちは　佐伯千秋
青春の白い城　赤松光夫
戦いの日々は青春　上条逸雄
ひとり生きる麻子　三浦哲郎
加奈子(上)　小山内美江子
加奈子(下)　小山内美江子
愛と死のかたみ　山口清人・山口久代

10月

これが男の子だ　富島健夫
星と地の日記　富島健夫
青い太陽(正)(続)　佐伯千秋
友情の設計　吉田とし
禁じられた手紙　三木澄子
愛は美しいランプのひかり　清川　妙
ジュピター　母の愛かなしくて　室田徳子

11月

婚約時代　富島健夫
初恋の海　富島健夫
かぎりない愛への船出　佐伯千秋
愛情実験　赤松光夫

潮がくるとき　吉田とし
北風ふたりだけ　川上宗薫
朝焼けの道はるか　中村八朗
さよなら悲しみの川よ　上条由紀

12月

湖は慕っている　富島健夫
ふたりだけの真珠　富島健夫
青い恋の季節　佐伯千秋
白百合の祈り　諸星澄子
レモンのような娘　川上宗薫
妖精の涙　三木澄子
ひなげしの肖像　清川　妙
うらめしや狂騒曲　坂田　稔

1977

1月

明日は青春　富島健夫
純愛一路　富島健夫
心に青き砂漠あり　佐伯千秋
初恋教室　吉田とし
雪が燃えていた　三木澄子
なでしこの椅子　清川　妙

白雪の山なみに　赤松光夫
涙の河のむこうに　柳川創造

2月

微笑みのうしろに　佐藤愛子
吹雪のなかの少年　富島健夫
雪と山と若者たち　佐伯千秋
かりそめの恋　富島健夫
愛のブランコ　藤木靖子
愛さずにはいられない　三木澄子
幸福に散った人　諸星澄子
水色の愛の挽歌　川上宗薫

3月

十七歳の夢　富島健夫
秘密はふたりのもの　富島健夫
風にきいた旅　佐伯千秋
春の祭り　吉田とし
白鳥に告げた言葉　三木澄子
花あんずの詩　清川　妙
明日は会おうね　川上宗薫
ロマンチックSF傑作集　豊田有恒(編)

4月

青春劇場　富島健夫
不良少年の恋　富島健夫
白い春の道　佐伯千秋
虹の挽歌　赤松光夫
駆け足の季節　飯田　智
海の十字架　佐々木守
明日への扉 あなたのための青春論　津村節子
天使はどこにいる　桐村杏子

5月

制服の庭　富島健夫
わたしの赤いつばさ　佐伯千秋
稚くて罪を知らず　吉田とし
好きになっちゃった　佐藤愛子
花びらの心象風景　清川　妙
永遠のスカーレット・オハラ ヴィヴィアン・リー物語　草鹿　宏
わが青春のイレブン　いえき・ひさこ
青春歌集1　山本直純(編)

6月

ぼくの恋人　富島健夫
風が答えた　三木澄子
消えた螢火　赤松光夫

残された夏帽子　川上宗薫
夕映え少女　川端康成
万葉姉妹　川端康成
おてんば専科　大木　圭
明日のスケッチ　岡崎友紀

7月

今夜の花　富島健夫
われら青春　佐伯千秋
きみはその日　吉田とし
友情の花輪　清川　妙
山と高原と湖の詩集　新川和江(編)
キッスはダメよ　柳川創造
光と影の花園　諸星澄子
涙と微笑みと　リン・ホール／井上篤夫(訳)

1977

8月

青春の海　富島健夫
夏の愛の旅　佐伯千秋
野ぎくの道しるべ　三木澄子
雨が降らねば天気はよい　佐藤愛子
湖の誓い　中村八朗
奇跡の詩　ジュゼッペ・スコテーゼ／上条由紀（訳）
ユーモアSF傑作選　豊田有恒（編）
聖生活　佐々木守

9月

十七歳の路　富島健夫
わが愛は海 わが船は白き帆船　佐伯千秋
海が鳴るとき　吉田とし
ヤング・ラブノート はだかの青春　赤松光夫

愛と死と反逆と ジェームズ・ディーン物語　草鹿 宏
2095年の少年　横田順彌
悲しみの時代　井上明子
野菊の墓　伊藤左千夫

10月

ちぎれ雲の歌　富島健夫
青春の序曲　佐伯千秋

花咲く野の恋人たち　清川 妙
涙をわすれない　藤木靖子
きかんぼ天使　大木 圭
アキとマキの愛の交換日記（上）（下）　平岩弓枝
史子　本荘浩子
青春の空は高く　島村敬一

11月

年上のあの人　富島健夫
銀色のバラを見た　佐伯千秋
ふたりだけの森　三木澄子
悲しきワンテンポ　川上宗薫
わが心の真珠　上条由紀
青春歌集2　山本直純（編）
感情日記　吉野一穂

12月

純白の季節　富島健夫
さらばわが愛　佐伯千秋
冬野の虹　清川 妙
愛してはいけない　赤松光夫
炎の中の妖精　藤木靖子
オパールの涙　桐村杏子
わが生命の洋子　上条逸雄
悲しみの橋　柳川創造

1978

1月

純愛物語（上）　富島健夫
かがやく愛を　三木澄子

1978

いつか優しい愛の日を　リン・ホール／井上篤夫(訳)
八重歯のあいつ　佐藤愛子
水色の慕情　津村節子
白鳥よ！永遠に気高く オードリー・ヘップバーン物語　草鹿　宏
若い真珠　平岩弓枝
涙は明日のために　くぼた・あつんど
愛あるとき　佐伯千秋

2月

純愛物語（下）　富島健夫
私はふりむかない　清川　妙
われら高校生　赤松光夫
愛の十字架　藤木靖子
美しく燃える炎を見た　上条由紀
文彦のたたかい　野呂邦暢

ペパーミント・ラブ　南　英男

3月

白鳥は悲しまず（上）　富島健夫
若い海流　佐伯千秋
花の詩集　新川和江(編)
ハムレット心中　佐々木守
そよ風を両手に　大木　圭
信号は青　平岩弓枝
恋はがんばらなくっちゃ　上田しげし
海外ミステリー傑作選　武田武彦(編)

4月

白鳥は悲しまず（下）　富島健夫
荒地の青春　三木澄子
続ヤング・ラブノート 放課後の青春　赤松光夫
不幸せの隣の小さな幸せ　桐村杏子
どっきりちゃん事件簿　坂田　稔
ホラーSF傑作選　豊田有恒(編)
虹色のノート　津村節子
幸せな女のコになるための 愛と性のカルテ　奈良林祥

5月

心に王冠を　富島健夫
わが夏のメルヘン　吉田とし
花かざりの階段　清川　妙
オリーブは夢みる　川上宗薫
海とみさきの青春　平岩弓枝

幸せ色の夜明け　安西篤子
愛といのちの記録 飛翔　佐藤加奈子
白球を叩け！　若桜木虔

6月

道は遥かなり　富島健夫
光る季節　佐伯千秋
心に真紅のリボンを　三木澄子
いざ、サボろう　赤松光夫
真帆の白い夏　藤木靖子

1978

愛ふたりだけ　上条由紀
ラッパよ、高らかに　柳川創造
続　明日のスケッチ　岡崎友紀

7月

はじめての微笑　富島健夫
愛のかたち　吉田とし
青いテレパシー　豊田有恒
恋と野望の魔術師 アラン・ドロン物語　草鹿　宏
ハロー・グッドバイ　片岡義男
死ぬには早すぎる　南　英男

8月

青春飛行（上）　佐伯千秋
あなたにそっくり　大木　圭
バラの鎮魂歌　井上明子
さらば宇宙戦艦ヤマト 愛の戦士たち　若桜木虔　西崎義展（監修）
少年の休日　津田耀子

9月

婚前初夜　富島健夫
青春飛行（下）　佐伯千秋
たれに捧げん　吉田とし
エンゲージリング・わが愛　赤松光夫

宇宙のファイアマン　横田順彌
宇宙戦艦ヤマト　若桜木虔　西崎義展（監修）

10月

いのちの旅路（上）（下）　富島健夫
恋人たちは霧の中　三木澄子
今はむなし、彩子に花束を　諸星澄子
若い海峡　平岩弓枝
愛と炎の旅立ち　上条逸雄
白い少女たち　氷室冴子
顔のない青春　吹上流一郎

11月

愛のエチュード　吉田とし
ぼくでもいいかい　桐村杏子

失恋もいいもんだ　上田しげし
遠すぎてみえない　名木田恵子
盗まれた結婚式　若桜木虔

12月

二年二組の勇者たち　富島健夫

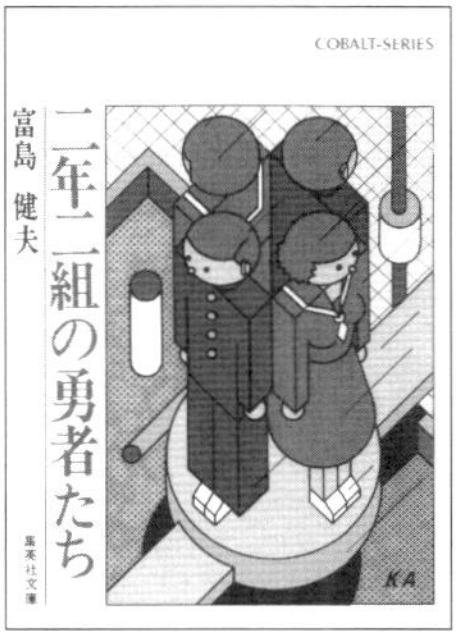

だれにも言えない　佐伯千秋
なみだいろの正三角形　藤木靖子
ガラクタ太平記　坂田　稔
新宿オディッセイ　吉野一穂
さよなら　イエスタデイ　南　英男
青春占いブック　中川穣助

1979

1月

青い欲望　富島健夫

1979

ひとを愛するとき（上）　吉田とし
わたしは青い実　川上宗薫
木曽路絶唱　赤松光夫

ユーモア小説アンソロジー 肩をならべて　大木　圭
北国の空は涙色　柳川創造

2月

ふたりの星座　富島健夫
きみはなぜ青い花を見たのか　佐伯千秋
ひとを愛するとき（下）　吉田とし
はるかなり冬子の幸　藤木靖子
青春の掟　諸星澄子
封切版！キャンパス大事典　吹上流一郎（編）

3月

海と椿のプレリュード　清川　妙
続々ヤング・ラブノート さまよえる青春　赤松光夫
ベルサイユのばら　草鹿　宏／池田理代子（原作・監修）
盗まれた超高層ホテル　若桜木虔
春の別れ　落合恵子
かげりゆく光の中で　板坂耀子

4月

おさな妻　富島健夫
青春の軌跡　吉田とし
海は少女を見たか　三木澄子
白い蝶の涙　上条由紀
ひとりぼっちの荒野　南　英男
ねこひきのオルオラネ　夢枕　獏

5月

荒野の星（上）　富島健夫
青い愛 黄の愛　佐伯千秋
夏の日のかなしみ　川上宗薫
その階段をのぼって愛へ　桐村杏子
アトリエ殺人事件　高原弘吉
詩集：ラブ・コレクション　藤公之介

6月

荒野の星（下）　富島健夫
総集編 私は13歳　ローリングス／草鹿　宏（編）
砂糖細工の舟　名木田恵子
フィフティーン　吉田とし
ラブラブ劣等生　柳川創造
アポロンの剣闘士　若桜木虔

7月

海色の愛が見えますか　佐伯千秋
水瓶座の少女　野呂邦暢

愛の体験手記 First Love Lost Love　藤木靖子（編）
マーシャの日記　マーシャ・ロリニカイテ／内村剛介（訳）
小鳥飛んでみた　飯田　智
昼顔の挽歌　清川　妙

1979

銀河鉄道999　若桜木虔／松本零士（原作・監修）

8月

15歳 いのちの日記　飯田公靖
遠い花火　三木澄子
吐きだされた煙はため息と同じ長さ　正本ノン
もう一人のあなた　大木 圭
海外版 怪奇ファンタジー傑作選　武田武彦（編）

9月

愛してるなんてとても言えない　片岡義男
また会う日に　富島健夫
宇宙戦艦ヤマト 新たなる旅立ち　若桜木虔 西崎義展（監修）
オトコがほしい！　佐々木守
愛の花ことば 花の伝説　内山登美子（編著）

ぶるうハイスクール　上条逸雄

10月

神様なぜ愛にも国境があるの　草鹿 宏
腕の中で朝まで眠れ　南 英男
不死鳥飛ぶ　三木澄子
美千の性典　赤松光夫
蔵王絶唱　諸星澄子
またたかない星　小泉喜美子

11月

のぶ子の悲しみ　富島健夫
青春ライブ　佐伯千秋
白い絶唱　吹上流一郎
愛の体験レポート My Love My Way　藤木靖子
X×Y＝恋の方程式　上田しげし

伝説『鬼姫村伝説』　辻 真先

12月

恋愛教室　富島健夫
夜明け前のさよなら　名木田恵子
12星座 愛の詩集　藤公之介
夢の中の丘をのぼって　清川 妙
レモンライムの丘　島村敬一
さようならアルルカン　氷室冴子

コバルトクイズ
問6

「ちょー」シリーズで、獣好きのダイヤモンド姫に好かれようと獣化する魔法をかけてもらったアラン王子。魔法を解いた後にも残ってしまったものは？

1 尻尾
2 耳
3 牙

答えは269ページです。

1月

新・おさな妻　富島健夫
あなたの詩わたしの詩 愛をみつけたときに　内山登美子（編）
心さわぐ青春のとき　諸星澄子
青春おちこぼれ賛歌　上条逸雄
愛 一年ののち　桐村杏子

2月

海外ロマンチックSF傑作選1 魔女も恋をする　風見 潤（編）
愛は透明なかがやき　佐伯千秋
真昼の星座　吉田とし
大人はわかってくれない　藤木靖子
雪の恋歌　三木澄子
初恋一直線　赤松光夫
海外ロマンチックSF傑作選2 たんぽぽ娘　風見 潤（編）

3月

幽霊から愛をこめて　赤川次郎
白球よ輝け！　若桜木虔
自由なる青春（上）　富島健夫
自由なる青春（下）　富島健夫
海におちる雪　名木田恵子
遠い声 遠い海　上条由紀

4月

おかあさん命をありがとう　檜野里夫（編著）
THE GROUPIE　吹上流一郎
宇宙空母ブルーノア 若き獅子たちの誕生　若桜木虔
クララ白書　氷室冴子

優しい予感　南 英男
潮風を待つ少女　佐伯千秋

5月

火の鳥2772① 愛のコスモゾーン　杉山 卓／手塚治虫（原作）
トウキョウベイ・ブルース　片岡義男
バラの旋律　井上明子
ひろみのトリップ　前中行至
愛・青春・人生 ことばの花束　清川 妙（編著）

6月

宇宙空母ブルーノア 人工惑星ゴドムとの対決　若桜木虔
青春海流　富島健夫
コバルトブルーの詩　吉田とし
熱愛　三木澄子
メーテルリンクの青い鳥 チルチルミチルの冒険旅行　藤川桂介
遠い星からの手紙 17歳・愛と孤独の遺書　草鹿 宏
火の鳥2772 愛のコスモゾーン②　杉山 卓／手塚治虫（原作）

7月

愛の体験ドキュメント Good-By My Love　藤木靖子
恋のイソップ　山口洋子
青春映画グラフィティ スクリーンにみる愛のかたち　名田貴好（編）
恋人たちの夜明け　上条由紀
いつか微笑みかけて　桐村杏子
いつか猫になる日まで　新井素子

8月

ヤマトよ永遠に　若桜木虔　西崎義展（監修）
詩集：ラブ・スニーカー　藤公之介
夏の花　加藤建亜
青春をゆたかに生きるために 愛と性のセミナー　奈良林祥

1980

オットーと魔術師　山尾悠子

汚れちまった愛 ある非行少女の日記　南 英男

9月

ドキュメント17歳・愛といのちの日記 友子は死なない　木村友子／島村敬一（編）

赤い十字路　佐伯千秋

愛と誘惑の季節　柳川創造

麦ちゃんのヰタ・セクスアリス(1)(2)　立原あゆみ

海外ロマンチックSF傑作選3 見えない友だち34人＋1　風見 潤（編）

10月

純愛時代（上）（下）　富島健夫

ふたりの恋人　赤川次郎

さよならの日々　飯田 智

テレパス少女　中尾 明

11月

タイム・ドカン 抱筒時空之抜穴　杉山 卓

愛の西洋占星術 星たちからのメッセージ　ルネ・ヴァン・ダール・ワタナベ

霧の中の館　吉田とし

ホットドッグ・ドリーム　田中雅美

レポート：ヤングラブ＆セックス ほんとの愛がほしい　赤松光夫（編）

蜃気楼の少女　川又千秋

12月

キャサリンの愛の日　ジュディ・ブルーム／島村敬一（訳）

青春映画グラフィティ スーパースターのライフストーリーと名盤ガイド　名田貴好／橋倉正信（編）

ランナウェイ・ガール　南 英男

クララ白書 ぱーとII　氷室冴子

キラキラ星のジッタ　夢枕 獏

津和野の恋　上条由紀

ちゃっかり青春　上田しげし

1981

1月

あなたとミルクティーを　みつはしちかこ

詩集：ラブ・カレンダー　藤公之介

いのち燃えつきても　有田倶子／檜野里夫（編）

ヘッドフォン・ララバイ 公園通りの青春　窪田 僚

愛ひとつ 北国　井上明子

サイボーグ009 超銀河伝説　杉山 卓／石森章太郎（原作）

2月

12星座・血液型 愛の相性占い　紅 亜里

特別な他人　落合恵子

愛の小説集 小さな花の歌　清川 妙

恋する女たち　氷室冴子

架空の街の物語　津山紘一

オトコがいっぱい！　佐々木守

3月

ぼくたちの愛の体験記 だからキミが好きなんだ　島村敬一（編）

スウェーデン10代の体験ノート マリーの性　草鹿 宏

星へ行く船　新井素子

宿なしミウ　久美沙織
抱き人形殺人事件　井口泰子
ビッグ・スター実名ドキュメント　燃えろロックンローラー　石原信一

4月

青春音楽グラフィティ　日本編　タイガースからYMOまで　名田貴好／橋倉正信（編）
未完青書　愛をみつけるために――　阿久　悠
ふるさとは水の星　森下一仁
失恋チャンピオン　正本ノン
風がブルースを歌った　南　英男
私たちの体験記　愛のABCD　小宮綾子（編）

5月

宇宙戦艦ヤマトIII（上）　若桜木　虔／西崎義展（監修）
宇宙戦艦ヤマトIII（下）　若桜木　虔／西崎義展（監修）
海外ミステリー傑作選II　メランコリックな犯罪　武田武彦（編）
青春はブルーなシナリオ　吉野一穂
VIVA！プラザストリート共和国　杉山　卓
ドキュメント青春賛歌　あふれる光の中で　檜野里夫（編）

6月

ビートルズ グラフィティ　名田貴好／橋倉正信（編）
麦ちゃんのヰタ・セクスアリス（3）　立原あゆみ
麦ちゃんのヰタ・セクスアリス（4）　立原あゆみ

あなたの詩 わたしの詩II　内山登美子
薔薇色写真館　名木田恵子
恋の罪　田中雅美

7月

新竹取物語　1000年女王1　藤川桂介／松本零士（原案）
2年B組 仙八先生1　若桜木虔／重森孝子（原作）
ブルージーンズ メモリー　田波靖男
小説!? Dr.スランプ　辻　真先／鳥山　明（原案）
両手で聖子　SEIKOからのメッセージ　松田聖子
アメリカ・ヤング愛の体験記　HAPPY MY LOVE　井上篤夫（編）

8月

青春アニメ・グラフィティ　テレビ編　杉山　卓
さよなら銀河鉄道999　若桜木　虔／松本零士（原作・原案）
新竹取物語　1000年女王2　藤川桂介／松本零士（原案）

2年B組仙八先生2　若桜木　虔／重森孝子（原作）
スニーカーぶるーす　田波靖男
12星座別恋のおまじない集　愛の魔法 LOVE MAGIC　ルネ・ヴァン・ダール・ワタナベ

9月

夕陽のアンダルシア　佐伯千秋
北に青春あり　三木澄子
校内暴力事件簿　リーゼント・ブギ　南　英男
あたしの中の……　新井素子
詩集：ラブ・コンサート　藤公之介
翔べイカロスの翼　草鹿　宏

10月

タカラヅカ グラフィティ　武田武彦／橋倉正信（編）
アグネス白書　氷室冴子
愛にふるえて　田中雅美
だってちょっとスキャンダル　正本ノン
太陽の匂い　前中行至
青春告白テープ　愛飢え体験　吹上流一郎（編）

11月

エレメンツ占星術　火の巻・地の巻　ルネ・ヴァン・ダール・ワタナベ
『青春小説新人賞』優秀作品集　編集部（編）
宇宙人SF傑作選　天使の卵　風見　潤／安田　均（編）

1981

東京シャンゼリゼ殺人事件　井口泰子
宇宙戦士バルディオス(上)　北見 徹／酒井あきよし(原作)

12月

グッドラックLOVE　田波靖男
吸血鬼はお年ごろ　赤川次郎
洞爺湖よ 君の伝説を語れ　若桜木虔
宇宙戦士バルディオス(下)　北見 徹／酒井あきよし(原作)
エレメンツ占星術 風の巻・水の巻　ルネ・ヴァン・ダール・ウタナベ

1982

1月

アニメNOW 1982アニメーション年鑑　杉山 卓

通りすがりのレイディ　新井素子
あした・出会った・少女　森下一仁

とってもシンドローム　久美沙織
麦ちゃんのキタ・セクスアリス(5)(6)　立原あゆみ

2月

ファースト・ラブ 「初恋」小説集　中田耕治(編)
夜明けのハーバーライト　上条由紀
直指庵より愛をこめて 京都嵯峨野「想い出草ノート」　小田芳隆
三原順子 激しくそして心のままに…　吹上流一郎
2年B組仙八先生3　若桜木虔／重森孝子(原作)
小説!!! ルパン三世　辻 真先／モンキー・パンチ(原作)

3月

たいへんだア青春　佐藤愛子
初級レディース・パズル　桜井 一
1000年女王 映画編　藤川桂介／松本零士(原作)
新竹取物語 1000年女王3　藤川桂介／松本零士(原案)
2年B組仙八先生4　若桜木虔／重森孝子(原作)
キャリア・ブック あなたの進路・職業カタログ　L・L・Dセンター(編)

4月

少年の欲望　富島健夫
愛の詩歌　大野雑草子／大滝貞一(編)
ヨコジュンのSF塾 宇宙的おもしろ講座　横田順彌
湘南ラブストーリー　水城昭彦

ぼくは希望に向かって走る　レスリー・シュライブナー／井上篤夫・中川 裕(訳)
小説!? Dr.スランプの逆襲　辻 真先／鳥山 明(原作)

5月

ミッドサマー・ウェザー ヘッドフォン・ララバイII　窪田 僚
ガラスのスニーカー 美人案内講座　久美沙織
クレソンサラダをめしあがれ　正本ノン

チェリーなやつら　田中雅美
ムサシ17歳 世界へ翔ぶ　草鹿 宏
神秘の色占術　晋勝 健

6月

3年B組貫八先生1　岩間芳樹
海のトリトン(上)(下)　若桜木虔／手塚治虫(原作)
あなたの詩 わたしの詩III　内山登美子(編)

1982

ロボットSF傑作選 ロボット貯金箱　風見潤・安田均（編）
青春アニメ・グラフィティ 劇場映画編　杉山卓

7月

わが青春のアルカディア（上）　尾中洋一／松本零士（原作）
六神合体ゴッドマーズ　藤川桂介／横山光輝（原作）

TENNISスーパースターズ　井上篤夫（編）
Dr.スランプ 映画編　雪室俊一／鳥山明（原作）
雑居時代（上）（下）　氷室冴子

8月

吸血鬼はお年ごろ 吸血鬼株式会社　赤川次郎
3年B組貫八先生2　岩間芳樹
わが青春のアルカディア（下）　尾中洋一／松本零士（原作）
ルパン三世 カリオストロの城　山崎晴哉／モンキー・パンチ（原作）

12星座 愛の贈りもの　藤公之介
私たちの体験記 愛したい 愛されたい　小宮綾子（編）

9月

ハイジの国から　中島正晃（写真）／草鹿宏（詩と文）
どうぞお入り 外は雨　片岡義男
K子の放課後　吹上流一郎
天使だけが涙を流す　南英男
青春に悔いあり　吉野一穂
海の若大将　田波靖男

10月

ふしぎの森のこびとたち　中村都夢（写真）／名木田恵子（文）
六神合体ゴッドマーズ2　藤川桂介／横山光輝（原作）
アグネス白書 ぱーとII　氷室冴子
マイ・ショートショート　編集部（編）
きみは風のように　山田順子（編著）
ずっこけ青春フンセン記　大木圭

11月

一番長いデート　赤川次郎
体型別ファッション・マジック　吉川玲子（編）
ファーストスノウキッス　窪田僚
プラトニックラブチャイルド　久美沙織

ぼくたちの愛の体験記 きみのハートがほしい！　島村敬一編
プリンセスへの鎮魂歌　ルース・M・アーサー／杉崎和子（訳）

12月

宇宙戦艦ヤマト完結編（上）　若桜木虔／松本零士・西崎義展（原作・監修）
わが青春のアルカディア 無限軌道SSX1　山浦弘靖／松本零士（原作）
抱筒時空之抜穴タイム・ドカン2 旗本ギャルは高校生　杉山卓
恋のひとり旅　上条由紀
麦ちゃんのヰタ・セクスアリス（7）（8）　立原あゆみ

1983

1月

カレンダー・ガール　新井素子

ざ・ちぇんじ！（前） 新釈とりかえばや物語　氷室冴子
きみの瞳にギャラクシイ　久美沙織

1983

夢の色にそめて　田中雅美
初恋セレナーデ　正本ノン
マイディアスウィート　窪田 僚

2月

ニャンニャン・ブック　内山 晟（写真）
ざ・ちぇんじ！（後）新釈とりかえばや物語　氷室冴子
六神合体ゴッドマーズ 3　藤川桂介／横山光輝（原作）
わが青春のアルカディア 無限軌道SSX 2　山浦弘靖／松本零士（原作）
3年B組 貫八先生 3　岩間芳樹

3月

決定版 少林寺　杉目宏明／名田貴好・瑤琳（編）

オルフェウスの窓①　草鹿宏・上条由紀／池田理代子（原作・監修）
武田鉄矢の青春トーク 心がカゼをひいたら　武田鉄矢

宇宙戦艦ヤマト 完結編（下）　若桜木虔／松本零士・西崎義展（原作・監修）
アニメNOW テレビ・アニメーション全科　杉山 卓
赤と黒の青春　吹上流一郎
愛の体験オムニバス 早くおとなになりたい　南 英男
エンジェル・ダスト・ブルース　トッド・ストラッサー／橘高弓枝（訳）
非行少年 ランブルフィッシュ　S・E・ヒントン／中田耕治（訳）

4月

SFサスペンス 逃げ姫　眉村 卓

恋の途中下車　落合恵子
アニメ・キャラ大全集　鳴海 丈（編）
銀河創世記伝1 聖戦士キリー　藤川桂介
BOYS BE 夏くん!!①②　立原あゆみ
テックス　S・E・ヒントン／坂崎麻子（訳）
H_2O…涙　ソニア・レヴィタン／中山伸子（訳）

パラレルワールド大混線　若桜木虔

5月

勇者に翼ありて　草鹿 宏
スター！スター！スター！　田中雅美
フォックスさんにウインクを　大和真也
中国のコワ〜イ・ショートショート 怪異ラブ・ロマン集　武田武彦
CALIFORNIA LOVE　S・ザップマン／井上篤夫（編）
アンバースデイ　A・M・ステファンセン／正本ノン（訳）
ふたり物語　アーシュラ・K・ル・グイン／杉崎和子（訳）

6月

オルフェウスの窓②　草鹿 宏／池田理代子（原作・監修）
シンデレラ迷宮　氷室冴子
キラー通り7番地　正本ノン
人形劇 三国志（上）　小川 英／田波靖男
詩集：シェルブールの雨傘　藤公之介
ロックンロール ナイト　トッド・ストラッサー／吉崎由紀子（訳）
アウトサイダー　S・E・ヒントン／中田耕治（訳）

7月

プルメリアの伝説 天国のキッス　中岡京平
ツインハート・アベニュー ヘッドフォン・ララバイIII　窪田 僚
小説 愛してナイト①　馬場 満／多田かおる（原作）

オルフェウスの窓③　草鹿 宏／池田理代子（原作・監修）
銀河創世記伝2 シャングリアの星　藤川桂介
小説 パタリロ！ 映画編　田波靖男／魔夜峰央（原作）
おれたちのレクイエム　S・E・ヒントン／中田耕治（訳）
レイプの街　リチャード・ペック／丘えりか（訳）

8月

あなたのからだノート　堀口 文
小説 エースをねらえ！①　山本鈴美香

小説 愛してナイト②　馬場 満／多田かおる（原作）
銀河創世記伝3 バイオニック・ウォーズ　藤川桂介
人形劇 三国志（中）　小川 英／田波靖男
夢のつづきはかためを閉じて　久美沙織
1／2ペアレンツ　ポーラ・ダンツィガー／竹本祐子（訳）

イージー・コネクション　リズ・ベリー／矢沢聖子（訳）

9月

短大合格900だけの英単語　久村 研／山口隆博
光をあびる日のために　河崎義祐
小説 愛してナイト③　馬嶋 満／多田かおる（原作）
SFショートショート・コレクション うるさい宇宙船　高井 信
ドキュメント校内暴力 理由ある反抗　南 英男
サンシャイン　ノーマ・クライン／杉崎和子（訳）
恋のトライアングル　J・P・リーディング／田中一江（訳）

10月

夜明けのランナー　中岡京平
小説 エースをねらえ！②　山本鈴美香
眠り姫にキス！　大和真也
宇宙料理店　津山紘一
幻の黄金超特急① 25時に消えた列車　山浦弘靖
海外SF ショート・ショート秀作選1　アイザック・アシモフ（編）／風見 潤（訳）
ロングウェイ・ホーム　デニス・ネメック／本木菜子（訳）
名探偵は19歳 スーザン・サンド①　マリリン・エゼル／井上篤夫（訳）

11月

少女小説家は死なない！　氷室冴子
S・O・Sマイ・フレンド　田中雅美

風物語 in 横浜　正本ノン
ロマンチックをもう一杯 夢のつづきはかためを閉じてPART2　久美沙織
傷だらけの復讐　吹上流一郎
小説 ハレンチ学園1　永井 豪
ステイン・アライブ　リアノー・フライシャー／中田耕治（訳）
オータム・ストーリー　フレッド・M・スチュワート／堀江瑠璃子（訳）

12月

ぼくの法螺　財津和夫

小説 エースをねらえ！③　山本鈴美香
新・銀河創世紀伝1 大航海　藤川桂介
小説 ハレンチ学園2　永井 豪
彼女とストンプ　岬 兄悟
愛のトワイライトゾーン 見えない世界へご招待　黒田みのる
ラスト・クリスマス 15歳・愛と生命のメモリー　マリ・ブラディ／平井恵子（訳）

1983

- 名探偵は19歳 スーザン・サンド② — マリリン・エゼル／井上篤夫(訳)

1984

1月

- OH! マイ・ベイビー — 内山晟(写真) 田中淑恵(文)
- ブラック キャット① — 新井素子
- ハローフロムアメリカ! — 宇田川晶子
- み～んなブスを好きになれ — 青島美幸
- 人形劇 三国志(下) — 小川英 田波靖男
- 幻の黄金超特急②愛と炎のゾーン・トレイン — 山浦弘靖
- ラブ・クレイジー — ジュディ・ファイファー／吉崎由紀子(訳)
- マリアンの木曜日 — ジャン・ユーリ／羽田詩津子(訳)

2月

- 新・吸血鬼はお年ごろ 吸血鬼よ故郷を見よ — 赤川次郎
- ミッドナイト・ラブ — 南英男
- 海外SF ショート・ショート秀作選 2 — アイザック・アシモフ(編)／佐柳ゆかり／勢田恵子(訳)
- 新・銀河創世記伝2 地球よ — 藤川桂介
- BOYS BE 夏くん!! ③④ — 立原あゆみ
- 名探偵は19歳 スーザン・サンド③ — マリリン・エゼル／井上篤夫(訳)
- 朝のこない夜 — ミッシェル・モーリス／中山伸子(訳)

3月

- シンデレラ・ミステリー — 氷室冴子
- 新・美人案内講座 抱いてアンフィニ — 久美沙織
- スターは君だ!! — 田中雅美
- 夏の窓をあけて — 正本ノン
- 回らない風車 — 大和真也
- コバルト・ノベル大賞入選作品集 1 — 編集部(編)
- VIVA! サクセス・レディ — イブ・ドローボット／井上篤夫(訳)
- バッド・アップル — ラリー・ボグラッド／橘高弓枝(訳)

4月

- 12星座別ラブアタック — ルネ・ヴァン・ダール・ワタナベ
- 死ぬほど愛した… — 辻真先
- 原宿物語 — 藤公之介

- あこがれは上海クルーズ — 佐々木譲
- パラレルワールド大脱走 — 若桜木虔
- 小説 ハレンチ学園3 — 永井豪
- ワンウェイ・トリップ — ウォルター・オレクシー／坂崎麻子(訳)

5月

- こちらは雪だと彼女に伝えてくれ — 片岡義男
- 孔雀の街 — 眉村卓
- なんて素敵にジャパネスク — 氷室冴子
- 小説 エースをねらえ!④ — 山本鈴美香

- 月の夜 星の朝 — 那須真知子 本田恵子(原作)
- ロンリーウエイ — ヘンリー・ビーン／S・ヘンドリックス(映画脚本) 本木菜子(訳)

6月

- 夏服のイヴ — ジェームス三木
- 蕨ケ丘物語 — 氷室冴子
- アフタースクール王国 — 田中雅美

海岸通り物語　正本ノン
薔薇の冠 銀の庭　久美沙織
夏への航海　水城昭彦
恋のタイム・ショック　ジョアンヌ・ウェブスター／加川千津子（訳）
ビギナーズ・ラブ　ノーマ・クライン／杉崎和子（訳）

7月

SUPER STAR マイケル・ジャクソン　ゴードン・マチュウス／小川智子（訳）
スーパーアイドルのすべて 写真集マット・ディロン　名田貴好（編）
ザ・おもしろピープル　D・ワルチンスキー／A・ウォーレス／井上篤夫（訳編）
永遠の恋人たち　内山登美子
若者のための人生アンチ・ガイド　フィリップ＆グレール・レブレール／木村士郎（訳編）

弓月光の少女まんが家入門　弓月光
刑事物語3 潮騒の詩　片山蒼（武田鉄矢・脚本）

スーパーガール　ノーマ・フォックス・メイザー／羽田詩津子（訳）

8月

迷信―ウソ？ホント？ ふしぎBOOK　グループMUSS（編）
音楽をファッションする！　竹内矢寿美 秋本陽子
お笑いショートショート集　武田武彦（編）
アポロン剣闘士II ブラックホールの彼方で　若桜木虔
新・銀河創世紀伝3 逆賊の旅　藤川桂介
汚れていても・愛　佐野寿人
フットルース　ロバート・タイン／Dピッチフォード（映画脚本）水野みさを（訳）

9月

なぎさボーイ　氷室冴子
丘の家のミッキー　久美沙織
ペパーミント祭　田中雅美
ロマンチック以上　正本ノン
言いわすれたI LOVE YOU　杉本りえ
カルチェラタンで迷子　小室みつ子
高校合格700だけの英単語　木村士郎
ジェニーの幸せさがし　エリザベス・マッキンタイア／久米穣（訳）

10月

I LOVE YOUより愛してるから…　アン・ルイス
恋する銀河 ロマンチックSF傑作選　豊田有恒・星敬（編）
東京ラプソディ　窪田僚
恋人たちの伝説　南英男
SFファンタジー アニメダマ　杉山卓
小説 エースをねらえ！⑤　山本鈴美香
アンナ・パブロワ　エミーリ・ロチャヌー（映画脚本）／葉月香織（訳）

11月

愛の月占い　紅亜星
水曜日には雨が降る　大和真也
3時のおやつに毒薬を　久美沙織

コバルトクイズ 問7

『マリア様がみてる』で、リリアン女学園高等部の生徒会の名は「山百合会」。では、「山百合会」の本部がある建物の名は？

1 薔薇の館
2 百合の館
3 山桜の館

答えは269ページです。

創刊(1976)〜1979
1980〜1989
1990〜1999
2000〜2009
2010〜2017

1984

黄金のジャンヌ・ダルク（上） 若桜木虔
遅すぎた殺人事件 若山三郎
ロマンチックSF 星空のむこうの国 小林弘利
ナイトエンジェル・ステフィ フラン・アーリック／前川 梓（訳）

12月

スパルタンX 名田貴好・杉目宏明（編）
はばたけ黄金の翼よ 高山芳恒 粕谷紀子（原作）
そばにはいつもエンジェル 佐々木譲
スターライト★だんでぃ 火浦 功
恋すればA級少年 岬 兄悟
幸せの妖精たち エミール・シェラザード（文）／めるへんめーかー（絵）
動物の親子写真集 ママが大好き 内山晟（写真）
いとしのメアリー ラッセル・F・ディビス／田中融二（訳）

1985

1月

多恵子ガール 氷室冴子
丘の家のミッキー2 久美沙織
とっておき家族 田中雅美
ロマンチック・スペシャル 正本ノン
ミーカはミーカ♡トラブル・メーカー 大原まり子
青春クロスピア 唯川 恵

THE CHECKERS チェッカーズ写真集 チェッカーズ
ベスト・キッド B・B・ヒラー／R・M・ケイメン（映画脚本）橘高弓枝（訳）

2月

ユー★ガッタ★チャンス 大森一樹
写真集 クララ白書 オフィス41,N（編）
バッド・ボーイズ リチャード・ディレッロ／高山芳恒（訳）
家族の絆 S・P・スミス／R・コスロウ（映画脚本）羽田詩津子（訳）
BOYS1000人のアンケート＆体験談 僕たちのABC 半沢隆子（編）
ぼくとわたしのPINK体験コレクション サラダデイズ・ペーパー 吉野一穂
コバルト・ノベル大賞入選作品集2 コバルト編集部（編）

3月

カリブ・愛のシンフォニー 藤公之介

ロマンチック・メルヘン こころほしてんとう虫 夢枕 獏
もうさよならは言わないで ドキュメント ある愛の軌跡 南 英男

愛のためでなく ハイラ・コールマン／神鳥統夫（訳）
笑と笑と笑と 江戸小ばなし傑作選 山住昭文
幻の黄金超特急③ 銀河本線ルート1 山浦弘靖
麦ちゃんのキタ・セクスアリス第2部1 立原あゆみ

4月

なんて素敵にジャパネスク② 氷室冴子
風をつかまえて 久美沙織
ぴかぴか★物語 田中雅美
誰かがどこかで恋してる 正本ノン
ももこの星へ遊びにきてね 杉本りえ
ウサギは歌を歌わない 小室みつ子
スターマン A・D・フォスター／田中一江（訳）

5月

新・吸血鬼はお年ごろ 吸血鬼のための狂騒曲 赤川次郎

新・恋愛セミナー　富島健夫
ドキュメント・ノベル「いじめ」 友だちが怖い　南　英男
愛と友情のボストン 翔べ！青春の車椅子　山崎泰広
愛のハンド・ウォッチング 手相で知る愛と運勢　萬　祥華
不思議な国の映画たち SFXビデオ大全集　小山内新(編)
麦ちゃんのヰタ・セクスアリス 第2部 2　立原あゆみ

6月

扉を開けて　新井素子
いつかやさしい雨が　小林弘利
サマータイム・ミスティ　城島明彦
青春ミステリー 鉄格子の中へどうぞ　軒上　泊

タイムトラベルSF傑作選　星　敬(編)
こんな恋人みつけたい 血液型ラブ・アタック大作戦　志賀　貢

フェノミナ　ダリオ・アルジェント(映画脚本)／関　美冬(訳)

7月

ジャパネスク・アンコール！　氷室冴子
丘の家のミッキー 3　久美沙織
キラキラ◆物語　田中雅美
ミステリーナイト抱きしめて　正本ノン
まんが家マリナ最初の事件 愛からはじまるサスペンス　藤本ひとみ
み～んなブスにひざまずけ　青島美幸
Cボーイ・すくらんぶる　唯川　恵
V・マドンナ大戦争　野沢　尚

8月

光子帆船スターライト オーディーン　鳴海　丈／西崎義展(原案)
アダ　大和真也
ハーフミラー・エイジ　窪田　僚
マーメイドパーク　名木田恵子
ぼくたちのサマー・メモリー　水城昭彦
長靴の恋幽霊　志茂田景樹
青春の賭け ビジョン・クエスト　テリー・デイビス／橘高弓枝(訳)

9月

ブラック・キャットⅡ ナイト・フォーク　新井素子
ロマンチック・ファンタジー タイム・トラブル・プリンセス　小林弘利

宇宙色トラベラー　波多野鷹
恋は風いろ不思議いろ　倉本由布
ドリームinオーストラリア コアラの国の留学記　平原紀子
私たちの体験記 愛のスケッチブック　小宮綾子(編)

殺人切符は♥色　山浦弘靖

10月

碧い宝石箱　久美沙織
謎いっぱいのアリス　田中雅美
前略、親不孝通りから　正本ノン
いつか、どこかで　杉本りえ
リング♥どりいむ 女子プロレスは華やかに　藤本ひとみ
久里子シリーズ① シンデレラは待てない　小室みつ子
シュア・シング　S・L・ブルーム&J・ロバーツ／羽田詩津子(訳)

1985

11月

野蛮人のように　南英男／川島透（原案）
トラベル・ミステリー　いつか虹を渡りたい　辻真先
スターライト★こねくしょん　火浦功
秘密の花園　田中雅美
ぼくとわたしのPINK体験コレクション2　ピンクピーチ・ノート　吉野一穂
クリスマス・ファンタジー　樅の木の物語　津山紘一

12月

聖痕者ユウI　薔薇のストレンジャー　鳴海丈
ハッピーエンドゲーム・ストーリー　恋のホリディ　ニコル・カー／羽田詩津子（訳）
ハッピーエンドゲーム・ストーリー　スカーレットのように　クリスティ・ラッセル／田中一江（訳）
カラー・ストーリー　デュエット　久美沙織　めるへんめーかー
月光の底　眉村卓
「聖クレア」ファンタジー①　月が魔法をかけた夜　小林弘利
ベスト・ショート・ショート　コバルト編集部（編）
麦ちゃんのヰタ・セクスアリス第2部3　立原あゆみ

1986

1月

丘の家のミッキー4　久美沙織
さくら荘のエンゼル　田中雅美
センチメンタル☆シティでつかまえて　正本ノン
とら猫タマの四季　杉本りえ
ハート♥燃えて…　唯川恵
花織高校恋愛スキャンダル　ロマンスパン伝説　藤本ひとみ
零時の鐘は　もう鳴らない　波多野鷹

2月

誰だハックにいちゃもんつけるのは　ナット・ヘントフ／坂崎麻子（訳）
み～んなブスで良かったネ　青島美幸
イヴの樹　APPLE STORY　名木田恵子
ドキュメント小説／不良少女たちの旅立ち　裸足のマドンナたち　南英男
死神の時刻表は♠色　山浦弘靖

3月

神さまプリーズ!　藤公之介
ときめき発・スリラー行　城島明彦
こちら幽霊探偵局　団龍彦
歴史ファンタジー　ヤマトタケル　氷室冴子
恋するペリカン・ナイト　正本ノン
海の回転木馬　小林弘利

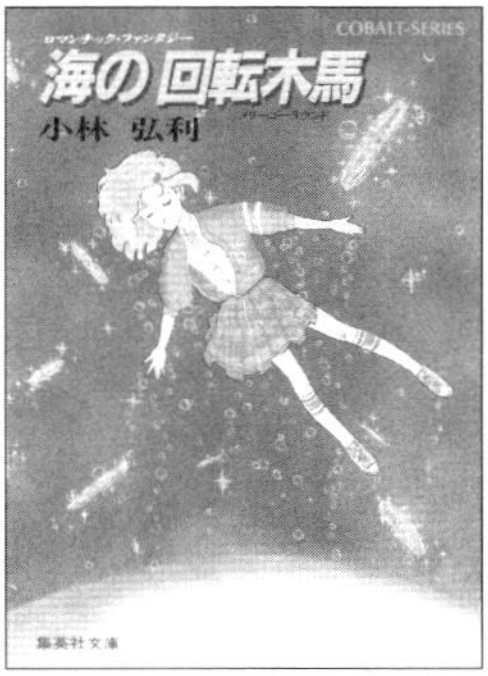

聖痕者ユウII　黄金のプリンセス　鳴海丈
哀愁のメンタイコ・ガール　那須真知子
午後のフェアリィ　中岡京平
ハッピーエンド　ゲーム・ストーリー　ドリームデイト　アマンダ・マクニコル／前川梓（訳）
ハッピーエンド　ゲーム・ストーリー　恋にVサイン　アマンダ・マクニコル／矢沢聖子（訳）

4月

丘の家のミッキー5　久美沙織
真夜中のアリス　田中雅美
ちょっとの雨ならがまんボーイ!　正本ノン
はれるや!タマ　杉本りえ

1986

少しだけラブストーリー　唯川　恵
まんが家マリナ恋愛事件 愛の迷宮でだきしめて！　藤本ひとみ
トライアゲイン　波多野鷹
お化粧伝説　島村洋子
久里子シリーズ② スノウ・ホワイトが危ない　小室みつ子
夕焼け色のラブレター　下川香苗

5月

吸血鬼は良き隣人　赤川次郎
黄昏時は夢を見る　大和真也
スターライト★ぱにっく　火浦　功
ほうき星に流されて　小林弘利
池猫中学探偵同好会 乙女心はハードボイルド　岬　兄悟
あのコとスペクタクル　窪田　僚
虹の鯨とアップルパイ　鳴海　丈
あこがれてスキャンダル　水城昭彦
シリアス・タッチで口説かせて　日向章一郎
ムーンライト・エクスプレス　名木田恵子

6月

続ジャパネスク・アンコール！　氷室冴子
あぁ親をケトばす日　青島美幸
夢の咲く街　森下一仁
デザートにはらぶみすてりい　吉野一穂
チャンネル2のラブ・ゲーム　高山芳恒
すごくかんたんシンデレラ くらしの絵本　峯村良子
これはジョークのご本です。　デーブ・スペクター
くどき上手なピーターパン　一藤木杏子

7月

丘の家のミッキー6　久美沙織
ジュリエット・メモリー　田中雅美

雨よりやさしく　正本ノン
恋バルーン、飛んだ　杉本りえ
少しだけラブストーリー PART2　唯川　恵
花織高校恋愛スキャンダル あっぷる神話　藤本ひとみ
雨のお嬢さまストリート　島村洋子
昨日より元気　小室みつ子
スペース・キャンプ　P・ベイリー&L・B・ウィリアムス／田中一江（訳）
小説 光の伝説　園田英樹 麻生いずみ（原作）

8月

最愛のダーク・ブルー　片岡義男
「聖クレア」ファンタジー② 風と天使がおどる夏　小林弘利
恋の危険信号は◆色　山浦弘靖
ファイナル・シュート　波多野鷹
こちら幽霊探偵局 PARTⅡ　団　龍彦
シナモンハウスの午後　倉本由布
ドキュメント・ノベル「いじめ」事件簿 月曜日が怖い　南　英男
美形と出会う法 ときめいて恋ごころ　M・シャーマット／田中一江（訳）

9月

逆恨みのネメシス　新井素子
カモメ物語1 くたばれ！ベートーベン　喜多嶋隆
ほほにかかる涙　鳴海　丈
イルカぴあの　名木田恵子
街は夢でいっぱい　片桐里香
扉のむこうでハッピー・エンド　日向章一郎
愛しのハーフ・ムーン　原田美枝子
ベスト・キッド2　B・B・ヒラー／R・M・ケイメン（映画脚本）橘高弓枝（訳）

1986

10月

これがオシュートメさんだ　久美沙織
三人めのアリス　田中雅美
15クラブへようこそ　正本ノン
Wのクロネコ タマのまゆみリポート　杉本りえ
そんなあなたにリフレイン　唯川　恵
まんが家マリナお嬢さま事件 愛はきらめく星になっても　藤本ひとみ
オール・マイ・ラヴィング　島村洋子

久里子シリーズ③ ピノキオはあきらめない　小室みつ子
プリティインピンク 恋人たちの街角　H・B・ギルモア／羽田詩津子(訳)

11月

童話を胸に抱きしめて　小林弘利
夢、輝いて　波多野鷹
京都迷路地図は♣色　山浦弘靖
センチメンタルは似合わない　南　英男
恋するラグビー・ガール　水城昭彦
ガラスの靴に約束　倉本由布
虹いろイヤリング　下川香苗
夢みるうさぎとポリスボーイ　竹内志麻子

12月

ステキな女の子図鑑　西村玲子
少女ざかり　立原あゆみ
侵入を阻止せよ　眉村　卓
聖痕者ユウIII 純白のラビリンス　鳴海　丈
ザ・学園超女隊　団　龍彦
わたしの逆風野郎たち マイ・アゲインスト・ナイン　園田英樹
ベイシティ恋急行　佐々木譲
なんじゃもんじゃ物語　城島明彦
トライアングル・ウォーズ 三角関係大戦争　名木田恵子

1987

1月

KINGの頬をはりとばせ！　久美沙織
グッバイ・アリス　田中雅美
いつか恋のように　正本ノン
時の向こうに　杉本りえ
1／2タイムの恋人　唯川　恵

花織高校恋愛スキャンダル さくらんぼ聖書　藤本ひとみ
お化粧伝説 ぱ〜と2　島村洋子
赤い火星の渡り鳥　片桐里香

2月

殺人占いはJの罠　山浦弘靖
童話を胸に抱きしめて2　小林弘利
あいびぃ屋敷交差点　波多野鷹
犬も歩けば死体に　赤羽建美
テコンドガール・蘭子　佐野寿人
グッバイ・カンパニー1　立原あゆみ
ミリイ 少年は空を飛んだ　ニック・キャッスル(映画脚本)／田中一江(訳)

1987

フェリスはある朝突然に　T・ストラッサー／J・ヒューズ(映画脚本)／橘高弓枝(訳)

3月

幽霊たちのエピローグ　赤川次郎
こちら幽霊探偵局 PARTⅢ　団 龍彦
あのコとスリリング　窪田 僚
きみのハートはミステリー　日向章一郎
詩集：恋のダウンタウン　藤公之介
グッバイ・カンパニー2　立原あゆみ
ショート ショート・グランプリ　コバルト編集部(編)
コバルト・ノベル大賞入選作品集3　コバルト編集部(編)

4月

ありがちのラブ・ソング　久美沙織
どきどきエンゼル　田中雅美
16クラブで踊ろう　正本ノン

お騒がせシスターズ　杉本りえ
夢色ラビリンス　唯川 恵
まんが家マリナ怪奇事件 愛いっぱいのミステリー　藤本ひとみ
オール・マイ・ラヴィング SIDE B　島村洋子
きみが目覚める前に　片桐里香
シンデレラの夜と昼　図子 慧
さくら色のメモリアル　下川香苗

5月

そして、星へ行く船　新井素子

トワイライト・レディ　菊地秀行
魔女特急はQの罠　山浦弘靖
こころを女神に　小林弘利
猫の手も借りたい殺人　赤羽建美

宇宙色ロストウエイ　波多野鷹
お嬢さま殺人事件　高山芳恒
夜あけの海の物語　倉本由布
久里子シリーズ④ マーメイドは忘れない　小室みつ子
ラスト・シーンでほほえんで　一藤木杏子

6月

VIVA！学園超女隊　団 龍彦
カモメ物語2 ポールを追いかけろ！　喜多嶋隆
やさしい悪魔 夜の訪問者　鳴海 丈
キスミー！ミスター甲子園　水城昭彦
2年紅組ハート日誌 恋いっぱいのシュークリーム　名木田恵子
19ナインティーン　斉藤 慧／康 珍化(原作)
恋しくて　D・ビスチョフ／J・ヒューズ(映画脚本)／橘高弓枝(訳)
シャタラー　田波靖男

7月

丘の家のミッキー7　久美沙織
赤い靴探偵団 恋人の謎　田中雅美
100万光年純情キッス　正本ノン
はつ恋♡猫 タマのまゆみリポート　杉本りえ
さよならコンプレックス　唯川 恵
まんが家マリナ アストラル・トリップ事件 愛してローマ夜想曲　藤本ひとみ

1987

さよならオール・マイ・ラヴィング　島村洋子
赤い火星の渡り鳥② 地球から来た暴れん坊　片桐里香
地下世界のダンディ(上)(下)　図子慧
そこでそのまま恋をして　竹内志麻子
ハチ公物語　田中一江／新藤兼人(原作)

8月

夢ハネムーンはKの罠　山浦弘靖
つっぱりララバイ100%　藤本ひとみ
「聖クレア」ファンタジー③ 虹の彼方につづく道　小林弘利
そしてぼくは歩きだす　波多野鷹

お願い・パンダ様　赤羽建美
リトル・ギャングに胸さわぎ　日向章一郎
チョコレート戦争　ロバート・コーミア／坂崎麻子(訳)

12星座別 男のコの気持ち大研究　ルネ・ヴァン・ダール・ワタナベ

9月

こちら幽霊探偵局 PARTⅣ　団龍彦
ヴァージン・トライ　喜多嶋隆
恋泥棒にカンパイ　南英男
ぼくとわたしのムフフ体験コレクション ピンクのモーツァルトⅠ　吉野一穂
トロピカル殺人旅行　高山芳恒
ときめきROCKIN' WAY　難波弘之
ザ・ズーTHE ZOO　山崎晴哉
トライアングル・ウォーズ2 三角関係大作戦　名木田恵子

10月

丘の家のミッキー8　久美沙織
赤い靴探偵団2 消えたネックレス　田中雅美
17クラブに投げキッス　正本ノン
宇宙のボヘミアン　杉本りえ
素敵な迷い子たち　唯川恵
花織高校恋愛スキャンダル ばら物語　藤本ひとみ
夢のおぼっちゃまミルキー・ウェイ　島村洋子
赤い火星の渡り鳥③ がんばれ！銀河旋風児　片桐里香
追いかけてはいけない　図子慧
転がる石になれ　堀田あけみ

11月

吸血鬼が祈った日　赤川次郎
ヴァージン・ロードはAの罠　山浦弘靖

童話を胸に抱きしめて3　小林弘利
その後のあいびぃ屋敷 交差点　波多野鷹
南子探偵クラブ① 少女漫画家は眠らない　赤羽建美
秘密の夏を花束にして　倉本由布
ファースト・シーンはろまんてぃっく　一藤木杏子
それはキスで始まった　下川香苗

12月

ミッキーのおしゃれ読本　久美沙織・めるへんめーかー
霊感カップル♥ミキ&シュン　団龍彦
童話を胸に抱きしめて FINAL　小林弘利

1987

- ボディ・ガードに花束を　喜多嶋隆
- 花子グラフィティPart① 愛はアンティーク・ブルー　城島明彦
- テコンドガール・蘭子Ⅱ 銀河昇竜拳の巻　佐野寿人
- キミのハートを追いかけて　夏川裕樹
- 宇宙に吹く風 白い鳥　前田珠子

1988

1月

- 花のお祭り少年団　久美沙織
- 水の中のアリス　田中雅美
- 渡り廊下でハイヒール　正本ノン
- とまどいラブロード　杉本りえ
- ラブ・トラブルにご用心　唯川 恵
- まんが家マリナ黒鈴事件 愛よいま、風にかえれ（前編）（後編）　藤本ひとみ
- 抱きしめたい　島村洋子
- いちばん好きだから　片桐里香
- ピュアミント'88　図子 慧
- み～んなブスがやめられない　青島美幸

2月

- ハッピーエンドはJkの罠　山浦弘靖
- 池猫中学探偵同好会② 乙女心はノンストップ　岬 兄悟
- Aqua——水のある風景——1　波多野鷹
- 南子探偵クラブ② ホラーこわい!!　赤羽建美
- あのコとサスペンス　窪田 僚
- ゴールラインでだきしめて　水城昭彦
- 坂の向こうの茜空　大和真也
- トライアングル・ウォーズ3 三角関係大作戦　名木田恵子

3月

- ♥ミキ&シュン♥ 恋の霊感ダイアリー　団 龍彦
- 聖痕者ユウⅣ 覇王のタブレット　鳴海 丈
- ラブ・コンビネーション　高山芳恒
- ぼくとわたしのムフフ体験コレクション ピンクのモーツァルトⅡ　吉野一穂
- 放課後のトム・ソーヤー　日向章一郎
- 〈ユウマとマリ〉ロマンチック・アドベンチャー サハラの涙　山崎晴哉
- ここは恋するストリート!　夏川裕樹

4月

- 恋する乙女はふぁいてぃんぐ!　五代 剛
- 丘の家のミッキー9　久美沙織
- ジュリエット・ノクターン　田中雅美
- 8つの恋の物語 あいつ　正本ノン
- キケンな弟　杉本りえ
- ためらいがちのシーズン　唯川 恵
- 花織高校恋愛スキャンダル にんじん童話　藤本ひとみ
- 恋のお姫さまパラダイス　島村洋子
- 大事な土曜の午后　片桐里香
- 四月闇桜姫　図子 慧

- ポケットにハート時計　倉本由布
- SHOUT! 愛するために生まれた魂　堀田あけみ

1988

春いろセレナーデ　下川香苗

5月

なんて素敵にジャパネスク③〈人妻編〉　氷室冴子

ワンペアは殺しの花言葉　山浦弘靖

緑の草原 大きな樹　小林弘利

最後のあいびぃ屋敷 交差点　波多野鷹

南子探偵クラブ③ 迷路へようこそ　赤羽建美

恋のむこうにオフロード　一藤木杏子

青い月の恋人たち　竹内志麻子

きらきら星をあげよう　山本文緒

6月

百九十センチの迷惑　久美沙織

超女隊in香港　団　龍彦

〈ユウマとマリ〉ロマンチック・アドベンチャー マドリッドの朝焼け　山崎晴哉

テコンドガール・蘭子III 梅花掌心拳の巻　佐野寿人

2年紅組ハート日誌 夢摘あ・ら・もーど♥　名木田恵子

久里子シリーズ⑤ ハート・ビートは止まらない　小室みつ子

とびっきりの愛をあなたに スマイル・アゲイン！　夏川裕樹

由梨の100％トキメキ気分　五代　剛

放課後のティンカー・ベル　日向章一郎

マリリンに逢いたい　田中一江　野沢　尚（原作）

7月

丘の家のミッキー10　久美沙織

赤い靴探偵団3 虹の館の謎　田中雅美

その時、恋におちて　杉本りえ

きらめきイリュージョン　唯川　恵

まんが家マリナ密室殺人事件 愛と哀しみのフーガ（上）　藤本ひとみ

初恋日記　島村洋子

狼なんかこわくない ピュアミント2　図子　慧

プリティ・プリティ　倉本由布

そしてハートに恋の風　下川香苗

ふたりぼっち　丸山昇一

8月

不思議の国の吸血鬼　赤川次郎

ツーペアは魔少女の呪い　山浦弘靖

まんが家マリナ密室殺人事件 愛と哀しみのフーガ（下）　藤本ひとみ

南子探偵クラブ④ ハロウィーン特急　赤羽建美

雨ふる午後におまじない　小林弘利

大江戸えいりあん草紙　鳴海　丈

HB物語1 ファースト・キスまで、あと5分　喜多嶋隆

里沙の日記　眉村　卓

お嬢さま西へ行く　高山芳恒

十六の夏の四日間　波多野鷹

走れピンクのシンデレラ　水城昭彦

野菜スープに愛をこめて　山本文緒

9月

つっぱりララバイ200％　藤本ひとみ

こちら幽霊探偵局 PARTV　団　龍彦

ガラスの天使　田中雅美
放課後のロビン・フッド　日向章一郎
ここは恋するストリート2　アイラブ・ユーが止まらない　夏川裕樹
きみはぼくのピュア・テーマ　五代　剛
イファンの王女　前田珠子

花子グラフィティPart②　映画みたいにミステリー　城島明彦
りぼん・RE-BORN　中　弘子　今関あきよし（原作）
〈ユウマとマリ〉ロマンチック・アドベンチャー　函館のコスモス　山崎晴哉
北都プリンセス　ライラックの風に吹かれて　窪田　僚

10月

花の時間 鳥の時間　久美沙織
恋はやさしく囁いて　田中雅美
ときには、純情めいて　正本ノン

リアルタイム駆け抜けて　唯川　恵
タフ・ガールズ　杉本りえ
星苑学園恋愛レポート　星と霜のメッセージ　藤本ひとみ
星のプリンス・サマービーチ　島村洋子
王子さまは、孤独　続シンデレラの夜と昼　図子　慧
星姫紀行　倉本由布
胸にほおばる、蛍草　彩河　杏
終わらない歌を歌おう　堀田あけみ
あとはお・ま・か・せッ　青島美幸
猫ふんじゃった！ デビュー・ストーリー　園田英樹

11月

スリーカードは愛の殺人案内　山浦弘靖
南子探偵クラブ⑤　さよなら、コアラ先生　赤羽建美
聖クレア・ファンタジー番外編　旅の神話をつなぐ空　小林弘利
レタスと剣　喜多嶋隆
Aqua——水のある風景——2　波多野鷹
秘密の天使になげキッス♡　下川香苗
恋のルートをかけぬけて　一藤木杏子
まぶしくて見えない　山本文緒
リサのダイエットブック　シスターズ　吉野一穂
白い夜のスノー・エンジェル　塩田　剛

12月

冬のディーン 夏のナタリー①　氷室冴子
殺人ゲームはポーカーで　山浦弘靖
超女隊ワンダーランド　団　龍彦
愛してマリナ大辞典①　藤本ひとみ
放課後のジャンヌ・ダルク　日向章一郎
人魚たちの子守唄　竹内志麻子

きみは泣かせるノーティボーイ　夏川裕樹
愛と殺意のシュプール　高山芳恒
きみの瞳は不思議がいっぱい　五代　剛
わらしのトミヤ　佐野寿人
〈ユウマとマリ〉ロマンチック・アドベンチャー　ウィーンの微風　山崎晴哉
愛詩集　あなたの詩わたしの詩　内山登美子

1989

1月

まんが家マリナ七星剣事件 愛をかたるエリニュス(上)　藤本ひとみ
みやは負けない！　久美沙織
あぶないプリンス　唯川 恵
赤い靴探偵団 4 妖精の謎　田中雅美
さよならから始まる物語　倉本由布
きみが好きだから　杉本りえ
あの娘におせっかい　島村洋子
聖獣復活譚(前) まどろみの守護者　前田珠子
未少年キラー・スペシャル　図子 慧
彼の地図 四年遅れのティーンエイジ・ブルース　彩河 杏
13歳の金曜日　名木田恵子

2月

フォーカードは悪魔の招待状　山浦弘靖
南子探偵クラブ⑥ バレンタイン泥棒　赤羽建美
サウンド・オブ・サイレンス　小林弘利
北都プリンセス② 夢降り、バレンタイン　窪田 僚
魔法の鍵　めるへんめーかー
ハートに魔法の花束を　下川香苗
おまえがパラダイス　山本文緒
ドキ♥ドキ♥片想いクラブ　中 弘子
コバルト・ノベル大賞入選作品集 4　コバルト編集部(編)
あいつ 2 恋のはじめの物語　正本ノン

3月

なんて素敵にジャパネスク④〈不倫編〉　氷室冴子
まんが家マリナ七星剣事件 愛をかたるエリニュス(下)　藤本ひとみ
超女隊cha！cha！cha！　団 龍彦
放課後のジェームズ・ディーン　日向章一郎

キミのハートを抱きしめて　夏川裕樹
めぐり愛は不思議がいっぱい　五代 剛
朝日のあたる道 校医物語　高山芳恒
〈ユウマとマリ〉ロマンチック・アドベンチャー メルボルンの小百合　山崎晴哉
風色ロマンスごいっしょに　一藤木杏子

4月

聖獣復活譚(後) 銀の守り手　前田珠子
星苑学園恋愛レポート ショパンの位置から　藤本ひとみ
燃える月　久美沙織
赤い靴探偵団 5 青いシャツの少年　田中雅美
恋は誰のせいでもなくて　唯川 恵
あなたの、そばがいい　杉本りえ
イヴたちへの伝言　倉本由布
いとしのレイラ 少年！スター誕生編　島村洋子
ふしぎの国のミヤオ　図子 慧
ぼくのパジャマでおやすみ　山本文緒

コバルトクイズ 問8

雑誌コバルト創刊の頃、女流新鋭作家フェアの広告に、5人の先生方がスポーツウェアで登場しています。そこになかったのはどの競技？

1 フェンシング
2 テニス
3 柔道

答えは269ページです。

憂鬱の、おいしいいただき方　彩河 杏
ローズバラードを聴かせて　西田俊也
コイビトの耳はネコのみみ！　谷山浩子

5月

フルハウスは殺しの予言者（上）　山浦弘靖
冬のディーン 夏のナタリー②　氷室冴子
怪盗紅真っ赤シリーズ① 女王のネックレス　赤羽建美
放課後のマザー・グース　日向章一郎
遥かなる星の約束　小林弘利

やさしい悪魔2 イミテーション・ゴールド　鳴海 丈
ある湖につづく空　波多野鷹
ようこそ吸血姫　城島明彦
ドキ♥ドキ♥片想いクラブ2　中 弘子

僕たちのABC PART2 女の子って大好きさ　半沢隆子（編）

6月

フルハウスは殺しの予言者（下）　山浦弘靖
舞が行く！　団 龍彦
南子探偵クラブ⑦ みんなの幽霊　赤羽建美
いとしのレイラ2 恋のかけひき情熱！編　島村洋子
夢いろネックレス　下川香苗
伝説のティンクルダンス 総務委員会物語　波多野鷹
ここは恋するストリート3 グッバイ・ストリート　夏川裕樹
ファーストキスは不思議がいっぱい　五代 剛
アレキサンドリア物語① バラと剣　山崎晴哉
ふれ愛オレンジカラー 校医物語　高山芳恒

7月

ユメミと銀のバラ騎士団 月光のピアス　藤本ひとみ
鏡の中のれもん①　久美沙織
光の中のアリス　田中雅美
恋はいつも切なくて　唯川 恵
思い出ホタル　杉本りえ
さよなら、夏のシルエット　倉本由布
ピュアミント3 青りんご・毒りんご　図子 慧
黒板にハートのらくがき　山本文緒

あなたの名をいく度も　彩河 杏
放課後のハックルベリィ・フィン　日向章一郎

8月

吸血鬼は泉のごとく　赤川次郎

ほほえみがいっぱい　藤本ひとみ
HB物語2 スロー・ダンスは制服で　喜多嶋隆
怪盗紅真っ赤シリーズ② あたしを盗んでほしいのに　赤羽建美
カル・ランシィの女王① 竜の牙を越えて　前田珠子
夢の秘宝にかわる花 デイリー・タイム・ミステリー　小林弘利
シスターズ2 リサのプロポーズ大作戦　吉野一穂
エンドマークは乙女ちっく　一藤木杏子
ドキ♥ドキ♥片想いクラブ3　中 弘子
ときめきレモンドロップス　西田俊也

1989

9月

きらめきLOVIN' HEART　難波弘之
フラッシュは恋の殺人迷路　山浦弘靖
いっぱい恋してつっぱりララバイ　藤本ひとみ
舞が好き!　団　龍彦
あなたのことを考えてる　正本ノン
放課後のメアリー・ポピンズ　日向章一郎
いとしのレイラ3 涙でつづるハッピー・エンド編　島村洋子
けんか友だち探偵組 秘密の恋は狙われる!　夏川裕樹
恋人たちは不思議がいっぱい　五代　剛
アレキサンドリア物語② 砂漠のライオン　山崎晴哉
ミルキー・ウェイ探偵団　秋月達郎

10月

ユメミと銀のバラ騎士団 星影のブレス　藤本ひとみ
ダイヤモンドに虹のキス!　山浦弘靖
鏡の中のれもん②　久美沙織
赤い靴探偵団6 円卓の騎士　田中雅美
恋は秋色に染めて 去りゆく季節のために　唯川　恵
雪あかり幻想　倉本由布
夢へのまわり道 思い出ホタル2　杉本りえ
土曜日はあなたと雲の上　図子　慧

踊り場でハートのおしゃべり　山本文緒
三日月背にして眠りたい　彩河　杏

南子探偵クラブ⑧ 花嫁は初心者マーク　赤羽建美
レディ!レディ さよならあたしの初恋さん　丸山昇一

11月

♥ストレートは天使のささやき　山浦弘靖
花ざかりのロワイアル　藤本ひとみ
放課後のクリスマス・キャロル　日向章一郎
破妖の剣1 漆黒の魔性　前田珠子
哀愁のミトコンドリア(上) 生物部物語　波多野鷹
虹と光のセシルブルー　下川香苗
魔法の瞳に逢いたくて　小林弘利
どんな恋にも美人なあたし　竹内志麻子

レモンドロップス② ハートじかけのラブソング　西田俊也
北都プリンセス③ ねえ、どうおもってる?　窪田　僚

12月

まんが家マリナ貴族事件 愛する君のために(上)　藤本ひとみ
こちら幽霊探偵局 PART VI　団　龍彦
怪盗紅真っ赤シリーズ③ 聖し殺しの夜　赤羽建美
ほいでもってデブゴン　島村洋子
哀愁のミトコンドリア(下) 生物部物語　波多野鷹
えぴろーぐはファーストKISS　一藤木杏子
ハイスクール・オーラバスター 天使はうまく踊れない　若木未生

アレキサンドリア物語③ 風の王宮　山崎晴哉
雪は天使のパラシュート　中　弘子
恋色♥魔法猫パニック　服部あゆみ／布施由美子

1月

◆ストレートは京都恋殺人　山浦弘靖
星苑学園恋愛レポート 光と風のロマンス　藤本ひとみ
牡羊座は教室の星つかい　日向章一郎
鏡の中のれもん3　久美沙織
あいつ3 そして恋の物語　正本ノン
赤い靴探偵団7 帰ってきた女神　田中雅美
ツインハート抱きしめて　唯川恵
初恋♥ア・ラ・カルト　杉本りえ
天使のカノン　倉本由布
ドリームラッシュにつれてって　山本文緒
満月のうえで踊ろう　彩河杏
後ろのローラさん　竹河聖

2月

なんて素敵にジャパネスク⑤〈陰謀編〉　氷室冴子
愛してマリナ大辞典② シャルル特集　藤本ひとみ
南子探偵クラブ⑨ 殺人まねき猫　赤羽建美
冬を旅するマイ・フレンド　小林弘利
日曜日には天使とデート　図子慧
アレキサンドリア物語④ ナイルの恋　山崎晴哉
きみを取り戻したくて　夏川裕樹
魔法使いのテパ　五代剛
レモンドロップス③ 君の瞳にアンコール　西田俊也
コバルト・ノベル大賞入選作品集5　コバルト編集部(編)

3月

新花織高校恋愛サスペンス 君のためのプレリュード　藤本ひとみ
♠ストレートは死美人の恋　山浦弘靖
放課後のアルセーヌ・ルパン　日向章一郎
♥ミキ&シュン♥ 恋の島 神の島　団龍彦
カル・ランシィの女王② 冥界の門　前田珠子
純愛のデカダンス 総務委員会物語　波多野鷹
ハッピーソングがきこえる 思い出ホタル3　杉本りえ
ハイスクール・オーラバスター セイレーンの聖母　若木未生
きみの瞳につまづいたネコ　谷山浩子
セイントずんずん物語 天窓のハートムーン　一色みんと

4月

まんが家マリナ貴族事件 愛する君のために(下)　藤本ひとみ
鏡の中のれもん4　久美沙織
赤い靴探偵団8 愛の追跡　田中雅美
ツインハート抱きしめて② あなたとミラクル・シンドローム　唯川恵
眠り姫たちの序曲 天使のカノン2　倉本由布
校庭でハートのよりみち　山本文緒
メランコリー・ベイビー　彩河杏
あなただけしか愛せない　下川香苗
怪盗紅真っ赤シリーズ④ 教室のシンデレラ　赤羽建美
ファンタジー・コミック 不思議の森の物語　めるへんめーかー
愛してるゥ! コバルト・ラブ・コレクション　現代言語セミナー(編)
冴子スペシャル ガールフレンズ　氷室冴子
ユメミと銀のバラ騎士団 オンディーヌの聖衣　藤本ひとみ
♣ストレートは涙の花嫁人形　山浦弘靖
双子座のための殺人講座　日向章一郎
カル・ランシィの女王③ さしのべられた腕　前田珠子
野原が生まれた日　小林弘利
アレキサンドリア物語⑤ 月下の抱擁　山崎晴哉

1990

1/2・フシギの七日間　一藤木杏子
想い出の果樹園　五代 剛

6月

レモンドロップス④ 修学旅行スキャンダル　西田俊也
吸血鬼と死の天使　赤川次郎
まんが家マリナ タイム・スリップ事件 愛と剣のキャメロット　藤本ひとみ
超女隊エクスプレス　団 龍彦
校則違反隊ストーリー　喜多嶋隆
SF短編集 ライトグレーの部屋　眉村 卓
あまくあぶない三代目（前編）　杉本りえ
月曜日は、女神にララバイ　図子 慧
逆光のペンタプリズム 写真部物語　波多野鷹
シスターズ3 リサのワイキキフィットネス　吉野一穂

ヒーローは187センチ　水樹あきら

7月

なんて素敵にジャパネスク⑥〈後宮編〉　氷室冴子
はるかなる君によせて　藤本ひとみ
放課後のシンドバッド 夏休みミーティング　日向章一郎
鏡の中のれもん5　久美沙織
美絵のハイスクール・ミステリー 魔女の通り道　田中雅美
ラブ・ジャンクションお手やわらかに ツインハート抱きしめて③　唯川 恵
HEARTS 天使のカノン3　倉本由布
おひさまのブランケット　山本文緒
ひと夏の迷い子たち　竹内志麻子
アイドル不思議パニック いきなりミーハーSOS　カトリーヌあやこ／落合ゆかり
銀のスフラン・金のフラスク　秋月達郎

8月

ハネムーン探偵は♠7カードで　山浦弘靖
新花織高校恋愛サスペンス さよならのラブソング　藤本ひとみ
破妖の剣2 白焔の罠　前田珠子
ハイスクール・オーラバスター 十字架の少女　若木未生
アレキサンドリア物語⑥ セラピス・愛の炎　山崎晴哉
自転車R&Rバンド物語 夏の渚でクレイジー　西田俊也
魔法使いのテパ2　五代 剛

セイントずんずん物語 憧れのレモングラス　一色みんと
風のプリンセス　夏川裕樹
とっておきの夢しょって　児波いさき

9月

ららばいシリーズ ふたつの星の物語　藤本ひとみ
土曜日はバラ座のシンデレラ　山浦弘靖
獅子座の恋愛事情　日向章一郎
超女隊アドベンチャー　団 龍彦

南子探偵クラブ⑩ 死体でデート　赤羽建美
断崖のアルテミス（上） 恋愛物語　波多野鷹
野原が眠る午後　小林弘利
あまくあぶない三代目（後編）　杉本りえ
風色♥水晶珠トラブル　服部あゆみ／布施由美子

1990

トマト畑クライシス　三浦真奈美

10月

まんが家マリナ求婚事件 愛をするアンテロス　藤本ひとみ
星子ひとり旅イラスト・スペシャル① 星子♥宙太 恋紀行　山浦弘靖
鏡の中のれもん6　久美沙織
美絵のハイスクール・ミステリー 闇の中のメロディー　田中雅美
ツインハート抱きしめて④ ハート♥フルが止まらない　唯川 恵
イヴたちへの伝言2　倉本由布
青空にハートのおねがい　山本文緒

11月

愛言葉はフェアリー① ミッドサマー・イヴにバラの花　小山真弓
ショート ショート ショート　コバルト編集部(編)
きみのために打つホームラン　水城昭彦

ユメミと銀のバラ騎士団 黄金のダガー　藤本ひとみ
トランプ刑事の恋は♥色　山浦弘靖
リトル・ギャングに首ったけ　日向章一郎
破妖の剣外伝1 女妖の街　前田珠子
ハイスクール・オーラバスター 迷える羊に愛の手を　若木未生
アレキサンドリア物語⑦ 王子誕生　山崎晴哉
怪盗紅真っ赤シリーズ⑤ 雪女のシュプール　赤羽建美
魔法使いのテパ3　五代 剛
パラダイス野郎　西田俊也
炎の蜃気楼　桑原水菜

12月

銀バラ 新花織イラスト特集 ひとみWorld夢辞典①　藤本ひとみ
金曜日の魔女はカトレア座　山浦弘靖
こちら幽霊探偵局 PART Ⅶ　団 龍彦
校則違反隊ストーリー2　喜多嶋隆
恋、スリリング　杉本りえ
その時ハートは盗まれた　島村洋子
野原は風に消えて　小林弘利
断崖のアルテミス(中) 恋愛物語　波多野鷹
不思議な月夜にようこそ！　一色みんと
時の彼方でだきしめて　一藤木杏子

1991

1月

なんて素敵にジャパネスク⑦〈逆襲編〉　氷室冴子
なんて素敵にジャパネスク⑧〈炎上編〉　氷室冴子

新花織高校恋愛サスペンス 一度だけセレナーデ　藤本ひとみ
鏡の中のれもん7　久美沙織
赤い靴探偵団9 危ない日曜日　田中雅美
あの夏に逢おうね 天使のカノン4　倉本由布
シェイクダンスを踊れ　山本文緒
けれど、心がときめけば　児波いさき
愛言葉はフェアリー② ハロウィンは魔女の夜　小山真弓

2月

ボク、しま猫アポロ　赤羽建美

1991

- 幻の恋人は♠の殺人者　山浦弘靖
- 放課後のオズ —OLD DAYS—　日向章一郎
- 赤ちゃんは救世主①　団 龍彦
- よろしくマイ・スイートハート ツインハート抱きしめて⑤　唯川 恵
- アレキサンドリア物語⑧ カエサル暗殺　山崎晴哉
- 野原が輝く季節　小林弘利
- パラダイス・ボーイズ 天使たちのエスケイプ　西田俊也
- 夢色♥眠り姫ロマンス（前編）　服部あゆみ／布施由美子

- コバルト・ノベル大賞入選作品集6　コバルト編集部(編)

3月

- 湖底から来た吸血鬼　赤川次郎
- まんが家マリナ アンテロス事件 愛をするフォリー　藤本ひとみ
- 男の子だけで満員御礼①　日向章一郎

- いきなりミーハー大冒険　カトリーヌあやこ／落合ゆかり
- 走れ！恋かけて　杉本りえ
- 断崖のアルテミス（下） 恋愛物語　波多野鷹

- 炎の蜃気楼② 緋の残影　桑原水菜
- 星空の見えるキッチン　川田みちこ
- ガベージハウス、ただいま五人　野原野枝実
- 北里マドンナ　氷室冴子

4月

- ユメミと銀のバラ騎士団 天使のカンタレラ　藤本ひとみ
- 恋祭りは◆の悪魔　山浦弘靖
- タイム・スリップ・エクスプレス 幻想のリリイ　田中雅美
- 鏡の中のれもん8　久美沙織
- ガラスの楽園 天使のカノン5　倉本由布

- ご町内お騒がせミステリー ラブリーをつかまえろ　山本文緒
- その時ハートは盗まれた②　島村洋子
- ツイン —TWIN—　三浦真奈美
- 愛言葉はフェアリー③ 五月祭にスズランを　小山真弓

5月

- 新花織高校恋愛サスペンス 星色のフィナーレ　藤本ひとみ
- 天秤座の探偵ゲーム　日向章一郎
- ジェスの契約（前編）　前田珠子
- ハイスクール・オーラバスター 炎獄のディアーナ（前編）　若木未生
- 恋猫シリーズ① 猫探偵は♥恋が好き　山浦弘靖
- フォーリンラブまであと少し　唯川 恵
- 夢色♥眠り姫ロマンス（後編）　服部あゆみ／布施由美子
- ボクハ・キミガ・スキ　谷山浩子
- パラダイス・ボーイズ 雨に濡れたヴィーナス　西田俊也
- ジュリア この想いのある限り　夏川裕樹

6月

- 星子ひとり旅イラスト・スペシャル② 星子♥宙太 恋の時刻表　山浦弘靖
- 男の子だけで満員御礼②　日向章一郎
- 聖獣覚醒秘譚 第一部 目覚める日　前田珠子
- 超女隊クルーズ　団 龍彦
- 炎の蜃気楼③ 硝子の子守歌　桑原水菜

不思議な水族館が呼んでる	一色みんと
鳥のように、愛のように	下川香苗
赤毛のアン	モンゴメリ／橘高弓枝(訳)

7月

銀バラ・ららばい・新花織まんが特集 ひとみWorld夢辞典②	藤本ひとみ
感傷旅行は♣の誘惑	山浦弘靖
タイム・スリップ・エクスプレス 恋の国のリリイ	田中雅美
鏡の中のれもん9	久美沙織
初恋草紙 天使のカノン6	倉本由布
いきなりミーハー探偵団	カトリーヌあやこ／落合ゆかり
アレキサンドリア物語⑨ 恋の嵐	山崎晴哉
100％のしあわせ予報	杉本りえ
ケイゾウ・アサキのデーモン・バスターズ 暗殺者は美少年	小山真弓
リダーロイス・シリーズ① 東方の魔女	榎木洋子

8月

放課後のドン・キホーテ〈キャンパス編〉	日向章一郎
ひとみ愛ランド	藤本ひとみ
ハイスクール・オーラバスター 炎獄のディアーナ(後編)	若木未生
日曜日の死神は百合座	山浦弘靖
ステキな五つの片想い	唯川　恵
海色♥人魚姫ララバイ	服部あゆみ／布施由美子
ご町内お騒がせミステリー アイドルをねらえ！	山本文緒
花月夜にみる幻想は……	藤木杏子
真夏のエンジェル	赤木里絵

9月

運命ゲームは♥のJ	山浦弘靖
炎の蜃気楼④ 琥珀の流星群	桑原水菜
赤ちゃんは救世主②	団　龍彦

ラブ・ファンタジー アンドロメダ伝説	赤羽建美
その時ハートは盗まれた③	島村洋子
初恋は魔法で二度する	川田みちこ
人魚姫 ―The Mermaid Story―	水樹あきら
新・あなたの詩 わたしの詩	内山登美子(編)
破妖の剣3 柘榴の影	前田珠子

乙女ちっくコラム＊2

コバルト流ミステリー

赤川次郎の「吸血鬼はお年ごろ」シリーズ、山浦弘靖の「星子」シリーズなどで、ライトなミステリーの下地があったところに、藤本ひとみの「まんが家マリナ」シリーズが加わって、ミステリー・ブーム到来！「マリナ」は、主人公の周囲に集まる美形キャラという魅力もありました。少女小説界初の逆ハーレムもの！ 日向章一郎の「放課後」シリーズ、「星座」シリーズでは学校を舞台に等身大の少年少女が活躍し、ミステリーがより身近になりました。

魅力あふれるキャラクターたちが事件に巻き込まれたり謎を解いたり……事件への興味＋好きなキャラの活躍にワクワクする、コバルトのミステリーです。

1991

10月

まんが家マリナ逃亡事件 愛にささげるトルソ　藤本ひとみ
乙女座のトム・ソーヤー　日向章一郎
いきなりミーハー幽霊談　カトリーヌあやこ／落合ゆかり
夢鏡 義高と大姫のものがたり　倉本由布
DUET —デュエット—　喜多嶋隆
ケイソウ・アサキのデーモン・バスターズ ベリアルからの招待状　小山真弓
鳥のように、愛のように2 星の迷路　下川香苗
ジュリエット狂騒曲　児波いさき

11月

新花織高校恋愛サスペンス 恋愛ノクターン　藤本ひとみ
謎の黄金姫は♥のQ　山浦弘靖
リダーロイス・シリーズ② 地龍の遺産　榎木洋子

新・アレキサンドリア物語 神の子たちの旅立ち　山崎晴哉
おんなの時間　藤臣柊子
月影のサーカス　西田俊也
ファースト・デートは死の用心!　笠原かずお
超少女REIKO　吉田恵子／大河原孝夫(原作)

12月

精霊宮の宝珠　前田珠子
エクサール騎士団1 新世界　若木未生
炎の蜃気楼⑤ まほろばの龍神　桑原水菜
鈴色♥物の怪パーティ　服部あゆみ／布施由美子
ファンタジー・コミック 不思議の森の物語2　めるへんめーかー
なずなの不思議な旅 ファンタジウムの花園で　一色みんと
竜の血族　三浦真奈美
コバルト・ノベル大賞入選作品集7　コバルト編集部(編)
アニメ版カラー・ポスト・カード 月光のピアス　藤本ひとみ

1992

1月

ユメミと銀のバラ騎士団 銀のメサイア　藤本ひとみ
射手座の恋愛方程式　日向章一郎
清蘭学院物語 恋のむこうはミステリアス　田中雅美
片想園 天使のカノン7　倉本由布
あなたがとても好きだから　久美沙織
ケイソウ・アサキのデーモン・バスターズ 恋する瞳にナイトメア　小山真弓
涙のミルフィーユボーイ　野原野枝実

2月

星子 五つの恋の物語 ジョーカーは謎の旅案内人　山浦弘靖

ジェスの契約(後編)　前田珠子
恋の相談引き受けます　唯川恵
リダーロイス・シリーズ③ 扉を待つ姫　榎木洋子
いきなりミーハー大捜査　カトリーヌあやこ／落合ゆかり
赤ちゃんは救世主③　団龍彦
アイドル声優物語 今宵ときめきスキャンダル　一藤木杏子
闇の少女ユカリ　杉森京子／小和徳美
十五少女漂流記　有泉友貴

3月

古代転生ファンタジー 銀の海 金の大地　氷室冴子
水瓶座の天才伝説　日向章一郎
炎の蜃気楼 断章 最愛のあなたへ　桑原水菜
花色♥結婚式ドリーム（前編）　服部あゆみ／布施由美子
竜の血族② 水のバビロン　三浦真奈美
なずなの不思議な旅 ジュエルの贈り物　一色みんと
藤丘学園新聞部 あいつはダンディー・ライオン　涼元悠一
16月に会いましょう　吉野美雨
Oh! Boy ハートがじりじり　宮沢ぷりん

4月

ツーショットでほほえんで　空色水野
KZ少年少女ゼミナール 友愛クエスト　藤本ひとみ
トラブル・コンビネーション（上）　前田珠子
ユーモア・ファンタジー 魔女っ子天使　山浦弘靖
雪の系譜 ―竹御所・鞠子―　倉本由布
ケイソウ・アサキのデーモン・バスターズ 愛のリングは涙の雫　小山真弓
バイオトレック・ファンタジー 月は無邪気な夜の女王　島田理聡
ロマンティックがとまらない　高野葉子
いつのまにかCOCOROプリズム　落合ゆかり
シーサイド・ラブ・ストーリー　小椋　薫
星から来た船（上）　新井素子

5月

ふたりのMAKOTO　日向章一郎
星から来た船（中）　新井素子
炎の蜃気楼⑥ 覇者の魔鏡（前編）　桑原水菜
花色♥結婚式ドリーム（後編）　服部あゆみ／布施由美子
リダーロイス・シリーズ④ 骸無の剣　榎木洋子
新・アレキサンドリア物語② 愛と死・霧の招待状　山崎晴哉
やさしさに抱かれて ときめきの季節　水樹カイル
キラキラの歌をキミにあげる　沢野　夏

6月

吸血鬼愛好会へようこそ　赤川次郎
トラブル・コンビネーション（中）　前田珠子
シンデレラ特急で♥殺人　山浦弘靖
XAZSA ver.1　若木未生
いきなりミーハー捕物帳　カトリーヌあやこ／落合ゆかり
竜の血族③ 闇の刻印　三浦真奈美
星から来た船（下）　新井素子

きみが見ているサーカスの夢　谷山浩子
あなたのハートはお見通し　杉森京子／芳成かなこ

7月

新花織高校恋愛サスペンス 恋人たちのパシオン　藤本ひとみ
放課後のルイス・キャロル　日向章一郎
あの海へかえりたい 天使のカノン8　倉本由布
赤ちゃんは救世主④　団　龍彦
風の城の物語 月の光の織りなす歌　小山真弓

1992

エクサール騎士団2 界峡戦闘　若木未生
アンの青春　モンゴメリ 橘高弓枝(訳)
好きだからそばにいて　田中雅美
彼なんかいらない！　小泉まりえ
あたしは♡ネコ 片想いだってかまわない　山浦弘靖
アイラビュ〜ン♥は8ビートで　宮沢ぷりん
恋になれ！　下川香苗

8月

古代転生ファンタジー 銀の海 金の大地2　氷室冴子
炎の蜃気楼⑦ 覇者の魔鏡（中編）　桑原水菜
リダーロイス・シリーズ⑤ 魔城の星竜　榎木洋子
蜜色♥白雪姫ウォーズ　服部あゆみ／布施由美子
DUET②　喜多嶋隆
ラヴェンダー野のユニコーン　ひかわ玲子
カウス＝ルー大陸史・空の牙 誘いの刻　響野夏菜
シャドウ・サークル 後継者の鈴　立原とうや
ここを吹く風　児波いさき
妖精・りの おまじない教えてあげる！　柴崎あずさ

9月

陽影の舞姫Ⅰ　前田珠子
ハイスクール・オーラバスター 天冥の剣[1]　若木未生

放課後SPECIAL after school COLOR POST CARD　みずき健
竜の血族④ 蒼竜の翼　三浦真奈美
制服のマリア　竹内志麻子
悲しみのワンダーランド　赤木里絵
ヴィシュバ・ノール変異譚　水杜明珠
さよならのカウントダウン　杉森京子
ハイスクール旅刑事 修学旅行は京都殺人ガイド　山浦弘靖

10月

小町恋伝説で◆殺人　山浦弘靖
思春期ざかりの天使たち『制服のレクイエム』　日向章一郎
炎の蜃気楼⑧ 覇者の魔鏡（後編）　桑原水菜
鎌倉盛衰記(一) 義高と大姫 海に眠る　倉本由布

ティタニアは銀の翼で ニーニアン城の幽霊　一色みんと
流花&慎吾前世譚 真神・転生幻話　一藤木杏子

トラブル・コメディ ガラスの靴をはかせてあげる　川田みちこ
コバルト・ノベル大賞入選作品集8　コバルト編集部(編)
電撃おさわがせ隊 学園のスパイをさがせ!!　カトリーヌあやこ／落合ゆかり
カウス＝ルー大陸史・空の牙 太陽のエセラ　響野夏菜

11月

古代転生ファンタジー 銀の海 金の大地3　氷室冴子

KZ少年少女ゼミナール 親友アイテム　藤本ひとみ
XAZSA ver.2　若木未生
リダーロイス・シリーズ⑥ 暁の王子　榎木洋子
月色♥幽霊城プリズム　服部あゆみ／布施由美子
風の城の物語 ミレシアの仮面王　小山真弓
シャドウ・サークル ヴァシーラの伝説　立原とうや
南・レポート がんばる婦人警官に愛の手を！　久嶋薫

嵐ヶ丘高校ものがたり ここに戻ってくるために　北村染衣

12月

エンゲージリングで♠殺人　山浦弘靖

破妖の剣4 紫紺の糸（前編）　前田珠子

風雲縛魔伝 1　桑原水菜

アブナイ♥あぶない♠ドミトリー！　林葉直子

赤ちゃんは救世主⑤　団 龍彦

バイオトレック・ファンタジー 泥棒なんてこわくない！　島田理聡

ロマンチック・ファンタジー 人知らずの森のルーナ　ゆうきりん

魔法のランプ 199X　服部あゆみ／布施由美子

〈'93年版〉星座別365日占い　ミス・シャリマー

1月

まんが家マリナ恋心事件 愛は甘美なパラドクス　藤本ひとみ

冬のディーン 夏のナタリー③　氷室冴子

トラベル♥ミステリー ハネムーン特急で真珠の恋　山浦弘靖

牡牛座のための恋愛劇場　日向章一郎

東京少年十字軍（上）　久美沙織

メロディ 天使のカノン9　倉本由布

いきなりミーハーGAMEパニック　カトリーヌあやこ／落合ゆかり

アクションファンタジー 冬の領域　三浦真奈美

カウス＝ルー大陸史・空の牙 祭りの灯　響野夏菜

2月

破妖の剣4 紫紺の糸（後編）　前田珠子

ハイスクール・オーラバスター 天冥の剣 2　若木未生

虹色♥伝説珠メモリー　服部あゆみ／布施由美子

東京少年十字軍（下）　久美沙織

風の城の物語 ゾディアの秘密宮　小山真弓

流花&ルカ 少女怨 迷宮からめざめれば　一藤木杏子

ヴィシュバ・ノール変異譚『緑陰』の章　水杜明珠

姫ちゃんのリボン①　山田隆司／水沢めぐみ（原作）

もうひとつのラブソング　コバルト編集部（編）

3月

古代転生ファンタジー 銀の海 金の大地4　氷室冴子

炎の蜃気楼⑨ みなぎわの反逆者　桑原水菜

盗まれた結婚式で♣殺人　山浦弘靖

リダーロイス・シリーズ外伝① 竪琴の騎士　榎木洋子

シャドウ・サークル 闇に吹く風　立原とうや

ロマンス・コメディ 悩ましいほどおしゃれな恋を　原田 紀

ときめきトゥナイト①　田中雅美／池野 恋（原作）

4月

KZ少年少女ゼミナール★中学編 初恋プロセス　藤本ひとみ

蟹座の君を忘れたくないから　日向章一郎

カウス＝ルー大陸史・空の牙 嵐が姫〈幽幻篇〉　響野夏菜

鎌倉盛衰記（二） 頼家私伝 空耳の恋唄　倉本由布

ティタニアは銀の翼で2　一色みんと

神竜の赤い糸伝説　服部あゆみ／布施由美子

ハンサムな彼女①　宮沢ぷりん／吉住 渉（原作）

創刊(1976)〜1979
1980〜1989
1990〜1999
2000〜2009
2010〜2017

1993

5月

冬の領域② 天上の朱　三浦真奈美
陽影の舞姫Ⅱ　前田珠子
KUZUと呼ばないで　日向章一郎
星色♥不思議ワールド　服部あゆみ／布施由美子
風の城の物語 シャナーンの夢占　小山真弓
ロマンチック・ファンタジー 鉛姫　ゆうきりん
いちごブロンド場外乱闘　久嶋　薫
姫ちゃんのリボン②　山田隆司／水沢めぐみ（原作）

6月

ユメミと銀のバラ騎士団 緋のチェイカー　藤本ひとみ

ハイスクール・オーラバスター 天冥の剣3　若木未生
虹の花嫁は♥のエース（上）　山浦弘靖

電撃おさわがせ隊 迫りくる闇の手　カトリーヌあやこ／落合ゆかり
天使なんかじゃない　下川香苗／矢沢あい（原作）
ダークサイド・ハンター 水竜覚醒　立原とうや
ロマンチック・メルヘン それでもあなたを愛してる　児波いさき

7月

風雲縛魔伝2　桑原水菜
リダーロイス・シリーズ外伝② 東風を呼ぶ姫　榎木洋子
カウス＝ルー大陸史・空の牙 嵐が姫〈風雷篇〉　響野夏菜
八月に夢を見よう　倉本由布
ヴィシュバ・ノール変異譚 影盗人の章　水杜明珠
無敵のヴィーナス①　空色水野／椎名あゆみ（原作）

8月

青きドナウの吸血鬼　赤川次郎
古代転生ファンタジー 銀の海 金の大地5　氷室冴子
炎の蜃気楼⑩ わだつみの楊貴妃（前編）　桑原水菜
虹の花嫁は♥のエース（下）　山浦弘靖
冬の領域③ 緑のシャングリラ　三浦真奈美
風と城の物語 光と闇の幻視者　小山真弓
ときめきトゥナイト②　田中雅美／池野　恋（原作）
Revival Selection アルテミスは知っている　藤本ひとみ

9月

ライト・サイコ・ミステリー 楽天使のテーマ　日向章一郎
龍と魔法使い1　榎木洋子
ダードリア・アーシェナータ 睡蓮の記憶　響野夏菜
愛色♥聖天使ファクト　服部あゆみ／布施由美子
人知らずの森のルーナ② 聖女ソレイユ　ゆうきりん
ダークサイド・ハンター 幻夢の宴　立原とうや
パールピンクな妖精　ひかわ玲子
迷宮都市・波瑠 遥かにあなたの名を呼んで　一藤木杏子

姫ちゃんのリボン③　山田隆司／水沢めぐみ（原作）

10月

古代転生ファンタジー 銀の海 金の大地6　氷室冴子
ハイスクール・オーラバスター 天冥の剣4　若木未生
千の夢を見る 義経転生幻想記　倉本由布

1993

DUET③　喜多嶋隆
星祭りの異邦人 二十万年の夜を越えて　一色みんと
いきなりミーハー任侠伝　カトリーヌあやこ／落合ゆかり
プリンセス迷図　さいきなおこ
ハンサムな彼女②　宮沢ぷりん　吉住渉（原作）
キューピッドの迷宮 Revival Selection　藤本ひとみ
3D人気キャラBOOK　コバルト編集部（編）

11月

カル・ランシィの女王 外伝I 煉獄　前田珠子
炎の蜃気楼⑪ わだつみの楊貴妃（中編）　桑原水菜

ようこそ男子寮へ オレたちは天使じゃない　山浦弘靖
青幻王のサーガ ダンバーの盗賊王　小山真弓
ヴィシュバ・ノール変異譚 木の音色の章　水杜明珠
初恋マジック＋1 カップルを探せ！　田中雅美

12月

天使なんかじゃない②　下川香苗　矢沢あい（原作）
華焔 〜義経の妻〜　倉本由布
竜の血族 魚系図I　三浦真奈美
ソルジャーズ パラダイス　服部あゆみ／布施由美子
ダークサイド・ハンター 紅蓮の洗礼　立原とうや
羅生の刻　野間ゆかり
雪月の花嫁　樹川さとみ
姫ちゃんのリボン④　山田隆司　水沢めぐみ（原作）
無敵のヴィーナス②　空色水野　椎名あゆみ（原作）
ロマンチック・ファンタジー 氷の王 鉛姫2　ゆうきりん

1994

1月

サキト・シリーズ1 青い黄金　榎木洋子
レイティアの涙　高遠砂夜
カウス＝ルー大陸史・空の牙 忘我の焔　響野夏菜
蠍座の恋愛遊戯　日向章一郎
新花織高校恋愛サスペンス めぐり逢いのデュオ　藤本ひとみ
東城和実 POSTCARD COLLECTION　東城和実
星子&宙太ふたり旅 I LOVE YOUは♥色　山浦弘靖
炎の蜃気楼⑫ わだつみの楊貴妃（後編）　桑原水菜
グラスハート　若木未生

2月

ときめきトゥナイト③　田中雅美　池野恋（原作）
青幻王のサーガ ラセット城の秘密　小山真弓
禁断のウィスパー　さいきなおこ
冬の花束 シュリスタール伝説　島田理聡
ひとりでお帰り　谷山浩子
古代転生ファンタジー 銀の海 金の大地7　氷室冴子
ファンタジー・コミック 不思議の森の物語3　めるへんめーかー
電撃おさわがせ隊 アブない恋を止めろ!!　カトリーヌあやこ／落合ゆかり
天使なんかじゃない③　下川香苗　矢沢あい（原作）

3月

月影のソムル　綾乃なつき

1994

『炎の蜃気楼』紀行 トラベル・エッセイコレクション　桑原水菜　黒崎彰（写真）
夢の宮 〜竜のみた夢〜　今野緒雪
ダークサイド・ハンター 宵闇の葬歌　立原とうや
竜の血族 魚系図Ⅱ　三浦真奈美
ヴィシュバ・ノール変異譚 黒霧海域の章　水杜明珠

花より男子①　竹内志麻子　神尾葉子（原作）
迷宮のロビンソン・クルーソー　日向章一郎
赤ずきんチャチャ①　山田隆司　彩花みん（原作）

4月

サキト・シリーズ2 天使の楽譜　榎木洋子
花くれない草紙 —摩阿姫恋奇譚—　倉本由布
影つづれ 羅生の刻 弐　野間ゆかり
赤い閃光　服部あゆみ／布施由美子

カウス＝ルー大陸史・空の牙 今日命の螺旋　響野夏菜
星子&宙太ふたり旅 KISS ME KISSは♠色　山浦弘靖
陽影の舞姫Ⅲ　前田珠子
無敵のビーナス③　空色水野　椎名あゆみ（原作）
ときめきトゥナイト④　田中雅美　池野恋（原作）
イタズラなKiss①　原田紀　多田かおる（原作）
姫ちゃんのリボン⑤　山田隆司　水沢めぐみ（原作）

5月

いきなりミーハー妖魔戦　カトリーヌあやこ／落合ゆかり
366番目の夜　樹川さとみ
炎の蜃気楼⑬ 黄泉への風穴（前編）　桑原水菜
青幻王のサーガ アルデュランの幻想竜　小山真弓
山羊座の恋愛過去分詞　日向章一郎
新花織高校恋愛サスペンス番外編 薔薇のソナタ　藤本ひとみ

狩人姫 鉛姫3　ゆうきりん
天使なんかじゃない④　下川香苗　矢沢あい（原作）
ピースな奴ら①　杉本りえ　大塚由美（原作）
赤ずきんチャチャ②　山田隆司　彩花みん（原作）
声優シンデレラ　水谷優子

6月

禁断のウィスパー②　さいきなおこ
ダークサイド・ハンター 夜鳥の罠　立原とうや
レィティアの涙 白き乙女　高遠砂夜
冬の領域④ ノスタルジアの原野　三浦真奈美
グラスハート2 薔薇とダイナマイト　若木未生
銀色のハーモニー①　一藤木杏子　柊あおい（原作）
ピースな奴ら②　杉本りえ　大塚由美（原作）
ONE 愛になりたい①　児波いさき　宮川匡代（原作）
花より男子②　竹内志麻子　神尾葉子（原作）

7月

蒼天の王　久嶋薫
鎌倉繁盛記（三） 十三夜心中 建暦初恋始末　倉本由布
風雲縛魔伝[3] 酒顛童子の巻 前編　桑原水菜
カウス＝ルー大陸史・空の牙 縲ねの鉢植　響野夏菜
楽天使のテーマ2・アンバランスヒロイン　日向章一郎

真紅の魔教　松本祐子
ヴィシュバ・ノール変異譚　此糸森の章　水杜明珠
ママレード・ボーイ①　影山由美／吉住渉(原作)
この手をはなさない　川田みちこ／小花美穂(原作)
姫ちゃんのリボン⑥　山田隆司／水沢めぐみ(原作)
まじめに！男女交際①　空色水野／桃伊いづみ(原作)

8月

龍と魔法使い2　榎木洋子
吸血鬼と切り裂きジャック　赤川次郎
いきなりミーハー密輸船　カトリーヌあやこ／落合ゆかり
炎の蜃気楼⑭　黄泉への風穴（後編）　桑原水菜
スターライトに濡れて　ひかわ玲子
古代転生ファンタジー　銀の海 金の大地 8　氷室冴子
Revival Selection　ローエングリンの誘惑　藤本ひとみ
破妖の剣外伝2　ささやきの行方　前田珠子
星子&宙太ふたり旅　SEXY HONEYMOONは◆色（前編）　山浦弘靖
好きでいていつまでも　田中雅美
イタズラなKiss②　原田紀／多田かおる(原作)
赤ずきんチャチャ③　山田隆司／彩花みん(原作)

9月

青幻王のサーガ　海の薔薇のヴァンパイア　小山真弓

夢の宮〜諸刃の宝剣〜　今野緒雪
ダークサイド・ハンター　双貌の救世主　立原とうや
魚座に捧げる恋愛神話　日向章一郎
竜の血族　魚系図Ⅲ　三浦真奈美
ママレード・ボーイ②　影山由美／吉住渉(原作)
花より男子③　竹内志麻子／神尾葉子(原作)

10月

海の王 風の姫　倉本由布
風雲縛魔伝4　酒顛童子の巻 後編　桑原水菜

禁断のウィスパー3　さいきなおこ
銀と黒のカノン　セレティ・シティ　高遠砂夜
カウス＝ルー大陸史・空の牙　女神の輪郭（前編）　響野夏菜
まんが家マリナ 赤いモルダウの章　シャルルに捧げる夜想曲1　藤本ひとみ

乙女ちっくコラム＊3

編集部の秘密

コバルト文庫の前身である集英社文庫コバルトシリーズが40年前に創刊された頃、編集部は雑誌「小説ジュニア」の編集部を兼ねていました。当然、編集部スタッフの中に、コバルトを読んで育ったという人はいませんでした。

文庫の刊行点数が増えるにつれ、少しずつ編集部員が増えていきます。時代は昭和から平成になり、やがて「コバルト文庫が大好きで読んでました」「コバルトが作りたくて入社しました」という世代が編集部に加わります。それが、94年組と言われている頃です。読者と作家の年齢が近いこと、プラス編集部員も年齢が近いことが、コバルトの人気を支えてきたと言えるでしょう。

1994

星子&宙太ふたり旅 SEXY HONEYMOONは◆色（後編）　山浦弘靖
人知らずの森のルーナ③ 青き妖魔の玩具　ゆうきりん
天使なんかじゃない⑤　下川香苗／矢沢あい（原作）
姫ちゃんのリボン⑦　山田隆司／水沢めぐみ（原作）

11月

リダーロイス・シリーズ外伝3 水辺のしらべ　榎木洋子
いきなりミーハー料理人　カトリーヌあやこ／落合ゆかり
舞姫打鈴 銀葉亭茶話　金蓮花
カウス＝ルー大陸史・空の牙 女神の輪郭（後編）　響野夏菜
まんが家マリナ赤いモルダウの章 シャルルに捧げる夜想曲2　藤本ひとみ
陽影の舞姫Ⅳ　前田珠子
ヴィシュバ・ノール変異譚 遠い空の機械の章　水杜明珠
ママレード・ボーイ③　影山由美／吉住渉（原作）

ときめきトゥナイト⑤　田中雅美／池野恋（原作）
赤ずきんチャチャ④　山田隆司／彩花みん（原作）

12月

ブラック・キャットⅢ キャスリング（前編）（後編）　新井素子
国守りの魔女 イシュハアル国異聞　綾乃なつき
時の竜と水の指環（前編）　樹川さとみ
17歳のころ わたしの青春コレクション　佐藤裕美・四方淳子（取材構成）
凪の大祭　立原とうや
冬の領域⑤ 聖域sanctuary　三浦真奈美
声優シンデレラ ～デビュー編～　水谷優子
星座 SPECIAL POSTCARD COLLECTION　みずき健

1995

1月

月の夜舟で ～平家ものがたり抄～　倉本由布
夢の宮 ～古恋鳥～（上）　今野緒雪
炎の蜃気楼⑮ 火輪の王国（前編）　桑原水菜
禁断のウィスパー4　さいきなおこ
星子&宙太ふたり旅 Mr.LADYの恋は♣色　山浦弘靖
古代転生ファンタジー 銀の海金の大地9　氷室冴子
まんが家マリナ赤いモルダウの章 シャルルに捧げる夜想曲3　藤本ひとみ
ママレード・ボーイ④　影山由美／吉住渉（原作）

好きなのはいつも君だけ　田中雅美
赤ずきんチャチャ⑤　山田隆司／彩花みん（原作）

2月

龍と魔法使い[3]　榎木洋子

浪速KIDS東京ナイトミステリー　カトリーヌあやこ／落合ゆかり
時の竜と水の指環（後編）　樹川さとみ
惑星童話　須賀しのぶ
レイティアの涙〈リザ編〉 氷の柩　高遠砂夜
サイコ・ラビリンス 羽硝子の森　響野夏菜
エクサール騎士団3 叛罪の空域　若木未生
怪物にキスをして　浦川まさる
ラブ・スウィート・ミステリー 春色のラビリンス　武内昌美

3月

蕾姫綺譚 銀葉亭茶話　金蓮花
夢の宮〜古恋鳥〜(下)　今野緒雪
恋人たちの中世 黒衣の領主　小山真弓
嘘つきな天使たち　橘香いくの
リインカーネーションの絆　日向章一郎
聖獣覚醒秘譚 第二部 深き闇の檻　前田珠子
ヴィシュバ・ノール変異譚 さすらい人の地図の章　水杜明珠
星子&宙太ふたり旅 愛のメモリーはJの奇跡　山浦弘靖
ロンドン蒸気奇譚 蒸気人形とロンドンの怪　ゆうきりん
ママレード・ボーイ⑤　影山由美 吉住渉(原作)
あなたとスキャンダル　倉本由布 椎名あゆみ(原作)

天使なんかじゃない⑥　下川香苗 矢沢あい(原作)
赤ずきんチャチャ⑥　山田隆司 彩花みん(原作)

4月

月影のソムル2 残夢　綾乃なつき
炎の蜃気楼⑯ 火輪の王国(中編)　桑原水菜
龍と魔法使い4　榎木洋子
楽園のイヴ　倉本由布
禁断のウィスパー5　さいきなおこ
エンゲージリングの冒険　七穂美也子
夢の冠 碧の剣　松本祐子
嵐の夜に生まれて　三浦真奈美
パッション♡ガールズ　竹内志麻子 藤井みほな(原作)

5月

CITY VICE〜慈悲深き夜の街〜　立原とうや
レイティアの涙 黄昏の館　高遠砂夜
古代転生ファンタジー 銀の海 金の大地10　氷室冴子
火の星座・恋愛ラプソディー　日向章一郎
カウス=ルー大陸史・空の牙 影朧の庭　響野夏菜
女神さまのお気の向くまま　前田珠子
電撃おさわがせ隊 悪だくみをぶっつぶせ!!　カトリーヌあやこ/落合ゆかり
ママレード・ボーイ⑥　影山由美 吉住渉(原作)
天使なんかじゃない⑦　下川香苗 矢沢あい(原作)
花より男子④　竹内志麻子 神尾葉子(原作)

赤ずきんチャチャ⑦　山田隆司 彩花みん(原作)

6月

太陽の石 月の石　樹川さとみ
蝶々姫綺譚 銀葉亭茶話　金蓮花
龍と魔法使い5　榎木洋子
龍は微睡む　真堂樹
キル・ゾーン ジャングル戦線異常あり　須賀しのぶ
新・恋猫シリーズ マジカル・キャットは真夜中に鳴く　山浦弘靖
人知らずの森のルーナ④ 世界の果ての城　ゆうきりん
ハイスクール・オーラバスター 星を堕とすもの(前編)　若木未生
耳をすませば　田中雅美 柊あおい(原作)
声優シンデレラ〜完結編〜　水谷優子

7月

トラブル・コメディ 暗号「ネコ・ネコ・ネコッ」　藍あずみ

1995

堕ちる月　茅野 泉
カメラマン亜紀子の事件メモ 王子様は、ちょっとピンボケ　喜多嶋隆
楽園のイヴ エデンの恋人　倉本由布
禁断のウィスパー イノセント1　さいきなおこ
帰りゆく翼 嵐の夜に生まれて2　三浦真奈美
ヴィシュバ・ノール変異譚 暁降ちの歌の章　水杜明珠
天使なんかじゃない⑧　下川香苗／矢沢あい（原作）
花より男子⑤　下川香苗／矢沢あい（原作）
赤ずきんチャチャ⑧　下川香苗／矢沢あい（原作）
三次元の殺人　赤川次郎
いきなりミーハー南十字　カトリーヌあやこ／落合ゆかり
夢の宮 ～奇石の侍者～　今野緒雪
放課後のウィリアム・テル　日向章一郎
カウス＝ルー大陸史・空の牙 聖女の卵　響野夏菜
トラブル・コンビネーション 下　前田珠子
麒麟 香港ノアール・ファンタジー　三浦真奈美
星子&宙太ふたり旅 幻の銀河鉄道は♠の奇跡　山浦弘靖
ママレード・ボーイ⑦　影山由美／吉住 渉（原作）

9月

水の都の物語 前編　金蓮花
炎の蜃気楼⑰ 火輪の王国（後編）　桑原水菜

キル・ゾーン 戦場のネメシス　須賀しのぶ
レイティアの涙 海風の笛　高遠砂夜
碧のムーン・ラビリンス　ひかわ玲子
藤本ひとみ対談集　藤本ひとみ
学園戦隊バトルフォース　藤上貴矢
ルナティック＝すくらんぶる!!　武内昌美
赤ずきんチャチャ⑨　山田隆司／彩花みん（原作）

10月

追憶の迷宮 イシュハアル国異聞　綾乃なつき

龍と魔法使い6　榎木洋子
水の都の物語 後編　金蓮花
禁断のウィスパー イノセント2　さいきなおこ
龍は花を喰らう　真堂 樹

東京ANGEL 少年たちの真夜中を撃て!　本沢みなみ
影の中の都　ゆうきりん
ハイスクール・オーラバスター 星を堕とすもの（後編）　若木未生
ママレード・ボーイ⑧　影山由美／吉住 渉（原作）
デンジャラス・ラブストーリー おいしい恋の作り方　空色水野
花より男子⑥　竹内志麻子／神尾葉子（原作）
ナースエンジェル りりかSOS　戸田博史／秋元 康／池野 恋（原作）

11月

揺れる眼差し　赤木里絵
BOYSサイキック・アクション 京都ムーンライトチェイス　カトリーヌあやこ／落合ゆかり
きっとめぐり逢える ～濃姫夢紀行～　倉本由布
プローデル国物語 翠緑の森の騎士　橘香いくの
カウス＝ルー大陸史・空の牙 夢眩の鏡　響野夏菜
破妖の剣5 翡翠の夢1　前田珠子
RUN!! ～風の気配～　三浦真奈美
ようこそ怪物ラビリンス　浦川まさる
ご近所物語①　下川香苗／矢沢あい（原作）
赤ずきんチャチャ⑩　山田隆司／彩花みん（原作）

12月

夢の宮 ～薔薇の名の王～　今野緒雪
CITY VICE2 ～殺意なき暗殺者～　立原とうや

1995

姫君と婚約者　高遠砂夜
白鳥座の恋愛童話　日向章一郎
月虹のラーナ　響野夏菜
ヴィシュバ・ノール変異譚　海賊王の宝の章（前編）　水杜明珠
BULE BIRD　冥海のキャロル　緑川七央
星子＆宙太ふたり旅　めぐり逢いはAの奇跡　山浦弘靖
ただいま魔女見習い中!!　小泉茉莉花

1996

1月

龍と魔法使い 7　榎木洋子
楽園の魔女たち　〜賢者からの手紙〜　樹川さとみ
きっと忘れない　〜濃姫夢紀行〜　倉本由布
炎の蜃気楼⑱　火輪の王国（烈風編）　桑原水菜
禁断のウィスパー黎明編　天使のかけら　さいきなおこ
古代転生ファンタジー　銀の海 金の大地 11　氷室冴子
帰る日まで　藤原眞莉
破妖の剣 5　翡翠の夢 2　前田珠子
永遠への扉　松本祐子
エクサール騎士団　翠玉の王　若木未生
ママレード・ボーイ⑨　影山由美／吉住渉（原作）
ナースエンジェルりりかSOS　〜緑の光の章〜　戸田博史／秋元康／池野恋（原作）

2月

リフレイン!　〜アムール達の伝言〜　香山暁子
水の都の物語　月の迷宮 陽の迷宮 前編　金蓮花
炎の蜃気楼⑲　火輪の王国（烈濤編）　桑原水菜

龍は誘う　真堂 樹
キル・ゾーン　破壊天使　須賀しのぶ
姫君と婚約者 2　高遠砂夜
ゲッターズの冒険　日向章一郎
東京ANGEL　駆ける記憶　本沢みなみ
FIGHT!　〜風を抜け〜　三浦真奈美

3月

月影のソムル 3　浄化 〜katharsis〜　綾乃なつき
いきなりミーハークイズ王　カトリーヌあやこ／落合ゆかり
薔薇の剣　ゆうきりん
水の都の物語　月の迷宮 陽の迷宮 中編　金蓮花
地の星座・恋愛革命のススメ　日向章一郎
〈雨の音洲〉秘聞　闇燈籠心中 桜の章　響野夏菜
学園戦隊バトルフォース　オペレーションG　藤上貴矢
星子とらぶるファミリー　恋の♡探偵はSOS　山浦弘靖
ママレード・ボーイ⑩　影山由美／吉住渉（原作）
ルナティック＝すきゃんだる!!　武内昌美
ナースエンジェルりりかSOS　〜裏切りの天使の章〜　戸田博史／秋元康／池野恋（原作）

4月

STEP OUT　榎木洋子
水の都の物語　月の迷宮 陽の迷宮 後編　金蓮花

約束 大姫・夢がたり　倉本由布
夢の宮　〜亞心王物語〜（上）　今野緒雪

1996

禁断のウィスパー 摩天楼の少女 さいきなおこ
キル・ゾーン 密林 須賀しのぶ
CITY VICE3 ～月夜に夢みる猫～ 立原とうや
シャフラスターンの歌 魔性の王子 橘香いくの
グラスハート③ ムーン・シャイン 若木未生
ご近所物語2 下川香苗 矢沢あい（原作）

5月

楽園の魔女たち ～とんでもない宝物～ 樹川さとみ
風雲縛魔伝5 赤目銀杏の巻 桑原水菜
龍は雲にひそむ 真堂樹
龍と魔法使い 公式ガイドブック 榎木洋子 後藤星

姫君と婚約者3 高遠砂夜
天の星 地の獣 ―天帝譚― 藤原眞莉

破妖の剣5 翡翠の夢3 前田珠子
ヴィシュバ・ノール変異譚 海賊王の宝の章（後編） 水杜明珠
薔薇の聖燭 ―祈りのエレミアン― 吉田縁
花より男子⑦ 竹内志麻子 神尾葉子（原作）

6月

龍と魔法使い8 榎木洋子
ぼくを呼ぶ声 茅野泉
ブローデル国物語 氷の肖像 橘香いくの
ピタゴラスの恋愛定理 日向章一郎
カウス＝ルー大陸史・空の牙 華烙の群れ 響野夏菜
夢の冠 白の闇 松本祐子
大江戸ロマネスク 恋姫たちは眠れない 山浦弘靖
薔薇の剣 薔薇は復讐の印 ゆうきりん
電撃おさわがせ隊 見えない敵を追え!! カトリーヌあやこ／落合ゆかり
こどものおもちゃ① 高橋良輔 小花美穂（原作）

7月

忘れじの吸血鬼 赤川次郎
標的 ―ターゲット― 綾乃なつき
シンデレラは床みがき 金蓮花
きっと君のそばにいる ～飛鳥夢紀行～ 倉本由布
禁断のウィスパー 摩天楼の少女II さいきなおこ

ブルー・ブラッド 須賀しのぶ
聖戦記KAZUMA 藤上貴矢
東京ANGEL 永遠のセレネ 本沢みなみ
女神さまのお気の向くまま2 前田珠子
花より男子⑧ 竹内志麻子 神尾葉子（原作）

8月

龍と魔法使い9 榎木洋子
錦繍打鈴 銀葉亭茶話 金蓮花
炎の蜃気楼⑳ 十字架を抱いて眠れ 桑原水菜

夢の宮 ～亞心王物語～（下） 今野緒雪
龍は炎帝を追う 真堂樹
姫君と婚約者4 高遠砂夜
破妖の剣5 翡翠の夢4 前田珠子

ハイスクール・オーラバスター アーケイディア　若木未生
ご近所物語③　下川香苗／矢沢あい（原作）
こどものおもちゃ②　高橋良輔／小花美穂（原作）

9月

おち&カトミラクルワールド いきなりミーハーおさわがせ隊!!　カトリーヌあやこ／落合ゆかり
りんご畑の樹の下で　香山暁子
楽園の魔女たち 〜七日間だけの恋人〜　樹川さとみ
DEARS 〜真夏の幸福〜　浩祥まきこ

キル・ゾーン 嘘　須賀しのぶ
へびつかい座の恋愛課外授業　日向章一郎
薔薇月夜のプリンセス　ひかわ玲子
秘聞〈雨の音洲〉 闇燈籠心中 吹雪の章　響野夏菜
風のめぐる時を　藤原眞莉

大江戸ロマネスク 恋姫たちは涙をみせない　山浦弘靖
ないしょのプリンセス　宮沢ぷりん／水沢めぐみ（原作）

10月

きっと待っている 〜平安夢紀行〜　倉本由布
異邦のかけら サカナの天　今野緒雪
禁断のウィスパー 月のクラウン　さいきなおこ
東京ANGEL 銃弾に消える雨　本沢みなみ
鎖ざされた窓 Dual Wendy　緑川七央
薔薇の剣 薔薇の結婚　ゆうきりん
マリオ・ボーイの逆説　弓原望
マスカレードの長い夜　吉田縁
花より男子⑨　竹内志麻子／神尾葉子（原作）
こどものおもちゃ③　高橋良輔／小花美穂（原作）

11月

月の迷宮陽の迷宮 陽炎の砂宮　金蓮花
龍は縛める　真堂樹
キル・ゾーン 赤と黒　須賀しのぶ
蒼のリフレイン　高遠砂夜
四旬節の恋人　橘香いくの
この雪に願えるならば　響野夏菜
破妖の剣5 翡翠の夢5　前田珠子

ヴィシュバ・ノールの風によせて ―ゆめの雫 ねむりの波紋―　水杜明珠
ラヴァーズ＋1　森田尚
ロマンチック・ミステリー 冬の魔法使い　武内昌美
彼女はビター♥スウィート　原田紀
龍と魔法使い10　榎木洋子

12月

月影のソムル4 千夜の果て　綾乃なつき
現は夢、久遠の瞬き　朝香祥
BOYSサイキック・アクション 大阪タコヤキウォーズ　カトリーヌあやこ／落合ゆかり
人形たちの輪舞 ―夢のなかの殺人者―　遠田緩
牡羊座の恋愛教習所 冒険少女編　日向章一郎

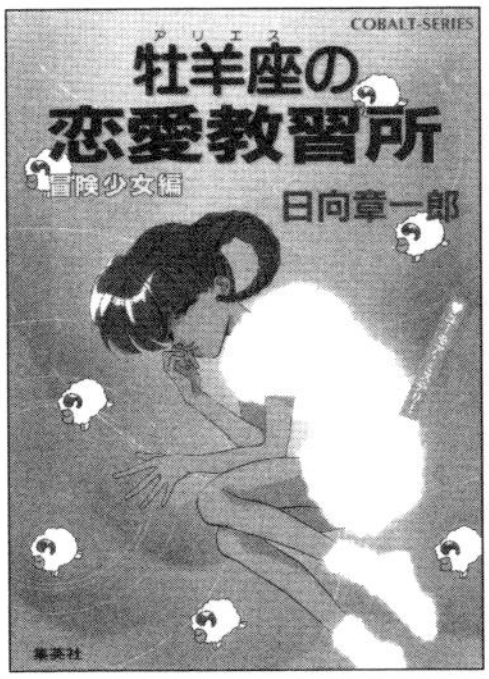

カウス＝ルー大陸史・空の牙 蘭の血脈（天青篇）　響野夏菜
星の眠る檻 ―天帝譚―　藤原眞莉

1996

薔薇の剣 血に染まる薔薇	ゆうきりん
ご近所物語④	下川香苗／矢沢あい（原作）
こどものおもちゃ④	高橋良輔／小花美穂（原作）

1997

1月

妖精の騎士	嬉野秋彦
六人の兇王子 ヴァイサルの血	荻野目悠樹
月の系譜 瑠璃の音	金蓮花
きっとまた逢える ～安土夢紀行～	倉本由布

炎の蜃気楼 Exaudi nos アウディ・ノス	桑原水菜
禁断のウィスパー Boy Doll —ボーイ・ドール—	さいきなおこ
春王冥府	真堂樹
万象の杖	前田珠子

救世鬼—ダーク・メサイア— 黄金の瞳燃えるとき	弓原望

2月

グラスハート④ 嵐が丘	若木未生
花より男子⑩	竹内志麻子／神尾葉子（原作）
旋風は江を駆ける（上）	朝香祥
旋風は江を駆ける（下）	朝香祥
教室	茅野泉
月の系譜 玄冬の曠野	金蓮花
夢の宮 ～十六夜薔薇の残香～	今野緒雪
龍は酔い痴れる	真堂樹
カウス＝ルー大陸史・空の牙 蘭の血脈〈地猩篇〉	響野夏菜

レイティアの涙 折れた翼	高遠砂夜
金鏡に映る星 —天帝譚—	藤原眞莉

こどものおもちゃ⑤	高橋良輔／小花美穂（原作）

3月

影の王国 ピジョン・ブラッド	榎木洋子
楽園の魔女たち ～銀砂のプリンセス～	樹川さとみ
きっと泣かない ～安土夢紀行～	倉本由布
禁断のウィスパー特別編 名場面集①～⑤ 碧のソリティア	さいきなおこ
ブルー・ブラッド 復讐編	須賀しのぶ
お台場ユーモア・ミステリー ロミオ注意報	日向章一郎
炎のレギオン 銀河の翼	山浦弘靖
薔薇の剣 薔薇の帰還	ゆうきりん
マリンブルーの風に抱かれて	下川香苗／矢沢あい（原作）
花より男子⑪	竹内志麻子／神尾葉子（原作）

4月

竜の眠る海	金蓮花
炎の蜃気楼㉑ 裂命の星	桑原水菜
龍は戯れる	真堂樹
姫君と婚約者5	高遠砂夜
カウス＝ルー大陸史・空の牙 蘭の血脈〈紫浄篇〉	響野夏菜
星譜の鍵 —天帝譚—	藤原眞莉
万象の杖2	前田珠子
電撃おさわがせ隊 名物オバちゃんを救え!!	カトリーヌあやこ／落合ゆかり

- ご近所物語⑤　下川香苗／矢沢あい（原作）
- ベイビィ★LOVE　田中雅美／椎名あゆみ（原作）
- こどものおもちゃ⑥　高橋良輔／小花美穂（原作）

5月

- 双子座の恋愛千夜一夜 冒険少女編　日向章一郎
- 龍と魔法使い 龍の娘編1　榎木洋子
- きみがほしい ～Wish you were here～　花衣沙久羅
- 竜の眠る海 剣の末裔　金蓮花
- スリピッシュ！ ―東方牢城の主―　今野緒雪
- キル・ゾーン 罠　須賀しのぶ
- 姫君と婚約者6　高遠砂夜
- ちょー美女と野獣　野梨原花南
- レジリオン物語 客人の王（前編）　ひかわ玲子

- ハイスクール・オーラバスター 荊姫　若木未生
- 漫画家ミカルの危ない仕事　浦川まさる
- 花より男子⑫　竹内志麻子／神尾葉子（原作）

6月

- 雪之丞事件簿 ゼウスの恋人　あさぎり夕
- 妖精の騎士② ふたりの黒騎士　嬉野秋彦
- リダーロイス・ワールド 星竜とタピストリー　榎木洋子
- 薔薇の主張 ～悩める女優篠原あやか～　香山暁子
- きっと夢になる ～お江戸夢紀行～　倉本由布
- 龍は波濤を呼ぶ　真堂樹
- レジリオン物語 客人の王（後編）　ひかわ玲子
- 秘〈雨の音洲〉聞 朧月鬼夜抄　響野夏菜
- 薔薇の剣 薔薇王の時代　ゆうきりん
- 星子とらぶるファミリー❤特急はジョーカーの微笑み　山浦弘靖
- 江のざわめく刻　朝香祥
- ご近所物語⑥　下川香苗／矢沢あい（原作）

7月

- 暗黒街の吸血鬼　赤川次郎
- 六人の兇王子 サーリフの宴　荻野目悠樹
- いきなりミーハー幻想談　カトリーヌあやこ／落合ゆかり
- 視線　茅野泉

- 楽園の魔女たち ～ドラゴンズ・ヘッド～　樹川さとみ
- 炎の蜃気楼㉒ 魁の蠱　桑原水菜
- 風さやぐ ―弓月と遮那王―　小山真弓
- 夢の宮 ～神が棲む処～　今野緒雪
- 禁断のウィスパー 幻影姫　さいきなおこ
- 龍は嵐に遊ぶ　真堂樹
- 雨は君がために（上）　藤原眞莉
- 聴罪師アドリアン ―死者の告白―　吉田縁
- ベイビィ★LOVE②　田中雅美／椎名あゆみ（原作）
- 花より男子⑬　竹内志麻子／神尾葉子（原作）

8月

- 龍と魔法使い 龍の娘編2　榎木洋子
- 月の系譜 響鳴の森　金蓮花
- 龍は群青を呑む　真堂樹

1997

キル・ゾーン 罪　須賀しのぶ
姫君と婚約者7　高遠砂夜
放課後のシャーロック・ホームズ　日向章一郎
アルーナグクルーンの刻印 クィンティーザの隻翼　響野夏菜
雨は君がために(下)　藤原眞莉
万象の杖3　前田珠子
グラス・ハートex AGE／楽園の涯　若木未生
こどものおもちゃ⑦　高橋良輔／小花美穂(原作)
ケロケロちゃいむ　武上純希／藤田まぐろ(原作)

9月

コピー・ジャック　綾乃なつき
吸血鬼の綺想曲　川村蘭世
きっとはなさない ～安土夢紀行～　倉本由布
Mother ～そして、いつか帰るところ～　高野冬子
龍を春天に放つ　真堂樹
銀の刻印 ～インテリジェント・チルドレン～　橘有未
ちょー魔法使いの弟子　野梨原花南
新世界 鍵をひらく少女と皇子の青玉石　本沢みなみ
星子とらぶるファミリー♥世紀末伝説はJの秘密　山浦弘靖
薔薇の剣 偽りの薔薇は咲く　ゆうきりん
ご近所物語⑦　下川香苗／矢沢あい(原作)

10月

二龍争戦 ～星宿、江を巡る～　朝香祥
雪之丞事件簿2 シヴァの刻印　あさぎり夕
きみがほしい2 ～Wish you were here～　花衣沙久羅
炎の蜃気楼 砂漠殉教　桑原水菜
ごむにんげん　浩祥まきこ
女子校サバイバル　須賀しのぶ
有閑探偵コラリーとフェリックスの冒険 薔薇の埋葬　橘香いくの
東京ANGEL 漂流少年　本沢みなみ

漫画家ミカルの不思議な旅行　浦川まさる

11月

電撃 おさわがせ隊 狙われた力　カトリーヌあやこ／落合ゆかり
オルフェウスは千の翼を持つ　下川香苗

影の王国2 エスケープ・ゴート　榎木洋子
月の系譜 焔の遊糸　金蓮花

スリピッシュ！ ―盤外の遊戯―　今野緒雪
スラムフィッシュ　真堂樹
キル・ゾーン 別れの日　須賀しのぶ
姫君と婚約者8　高遠砂夜
放課後のサンタクロース　日向章一郎
アルーナグクルーンの刻印 エズモーゼの左手　響野夏菜
トレドの花冠(上)　藤本瞳
夢人に惑う星 ―天帝譚―　藤原眞莉

12月

花より男子⑭　竹内志麻子／神尾葉子(原作)
箱のなかの海　樹川さとみ

妖精の騎士③ あかつきの剣士　嬉野秋彦
六人の兇王子 サーリフの洗礼　荻野目悠樹
悲鳴　茅野　泉
きっと見つめてる ～安土夢紀行～　倉本由布
キル・ゾーン グッドモーニング・ボルネオ　須賀しのぶ
ちょー囚われの王子　野梨原花南
トレドの花冠（下）　藤本　瞳

星子とらぶるファミリー❤甘い悪魔にQのKISS　山浦弘靖
薔薇の剣 不滅の薔薇　ゆうきりん
ハイスクール・オーラバスター 烈光の女神1　若木未生
ケロケロちゃいむ ～魔法戦争編～　武上純希／藤田まぐろ（原作）

1月

鳳凰飛翔 ～華焔、江を薙ぐ～　朝香　祥
雪之丞事件簿3 ガブリエルの遺言　あさぎり夕
炎の蜃気楼㉓ 怨讐の門 青海編　桑原水菜
竜の眠る海 黄昏の伶人　金蓮花
禁断のウィスパー 赤い輪舞曲　さいきなおこ
龍は飢える　真堂　樹
姫君と婚約者9　高遠砂夜
妖精ステップ　藤本　瞳
アルーナグクルーンの刻印 星は踊る　響野夏菜
万象の杖4　前田珠子
ご近所物語⑧　下川香苗／矢沢あい（原作）
ベイビィ★LOVE③　田中雅美／椎名あゆみ（原作）

2月

妖精の騎士4 闇の座の貴公子　嬉野秋彦
BOYSサイキック・アクション 広島サイレントバトル　カトリーヌあやこ／落合ゆかり
夢の宮 ～叶の果実～　今野緒雪
ブルー・ブラッド 虚無編（上）　須賀しのぶ
誘鬼の太刀　高野冬子
放課後のアン　日向章一郎
龍と魔法使い 龍の娘編3　榎木洋子
誓星の恋 —天帝譚—　藤原眞莉

東京ANGEL マリアの十字架　本沢みなみ
聴罪師アドリアン 剣を抱く少女　吉田　縁
花より男子⑮　竹内志麻子／神尾葉子（原作）

3月

夢見る眠り男　秋月こお

きっと迷わない ～大和夢紀行～　倉本由布
龍は飛雨に惑う　真堂　樹
ブルー・ブラッド 虚無編（下）　須賀しのぶ
銀珠綺譚 銀葉亭茶話　金蓮花
華は藤夜叉 —The Diamond will tide her over a crisis—　響野夏菜
聖獣覚醒秘譚 第三部 昏き夜の果て 上　前田珠子
大江戸ロマネスク 恋姫たちは振り向かない　山浦弘靖
怪奇幻想譚 名もなき本　ゆうきりん

1998

4月

旋風の生まれる処(上)　朝香 祥
旋風の生まれる処(下)　朝香 祥
サキト・シリーズ3 天鵞絨の小箱　榎木洋子
破剣戦鬼ジェネウ 裏切りの変　荻野目悠樹
いきなりミーハー魔術館　カトリーヌあやこ/落合ゆかり

きみがほしい3 ~Wish you were here~　花衣沙久羅
楽園の魔女たち ~この夜が明けるまで~　樹川さとみ
炎の蜃気楼㉔ 怨讐の門 赤空編　桑原水菜
マリア様がみてる　今野緒雪
キル・ゾーン 異分子　須賀しのぶ
純情少年物語 ~アシュネの章　高遠砂夜
ちょー夏の夜の夢　野梨原花南
君が眠りゆく朝に 上　藤原眞莉
新世界 ふたつの太陽がのぼる帝国　本沢みなみ

5月

月の系譜 有明の鬼宿　金蓮花
機械の耳　小松由加子
禁断のウィスパー 旋律のff　さいきなおこ
サディスティックアクア　真堂 樹
有閑探偵コラリーとフェリックスの冒険 お城には罠がある!　橘香いくの
獅子座の恋愛ミステリー・ツアー 冒険少女編　日向章一郎
アルーナグクルーンの刻印 月を狩る森　響野夏菜
君が眠りゆく朝に 中　藤原眞莉

6月

雪之丞事件簿4 ヴィーナスの迷宮　あさぎり夕
影の王国3 ファントム・ペイン　榎木洋子

乙女ちっくコラム*4

コバルト流BL

「少女小説の主人公は女の子」そんな伝統を破り、カッコイイ少年・青年キャラクターを生み出したのが、若木未生と桑原水菜。真堂樹、花衣沙久羅、牧原朱里といった作家も男性主人公の熱い物語を発表。女子は男同士の友情や絆の物語が大好きです。世間でBLブームが起こる前から、準備はできていました！　コバルト文庫にBL界で活躍している作家が参入したことで、ますます盛り上がりを見せました。BL作家は逆に、「コバルト」というレーベルを意識したのか、ほのぼのとした作品が多かったのが印象的でした。BLという括りではなく、男たちの熱い物語を書いていたコバルト出身の作家は、さらに濃厚な物語を書いてくれました。

破剣戦鬼ジュネウ 恩讐の変　荻野目悠樹
さくらのリプロデュース・クラシック1 伝説 ーレジェンドー　花衣沙久羅
月の輪廻 ～皿屋敷ものがたり～　倉本由布
女子校サバイバル 純情可憐編　須賀しのぶ
純情少年物語 ～エルドラの章　高遠砂夜
君が眠りゆく朝に 下　藤原眞莉

群狼の牙 天罰党始末　ゆうきりん
屋根裏の姫君 ガラスの靴をはいた少女　香山暁子
聴罪師アドリアン 血染めの貴石　吉田 縁

7月

吸血鬼と怪猫殿　赤川次郎
ヨコハマ浪漫す 夢見る乙女じゃいられない　綾乃なつき
青嵐の夢　朝香 祥

身持ちの悪い姫君と騎士　秋月こお
影の王国4 ファントム・ペイン2　榎木洋子
蒼のソナチネ　花衣沙久羅
楽園の魔女たち ～スウィート・メモリーズ～　樹川さとみ
竜の眠る海 虚飾の檻（前編）　金蓮花
炎の蜃気楼㉕ 怨讐の門 白雷編　桑原水菜
図書館戦隊ビブリオン　小松由加子
ちょー恋とはどんなものかしら　野梨原花南
東京ANGEL 君が映る世界を　本沢みなみ
僕らは玩具の銃を手に　榊原和希
血のアルカディア　山浦弘靖
竜の眠る海 虚飾の檻（中編）　金蓮花
龍は夜を抱く　真堂 樹
キル・ゾーン 激突　須賀しのぶ
姫君と婚約者10　高遠砂夜
ちょーテンペスト　野梨原花南
放課後のアンデルセン　日向章一郎
万象の杖5　前田珠子
ハイスクール・オーラバスター 烈光の女神2　若木未央

9月

ヨコハマ浪漫す 片翼の天使　綾乃なつき

秘密の花園　あさぎり夕
夜光街 ～真夜中の翼～　石堂まゆ

きっと始まる ～安土夢紀行～　倉本由布
夢の宮 ～薔薇いくさ～　今野緒雪
やさしい雨　浩祥まきこ
禁断のウィスパー 絶対運命　さいきなおこ
アルーナグクルーンの刻印 砕けた紋章　響野夏菜
姫神さまに願いを　藤原眞莉
群狼の牙 禁門の政変　ゆうきりん
電撃おさわがせ隊 真実をつきとめろ!!　カトリーヌあやこ／落合ゆかり

10月

ジャンクソード　朝香 祥
約束　茅野 泉

1998

- 炎の蜃気楼㉖ 怨讐の門 黒陽編　桑原水菜
- 冬の日の幻想　久和まり

- 有閑探偵コラリーとフェリックスの冒険 カブラルの呪われた秘宝　橘香いくの
- 放課後のコロンブス　日向章一郎
- 姫神さまに願いを ~享楽の宴~　藤原眞莉
- 東京ANGEL 帰りたい海　本沢みなみ
- 破妖の剣外伝3 忘れえぬ夏　前田珠子
- 星子シリーズ 恋殺人は♥迷宮　山浦弘靖
- 聴罪師アドリアン すすり泣く写本　吉田 縁

11月

- Barパラダイスへようこそ　秋月こお
- 雪之丞事件簿5 アンタレスの記憶　あさぎり夕
- 屋根裏の姫君 裸足の花嫁　香山暁子
- 蒼のプレリュード　花衣沙久羅
- バベルの天使　さいきなおこ
- 龍は乱れる　真堂 樹
- キル・ゾーン 宴　須賀しのぶ
- 姫君と婚約者11　高遠砂夜

- 幻想懐古店 ~時の末裔~　橘 有未
- 破妖の剣外伝4 時の螺旋　前田珠子

12月

- 放課後のクレオパトラ　日向章一郎
- 影の王国5 ブラインド・アレイ　榎木洋子
- BOYSサイキック・アクション 伊勢志摩シーサイド・フェイク　カトリーヌあやこ/落合ゆかり
- 楽園の魔女たち ~大泥棒になる方法~　樹川さとみ
- 竜の眠る海 精霊の女王　金蓮花
- きっとひとりじゃない ~鎌倉夢紀行~　倉本由布
- 炎の蜃気楼㉗ 怨讐の門 黄壌編　桑原水菜
- 夢の宮 ~海馬をわたる風~　今野緒雪
- MAMA　須賀しのぶ
- 華は藤夜叉 PURE GOLD　響野夏菜
- 星子シリーズ 夢少女は♠迷宮　山浦弘靖
- 群狼の牙 池田屋襲撃　ゆうきりん
- 夜光街2 熱帯夜　石堂まゆ
- 華の名前　朝香 祥
- 英國少年園　久和まり
- 図書館戦隊ビブリオンII　小松由加子
- 龍は濡れ濡つ　真堂 樹
- ちょー海賊　野梨原花南
- 姫神さまに願いを ~浪の下の都~　藤原眞莉
- 新世界 剣をいだく傭兵と血に染まる王城　本沢みなみ
- 月下廃園　前田珠子
- ハイスクール・オーラバスター 烈光の女神3　若木未生

1999

2月

- 卒業までの二人　あさぎり夕
- 蒼のラプソディ　花衣沙久羅

竜の眠る海 虚飾の檻（後編）　金蓮花
きっと信じてる ～安土夢紀行～　倉本由布
マリア様がみてる 黄薔薇革命　今野緒雪

薔薇の十字架 バベルの天使　さいきなおこ
LIE　榊原和希
キル・ゾーン 来たれ、壊滅の夜よ　須賀しのぶ
有閑探偵コラリーとフェリックスの冒険 王国、売ります！　橘香いくの
東京S黄尾探偵団 少女たちは十字架を背負う　響野夏菜

3月

龍と魔法使い 外伝1　榎木洋子
龍は落陽を咬む　真堂 樹
水棲少年 凍てついた記憶　柴田明美
姫君と婚約者 星のカーニバル　高遠砂夜

天秤座の殺人試験 本格推理編　日向章一郎
東京S黄尾探偵団 青の封印　響野夏菜
流砂の星月夜 ―天帝譚―　藤原眞莉
月下廃園2　前田珠子
悪魔の揺りかご　吉田 縁

4月

ジャンクソード2 水の戯れ　朝香 祥
HS龍宮リターンズ　秋月こお
蒼のノクターン　花衣沙久羅
楽園の魔女たち ～課外授業のその後で～　樹川さとみ
竜の眠る海 虚飾の檻（完結編）　金蓮花
英國少年園 天使は荒野に舞い降りて　久和まり
恋人たちの過ごした時間　小林深雪／牧村久美
グラスハート⑤ いくつかの太陽　若木未生
ちょー火祭り　野梨原花南
なんて素敵にジャパネスク ―新装版―　氷室冴子
なんて素敵にジャパネスク2 ―新装版―　氷室冴子
ジャパネスク・アンコール！ ―新装版―　氷室冴子
続ジャパネスク・アンコール！ ―新装版―　氷室冴子

5月

ラストゲーム 前編　あさぎり夕

夜光街3 眠る記憶　石堂まゆ
影の王国6 コッパー・ラスト　榎木洋子
いきなりミーハー大変身　カトリーヌあやこ／落合ゆかり
炎の蜃気楼㉘ 怨讐の門 破壊編　桑原水菜
月光エンブレム バベルの天使　さいきなおこ
チリビーンズ ピーコック　真堂 樹
キル・ゾーン 虜囚　須賀しのぶ
東京ANGEL ヒカリの森　本沢みなみ

聖獣覚醒秘譚 第三部 昏き夜の果て 中　前田珠子
ゼロの世界 ～ショウイチロウ怪奇レポート～　日向章一郎
マリア様がみてる いばらの森　今野緒雪

6月

なんて素敵にジャパネスク3〈人妻編〉―新装版―　氷室冴子

1999

- なんて素敵にジャパネスク4〈不倫編〉—新装版—　氷室冴子
- ラストゲーム 後編　あさぎり夕
- 龍は闇に堕つ　真堂 樹
- 東京S黄尾探偵団 Kの処刑場　響野夏菜
- 人形の家〜平家ものがたり〜前編　倉本由布
- 禁断のウィスパー 真夏の黙示録　さいきなおこ
- 有閑探偵コラリーとフェリックスの冒険 翡翠の眼　橘香いくの
- 星狩りの虚城—天帝譚—　藤原眞莉
- 魔法な男の子の飼い方　ゆうきりん
- 羽鳥中学十三不思議 ねむる保健室　浩祥まきこ

7月

- 吸血鬼は世紀末に翔ぶ　赤川次郎
- ゼロの世界Vol.2 鬼の息子〜ショウイチロウ怪奇レポート〜　日向章一郎

- プリズムのSEASON　金蓮花
- 人形の家〜平家ものがたり〜後編　倉本由布
- 英國少年園 モーヴの埋葬　久和まり
- 花街恋夜　真堂 樹

- 流血女神伝 帝国の娘 前編　須賀しのぶ
- 純情少年物語〜最終章　高遠砂夜
- ちょー企画本　野梨原花南／宮城とおこ
- 星子シリーズ 赤い誘惑は♣迷宮　山浦弘靖
- 森の祈り〜花冠の姫君　香山暁子

8月

- 夜光街4 疵を継ぐ者 前編　石堂まゆ
- 影の王国7 テイク・サンクチュアリ　榎木洋子
- 月の系譜 凍てゆるむ月の鏡 一　金蓮花

- 赤の神紋　桑原水菜
- 夢の宮〜三の帰還〜(上)　今野緒雪
- 神々の、麗しき額。　真堂 樹
- キル・ゾーン リミックス ジャングル・フィーバー　須賀しのぶ／梶原にき
- ちょー魔王(上)　野梨原花南
- なんて素敵にジャパネスク5〈陰謀編〉—新装版—　氷室冴子
- なんて素敵にジャパネスク6〈後宮編〉—新装版—　氷室冴子
- 東京ANGEL また還る夏まで　本沢みなみ
- エクサール騎士団 詩篇69　若木未生

9月

- 花残月　朝香 祥
- 猫かぶりの君　あさぎり夕
- トワイライト・シリーズ 黄昏の放課後　カトリーヌあやこ／落合ゆかり
- 汝、翼持つ者たちよ　片山奈保子
- 夢の宮〜王の帰還〜(下)　今野緒雪
- 禁断のウィスパー 眠り姫　さいきなおこ
- 流血女神伝 帝国の娘 後編　須賀しのぶ
- 電撃娘163センチ　日向章一郎
- 東京S黄尾探偵団 五月、拉致られる　響野夏菜
- 眠らぬ森の妖精奇譚　藤原眞莉
- 少年のカケラ　深谷晶子

1999

10月

蒼のアリア　花衣沙久羅
明日香幻想 玉響の章　朝香 祥
楽園の魔女たち～不思議の国の女王様～　樹川さとみ
月の系譜 凍てゆるむ月の鏡 二　金蓮花
姫君と婚約者12　高遠砂夜
有閑探偵コラリーとフェリックスの冒険 奈落の女神　橘香いくの
なんて素敵にジャパネスク7〈逆襲編〉—新装版—　氷室冴子
なんて素敵にジャパネスク8〈炎上編〉—新装版—　氷室冴子
炎風眷恋 戦国哀恋記　藤水名子

11月

HS龍宮リターンズ2 恋のファイヤーボンバー!?　秋月こお
猫かぶりの君2　あさぎり夕
蒼のルフラン　花衣沙久羅
赤の神紋 第二章—Heavenward Ladder—　桑原水菜
クラブM　さいきなおこ
龍は彷徨う　真堂 樹
東京S黄尾探偵団 さらば愛しき女よ　響野夏菜
影の王国8 フリップ・サイド　榎木洋子
東京ANGEL レッド・シャドウ　本沢みなみ
夜光街5 疵を継ぐ者 後編　石堂まゆ
クリスタル・クライシス 緋色の刻印　牧原朱里

12月

射手座の殺人手毬唄 本格推理編　日向章一郎
きっと振りむかない～飛鳥夢紀行～　倉本由布
太陽の紋章　久和まり
マリア様がみてる ロサ・カニーナ　今野緒雪
禁断のウィスパー 青い鳥　さいきなおこ

1st.フレンド 水空の「青」　さくまゆうこ
天翔けるバカ flying fools　須賀しのぶ
姫神さまに願いを～永遠国ゆく日～　藤原眞莉
魔法な男の子の飼い方・2 奇跡の大地で見る夢は　ゆうきりん
聴罪師アドリアン 呪いの塔　吉田 縁
BOYSサイキック・アクション 湾岸デンジャラス・トラップ　カトリーヌあやこ／落合ゆかり
炎の蜃気楼㉙ 無間浄土　桑原水菜
リダーロイス・ワールド2 風の守護龍　榎木洋子
ちょー魔王（下）　野梨原花南
龍は希う　真堂 樹
キル・ゾーン 背信者　須賀しのぶ
刃をまとう少女　高遠砂夜
月下廃園3　前田珠子
明日香幻想～空蝉の章～　朝香 祥
孵化—インキュベーション—　花衣沙久羅
ハイスクール・オーラバスター 烈光の女神4　若木未生

コバルトクイズ
問9

91年に雑誌コバルトの企画で、女子大生作家3人が対談をしました。ロケに行った場所は？

1 後楽園遊園地
2 サンリオピューロランド
3 USJ

答えは269ページです。

2000

2月

放課後のピノキオ　日向章一郎
猫かぶりの君3　あさぎり夕
東京S黄尾探偵団 羊たちの祭壇　響野夏菜
姫神さまに願いを ～鏡語りの森～　藤原眞莉
蒼のトッカータ　花衣沙久羅

クリスタル・クライシス2 幻惑の砂城　牧原朱里
汝、歌声を望む者たちよ　片山奈保子
1st・フレンド2 「白」の心機　さくまゆうこ
森の祈り ～太陽の恋・月の恋　香山暁子
月の系譜 凍てゆるむ月の鏡 三　金蓮花
逃げちまえ!　野梨原花南

3月

破妖の剣外伝5 魂が、引きよせる　前田珠子
東京S黄尾探偵団 竹林温泉殺人事件　響野夏菜
流血女神伝 砂の覇王1　須賀しのぶ
東京ANGEL 三人目の暗殺者　本沢みなみ
HS龍宮リターンズ3 オールorナッシング!　秋月こお
マリア様がみてる ウァレンティーヌスの贈り物(前編)　今野緒雪
Dシグナル　さいきなおこ
有閑探偵コラリーとフェリックスの冒険 ふたりで泥棒を　橘香いくの
夜光街6 闇天使　石堂まゆ
きっとあきらめない ～吉乃夢紀行～　倉本由布
摩天楼ドール　谷 瑞恵
炎の蜃気楼㉚ 耀変黙示録I ―那智の章―　桑原水菜
SOREAL　真堂 樹
あきらめろ!　野梨原花南
楽園の魔女たち ～薔薇の柩に眠れ～　樹川さとみ
姫神さまに願いを ～夢路の剣～　藤原眞莉
ゼロの世界vol.3 池袋怪談 ～ショウイチロウ怪奇レポート～　日向章一郎
慕心奔浪 戦国哀恋記2　藤水名子
灰髪姫と七人の醜男　ゆうきりん
トワイライト・シリーズ 闇のきらめき　カトリーヌあやこ/落合ゆかり

4月

水のなかの光り　深谷晶子
女神さまのお気の向くまま3　前田珠子
人は影のみた夢1　響野夏菜

ピンクな子猫　あさぎり夕
影の王国9 フェールス・クラウン　榎木洋子
マリア様がみてる ウァレンティーヌスの贈り物(後編)　今野緒雪
蒼のカデンツァ　花衣沙久羅
クラブM オサカナノ夢　さいきなおこ
クリスタル・クライシス3 運命の階　牧原朱里
汝、光に背を向ける者たちよ　片山奈保子
流血女神伝 砂の覇王2　須賀しのぶ
月の系譜 凍てゆるむ月の鏡 四　金蓮花

6月

XAZSA メカニックスD　若木未生

龍は暁を求む　真堂 樹
東京S黄尾探偵団 時計台の首縊りの鐘　響野夏菜
天姫 —AMATSUHIME— 1319・鎌倉崩壊　倉本由布
東京ANGEL この闇に踊れ　本沢みなみ
姫神さまに願いを ~巡恋夏城~　藤原眞莉
明日香幻想 ~葛葉の章~　朝香 祥
夜光街7 朱の系譜　石堂まゆ
いきなりミーハー大女優　カトリーヌあやこ/落合ゆかり
超心理療法士「希祥」 金の食卓　さくまゆうこ
赤の神紋 第三章 —Through the Thorn Gate—　桑原水菜
吸血鬼と死の花嫁　赤川次郎
都会の詩 上巻　野梨原花南
有閑探偵コラリーとフェリックスの冒険 革命はお茶会のあとで　橘香いくの
クラブM W-ウィンド　さいきなおこ
電撃娘163センチ 南青山激笑編　日向章一郎
月の裏側へ渡る船　高遠砂夜
摩天楼ドール フェザークィーン　谷 瑞恵
ウォーターソング　竹岡葉月
汝、虹を仰ぐ者たちよ　片山奈保子
太陽の祭典　久和まり

7月

アイドル神帝　秋月こお

ハイスクール・オーラバスター ヘヴンズ・クライン　若木未生
龍と魔法使い 外伝2　榎木洋子
キル・ゾーン 罰　須賀しのぶ
龍は麗く　真堂 樹
人は影のみた夢2　響野夏菜
赤の神紋 第四章 —Your Boundless Road—　桑原水菜
夢の宮 ~月下友人~ (上)　今野緒雪
クリスタル・クライシス4 久遠の深淵　牧原朱里
蒼のスケルツォ　花衣沙久羅
楽園の魔女たち ~ハッピー・アイランド~　樹川さとみ
月の系譜 凍てゆるむ月の鏡 五　金蓮花

9月

カラッと生きろ!1　川原つばさ
ブルーな子猫　あさぎり夕
東京S黄尾探偵団 魔都に鳴く龍　響野夏菜
天翔けるバカ We Are The Champions　須賀しのぶ
聖霊狩り　瀬川貴次
夜光街8 黒狼の牙　石堂まゆ
天姫 —AMATSUHIME— 1333・鎌倉滅亡　倉本由布
電撃娘163センチ いずみさんのためなら死ねる編　日向章一郎
明日香幻想 朝露の章　朝香 祥
BOYSサイキック・アクション 岩手ワンダー・レジェンド　カトリーヌあやこ/落合ゆかり
犬が来ました ウェルカム・ミスター・エカリタン　松井千尋

2000

10月

- 都会の詩 下巻　野梨原花南
- 神々の、悪戯な指。　真堂 樹
- 未知つむぐ星の螺旋 ―天帝譚―　藤原眞莉

- クリスタル・クライシス5 修羅の標　牧原朱里
- クラブM 4―クローバー―　さいきなおこ
- 流飄万里 戦国哀恋記3　藤水名子
- 竜の眠る海 夏至祭　金蓮花
- 螺旋音階を昇れ　吉平映理
- 魂守記 頭蓋骨は秋風を見上げる　渡瀬桂子
- ミューズに抱かれて　中井由希恵
- ダイエット・ノート　コバルト編集部(編)

11月

- 炎の蜃気楼㉛ 耀変黙示録II ―布都の章―　桑原水菜
- 猫かぶりの君 4　あさぎり夕
- アイドル神帝 日本征服編　秋月こお
- 影の王国10 シャドウ・レイディズ　榎木洋子
- 流血女神伝 砂の覇王 3　須賀しのぶ
- 東京S黄尾探偵団 君にささげる花束　響野夏菜
- クラブM スノーホワイト　さいきなおこ
- 蜜柑　花衣沙久羅
- ラスト・メッセージ ～あさぎ色の迷宮～　藤堂夏央
- 汝、陽だまりに集う者たちよ　片山奈保子
- 有閑探偵コラリーとフェリックスの冒険 ローランスは猫日和　橘香いくの
- 夢の宮 ～月下友人～(下)　今野緒雪

12月

- ハイスクール・オーラバスター ミレニアムBOOK NEO　若木未生
- SO CLEAR　真堂 樹
- 水瓶座の殺人迷路 本格推理編　日向章一郎
- 楽園の魔女たち ～星が落ちた日～　樹川さとみ
- きっと夢みてる ～平安夢紀行～　倉本由布
- 有閑探偵コラリーとフェリックスの冒険 楡屋敷の怪人　橘香いくの
- 約束の時へ　朝香 祥
- 夜光街9 炎天の星　石堂まゆ
- 深き水の眠り　毛利志生子
- 摩天楼ドール ハイブリッドハンター　谷 瑞恵

- 情熱物語 Girls, get your dream!　折原みと
- 赤の神紋 第五章 ―Scarlet and Black―　桑原水菜
- タラスタロスの庭　前田珠子
- 龍は荒だつ　真堂 樹
- ちょー新世界より　野梨原花南
- 影の王国 十六夜異聞　榎木洋子
- 櫻の系譜 夢弦の響　金蓮花
- 放課後のイソップ　日向章一郎
- 姫神さまに願いを ～血誓の毒～　藤原眞莉
- ラブ♡ユー　花衣沙久羅
- いきなりミーハー突撃隊 禁断の世界へ　カトリーヌあやこ／落合ゆかり

2000

超心理療法士「希祥」 銀の音律　さくまゆうこ
STAY GOLD　久和まり

2001

2月

ライトな子猫　あさぎり夕
アイドル神帝 世界征服編　秋月こお
東京S黄尾探偵団 Sの葬列　響野夏菜

流血女神伝 砂の覇王4　須賀しのぶ
禁断のウィスパー 精奇の城　さいきなおこ
マリア様がみてる いとしき歳月（前編）　今野緒雪
シャドー・イーグル　片山奈保子
トワイライト・シリーズ 冬の幻影　カトリーヌあやこ／落合ゆかり
レヴィローズの指輪　高遠砂夜

東京ANGEL 未来写真　本沢みなみ
ミューズに抱かれて2 道のむこう　中井由希恵

3月

破妖の剣外伝6 呼ぶ声が聞こえる　前田珠子
龍は恋い恋う　真堂　樹
きっとここにいる ～安土夢紀行～　倉本由布
人は影のみた夢3　響野夏菜
禁断のウィスパー 宇宙の月虹　さいきなおこ
夢の痕 美濃姫異伝　藤原眞莉
夜光街10 あざやかな日々　石堂まゆ
ラブー♡ユー わくわくドットコム　花衣沙久羅
ヴェネチアに星降る　あくたむらさき
ラスト・メッセージ オンディーヌの囁き　藤堂夏央
プログラム・パラダイス　渡瀬桂子

4月

炎の蜃気楼 邂逅編 真皓き残響 夜叉誕生（上）（下）　桑原水菜
ちょー先生のお気に入り　野梨原花南
電撃娘163センチ 激突！掟やぶりの近親ソーカン編　日向章一郎
櫻の系譜 風花の序　金蓮花
フェイクスイーパー！ 高原御祓事務所始末記　朝香　祥
有閑探偵コラリーとフェリックスの冒険 黒い塔の花嫁　橘香いくの

マリア様がみてる いとしき歳月（後編）　今野緒雪
クリスタル・クライシス6 修羅の標2　牧原朱里
魔女の結婚　谷　瑞恵
学園アドベンチャー ダイスは5　松井千尋
深き水の眠り まどろみの闇　毛利志生子

桜咲くまで勝負ですッ！　榎木洋子
炎の蜃気楼32 耀変黙示録Ⅲ －八咫の章－　桑原水菜
イズアーカ商会へようこそ　前田珠子
誘惑のカサノバ　あさぎり夕
龍は薫風に翔る　真堂　樹
キル・ゾーン 叛逆　須賀しのぶ
アイドル神帝 愛は宇宙も救う!?編　秋月こお
Prayer of Shine 光の祈り人 姫神さまに願いを　藤原眞莉

2001

シャドー・イーグル2　片山奈保子
東京ANGEL　イエスタデイを数えて　本沢みなみ
レヴィローズの指輪　ジェリーブルーの宝玉　高遠砂夜
クリスタル・クライシス7　刻の棲人　牧原朱里
満月少年＋太陽少女［ムーンボーイ・ファイアガール］　若木未生

6月

炎の蜃気楼 邂逅編2　真皓き残響　妖刀乱舞（上）（下）　桑原水菜
青桃院学園風紀録　キケンじゃないだろ！　真堂　樹
楽園の魔女たち　～まちがいだらけの一週間～　樹川さとみ
東京S黄尾探偵団　俺たちは天使じゃない　響野夏菜

姫神さまに願いを　～月の碧き耀夜 前編～　藤原眞莉
聖霊狩り　夜を這うもの　瀬川貴次
ラスト・メッセージ　ユダの刻印　藤堂夏央

ラブ♡ユー　ぴかぴかドットコム　花衣沙久羅
恋愛前夜　～キレイなキス～　深谷晶子

東方ウィッチクラフト　垣根の上の人　竹岡葉月
クララ白書Ⅰ　氷室冴子
丘の家のミッキー1、2　久美沙織

7月

赤の神紋 第六章　―Scarlet and Black 2―　桑原水菜
吸血鬼はお見合日和　赤川次郎
ちょー秋の祭典　野梨原花南
チェリージャム ジャンク　真堂　樹
まほデミー♡週番日誌　恋も魔法もレベル♡1　南原　兼
きっと眠ってる　～安土夢紀行～　倉本由布
クリスタル・クライシス8　汐のうた　牧原朱里

セカンドステップ　朝香　祥
ジョーカーは天国をめざす　天才ピテカントロピス　高原御祓事務所始末記　日向章一郎
櫻の系譜　沈黙の破　金蓮花
★Rude Girl　小沼まり子
マイ・フェア・ファミリー　オレをオモチャにするんじゃねぇ　石川宏宇
クララ白書Ⅱ　氷室冴子
聖石の使徒　其は焔をまとう者　前田珠子
ファイアフライ『赤の神紋』　桑原水菜
永遠までの二人　あさぎり夕
影の王国11　ダブル・ギャンビット　榎木洋子
青桃院学園風紀録　スリルがあるだろ！　真堂　樹
東京S黄尾探偵団　ローマの厄日　響野夏菜
姫神さまに願いを　～月の碧き耀夜 後編～　藤原眞莉
キル・ゾーン　地上より永遠に　須賀しのぶ
シャドー・イーグル3　片山奈保子
マリア様がみてる　チェリーブロッサム　今野緒雪
有閑探偵コラリーとフェリックスの冒険　影の姉妹　橘香いくの
ぼくはここにいる　ユール
丘の家のミッキー3、4　久美沙織

8月

GLASS HEART　冒険者たち　若木未生

2001

真夏のボヘミヤン　秋月こお
城 ーキャッスルー　さいきなおこ
レヴィローズの指輪 闇の中の眠り姫　高遠砂夜
ソウルダイバー 記憶の森　石堂まゆ
聖霊狩り さまよう屍　瀬川貴次

東京ANGEL 眠るカナリア　本沢みなみ
ラスト・メッセージ 恋ぞ積もりて　藤堂夏央
深き水の眠り 月光の淵　毛利志生子
いきなりミーハーめんそーれ　カトリーヌあやこ／落合ゆかり
魔女の結婚 運命は祝祭とともに　谷 瑞恵
超心理療法士「希祥」 インランド・シー　さくまゆうこ

9月

情熱物語2 Girls, get your dream!　折原みと

櫻の系譜 落花の急　金蓮花
青桃院学園風紀録 フツウじゃないだろ！　真堂 樹
人は影のみた夢4　響野夏菜
エデン 〈少年たちの創世記〉　花衣沙久羅
17 girl seventeen　藤原眞莉
天才ピテカントロプス 空飛ぶユートピア　日向章一郎
東方ウィッチクラフト 螺旋舞踊　竹岡葉月
サンクチュアリ　深谷晶子
ハーツ ひとつだけうそがある　松井千尋
丘の家のミッキー5、6　久美沙織

11月

聖石の使徒 其は力を放つ者　前田珠子
炎の蜃気楼㉝ 耀変黙示録Ⅳ ー神武の章ー　桑原水菜
紳士は夜に求愛する　あさぎり夕
東京S黄尾探偵団 宝島へようこそ　響野夏菜
真夏のボヘミヤン ーそれからー　秋月こお
まほデミー♡週番日誌 魔法学園♡微熱クラブ　南原 兼
汝 運命に挑む者たちよ　片山奈保子
エデン 〈光と闇の詩〉　花衣沙久羅
はじめてのキスに似ている　麻生玲子
清原学園男子寮 恋せよ、少年！　奈波はるか

オアシス 風を抱きしめて　江上冴子
大地のささやき ー「花の探偵」綾杉咲哉ー　七穂美也子
青桃院学園風紀録 オモチャがすきだろ！　真堂 樹

流血女神伝 砂の覇王5　須賀しのぶ
櫻の系譜 薄氷の花伝　金蓮花
有閑探偵コラリーとフェリックスの冒険 踊る王宮の午後　橘香いくの
夢の宮 ～蛛糸の王城～　今野緒雪
クリスタル・クライシス9 碧の慟哭　牧原朱里
ソウルダイバー 漂流姫　石堂まゆ
ホーンテッドスクール 高原御祓事務所始末記　朝香 祥
新世界 南海にかがやく奇跡と北方の巫女　本沢みなみ
上弦の月 ～キョウト・イカイ・ソウシ～　倉本由布
魔女の結婚 聖なる夢魔の郷　谷 瑞恵

2001

- 東方ウィッチクラフト 願え箒の星に　竹岡葉月
- 問題のない私たち　牛田麻希

12月

- 炎の蜃気楼 邂逅編3 真皓き残響 外道丸様（上）（下）　桑原水菜
- 聖石の使徒 其は天秤をかざす者　前田珠子
- ちょー後宮からの逃走　野梨原花南
- 影の王国12 ブルー・ムーン　榎木洋子
- 姫神さまに願いを ～秘恋夏峡～　藤原眞莉
- SO DEEP　真堂 樹
- レヴィローズの指輪 幽霊屋敷と風の宝玉　高遠砂夜
- 夜の野良猫捜査線　あさぎり夕
- アヌビスは微笑む（上）　藤堂夏央
- 城 ―キャッスル― ワルツを踊れ！　さいきなおこ
- 外法師 鵺の夜　毛利志生子
- 青山電脳㊙倶楽部　小沼まり子

2002

2月

- 魔女とちび王女 ルーシー・ビィビィの大冒険　榎木洋子
- 楽園の魔女たち ～月と太陽のパラソル（前編）～　樹川さとみ
- 流血女神伝 砂の覇王6　須賀しのぶ
- 東京S黄尾探偵団 シンギング・バード　響野夏菜
- 赤の神紋 第七章 ― Dark Angel Appearance ―　桑原水菜

- ラブ♡ユー ヴァンパイアと朝までいっしょ　花衣沙久羅
- ぼくらは2度目の春を越え　麻生玲子
- 電撃娘163センチ 反町！あんた犬になるのよ!!編　日向章一郎
- 禁断のウィスパー 空の輪廻　さいきなおこ
- 花雪小雪 ―裸足の舞姫―　佐藤ちあき
- 丘の家のミッキー7、8　久美沙織
- ハイスクール・オーラバスター 不滅の王　若木未生

3月

- 青桃院学園風紀録 ヒミツがあるだろ！　真堂 樹
- 真夏のボヘミヤン ―いつまでも―　秋月こお
- マリア様がみてる レイニーブルー　今野緒雪
- アヌビスは微笑む（下）　藤堂夏央
- Ever Blooming Shine ～姫神さまに願いを～　藤原眞莉
- きっとせつない ～安土夢紀行～　倉本由布
- 聖霊狩り 天使のささやき　瀬川貴次
- 汝、嵐を翔る者たちよ　片山奈保子
- 恋する春の女神 ―「花の探偵」綾杉咲哉―　七穂美也子
- 魔女の結婚 さまよえる水は竜の砦　谷 瑞恵

- 放課後戦役　鷲田旌刀
- 竜の眠る海 誓言　金蓮花
- まほデミー♡週番日誌 魔法学園♡秘密ガーデン　南原 兼
- ちょー歓喜の歌　野梨原花南
- 深き水の眠り 琥珀の夢　毛利志生子
- 楽園の魔女たち ～月と太陽のパラソル（後編）～　樹川さとみ
- 姫神さまに願いを ～殉血の枷～　藤原眞莉

まどろみの木霊 ―「花の探偵」綾杉咲哉― 七穂美也子
レヴィローズの指輪 シャンレインの石 高遠砂夜
有閑探偵コラリーとフェリックスの冒険 緋色の檻（前編） 橘香いくの
東方ウィッチクラフト 神様はダイスを振らない 竹岡葉月
クリスタル・クライシス10 黒の焔 牧原朱里
清涼学園男子寮 好きだぜ、議長！ 奈波はるか
BOYSサイキック・アクション 札幌フローズン・ハート カトリーヌあやこ／落合ゆかり
丘の家のミッキー 9、10 久美沙織

4月

紳士は甘く略奪する あさぎり夕
ルーシー・ビィビィの大冒険 ドラゴンとちび王女 榎木洋子
流血女神伝 砂の覇王7 須賀しのぶ
SO HIGH 真堂 樹

東京ANGEL ナイフと太陽 本沢みなみ
おだやかに強い腕 麻生玲子
ラブ♡ユー 初恋レボリューション 花衣沙久羅
青山電脳㊙倶楽部 ターゲットは銀幕女優 小沼まり子
イノセント・ガーデン 野蛮な天使たちの巣 石川宏宇
札屋一蓮！ さくまゆうこ
サン・フロリアヌスの騎士 白い花舞う村 中井由希恵
東京S黄尾探偵団 奥様は魔女!? 響野夏菜／藤馬かおり

6月

聖石の使徒 其は天秤をかざす者II 前田珠子
炎の蜃気楼㉞ 耀変黙示録V ―天魔の章― 桑原水菜
GLASS HEART 熱の城 若木未生
東京S黄尾探偵団 保健室とマシンガン 響野夏菜
有閑探偵コラリーとフェリックスの冒険 緋色の檻（後編） 橘香いくの
エデン〈明日への翼〉 花衣沙久羅
きっと知らない ～安土夢紀行～ 倉本由布
ラスト・メッセージ 冷たい灼熱 藤堂夏央
外法師 冥路の月 毛利志生子
月17世 ―王のパンドラ― 天河りら
高等遊民・高山鏘の事件簿 WHYDUNIT ユール
めざめる夜と三つの夢の迷宮 松井千尋

謎いっぱいのアリス 田中雅美
真夜中のアリス 田中雅美

7月

無口な夢追い人 あさぎり夕
情熱物語3 Girls, get your dream! 折原みと

吸血鬼と栄光の椅子 赤川次郎
花姫純情 真堂 樹
Pine After Shine 姫神さまに願いを 藤原眞莉
まほデミー♡週番日誌 魔法学園♡夢幻パレス 南原 兼
暗夜鬼譚 細雪剣舞 瀬川貴次
レヴィローズの指輪 ルファーヌ家の秘密 高遠砂夜
マリア様がみてる パラソルをさして 今野緒雪
太陽の誘惑 ―「花の探偵」綾杉咲哉― 七穂美也子

2002

魔女の結婚 月蝕に時は満ちて　谷 瑞恵
東方ウィッチクラフト 彼女は永遠の森で　竹岡葉月
ロマンチック♡ミステリー 三人めのアリス　田中雅美
炎の蜃気楼㉟ 耀変黙示録Ⅵ ―乱火の章―　桑原水菜

ちょー戦争と平和　野梨原花南
破妖の剣6 鬱金の暁闇1　前田珠子
華つづり 夢むすび 清少納言 椰子　藤原眞莉
東京S黄尾探偵団 嵐の歌を聴け　響野夏菜
影の王国 十六夜異聞 二　榎木洋子
流血女神伝 砂の覇王8　須賀しのぶ
シャドー・イーグル4　片山奈保子
彼の仕草のひとつひとつが　麻生玲子
ZOO～っとアニマルパラダイス！　日向章一郎

少年舞妓・千代菊がゆく！ 花見小路におこしやす♡　奈波はるか
グッバイ・アリス　田中雅美

9月

炎の蜃気楼 群青　桑原水菜
汝、魂を秘める者たちよ　片山奈保子
きみが魔法使い　花衣沙久羅
外法師 厲鬼の塚　毛利志生子
ルナティック・ラヴ　藤堂夏央
我、召喚す ―鳥籠の姫―　渡瀬桂子
東方ウィッチクラフト 人の望みの喜びを　竹岡葉月

サン・フロリアヌスの騎士 狙われた花嫁　中井由希恵
青山電脳㊙倶楽部 少年は時の樹海に眠る　小沼まり子
つばさ　鷲田旌刀

札屋一蓮！ ～レイ子、夕立に泣す～　さくまゆうこ
玄琴打鈴 鉦葉亭茶話　金蓮花

10月

無口な放浪者　あさぎり夕
青桃院学園風紀録 キメてもいいだろ！　真堂 樹
月17世 ―薔薇の冠―　天河りら
サンク・ヴェリテの恋人たち 精霊の歌う夜　橘香いくの
こどもちゃんねる ～鎌倉幻影～　倉本由布
螺旋の月　石堂まゆ
いとしくて残酷なきみ　金丸マキ
少年舞妓・千代菊がゆく！ 身代金は母の恋文　奈波はるか
ムーンヴォイスの奇跡　上領アヤ
ビター・チョコレート　江上冴子
ガーベラ　立野真琴
ハイスクール・オーラバスター 永遠の娘　若木未生
まほデミー週番日誌♡ 魔法学園♡誘惑レッスン　南原 兼

11月

炎の蜃気楼㊱ 耀変黙示録Ⅶ ―濁破の章―　桑原水菜
レヴィローズの指輪 グレデュースの鎖　高遠砂夜
スリピッシュ！ ―ひとり歩きの姫君―（前編）　今野緒雪
流血女神伝 砂の覇王9　須賀しのぶ

2002

王子様にキスを　響野夏菜
魔女の結婚 永遠の夢見る園へ　谷 瑞恵
月17世 —幻の馬車が来る—　天河りら
高等遊民・高山鏘の事件簿 HIDEAWAY　ユール
いきなりミーハー廃墟ツアー　カトリーヌあやこ／落合ゆかり
パーティーのその前に　久藤冬貴
祈りの日　倉世 春
ワイルド・カード 憂鬱な怪盗たち　佐藤ちあき
破妖の剣6 鬱金の暁闇2　前田珠子
姫神さまに願いを ～遠国散る恋華 前編～　藤原眞莉

聖霊狩り 惑いし子ら　瀬川貴次
楽園の魔女たち ～天使のふりこ～　樹川さとみ
葡萄樹の嘆き —「花の探偵」綾杉咲哉—　七穂美也子

心のなかに卵がひとつ　麻生玲子
天気晴朗なれど波高し。　須賀しのぶ
恋愛少年 星の彼方のラヴマシン　花衣沙久羅
さよなら月の船　片山奈保子
深き水の眠り 硝子の枷（上）　毛利志生子
伽椰琴打鈴 銀葉亭茶話　金蓮花
東京ANGEL「K」からの手紙　本沢みなみ

12月

ちょー英雄　野梨原花南
炎の蜃気楼㊲ 革命の鐘は鳴る　桑原水菜
聖石の使徒 其は水に遊ぶ者　前田珠子
緑のアルダ 石占の娘　榎木洋子
青桃院学園風紀録 ボウケンするだろ！　真堂 樹
レヴィローズの指輪 紅の封印　高遠砂夜
姫神さまに願いを ～遠国散る恋華 後編～　藤原眞莉
GLASS HEART LOVE WAY　若木未生
マリア様がみてる 子羊たちの休暇　今野緒雪
深き水の眠り 硝子の枷（下）　毛利志生子
イノセント・ガーデン 祈りによく似た罪の産声　石川宏宇
青山電脳㊙倶楽部 パパ、アイラブユー　小沼まり子
砂漠の花　金蓮花

2003

1月

無口な婚約者　あさぎり夕
華めぐり雪なみだ 清少納言 梛子　藤原眞莉
天気晴朗なれど波高し。2　須賀しのぶ
パラダイスフィッシュ　真堂 樹
有閑探偵コラリーとフェリックスの冒険 盗まれた蜜月（前編）　橘香いくの

ルナティック・ラヴ 立ち待ちの月　藤堂夏央
パンドーラ ～水の神話～　倉本由布
バーコード・チルドレン　本沢みなみ
魔女の結婚 終わらない恋の輪舞　谷 瑞恵
札屋一蓮！ ～コイは恋に通ず～　さくまゆうこ
少年舞妓・千代菊がゆく！ 最後のお座敷　奈波はるか

2003

クリスタル・クライシス11 月の狩人　牧原朱里
フラクタル・チャイルド ここは天秤の国　竹岡葉月

2月

まほデミー♡週番日誌 魔法学園♡流星ワルツ　南原　兼
東京S黄尾探偵団 その女、凶暴につき　響野夏菜
汝、闇に放たれた者たちよ　片山奈保子
東京ANGEL 依頼人「K」　本沢みなみ
魔女の結婚 熱き血の宝石　谷　瑞恵
愛と死のラヴメカニズム 恋愛少年　花衣沙久羅
サン・フロリアヌスの騎士 水上の迷宮　中井由希恵
君のやわらかな心を抱いて　麻生玲子
シャリアンの魔炎　ゆうきりん
ブルーローズ・ブルース　久藤冬貴
少年レーザービーム　ユール
神遊び　清水　朔
月17世 ―地下迷宮の姫君―　天河りら

3月

赤の神紋 第八章 ―Blue Ray Arrow―　桑原水菜
レヴィローズの指輪 エルカーヴァの種　高遠砂夜
マリア様がみてる 真夏の一ページ　今野緒雪
薔薇の接吻 ～レマイユの吸血鬼～　真堂　樹
聖霊狩り 贖罪の山羊　瀬川貴次
遺産 Estate Left　毛利志生子
アタシの先生。　渡瀬桂子
ワイルド・カード 追憶の異邦人　佐藤ちあき
聖石の使徒 其は水に遊ぶ者2　前田珠子
少年舞妓・千代菊がゆく！ 濡れ衣で祇園追放!?　奈波はるか

ホットブラッド・スクールデイズ ハートに火をつけて　石川宏宇
竜の眠る海 落花流水　金蓮花
ソード・ソウル ～遥かな白い城の姫～　青木祐子
花咲かす君　山本　瑤

4月

レンタルな恋はいかが？　あさぎり夕
ちょー薔薇色の人生　野梨原花南

乙女ちっくコラム＊5

元祖・聖地巡礼

「炎の蜃気楼」は、戦国武将や日本各地の実在する場所が登場したため、読者の間で舞台になった土地や武将の故郷を訪れる「ミラージュ・ツアー」が大流行！　今で言う「聖地巡礼」の先駆けですね。特に米沢市で行われている「米沢まつり」はファンの間で大人気で、会場に観覧席が設けられるほど巡礼者（？）が集まりました。

男性ファンも多く引き寄せた「マリア様がみてる」では、実名は出ていませんでしたが、モデルとなっている場所をファンが推測。聖地巡礼を楽しんでいました。また、「少年舞妓・千代菊がゆく！」に憧れて、京都で舞妓体験するファンも！　作品への愛と情熱が、ファンの行動力になりました。

創刊（1976）～1979
1980～1989
1990～1999
2000～2009
2010～2017

緑のアルダ　荒れ野の星　榎木洋子
流血女神伝　女神の花嫁（前編）　須賀しのぶ
Farewell Shine　姫神様に願いを　藤原眞莉
東京S黄尾探偵団　八月の雨　響野夏菜
シャドー・イーグル5　片山奈保子
ルナティック・ラヴ　臥し待ちの月　藤堂夏央
歌う果実の女神　―「花の探偵」綾杉咲哉―　七穂美也子
有閑探偵コラリーとフェリックスの冒険　盗まれた蜜月（後編）　橘香いくの
帝都浪漫活劇　お嬢さまを探せ！　久藤冬貴
鏡のお城のミミ　カンタン王国の大冒険　倉世　春

6月

命短し恋せよロミオ！　バイバイ、優しいチェリー　ココロ直
堕天使の柩　レマイユの吸血鬼　真堂　樹

姫神さまに願いを　～荊いだく蝶～　藤原眞莉
全寮制男子校物語！【初恋篇】　花衣沙久羅
魔女の結婚　星降る詩はめぐる　谷　瑞恵
シャイニングウィザード　Chilling Blood　嬉野秋彦
札屋一蓮！　～この札、使うべからず～　さくまゆうこ
アマテラスの封印　倉本由布
ささやかな愛しい翼　麻生玲子
東京ANGEL　リミット・ステージ　本沢みなみ
月17世　―少年マリオネット―　天河りら
少年舞妓・千代菊がゆく！　すっぽかされたお披露目　奈波はるか
クッキング★ボーイ！　天才シェフは16歳　小沼まり子
南くんの偏愛の対象　金丸マキ

7月

炎の蜃気楼㊳　阿修羅の前髪　桑原水菜
吸血鬼と生きている肖像画　赤川次郎
マリア様がみてる　涼風さつさつ　今野緒雪
楽園の魔女たち　～ミストルテインの矢～　樹川さとみ
レヴィローズの指輪　宝玉泥棒　高遠砂夜
聖霊狩り　死の影の谷　瀬川貴次
砂漠の花Ⅱ　青海流砂　金蓮花
外法師　髭切異聞　毛利志生子

まほデミー週番日誌♡　魔法学園♡迷宮ロマンス　南原　兼

フラクタル・チャイルド　ストロボの赤　竹岡葉月
ソード・ソウル2　～朝開く一輪の花～　青木祐子
鏡のお城のミミ　山賊たちにご用心！　倉世　春
夜叉の恋　花咲かす君　山本　瑤
炎の蜃気楼　邂逅編4　真皓き残響　十三神将　桑原水菜
副会長は本日多忙！　あさぎり夕
破妖の剣6　鬱金の暁闇3　前田珠子
青桃院学園風紀録　フジュンじゃないだろ！　真堂　樹
東京S黄尾探偵団　Uの烙印　響野夏菜
緑のアルダ　千年の隠者　榎木洋子
流血女神伝　女神の花嫁（中編）　須賀しのぶ
ちょー葬送行進曲　野梨原花南

2003

Lost Shine（前編） 姫神さまに願いを　藤原眞莉
少年舞妓・千代菊がゆく！ 禁じられた初恋　奈波はるか
ラスト・メッセージ 裏切りのプリマドンナ　藤堂夏央
BOYSサイキック・アクション 東京エターナル・ファイト　カトリーヌあやこ／落合ゆかり
透明人間は皮肉屋　ココロ直
クッキング★ボーイ！ 恋のキッチンスタジアム　小沼まり子

9月

花影彼方　真堂　樹
Lost Shine（後編） 姫神さまに願いを　藤原眞莉
サンク・ヴェリテの恋人たち 翼のない天馬　橘香いくの

魔女の結婚 哀しき鏡像の天使　谷　瑞恵
全寮制男子校物語！【蜜月篇】　花衣沙久羅
見つめる東風 ―「花の探偵」綾杉咲哉―　七穂美也子

天つ恋ふる千世も咲く　倉本由布
シャイニングウィザード 天使が扉を叩く　嬉野秋彦
DOLL♥マスター！　天河りら

なかないでストレイシープ 午後の紅茶と迷子の羊　竹岡葉月
帝都浪漫活劇 ビューティフル・ドリーマー　久藤冬貴
グリーン・イリュージョン　杉江久美子
銀の一角獣　片山奈保子

10月

親猫は愛を宿す（前編）（後編）　あさぎり夕
まほデミー♡週番日誌 魔法学園♡禁断ポエム　南原　兼
少年舞妓・千代菊がゆく！ 御曹司のスキャンダル　奈波はるか
疾走する月の秘密　麻生玲子
あさぎ色の風　藤堂夏央
豹くんの異常な愛情　金丸マキ

きらきら　真船るのあ
キープハート　火崎　勇
外法師 孔雀の庭（上）　毛利志生子
札屋一蓮！ ～ロマンは冥路の果てにあり～　さくまゆうこ
東京ANGEL リミット・ステージ2　本沢みなみ
シャリアンの魔炎2　ゆうきりん
鏡のお城のミミ 幸せの村へようこそ　倉世　春
炎の蜃気楼㊴ 神鳴りの戦場　桑原水菜
マリア様がみてる レディ、GO！　今野緒雪
緑のアルダ 謀略の都　榎木洋子
レヴィローズの指輪 夜の魔術師　高遠砂夜
砂漠の花Ⅲ 夢幻泡影　金蓮花
暗夜鬼譚 凶剣凍夜　瀬川貴次
振り返れば先生がいる　響野夏菜
なかないでストレイシープ 鏡の魔法と黒衣のドレス　竹岡葉月
癒しの手のアルス ―嘘つきたちが駆けていく―　渡瀬桂子
危険なジョージ　ユール
春恋。　朝丘　戻。

11月

姫神さまに願いを ～空参鳥の幻～　藤原眞莉
汝、ひそやかに想う者たちよ　片山奈保子

2003

青桃院学園風紀録 カゲキになるだろ！　真堂　樹
東京S黄尾探偵団 もっとも危険なゲーム　響野夏菜
楽園の魔女たち〜楽園の食卓（前編）〜　樹川さとみ
全寮制男子校物語！【恋愛篇】　花衣沙久羅
魔女の結婚 女神の島よ眠れ　谷　瑞恵
天上の治癒者　七穂美也子
DOLL♥マスター！ サイレントの魔女　天河りら
ソード・ソウル3〜黄金の扉〜　青木祐子
アリスのお気に入り　ココロ直
陰陽師九郎判官　田中啓文

12月

マリア様がみてる バラエティギフト　今野緒雪
炎の蜃気楼 真紅の旗をひるがえせ　桑原水菜
ブラック・キャットIV チェックメイト（前編）（後編）　新井素子
天を支える者　前田珠子
華くらべ風まどい 清少納言梛子　藤原眞莉
少年舞妓・千代菊がゆく！　奈波はるか
サンク・ヴェリテの恋人たち 永遠の片想い 眠れる天使の園　橘香いくの
外法師 孔雀の庭（下）　毛利志生子
ラスト・メッセージ この命、尽きるまで　藤堂夏央
疾走する月の誘惑　麻生玲子

2004

鏡のお城のミミ さまよう恋のメヌエット　倉世　春
銀朱の花　金蓮花

2月

親猫は過去に惑う　あさぎり夕

緑のアルダ 虹の白夜　榎木洋子
ちょー企画本2　野梨原花南／宮城とおこ
東京ANGEL アイスドールは微笑まない　本沢みなみ
ツクヨミの末裔　倉本由布
シャイニング・ウィザード エメラルドの魔導師　嬉野秋彦
札屋一蓮！〜其の男、祖の道に挑まん〜　さくまゆうこ
フラクタル・チャイルド 女神の歯車　竹岡葉月
東京★千夜一夜 恋する魔術師　小沼まり子

ご機嫌ななめのファイトガール　久藤冬貴
不夜城のリリム　ココロ直
晴れの雨。　朝丘　戻。
水に棲む鬼 花咲かす君　山本　瑤

3月

レヴィローズの指輪 リルファーレの冠　高遠砂夜
姫神さまに願いを〜空葬の瞳〜　藤原眞莉
銀朱の花II 空の青 森の緑　金蓮花
東京S黄尾探偵団 バカップルがいっぱい　響野夏菜
聖霊狩り 死者の恋歌　瀬川貴次

純色の離宮〜レマイユの吸血鬼〜　真堂　樹
銀の一角獣〜〈翼人〉の強気な乙女〜　片山奈保子
全寮制男子校物語！【野望篇】　花衣沙久羅

2004

伯爵と妖精 あいつは優雅な大悪党　谷 瑞恵
DOLL♥マスター！ 誕生日はイヴの鐘　天河りら
癒しの手のアルス ─銀の遺跡に舞え─　渡瀬桂子

左ききのマイ・ボーイ　青木祐子
流血女神伝 女神の花嫁（後編）　須賀しのぶ
まほデミー週番日誌 魔法学園♡月光プリズン　南原 兼
マリア様がみてる チャオ ソレッラ！　今野緒雪
楽園の魔女たち ～楽園の食卓（中編）～　樹川さとみ
居眠りキングダム　野梨原花南
少年舞子・千代菊がゆく！ 薔薇と紅茶と王子さま　奈波はるか
有閑探偵コラリーとフェリックスの冒険 日曜日には探偵を　橘香いくの
破壊者の迷宮　七穂美也子
鏡のお城のミミ 姫将軍と黄金の王子　倉世 春

夢の通ひ路　火崎 勇
あさぎ色の風 ─きざはし─　藤堂夏央
疾走する月の憂鬱　麻生玲子
チェリーコップ！ 愛さずにいられない　愁堂れな
アリスのお気に入り ～いろいろセンチメンタル～　ココロ直
魔法半将軍 ─十四歳の魔王─　鷲田旌刀

4月

炎の蜃気楼㊵ 千億の夜をこえて　桑原水菜
天を支える者2　前田珠子
夢屋へおいで　あさぎり夕
姫神さまに願いを ～雪去りの紅～　藤原眞莉
砂漠の花Ⅳ 流砂放浪　金蓮花
緑のアルダ 旅立ちの丘　榎木洋子
東京S黄尾探偵団 雨の海に眠れ　響野夏菜
青桃院学園風紀録 ホンキでいくだろ！　真堂 樹
東京★千夜一夜 紫の魔術師と三つの石　小沼まり子
わすれな人。　朝丘 戻。
シャリアンの魔炎3　ゆうきりん
スィート・フェイク・メイク・ラヴ　金丸マキ
月のパンドラ　天河りら
ハッピー・トゥゲザー＠Shall we 萌え？　日向章一郎

6月

レヴィローズの指輪 奈落の女王　高遠砂夜
汝、宿命を見つめる者たちよ　片山奈保子

流血女神伝 暗き神の鎖（前編）　須賀しのぶ
暗夜鬼譚 火雷招剣　瀬川貴次
魔女の結婚 乙女は一角獣の宮に　谷 瑞恵
全寮制男子校物語！【祝祭篇】　花衣沙久羅
ソード・ソウル4 ～夜明けに見た夢～　青木祐子
天海の翼　倉本由布
札屋一蓮！ ～神坐すゾウは、像に非ず～　さくまゆうこ
風の王国　毛利志生子
敵だらけのビューティー　久藤冬貴
勿忘草の咲く頃に　沖原朋美

恋愛指南部！ 恋する少年少女のミカタ　石川宏宇
アリスのお気に入り ～忘れられないムジーク～　ココロ直

7月

赤の神紋 黒鍵　桑原水菜
私の彼氏は吸血鬼　赤川次郎
スリピッシュ！ ―ひとり歩きの姫君―（後編）　今野緒雪
Jumble Up Shine ～姫神さまに願いを～　藤原眞莉
砂漠の花V 砂塵乱舞　金蓮花
青桃院学園風紀録 トリコにするだろ！　真堂　樹
少年舞妓・千代菊がゆく！ 花かんざし、危機一髪！　奈波はるか
鏡のお城のミミ やさしい花嫁のすすめ　倉世　春
疾走する月の眩暈　麻生玲子
花鎮めの巫女 花咲かす君　山本　瑤
東京ANGEL 24時間のソナタ　本沢みなみ

涙忘恋歌。　朝丘　戻。
まほデミー週番日誌♡ 魔法学園♡天空オペラ　南原　兼
なかないでストレイシープ めぐる聖夜と愛の家　竹岡葉月
楽園の魔女たち ～楽園の食卓（後編）～　樹川さとみ
マリア様がみてる プレミアムブック　今野緒雪／ひびき玲音
緑のアルダ 蒼い雪原　榎木洋子
貴公子と迷子のウサギ（前編）　あさぎり夕
ハイスクール・オーラバスター オメガの空葬　若木未生
聖石の使徒 揺籃の瞳　前田珠子
姫神さまに願いを ～藍ちぎる瑠璃～　藤原眞莉
東京S黄尾探偵団 S黄尾、解散!?　響野夏菜
流血女神伝 暗き神の鎖（中編）　須賀しのぶ
プロ―デル国物語 夜の果てへの旅　橘香いくの
四番目の封印　七穂美也子
月のパンドラ ファントムの鐘　天河りら
あさぎ色の風 ―くれない―　藤堂夏央
チェリーコップ！ 抱きしめずにいられない　愁堂れな
アリスのお気に入り ～夢見の森のフェアリーテール～　ココロ直
癒しの手のアルス ―月の光に凍れよ涙―　渡瀬桂子

9月

赤の神紋 第九章 ―Overnight Aria―　桑原水菜

レヴィローズの指輪 ローティアスの天秤　高遠砂夜
銀朱の花 秘密の約束　金蓮花

花片戯曲　真堂　樹
聖霊狩り 呪われた都市　瀬川貴次
伯爵と妖精 あまい罠には気をつけて　谷　瑞恵
全寮制男子校物語！【兄弟篇】　花衣沙久羅
天海の翼 ましろの鎮魂　倉本由布
風の王国 天の玉座　毛利志生子
シャイニングウィザード 蛇と少年　嬉野秋彦
札屋一蓮！ ～紫、「札屋物語」を著す～　さくまゆうこ
雫幻想歌。　朝丘　戻。
待つ宵草がほころぶと　沖原朋美
魅魎暗躍譚 碧眼の少年（前編）（後編）　前田珠子

2004

10月

マリア様がみてる 特別でないただの一日　今野緒雪

貴公子と迷子のウサギ（後編）　あさぎり夕
多岐流お家騒動 少年舞妓・千代菊がゆく！　奈波はるか
まほデミー♡週番日誌 魔法学園♡情熱ストーム　南原兼
一万年＋３日　麻生玲子
どこまでも続く夜に…　火崎勇
ダイヤモンド・☆ホースシュー　金丸マキ
チェリーコップ！ 嫉妬せずにいられない　愁堂れな
花園の媚薬 〜レマイユの吸血鬼〜　真堂樹
鏡のお城のミミ 子供たちの夢と目覚め　倉世春
恋愛指南部！ 秘密の合宿は嘘がいっぱい　石川宏宇
扉を開けて　新井素子

夢の続きは恋の時間　鹿住槇
シャドー・イーグル6　片山奈保子

11月

レギ伯爵の末娘 〜よかったり悪かったりする魔女〜　野梨原花南
流血女神伝 暗き神の鎖（後編）　須賀しのぶ
海の上の暗殺者　橘香いくの
桜の下の人魚姫　沖原朋美
DOLL♥マスター！ 迷える羊は北をめざす　天河りら
あさぎ色の風 —たまゆら—　藤堂夏央
シャリアンの魔炎4　ゆうきりん
龍神の花嫁 レッドスキップ　山本瑤

恋心詩歌。　朝丘戻。
パピア・ローゼ吟遊詩 世界は紙でできている　ココロ直

クラウディア　中村幌
ラベル すべては月曜日に始まった　小林フユヒ
魅魎暗躍譚 月読見の乙女（前編）（後編）　前田珠子
青桃院学園風紀録 ミダレりゃいいだろ！　真堂樹
風の王国 女王の谷　毛利志生子
トゥリーゲイト綺伝 王国と姫君のための結婚協奏曲　藤原眞莉
魔女の結婚 アヴァロンの陽はいつまでも　谷瑞恵
君だけの星をあげる　神奈木智
王子の帰還 〜リアランの竜戦士と少年王〜　花衣沙久羅
月のパンドラ カルカソンヌの聖母　天河りら
天海の翼 はるかの王　倉本由布
天音流繚乱　さくまゆうこ
ないものねだりな恋の死神　金丸マキ
チェリーコップ！ さよならなんて言わせない　愁堂れな
癒しの手のアルス —森は全てを呑み込んで—　渡瀬桂子
闇に歌えば　瀬川貴次
青空のように君は笑う 僕らが起こしたちょっとした奇跡　小池雪

12月

マリア様がみてる イン ライブラリー　今野緒雪
赤の神紋 第十章 —Double Tempest—　桑原水菜
緑のアルダ 熱砂の宮殿　榎木洋子

2004

レヴィローズの指輪 夜明けのオルドール　高遠砂夜
姫神さまに願いを ～緋承ぎの形代～　藤原眞莉
少年舞妓・千代菊がゆく！ ミスターXの秘密クラブ　奈波はるか
鏡のお城のミミ 異国の素敵な空のした　倉世　春
暗夜鬼譚 烈風覇王剣　瀬川貴次
虚剣　須賀しのぶ
汝、暁に臨む者たちよ　片山奈保子
あさぎ色の風 ―とこしえ―　藤堂夏央
水の化石　麻生玲子
銀朱の花 暁の約束　金蓮花
ケータイ・プチポエム　コバルト編集部（編） selected by 阿部和重＋加藤千恵

2005

2月

親猫は恋に落ちる　あさぎり夕
東京S黄尾探偵団 史上最大の作戦（前編）　響野夏菜
ブラック・ベルベット 神が見棄てた土地と黒き聖女　須賀しのぶ
黒騎士の嫁 ～レマイユの吸血鬼～　真堂　樹
すれちがいなキス　真船るのあ
半熟たまごのレジスタンス　鹿住　槙
封印の竜剣　花衣沙久羅
聖なる暗号　七穂美也子

DOLL♥マスター！ 君は眠れる森の中で　天河りら
タム・グリン 水の妖精つかい　青木祐子
魔女の結婚 虹は幸せのために　谷　瑞恵
東京ANGEL 黒の狙撃手　本沢みなみ
天国の扉は2つある　小林フユヒ

3月

公爵夫人のご商売 ～よかったり悪かったりする魔女～　野梨原花南
東京S黄尾探偵団 史上最大の作戦（後編）　響野夏菜
姫神さまに願いを ～摘みし緋の扉～　藤原眞莉

風の王国 竜の棲む淵　毛利志生子
ブラック・ベルベット 病める真珠が愛した司祭　須賀しのぶ
伯爵と妖精 プロポーズはお手やわらかに　谷　瑞恵
迷宮の記憶　橘香いくの

少年舞妓・千代菊がゆく！ ときはめぐりて　奈波はるか／ほり恵利織
きみはぼくを自由にできる　金丸マキ
How to kiss？ キスのやり方、教えます　愁堂れな
シャイニングウィザード ぼくの悪魔　嬉野秋彦
魔女が愛した王国 レッドスキップ　山本　瑤
妖精がやってきた！ ガール・イン・ザ・ボックス　菊池　瞳
まほデミー♡週番日誌 魔法学園♡妖精バトル　南原　兼

4月

マリア様がみてる 妹オーディション　今野緒雪
緑のアルダ 水あふるる都　榎木洋子
レヴィローズの指輪 薔薇の終焉　高遠砂夜
少年舞妓・千代菊がゆく！ 神様のおりてくる日　奈波はるか
鏡のお城のミミ 凍える夜に咲く花は　倉世　春
聖霊狩り 蠱惑のまなざし　瀬川貴次
銀の一角獣 ～眠り姫とワルツを～　片山奈保子
永久の戴冠 ～レマイユの吸血鬼～　真堂　樹
隻眼の皇帝 ～リアランの竜騎士と少年王～　花衣沙久羅
運命の十字架　七穂美也子
彩度ゼロの奇跡　麻生玲子
天音流線乱 シノビは刀で求婚する　さくまゆうこ
その名を継ぐもの　夕季あい

2005

銀朱の花 楽園の歌　金蓮花
炎の蜃気楼メモリアル　桑原水菜
ゆめのつるぎ 少年源頼朝の巻　若木未生
あの夏のシルエット　あさぎり夕
姫神さまに願いを ～虚白の磐座～　藤原眞莉

海神の彼方へ（上）　藤堂夏央
月のパンドラ カテドラルで眠れ！　天河りら
タム・グリン 火竜の翼　青木祐子
蝶の約束 花咲かす君　山本　瑤
常世ノ系譜 千年のほころび　倉本由布
蒼の行方　朝丘　戻。
闇に歌えば 青い翅の夢魔　瀬川貴次
聖石の使徒 蒼の組木箱　前田珠子

エネアドの3つの枝 それでもあなたに恋をする　樹川さとみ
いつか猫になる日まで　新井素子

6月

赤の神紋第十一章 －Forbidden Bridge－　桑原水菜
流血女神伝 喪の女王1　須賀しのぶ
クロス ～月影の譜～　毛利志生子
伯爵と妖精 恋人は幽霊　谷　瑞恵
振り返れば先生がいる 2ndシーズン　響野夏菜
東京ANGEL スタートライン Start Line　本沢みなみ
海神の彼方へ（下）　藤堂夏央
常世ノ系譜 黄泉の誘惑　倉本由布
初体験ノスタルジア　金丸マキ
天国の扉は2つある 燃える記憶　小林フユヒ
まほデミー♡週番日誌 魔法学園♡征服ジュエル　南原　兼
歌姫 －ロジエル－ 禁じられた歌　桃井あん
蛇と水と梔子の花　足塚　鰯
宿命の恋人 ～リアランの竜騎士と少年王～　花衣沙久羅

7月

マリア様がみてる 薔薇のミルフィーユ　今野緒雪
緑のアルダ 龍の島　榎木洋子
ミス・吸血鬼に幸いあれ　赤川次郎

スノウ王女の秘密の鳥籠 ～よかったり悪かったりする魔女～　野梨原花南
青桃院学園風紀録 オトナになるだろ！　真堂　樹

少年舞妓・千代菊がゆく！ 売られた姫君　奈波はるか
皆殺しの天使　七穂美也子
汝、女神に跪く者たちよ　片山奈保子
鏡のお城のミミ 陰の王者と陽の踊り　倉世　春
密林の至宝　橘香いくの
恋するひよこのラビリンス　鹿住　槙
永遠に似た瞬き　麻生玲子
シャッフリング・デイズ！　愁堂れな
札屋一蓮！ ～てらまち・札屋殺人事件～　さくまゆうこ
風雲縛魔伝6 出雲鬼社の巻　桑原水菜
天を支える者 古戀唄　前田珠子

ホストなあいつ　あさぎり夕
レヴィローズの指輪　最後の遺産　高遠砂夜
東京S黄尾探偵団　奥様は魔女⁉リターンズ　響野夏菜
銀朱の花　祝福の歌　金蓮花
姫神さまに願いを　～夢者の孤国～　藤原眞莉
ブラック・ベルベット　緑を継ぐ者と海へ還る少女　須賀しのぶ
風の王国　月神の爪　毛利志生子
暗夜鬼譚　剣散華（前編）　瀬川貴次
サディスティック★ラビッツ　天河りら
戯れる風神　花咲かす君　山本　瑤
タム・グリン　硝子の森　青木祐子

9月

花龍神話　真堂　樹
翠の稜線、金の夢　金蓮花
薔薇の贖罪　～リアランの竜騎士と少年王～　花衣沙久羅
伯爵と妖精　呪いのダイヤに愛をこめて　谷　瑞恵
闇に歌えば　影の召喚者　瀬川貴次
常世ノ系譜　永遠のかなた　倉本由布
アリスのお気に入り　～ハロー・リトル ラバーズ～　ココロ直
黄金を奏でる朝に　～セレナーデ～　沖原朋美
歌姫　―ロジエル―　白い花 黒い花　桃井あん

晩夏の手紙　蛇と水と梔子の花　足塚　鰯
リリカル・ミステリー　白い花の舞い散る時間　～ガールズレビュー～　友桐　夏
エネアドの3つの枝　女ぎらいの修練士　樹川さとみ
夢の宮　～遙けき恋文～　今野緒雪
赤の神紋　第十二章　―Zodiac Eater―　桑原水菜
秘書は艶然とうそをつく　あさぎり夕

先生、甘えてもいい?　奈波はるか
鏡のお城のミミ　乙女はゆりかごを揺らして　倉世　春
銀の一角獣　～怪盗ルパーノの大逆襲～　片山奈保子
永遠のレジェンド　藤堂夏央
あまくない恋、あまい彼　鹿住　槙
きみと千年廻恋　真船るのあ
いちばん外側の色　麻生玲子

乙女ちっくコラム＊6

大賞選考のウラ話

コバルトのノベル大賞は、選考委員が作品そのものを厳しく審査してきました。

それ以外にも、こんな見えない配慮もありました。「受賞者のお母さんと学生時代の知り合いで、情実で入選させたと言われたくないので、厳しく採点した」「作者はぼくの短大での講義を受けていた人なので、当初はその旨を告げて意見を保留した」。どちらの場合も、他の選考委員が強く推したため、無事入選しています。

編集部内の選考会議も白熱の議論が繰り広げられ、予定の時間をオーバーすることもしばしば。時間をかけて結論を出したけれど、一晩考えたらやっぱりちがうと思う、と翌日にもう一度話し合いなんてこともありました。

創刊（1976）〜1979
1980〜1989
1990〜1999
2000〜2009
2010〜2017

2005

真夜中は野獣の法則　金丸マキ
ドラマ　朝丘 戻。
シャイニングウィザード 覚醒空間　嬉野秋彦
螺旋の王国　広瀬 晶

10月

花より男子1〜15　竹内志麻子　神尾葉子（原作）

11月

銀朱の花 夢が訪れる　金蓮花
伯爵と妖精 取り換えられたプリンセス　谷 瑞恵
ガイユの書 薔薇の灰に祈りを　響野夏菜
流血女神伝 喪の女王 2　須賀しのぶ
姫神さまに願いを 〜様々果恋草子〜　藤原眞莉
魔術は甘く美しく　真堂 樹

コラリーとフェリックスのハネムーン・ミステリー 霧の中の恋人　橘香いくの
暗夜鬼譚 剣散華（後編）　瀬川貴次
サディスティック☆ラビッツ うさぎ王子と牡丹灯篭　天河りら
裸足の聖母　七穂美也子
桃源の薬　山本 瑤
天音流繚乱 くノ一は言霊で愛す　さくまゆうこ
声を聞かせて シークレット・ガーデン　久藤冬貴
風の王国 河辺情話　毛利志生子
天を支える者 古戀唄2　前田珠子
緑のアルダ 第二部〜守龍編〜 導きの泉　榎木洋子
レヴィローズの指輪 黎明の欠片　高遠砂夜
伯爵様の愛の園 〜よかったり悪かったりする魔女〜　野梨原花南
闇黒の烙印 〜リアランの竜騎士と少年王〜　花衣沙久羅
闇に歌えば 白木蓮の満開の夜　瀬川貴次
私だけが、ここにいる。　倉本由布
運命的な恋人　夜月桔梗
歌姫 ―ロジエル― 虹色の楽譜　桃井あん
蒼闇の刻 華の末裔　足塚 鰯
リリカル・ミステリー 春待ちの姫君たち　友桐 夏

12月

ここに降る紫の星　広瀬 晶

マリア様がみてる 未来の白地図　今野緒雪
風雲縛魔伝 7 北斗復活！の巻　桑原水菜
初めてのヴァレンタイン 少年舞妓・千代菊がゆく！　奈波はるか
銀朱の花 深い森の城　金蓮花
鏡のお城のミミ 遠いひとへの贈りもの　倉世 春

エネアドの3つの枝 最後の封印　樹川さとみ
姫神さまに願いを 〜形見の夢標〜　藤原眞莉
空よりも青く染まれ　片山奈保子
青桃院学園風紀録 シュヤクになるだろ！　真堂 樹
うたかた ―あさぎ色の風―　藤堂夏央
風の色を映す　麻生玲子
あたしの中の……　新井素子
ヴィクトリアン・ローズ・テーラー 恋のドレスとつぼみの淑女　青木祐子

2月

星降る夜の恋がたり　あさぎり夕
流血女神伝 喪の女王 3　須賀しのぶ
聖霊狩り 冥界の罠　瀬川貴次
ガイユの書 薔薇の灰に恋がれ　響野夏菜
黒騎士とローマの青い薔薇 ～リアランの竜騎士と少年王～　花衣沙久羅

声を聞かせて 白の迷宮　久藤冬貴
カナリア・ファイル ～金蚕蠱～　毛利志生子
桃源の薬 星の杖と暁の花　山本 瑤
天国の門衛　七穂美也子
シャイニングウィザード ハルマゲドンバスター！　嬉野秋彦
シャリアンの魔炎5　ゆうきりん

聖海のサンドリオン　さくまゆうこ
天を支える者 古戀唄3　前田珠子

3月

緑のアルダ 第二部－守龍編－ 緋のウルファ白のラダ　榎木洋子
フリンギーの月の王 よかったり悪かったりする魔女　野梨原花南
王宮ロマンス革命 姫君は自由に恋する　藤原眞莉
失われた王国と神々の千一夜物語 さまよう愛の果て　谷 瑞恵
コラリーとフェリックスのハネムーン・ミステリー 眠り姫をさがして　橘香いくの
守ってやるから。 僕と風花・主従奮闘記　神奈木智
魔術は熱く秘めやかに　真堂 樹
闇に歌えば 黒焔の呪言　瀬川貴次
リリカル・ミステリー 盤上の四重奏 ガールズレビュー　友桐 夏
蒼闇の刻 春の統治者　足塚 鰯
きみに灯る紫の星 月を撃つふたり　広瀬 晶
不夜城エンドレスラヴ　金丸マキ
マイフェア・フェアリィ 妖精王子かく語りき　三千院春人
マリア様がみてる くもりガラスの向こう側　今野緒雪
シュバルツ・ヘルツ －黒い心臓－　桑原水菜
聖獣王の花嫁　高遠砂夜
二都物語 少年舞妓・千代菊がゆく！　奈波はるか
伯爵と妖精 涙の秘密をおしえて　谷 瑞恵

銀朱の花 丘の上の城　金蓮花
汝、未来を担う者たちよ　片山奈保子
古城ホテル フリューリングスハウフのおもちゃ箱　倉世 春
カナリア・ファイル 傀儡師　毛利志生子
恋の前ではオトナも子供も　鹿住 槇
永遠のレジェンド 花がたみ　藤堂夏央
歌姫－ロジエル－ 木洩れ日の夢　桃井あん

月色光珠 黒士は白花を捧ぐ　岡篠名桜
ヴィクトリアン・ローズ・テーラー 恋のドレスは開幕のベルを鳴らして　青木祐子

4月

緑のアルダ 第二部―守龍編― 占い師の宿命　榎木洋子
俺がホストになった理由　あさぎり夕
天を支える者 古戀唄4　前田珠子

2006

魔術は夜ごと蘇る　真堂　樹
闇に歌えば　死人還り　瀬川貴次
砂漠の流星 ～リアランの竜騎士と少年王～　花衣沙久羅
ブラック・ベルベット　華咲くころ君を想う　須賀しのぶ
双翼紅夢　真船るのあ
桃源の薬　春風に舞う後宮の花　山本　瑤
聖海のサンドリオン　海神の王子と幽霊船　さくまゆうこ
ファントムの息子たち　王の首飾りとタルボット兄弟の秘密　石川宏宇
卵の檻　少年マリア 少女マリア　天河りら

6月

小説＋まんが　風の王国　朱玉翠華伝　毛利志生子
少年舞妓・千代菊がゆく!　春はあけぼの嫉妬の嵐　奈波はるか

王宮ロマンス革命　姫君は自由に恋する2　藤原眞莉
ねじまき博士と迷い猫　樹川さとみ
侯爵夫妻の物語　よかったり悪かったりする魔女　野梨原花南
ガイユの書　薔薇の灰は闇に　響野夏菜

コラリーとフェリックスのハネムーン・ミステリー　狼たちの帝国　橘香いくの
聖霊狩り　いにしえのレクイエム　瀬川貴次
蒼闇の刻　氷の庭　足塚　鰯
1／2のヒーロー　七穂美也子
甘えてやるから。　僕と風花・主従奮闘記2　神奈木智
少年×忍者　恋はトライアングル　岡野麻里安
マイフェア・フェアリィ　妖精王子の子守唄　三千院春人
ハチミツとクローバー　film story　落合ゆかり／羽海野チカ(原作)　河原雅彦・高田雅博(脚本)
ラブ★コン　ココロ直　中原アヤ(原作)
マリア様がみてる　仮面のアクトレス　今野緒雪
シュバルツ・ヘルツ―黒い心臓―　ワルキューレの雪騎行　桑原水菜
吸血鬼はレジスタンス闘士　赤川次郎
風の王国　目容の毒　毛利志生子
伯爵と妖精　駆け落ちは月夜を待って　谷　瑞恵
古城ホテル　ナハトマールのあやつり人形　倉世　春
汝、明日へ羽ばたく者たちよ　片山奈保子
青桃院学園風紀録　ケッコンするだろ!　真堂　樹
君は笑顔で嘘をつく　鹿住　槇
光を紡ぐ者　金蓮花
ヴィクトリアン・ローズ・テーラー　恋のドレスと薔薇のデビュタント　青木祐子
NANA―ナナ―　novel from the movie　下川香苗／矢沢あい(原作)　浅野妙子・大谷健太郎(脚本)
下弦の月　ラスト・クォーター　下川香苗／矢沢あい(原作)　二階　健(脚色)

7月

マリア様がみてる　イラストコレクション　今野緒雪／ひびき玲音
緑のアルダ 第二部―守龍編―　龍の歌　榎木洋子
天を支える者　古戀唄5　前田珠子
疾走する恋情　あさぎり夕
少年舞妓・千代菊がゆく!　拾われた恋文の謎　奈波はるか
聖獣王の花嫁　剣を継ぐ姫　高遠砂夜
流血女神伝　喪の女王4　須賀しのぶ
姫神さまに願いを　久遠の夢の涯　藤原眞莉
ガイユの書　薔薇の灰は雪に　響野夏菜

覇王の竜剣 ～リアランの竜騎士と少年王～ 花衣沙久羅
桃源の薬 金雲の彼方 覇王の夢（前） 山本 瑤
聖海のサンドリオン 天上の階と青い鳥 さくまゆうこ
ラブ★コン 恋の歯車、回したろか！編 ココロ直 中原アヤ（原作）

9月

赤の神紋 第十三章 ―Angelos Glow― 桑原水菜
銀朱の花 夢の誓い 金蓮花
マンガ版 芳&晶 魅せられて あさぎり夕
桃源の薬 金雲の彼方 覇王の夢（後） 山本 瑤
聖霊狩り 邪龍復活!? 瀬川貴次
魔術は知らず忍び寄る 真堂 樹
恐るべき子供たち イシャーウッドの幽霊と呪いの館 橘香いくの
1／2のヒーロー 土蜘蛛の巻 七穂美也子
蒼闇の刻 追憶の欠片 足塚 鰯
カナリア・ファイル 猫鬼 毛利志生子
永遠のレジェンド 澪つくし 藤堂夏央
ジュリエットと紅茶を ようこそ、呪殺屋本舗へ 神埜明美
月色光珠 暁の野に君を想う 岡篠名桜

10月

マリア様がみてる 大きな扉 小さな鍵 今野緒雪
シュバルツ・ヘルツ―黒い心臓― アリアドネの糸車 桑原水菜
紳士の嘘 彼の真実 あさぎり夕
伯爵と妖精 女神に捧ぐ鎮魂歌 谷 瑞恵
少年舞妓・千代菊がゆく！ お座敷にいきたくない！ 奈波はるか
ねじまき博士と謎のゴースト 樹川さとみ
鏡のお城のミミ 小さな恋の種まいて 倉世 春
野分け草子 片山奈保子
ヴィクトリアン・ローズ・テーラー カントリー・ハウスは恋のドレスで 青木祐子
ひまわりレジデンスの住人たち 可愛いからって惚れるなよ！ 鹿住 槇

ギムナジウムの貴公子 愁堂れな
少年×忍者 その恋、プライスレス 岡野麻里安

11月

風の王国 臥虎の森 毛利志生子
乙女は龍を導く！ 榎木洋子
王宮ロマンス革命 姫君は自由に恋する3 藤原眞莉
花鬼幻燈 真堂 樹
王子に捧げる竜退治 野梨原花南
桃源の薬 魔を抱く娘 山本 瑤
ダナーク魔法村はしあわせ日和 都から来た警察署長 響野夏菜
刹那の恋人 ～リアランの竜騎士と少年王～ 花衣沙久羅
コラリーとフェリックスのハネムーン・ミステリー 結婚式は大騒ぎ！ 橘香いくの
闇に歌えば 白銀の邪剣 瀬川貴次
聖海のサンドリオン 身代わりの花嫁と波の城 さくまゆうこ
魔王サマと勇者の私 真朝ユヅキ
聖獣王の花嫁 アルティナスの迷宮 高遠砂夜
少年舞妓・千代菊がゆく！ さきを越された誕生日 奈波はるか
天を支える者3 前田珠子
光を紡ぐ者 はかない絆 金蓮花
ブラック・ベルベット 緋の眼 須賀しのぶ
蒼闇の刻 偽りの終焉 足塚 鰯
月色光珠 天馬は暗夜を翔る 岡篠名桜
ある日突然、災難ガール まさつ部活動日誌 神埜明美
子猫のための探偵教室 怪盗エトワールと白昼の魔法 松田志乃ぶ
IDOL 僕は美少女アイドル!? デビュー編 七海樹里
歌姫 ―ロジエル― 光と闇の指輪 桃井あん

創刊(1976)～1979
1980～1989
1990～1999
2000～2009
2010～2017

2006

NANA 2 novel from the movie　下川香苗／矢沢あい(原作) 大谷健太郎(脚本)

12月

マリア様がみてる クリスクロス　今野緒雪
シュバルツ・ヘルツ—黒い心臓— シヴァの踊る森　桑原水菜
とこしえの薔薇 銀朱の花～ブノス異聞～　金蓮花
王宮ロマンス革命 退屈姫の不埒な日常　藤原眞莉
花咲く丘の小さな貴婦人 寄宿学校と迷子の羊　谷瑞恵
桃源の薬 翡翠色の王国　山本瑤
ヴィクトリアン・ローズ・テーラー 恋のドレスは明日への切符　青木祐子
野分け草子 永久童の見る夢は　片山奈保子
旋風天戯 出逢ってはいけないふたり　瀬川貴次
古城ホテル 幻のフロイライン　倉世春
鳥籠姫と王樹の実　桂環

碧眼の海賊～リアランの竜騎士と少年王～　花衣沙久羅

2007

2月

風の王国 花陰の鳥　毛利志生子
乙女は龍を目指す！　榎木洋子
猫の手も借りたいKの日常　あさぎり夕
流血女神伝 喪の女王5　須賀しのぶ
ダナーク魔法村はしあわせ日和 ひみつの魔女集会　響野夏菜
恐るべき子供たち ブラッディゲートの海賊と三つの謎　橘香いくの
ねじまき博士とガラスの時計　樹川さとみ
魔術は君を染め上げる　真堂樹
聖海のサンドリオン 陽に咲く姫と鏡の女王　さくまゆうこ
ヤヌスの城 欠けゆく時、満ちゆく想い　天堂ハルヒ
魔王サマと勇者の私 外交官はじめました　真朝ユヅキ
IDOL 僕は美少女アイドル!? 恋愛編　七海樹里

3月

伯爵と妖精 ロンドン橋に星は灯る　谷瑞恵
天を支える者4　前田珠子
少年舞妓・千代菊がゆく！ 恋ごころふたたび　奈波はるか
王宮ロマンス革命 迷都にさまよう姫君　藤原眞莉
占者に捧げる恋物語　野梨原花南
月色光珠 空恋う銀糸の果て　岡篠名桜
鏡のお城のミミ 愛される道のゆくえ　倉世春
1／2のヒーロー 鴇の巻　七穂美也子
闇に歌えば 紅蓮の御霊姫　瀬川貴次
恋する逆恨みボーイ まさつ部活動日誌　神埜明美
ロイデン・ロータス・オラトリオ 女神の恋人　桃井あん
放課後あやかし姫 家出王子がやってきた！　足塚鰯
マリア様がみてる あなたを探しに　今野緒雪
シュバルツ・ヘルツ ゲスタァン　桑原水菜

レヴィローズの指輪 彼方の約束　高遠砂夜
ヴィクトリアン・ローズ・テーラー 恋のドレスと硝子のドールハウス　青木祐子
銀朱の花 螢の庭　金蓮花
桃源の薬 仙境の女神と黄金の桃　山本瑤

姫様オーバードライヴ！ プリンセスは大統領!?　倉世　春
旋風天戯 ～はかない想い～　瀬川貴次
比翼の王冠 ～リアランの竜騎士と少年王～　花衣沙久羅
野分け草子 人の空、天魔の大地　片山奈保子
桃仙娘々伝　藤原美里
永遠の花園 さびしがりやの王女と始まりの種　閑月じゃく

4月

小説＋まんが 風の王国 波斯の姫君　毛利志生子／増田メグミ

乙女は龍を結ぶ！　榎木洋子
まなざしの情熱　あさぎり夕
少年舞妓・千代菊がゆく！ 別れのワルツ　奈波はるか
流血女神伝 喪の女王 6　須賀しのぶ
魔術が貴方を抱き締める　真堂　樹

ダナーク魔法村はしあわせ日和 ドラゴンが出たぞ！　響野夏菜
1／2のヒーロー 竜神の巻　七穂美也子
ヤヌスの城 罪深き恋のさすらいびと　天堂ハルヒ
月色光珠 冬苑に徒花は散る　岡篠名桜
ロイデン・ロータス・オラトリオ 薔薇の国の王子　桃井あん
放課後あやかし姫 夢の中でも危機一髪!?　足塚　鰯
楽園ヴァイオリン クラシックノート　友桐　夏
鬼よ、甘き香に惑え　岡野麻里安

6月

伯爵と妖精 花嫁修業は薔薇迷宮で　谷　瑞恵
天を支える者 罠は、蜜の味　前田珠子
王宮ロマンス革命 夢恋う少年に響く都の歌　藤原眞莉
鏡のお城のミミ はるかな王国に寄せて　倉世　春
ガーディアン・プリンセス　花衣沙久羅
天空の瞳 ウォルドの婚礼と時の封印　橘香いくの
魔王サマと勇者の私 海賊のススメ　真朝ユヅキ
空色のイシュラ やさしい獣と月のない国　木崎菜菜恵
ラブ★コン 恋する乙女は止まらへんでー！編　ココロ直／中原アヤ（原作）
グランドマスター！ 総長はお嬢さま　樹川さとみ
ふわふわの兄貴　小池　雪
マリア様がみてる フレーム オブ マインド　今野緒雪

吸血鬼は殺し屋修業中　赤川次郎
ヘブンリー 君に恋してる　野梨原花南
美しいひと　あさぎり夕
聖獣王の花嫁 破滅を告げる使者　高遠砂夜
少年舞妓・千代菊がゆく！ ひと夏の冒険　奈波はるか
銀朱の花 月の庭　金蓮花
ヴィクトリアン・ローズ・テーラー 恋のドレスと運命の輪　青木祐子
桃源の薬 満ちゆく月と双龍の里　山本　瑤
姫なのに王子♡ 花冠はダレのものっ!?の巻　真堂　樹
旋風天戯 悪夢は秘かにやってくる　瀬川貴次
俺サマなハニー♡ 南風学園クラブハウス日誌　真船るのあ
映画ノベライズ 天然コケッコー　下川香苗／くらもちふさこ（原作）渡辺あや（脚本）・山下敦弘（監督）
高校デビュー　倉本由布 河原和音（原作）

2007

8月

炎の蜃気楼 赤い鯨とびいどろ童子　桑原水菜
カレン坂高校 可憐放送部　ひびき玲音／鈴本紅
ヴィクトリアン・ローズ・テーラー あなたに眠る花の香　青木祐子
八月の恋のおわり　あさぎり夕
空の呪縛　前田珠子
流血女神伝 喪の女王7　須賀しのぶ
月色光珠 春宵に灯る紫の光　岡篠名桜
姫様オーバードライヴ！ 秘密の塔は恋の罠　倉世春
王宮ロマンス革命 姫君を探すほころびの都　藤原眞莉
1／2のヒーロー 大百足の巻　七穂美也子
ラブ★コン 恋の嵐が吹き荒れる！編　ココロ直／中原アヤ（原作）

君に届け1　下川香苗／椎名軽穂（原作）
高校デビュー 好きになっちゃいけないひと！編　倉本由布／河原和音（原作）
眠れる島の王子様　夏埜イズミ
キミのいる場所 REAL×FAKE　ひずき優

イクライナの鬼　崎谷真琴
風の王国 初冬の宴　毛利志生子
乙女は龍を抱く！　榎木洋子
花咲く丘の小さな貴婦人 林檎と花火とカエルの紳士　谷瑞恵
姫なのに王子♡ いばらの向こうは運命の扉？の巻　真堂樹
リトルガーデンへようこそ　片山奈保子
天空の瞳 エルスタッドの祝祭と裏切りの密約　橘香いくの
ダナーク魔法村はしあわせ日和 いとしのマリエラ　響野夏菜
竜王の帰還～リアランの竜騎士と少年王～　花衣沙久羅
ラグナレック叙情詩 恋する魔天使の誕生　さくまゆうこ
永遠の花園 恋の実騒動　閑月じゃく
桃仙娘々伝 雪月花戀　藤原美里

10月

シュバルツ・ヘルツ―黒い心臓― 燃える湖底のラム（前編）　桑原水菜
マリア様がみてる 薔薇の花かんむり　今野緒雪
伯爵と妖精 紳士の射止めかた教えます　谷瑞恵
聖石の使徒 狩人の爪　前田珠子
聖獣王の花嫁 黒衣の王女　高遠砂夜
少年舞妓・千代菊がゆく！ 両手に恋敵　奈波はるか
ヴィクトリアン・ローズ・テーラー 恋のドレスと大いなる賭け　青木祐子
銀朱の花 月の庭Ⅱ　金蓮花
英国花嫁組曲 アディントン家の恋する三姉妹　花衣沙久羅
ロイデン・ロータス・オラトリオ いばら姫革命　桃井あん
あなたと恋で世界がまわる ひまわりレジデンスの住人たち　鹿住槙
諏訪に落ちる夕陽　ながと帰葉

11月

グランドマスター！ 呪われた女騎士？　樹川さとみ
挑発のルポライター　あさぎり夕
カレン坂高校 可憐放送部 導かれた解答　ひびき玲音／鈴本紅
僕に捧げる革命論　野梨原花南
流血女神伝 喪の王女8　須賀しのぶ
桃源の薬 遥かなる王宮への鍵　山本瑤
月色光珠 月珠は黒翼を抱き　岡篠名桜

王宮ロマンス革命 姫君と踊るかりそめの春の都　藤原眞莉
旋風天戯 ～宿命と血と呪いと～　瀬川貴次
ラブ★コン 恋したからには行っとこかー！編　ココロ直 中原アヤ（原作）
君に届け2 ～恋に気づくとき～　下川香苗 椎名軽穂（原作）
高校デビュー クリスマス大作戦！編　倉本由布 河原和音（原作）
有閑倶楽部　下川香苗 一条ゆかり（原作）
風の王国 金の鈴　毛利志生子
緑のアルダ 約束の地　榎木洋子
空の呪縛 月の堕ちるとき　前田珠子
シュバルツ・ヘルツ―黒い心臓― 燃える湖底のラム（後編）　桑原水菜
白き花咲く龍の島　真堂樹
天空の瞳 ランスレーゲの陰謀と荊の恋　橘香いくの
鏡のお城のミミ ニセモノ騎士に祝福を　倉世春
1／2のヒーロー 九尾の巻　七穂美也子

今夜きみを奪いに参上！ 紅の宝玉　響野夏菜
オークホールの白騎士　崎谷真琴
有閑倶楽部 史上最大の誘拐　下川香苗 一条ゆかり（原作）

12月

マリア様がみてる キラキラまわる　今野緒雪
伯爵と妖精 紅の騎士に願うならば　谷瑞恵
ヴィクトリアン・ローズ・テーラー 恋のドレスと秘密の鏡　青木祐子
少年舞妓・千代菊がゆく！ その勝負、受けて立ちまひょ　奈波はるか
Everyday's Shine 姫神さまに願いを　藤原眞莉
盗まれたガーディアン・プリンセス　花衣沙久羅
封印のエスメラルダ　山本瑤

ラグナレック叙情詩 魔天使は恋を連ねる　さくまゆうこ
セレブな恋の咲かせ方 女子高生は外交官!?　ひずき優

乙女ちっくコラム＊7

コバルト流ファンタジー

ファンタジーといえば西洋の魔法的な世界観が圧倒的に多かった少女小説界ですが、「ジャパネスク」や「ミラージュ」を生み出したコバルトです……和風の異世界もおもしろい！　瀬川貴次、毛利志生子といったスーパーファンタジー文庫出身の作家が、平安時代を舞台にした陰陽師ブームを生み出しました。

また、巷で執事やメイドがブームになり、ヴィクトリア朝が注目されている頃、谷瑞恵、青木祐子が執事やメイドとは違う切り口でヴィクトリア朝を舞台にした作品を描き、コバルトならではのヴィクトリアン・ブームをまき起こしました。瀬川貴次の陰陽師と、谷瑞恵の伯爵は、イケメンかつ有能！

今後もどんなお話が誕生するか、お楽しみに。

2007

ラブ★コン 恋は永久不滅やでっ!!編　ココロ直／中原アヤ（原作）
高校デビュー 恋の相談にご用心！編　倉本由布／河原和音（原作）

2008

2月

炎の蜃気楼 邂逅編 真皓き残響 琵琶島姫　桑原水菜

親猫の幸せな午後　あさぎり夕
聖獣王の花嫁 闇水晶の檻　高遠砂夜
天を支える者 緑風に誘われ　前田珠子
花結びの娘　岡篠名桜
封印のエスメラルダ 夜明けを告ぐ魔女　山本瑤
聖霊狩り 神に選ばれしもの　瀬川貴次
女神の旋律 足枷の姫とアルスミッドの旅芸人　倉世春
ダナーク魔法村はしあわせ日和 ただしい幻獣の飼い方　響野夏菜
姫なのに王子♡ ドラゴンの森へ！の巻　真堂樹
魔女の卵　夏埜イズミ
有閑倶楽部 洋館のミステリー　下川香苗／一条ゆかり（原作）

3月

伯爵と妖精 誰がために聖地は夢みる　谷瑞恵
カレン坂高校 可憐放送部 決意とハンドマイク　ひびき玲音／鈴本紅
ヘブンリー あなたに腹が立つ　野梨原花南
アンゲルゼ 孵らぬ者たちの箱庭　須賀しのぶ
月色光珠 秘密の名前　岡篠名桜
今夜きみを奪いに参上！ 忘れられた楽園　響野夏菜
1／2のヒーロー 玄武の巻　七穂美也子
王宮ロマンス革命 花の都を旅立つ姫君　藤原眞莉
グランドマスター！ 道連れは王子さま　樹川さとみ
ピクテ・シェンカの不思議な森 はじまりは黒馬車に乗って　足塚鰯
アルワンドの月の姫 砂漠の王子と銀の杖　ながと帰葉

4月

マリア様がみてる マーガレットにリボン　今野緒雪
風の王国 嵐の夜（上）　毛利志生子
乙女は龍を駆る！　榎木洋子
シュバルツ・ヘルツ―黒い心臓― 神々の脈拍 vital.A　桑原水菜
ヴィクトリアン・ローズ・テーラー 恋のドレスと黄昏に見る夢　青木祐子
天を支える者 緑の糸をたどって　前田珠子
少年舞妓・千代菊がゆく！ 恋する三味線　奈波はるか
帝冠の恋　須賀しのぶ
求婚されたガーディアン・プリンセス　花衣沙久羅
俺サマなハニー♡ 世界は恋するふたりのために　真船るのあ
高校デビュー 恋のトラブル、大量発生!?編　倉本由布／河原和音（原作）
聖霊の島のシレネ 上手な家の手なずけ方　崎谷真琴
生徒会長も恋をする　あさぎり夕
聖獣王の花嫁 エルシュローザの矢　高遠砂夜
桃源の薬 天上の花 永遠の恋　山本瑤
天空の瞳 コドランの恋歌　橘香いくの
花結びの娘 神を呼ぶ笛　岡篠名桜
堕天のアリア 悪魔の囁き 天使の罠　真堂樹
女神の旋律 風の牢獄とヴィエンの子供　倉世春

流水宮の乙女 ゆらめきまどう炎の縁　片山奈保子
ラブ★コン もいっちょオマケの恋バナやで!　ココロ直／中原アヤ(原作)
君に届け3 それぞれの片思い　下川香苗／椎名軽穂(原作)
平安ロマンティック・ミステリー 嘘つきは姫君のはじまり ひみつの乳姉妹　松田志乃ぶ

6月

風の王国 嵐の夜(下)　毛利志生子
首領に捧げる子守歌　野梨原花南
カレン坂高校 可憐放送部 反校長宣言　ひびき玲音／鈴本紅
恋におちたガーディアン・プリンセス　花衣沙久羅
花いのちの詩 夢視師と紅い星　藤原眞莉
アンゲルゼ 最後の夏　須賀しのぶ

1／2のヒーロー 泰山府君の巻　七穂美也子
聖霊狩り 愛しいひとのために　瀬川貴次

恋の話をキミと作ろう　鹿住槙
ピクテ・シェンカの不思議な森 王都の夜と婚約者　足塚鰯
そして花嫁は恋を知る 黄金の都の癒し姫　小田菜摘
ファイブ 〜その男たち非常識につき〜　神埜明美／ふるかわしおり(原作)
映画ノベライズ 花より男子ファイナル　下川香苗／神尾葉子(原作)／サタケミキオ(脚本)

7月

炎の蜃気楼 邂逅編 真皓き残響 氷雪問答　桑原水菜
天を支える者 緑蘿の檻に囚われ　前田珠子
ヴィクトリアン・ローズ・テーラー 窓の向こうは夏の色　青木祐子
少年舞妓・千代菊がゆく! 恋する乙女と髪結師　奈波はるか
花咲く丘の小さな貴婦人 それは青いすみれの季節　谷瑞恵
月色光珠 蘭花は大河に舞う　岡篠名桜
グランドマスター! のこされた神の郷　樹川さとみ
身代わり花嫁のキス　真船るのあ
今夜きみを奪いに参上! 翼のない王　響野夏菜
桃源の薬 白翼山綺談　山本瑤
精霊の島のシレネ 恋の花をあなたに　崎谷真琴

8月

お釈迦様もみてる 紅か白か　今野緒雪
伯爵と妖精 運命の赤い糸を信じますか?　谷瑞恵
七年目のラブシック　あさぎり夕

乙女は龍を喚ぶ!　榎木洋子
シュバルツ・ヘルツ—黒い心臓— 神々の脈拍 vital.B　桑原水菜
吸血鬼ブランドはお好き?　赤川次郎
聖獣王の花嫁 螺旋の風　高遠砂夜
封印のエスメラルダ 黒伯爵と野いばらの森　山本瑤
花いのちの詩 夢視師と氷炎の檻　藤原眞莉

女神の旋律 スォーノの歌と永遠の世界　倉世春
流水宮の乙女 動き始めた運命の音色　片山奈保子

9月

ヴィクトリアン・ローズ・テーラー 恋のドレスと約束の手紙　青木祐子
天を支える者 緑玉の枷に繋がれ　前田珠子
1／2のヒーロー 大疫癘の巻　七穂美也子
旋風天戯 〜始まりの地へ〜　瀬川貴次

2008

アンゲルゼ ひびわれた世界と少年の恋　須賀しのぶ
誘惑されたガーディアン・プリンセス　花衣沙久羅
アルワンドの月の姫 薔薇が届ける恋心　ながと帰葉
平安ロマンティック・ミステリー 嘘つきは姫君のはじまり 見習い姫の災難　松田志乃ぶ
ピクテ・シェンカの不思議な森 ひねくれ執事と隠者の契約　足塚 鰯
小説オリジナルストーリー 高校デビュー 恋の告白されちゃいましたっ!?　倉本由布 河原和音(原作)
キャットストリート 楽園からの旅立ち　下川香苗 神尾葉子(原作)
マリア様がみてる 卒業前小景　今野緒雪
風の王国 星の宿る湖　毛利志生子
我に捧げよ至高の愛　野梨原花南
シュバルツ・ヘルツ ゲスタァン カラクムルの機械神　桑原水菜
少年舞妓・千代菊がゆく! 真夜中の密会　奈波はるか
霧の街のミルカ 忘れられた花と人形の館　青木祐子
月色光珠 夏風に願いは惑う　岡篠名桜
今夜きみを奪いに参上! 千人王の恋人　響野夏菜
そして花嫁は恋を知る 白銀の都へ旅立つ姫　小田菜摘
トワイライト・ロマンス 公爵様の花嫁　真朝ユヅキ
伯爵と妖精 誓いのキスを夜明けまでに　谷 瑞恵
天を支える者 緑の鈴を、振る　前田珠子
乙女は龍を光に導く!　榎木洋子
聖獣王の花嫁 リィリィ姫の謀略　高遠砂夜

神巫うさぎと俺様王子の悩ましき学園生活　藤原眞莉
封印のエスメラルダ 約束の海 紺碧の絆　山本 瑤
約束されたガーディアン・プリンセス　花衣沙久羅
流水宮の乙女 漆黒の風と はかなき花の面影　片山奈保子
屋上ボーイズ　阿部暁子
ラーザリューンの少年術師 片翼のきみ　みなづき志生

11月

風の王国 黄金の檻　毛利志生子
伯爵と妖精 紳士淑女のための愛好者読本　谷 瑞恵 高星麻子 with アシェンバード伯爵家
少年舞妓・千代菊がゆく! 世界一の贈り物　奈波はるか

グランドマスター! 姫総長は失業中!?　樹川さとみ
1/2のヒーロー 盤古の巻　七穂美也子
アンゲルゼ 永遠のキミに誓う　須賀しのぶ

海のさいはて、天国の扉 ワケあり海賊と奴隷な幻獣姫の大冒険　相羽 鈴
アルカトラズの聖夜 妄想少女と無口な少佐　彩本和希
君に届け4 好きと言えなくて　下川香苗 椎名軽穂(原作)
天女と狼男　倉世 春

12月

マリア様がみてる ハロー グッバイ　今野緒雪
ヴィクトリアン・ローズ・テーラー 恋のドレスと舞踏会の青　青木祐子
赤の神紋 第十四章 ―Diving Red―　桑原水菜
月色光珠 想いは夢路に咲く　岡篠名桜
鳥籠の王女と教育係 婚約者からの贈りもの　響野夏菜
闇はあやなし 地獄の花嫁がやってきた　瀬川貴次
ピクテ・シェンカの不思議な森 わがまま王子と魔女の誘惑 女神をあざむく魔物と　足塚 鰯
アルワンドの月の姫 月夜の秘め事　ながと帰葉
トワイライト・ロマンス 夢想いの人魚姫　真朝ユヅキ

2008

麗しの島の花嫁　恋を舞う姫君　閑月じゃく

2009

1月

伯爵と妖精　すてきな結婚式のための魔法　谷　瑞恵
貴方に捧げる「ありがとう」　野梨原花南
天を支える者　空に響く緑の鈴音　前田珠子
シュバルツ・ヘルツ—黒い心臓—　神々の脈拍 vital.X　桑原水菜
封印のエスメラルダ　赤薔薇の女王　山本　瑤
神巫うさぎと嵐を招く王子様　藤原眞莉
魔法執事クロード・エヴァン　花衣沙久羅
ご主人さまのプロポーズ　真船るのあ

そして花嫁は恋を知る　紅の沙漠をわたる姫　小田菜摘
メイちゃんの執事　宮城理子(原作)　ココロ直

3月

風の王国　砂の迷宮　毛利志生子
オデットと魔王の宝珠　高遠砂夜
少年舞妓・千代菊がゆく!　宿命のライバル　奈波はるか
1／2のヒーロー　饕餮の巻　七穂美也子
ピクテ・シェンカの不思議な森　魔法の指輪と失くした思い出　足塚　鰯

平安ロマンティック・ミステリー　嘘つきは姫君のはじまり　恋する後宮　松田志乃ぶ
白薔薇と吸血鬼　倉世　春
身代わり探偵スピカ　逢いたくても逢えない相棒　ココロ直
ラーザリューンの少年術師　螺旋の少女　みなづき志生
イリアディスの乙女　封印の巫女と夜の神　神埜明美

4月

お釈迦様もみてる　学院のおもちゃ　今野緒雪
炎の蜃気楼 幕末編　獅子喰らう　桑原水菜

霧の街のミルカ　円卓の乙女とただひとりの騎士　青木祐子
グランドマスター!　あらたなる旅立ち?　樹川さとみ
月色光珠　月影に珠は結ばれ　岡篠名桜
鳥籠の王女と教育係　魔王の花嫁　響野夏菜
遊びをせんとや　地獄の花嫁がやってきた　瀬川貴次
永遠に愛されたガーディアン・プリンセス　花衣沙久羅
豪華客船の花嫁　真船るのあ
アルワンドの月の姫　恋詩を捧ぐ夜鶯　ながと帰葉
伯爵と妖精　魔都に誘われた新婚旅行　谷　瑞恵
破妖の剣外伝　言ノ葉は呪縛する　前田珠子
少年舞妓・千代菊がゆく!　プリンセスの招待状　奈波はるか
ヴィクトリアン・ローズ・テーラー　恋のドレスと宵の明け星　青木祐子
神巫うさぎと眠れる果実の王子様　藤原眞莉
月花の守人　忘却のルカと月神の花嫁　山本　瑤
そして花嫁は恋を知る　緑の森を拓く姫　小田菜摘
月色光珠　陽光に翼は飛翔く　岡篠名桜
雪の王と紅玉の少女　ミンスラー物語　崎谷真琴
メイちゃんの執事　薔薇の刻印　宮城理子(原作)　ココロ直

6月

風の王国　うつつの夢　毛利志生子
シュバルツ・ヘルツ—黒い心臓—　神々の脈拍 vital.XX　桑原水菜

2009

玉の輿でいこう！　あさぎり夕
オデットと黒薔薇の王冠　高遠砂夜
1／2のヒーロー 呪詛の巻　七穂美也子
ブランデージの魔法の城 魔王子さまの嫁取りの話　橘香いくの
ピクテ・シェンカの不思議な森 裂かれた姉妹と王子の厄災　足塚 鰯
吸血鬼とまぼろしの舞踏会　倉世 春
イリアディスの乙女 月の女神と白銀の婚約者　神埜明美
夜来香幻想曲 約束の街と恋の招待状　ひずき優

7月

映画ノベライズ ごくせん THE MOVIE　下川香苗／森本梢子(原作) 江頭美智留・松田裕子(脚本)

マリア様がみてる リトル ホラーズ　今野緒雪
吸血鬼ドックへご案内　赤川次郎
鳥籠の王女と教育係 永遠の恋人　響野夏菜

鳥にしあらねば 地獄の花嫁がやってきた　瀬川貴次
アルワンドの月の姫 王太子の婚礼　ながと帰葉
平安ロマンティック・ミステリー 嘘つきは姫君のはじまり 姫盗賊と黄金の七人（前編）　松田志乃ぶ
ラーザリューンの少年術師 迷夢の宝珠　みなづき志生
月色光珠 長安恋小景　岡篠名桜
王の書は星を歌う ワンデルリアの女神　彩本和希
ヴィクトリアン・ローズ・テーラー 聖者は薔薇にささやいて　青木祐子
伯爵と妖精 月なき夜は鏡の国でつかまえて　谷 瑞恵
炎の蜃気楼 邂逅編 真皓き残響 奇命羅変　桑原水菜
破妖の剣6 鬱金の暁闇4　前田珠子
ヴィクトリアン・ローズ・テーラー 恋のドレスと追憶の糸　青木祐子
少年舞妓・千代菊がゆく！ ぼくの父親　奈波はるか
そして花嫁は恋を知る 緑の森を統べる姫　小田菜摘
グランドマスター！ 聖都をめざせ　樹川さとみ
月花の守人 緑の魔王に愛された娘　山本 瑤
メイちゃんの執事 香港炎上!? 大脱出!!　ココロ直 宮城理子(原作)
ただいま神サマ募集中っ！　香月せりか

9月

緋色の花嫁　毛利志生子
オデットと秘密の鍵　高遠砂夜
魔法の雫 薔薇の雫　金蓮花

1／2のヒーロー 夜刀神の巻　七穂美也子
乙女☆コレクション 怪盗レディ・キャンディと恋するワルツ　かたやま和華
ピクテ・シェンカの不思議な森 恋の行方とさらわれた騎士　足塚 鰯
イリアディスの乙女 引き裂かれた恋と琥珀色の罠　神埜明美

夜来香幻想曲 はじまりは異国の王子様　ひずき優
灰かぶり猫と半月の騎士　汐月 遥
室町少年草子 獅子と暗躍の皇子　阿部暁子

10月

お釈迦様もみてる ウェットorドライ　今野緒雪
グランドマスター！ 折れた聖杖　樹川さとみ
玻瑠の天秤　岡篠名桜
月の船 星の林 地獄の花嫁がやってきた　瀬川貴次
レンタル花嫁　真船るのあ

平安ロマンティック・ミステリー 嘘つきは姫君のはじまり 姫盗賊と黄金の七人（後編）　松田志乃ぶ
霧の街のミルカ 帰らぬ王子と初恋の都　青木祐子
君に届け5 すれちがう心　下川香苗 椎名軽穂（原作）
王の書は星を歌う アウレリア城の再会　彩本和希
黄金の姫は桃園に夢をみる　椎名鳴葉
伯爵と妖精 白い翼を継ぐ絆　谷瑞恵
破妖の剣6 鬱金の暁闇5　前田珠子
シュバルツ・ヘルツ―黒い心臓― 監獄のファラオ　桑原水菜
幕末少年舞妓・千代菊がゆく！ 鳥天狗の盗賊団　奈波はるか
そして花嫁は恋を知る 黄土の大地を潤す姫　小田菜摘

鳥籠の王女と教育係 姫将軍の求婚者　響野夏菜
先生はいつもやさしい　あさぎり夕
政宗様のお気に召すまま 花嫁御寮は求婚中　ながと帰葉

最後のひとりが死に絶えるまで　我鳥彩子

12月

夜の虹　毛利志生子
ヴィクトリアン・ローズ・テーラー 恋のドレスと聖夜の迷宮　青木祐子
魔法の雫 薔薇の雫 レザンスの花嫁　金蓮花
鏡の国の女王陛下　山本瑤
ピクテ・シェンカの不思議な森 永遠の契約を　足塚鰯
魔王子さまと鏡の部屋の秘密 ブランデージの魔法の城　橘香いくの
ルーの黄金の環 棄てられ王女とドルイドの魔法　倉世春
恋人たちのファンタジー・ヒストリカル 愛は神聖文字に導かれて　花衣沙久羅
アヴィスの聖乙女 いけにえの姫を焦がす深紅の恋　時海結以
マリア様がみてる 私の巣　今野緒雪
少年舞妓・千代菊がゆく！ 突然のプロポーズ　奈波はるか
玻璃の舞姫　岡篠名桜

平安ロマンティック・ミステリー 嘘つきは姫君のはじまり ふたりの東宮妃　松田志乃ぶ
乙女☆コレクション 怪盗レディ・キャンディと狙われたキス　かたやま和華
トゥインクルスター☆シューティングスター　吉川トリコ
王の書は星を歌う 女神の審判　彩本和希
灰かぶり猫と半月の騎士 過去からの手紙　汐月遥
お師匠さまと雛の魔女　香月せりか
アルカサルの恋物語 さらわれた花嫁と少年王　ひずき優

コバルトクイズ

問 10

2011年、コバルト新人編集部員が、毎年催される作家謝恩パーティーに出席した後のこと。雑誌に書いたルポに、感想を四字熟語で何と表現した？

1 一期一会
2 感謝感激
3 不惜身命

答えは269ページです。

2010

1月

破妖の剣外伝 紅琥珀　前田珠子
花の咲く丘の小さな貴婦人 荒野へ、心に花束を抱いて 前編　谷 瑞恵
シュバルツ・ヘルツ―黒い心臓― 亡国のハガラズ　桑原水菜
眠り執事にめざめのキス　あさぎり夕
グランドマスター！ 刻まれた聖痕　樹川さとみ
そして花嫁は恋を知る 大河は愛をつなぐ　小田菜摘
魔王は甘くささやく　瀬川貴次
猫人夜警隊 Der Nachtwächter　真堂 樹
君に届け6 告白をもういちど　下川香苗／椎名軽穂（原作）
戦国恋歌 眠れる覇王　阿部暁子

3月

風の王国 水面の花　毛利志生子

花の咲く丘の小さな貴婦人 荒野へ、心に花束を抱いて―後編―　谷 瑞恵
鳥籠の王女と教育係 さよなら魔法使い　響野夏菜
ヴィクトリアン・ローズ・テーラー 恋のドレスと聖夜の求婚　青木祐子
鏡の国の王太子殿下　山本 瑤
恋人たちのファンタジーヒストリカル 愛はロココの薔薇に導かれて　花衣沙久羅
夢魔たちのお茶会 トップ・シークレット!!　七穂美也子
黄金の姫は竜宮に惑う　椎名鳴葉
魔法の雫 薔薇の雫 花咲ける宮廷　金蓮花

4月

お釈迦様もみてる 自分応援団　今野緒雪
少年舞妓・千代菊がゆく！ 椿谷の恋人たち　奈波はるか
平安ロマンティック・ミステリー 嘘つきは姫君のはじまり 東宮の求婚　松田志乃ぶ
花嫁はヤマトナデシコ　真船るのあ
灰かぶり猫と半月の騎士 ふたり、手をつないで　汐月 遥
お師匠様と雛の魔女 〈赤き災厄〉の逆襲　香月せりか
傾国の美姫　夢野リコ
天命の王妃 占者は未来を描く　日高砂羽
砂漠の城の真珠姫 宝石宮の王と妖精の妃　ながと帰葉
伯爵と妖精 愛しき人へ十二夜の祈りを　谷 瑞恵
聖石の使徒 狩人の覚悟　前田珠子
炎の蜃気楼 邂逅編 真皓き残響 十六夜鏡　桑原水菜

そして花嫁は恋を知る 青の大河をのぼる姫　小田菜摘
乙女☆コレクション 怪盗レディ・キャンディと約束のブーケ　かたやま和華
身代わりメイドは恋をする　真船るのあ

魔王は甘くささやく 死がふたりを分かつとも　瀬川貴次
玻璃の夢船　岡篠名桜
ベスティアの聖乙女 ほほえみの姫に捧げる純愛と剣　時海結以
アルカサルの恋物語 さまよえる求婚と新たな妃　ひずき優
橘屋本店閻魔帳 花ムコ候補のご来店！　高山ちあき

6月

ヴィクトリアン・ローズ・テーラー 恋のドレスと月の降る城　青木祐子
グランドマスター！ 黎明の繭　樹川さとみ
恋は危うく香りたつ　あさぎり夕
碧の祝福 捧げられた娘　足塚 鰯

2010

ブランデージの魔法の城 魔王子さまの最強の敵　橘香いくの
猫人夜警隊 夜がもうすぐ終わるなら　真堂 樹
黄金の姫は永遠を誓う　椎名鳴葉
夢見る瞳に大冒険 トップ・シークレット!!　七穂美也子
紺碧のリアーナ フロレンティアの花嫁　久賀理世
映画原作 マリア様がみてる　今野緒雪

7月

お釈迦様もみてる スクール フェスティバルズ　今野緒雪
吸血鬼と呪いの古城　赤川次郎
君に届け7 あたらしい日々　下川香苗 椎名軽穂(原作)

夜の虹 灰色の幽霊　毛利志生子
少年舞妓・千代菊がゆく! もうひとつの阿修羅像　奈波はるか
鳥籠の王女と教育係 嵐を呼ぶ王子　響野夏菜

悪魔のような花婿　松田志乃ぶ
月虹の鏡 孤蝶の園の寵姫たち　夢野リコ
砂漠の城の真珠姫 黄金後宮に揺れる恋　ながと帰葉
鏡の国の魔法使い　山本 瑤
伯爵と妖精 永久の想いを旋律にのせて　谷 瑞恵
破妖の剣6 鬱金の暁闇6　前田珠子
シュバルツ・ヘルツ—黒い心臓— オーディンの熱き鼓動　桑原水菜
そして花嫁は恋を知る 黄金の都を興す姫　小田菜摘
ぼくのメイドレッスン　真船るのあ
平安ロマンティック・ミステリー 嘘つきは姫君のはじまり 寵愛の終焉　松田志乃ぶ
運命のディザスター・ロマンス アーレイティカの剣闘士と女神姫　相羽 鈴
月の瞳のエゼル 太陽の王子と闇の鉤爪　我鳥彩子
通学電車 君と僕の部屋　みゆ
アルカサルの恋物語 盗まれた妃とめざめる想い　ひずき優

9月

メイちゃんの執事 黄金の海原にきみは輝く　ココロ直 宮城理子(原作)
ストロボ・エッジ　阿部暁子 咲坂伊緒(原作)
乙女☆コレクション 怪盗レディ・キャンディと魔笛のメロディ　かたやま和華
天の川を渡っても トップ・シークレット!!　七穂美也子
恋人たちのファンタジー・ヒストリカル 愛は沙漠の風に導かれて　花衣沙久羅
花咲ける庭 お嬢さんと花嫁のススメ　岡篠名桜

碧の祝福 神々の求愛　足塚 鰯
橘屋本店閻魔帳 恋がもたらす店の危機!　高山ちあき
天命の王妃 占者は光を放つ　日高砂羽

10月

お釈迦様もみてる S−キンシップ　今野緒雪
そして花嫁は恋を知る 黄金の都を受け継ぐ姫　小田菜摘
少年舞妓・千代菊がゆく! アラブの王子は恋がお好き?　奈波はるか
グランドマスター! 名もなき勇者の物語　樹川さとみ
新妻はヤマトナデシコ　真船るのあ
ミスティーレッド はざまの街と恋する予言者　青木祐子
紺碧のリアーナ 恋の仮面舞踏会　久賀理世
鏡の国の恋人たち　山本 瑤
三千寵愛在一身　はるおかりの
破妖の剣6 鬱金の暁闇7　前田珠子

2010

君に届け 8 ふたりだけの時間 — 下川香苗 / 椎名軽穂(原作)
シュバルツ・ヘルツゲスタァン アンコールの現人神 — 桑原水菜
薬指に誓って — あさぎり夕
ヴィクトリアン・ローズ・テーラー 恋のドレスと湖の恋人 — 青木祐子
風の王国 王太子の花嫁 — 毛利志生子
鳥籠の王女と教育係 恵みの環の魔王 — 響野夏菜
悪魔のような花婿 遅れてきた求婚者 — 松田志乃ぶ
ブランデージの魔法の城 魔王子さまの帰還 — 橘香いくの
氷雪王の求婚 春にとけゆくものの名は — 湊ようこ
鬼舞 見習い陰陽師と御所の鬼 — 瀬川貴次

12月

伯爵と妖精 愛の輝石を忘れないで — 谷瑞恵
天命の王妃 占者は龍の夢をみる — 日高砂羽
シュバルツ・ヘルツ—黒い心臓— 二重奏を翼にかえて — 桑原水菜
アルカサルの恋物語 いつわりの寵姫とかさなる心 — ひずき優
洞天茶房菜単 〜中華奇譚品書き〜 美男の供す佳き仙茶 — 真堂樹
悪魔様のお気に入り — 七穂美也子
橘屋本店閻魔帳 ふたつのキスと恋敵! — 高山ちあき
狼と勾玉 今宵、三日月を弓にして — 本宮ことは
海辺の王 — しらせはる
獣王子の花嫁 精霊の谷に嫁ぐ姫 — みなづき志生

マリア様がみてる ステップ — 今野緒雪
ウミベリ物語 秘密の島の龍 — 榎木洋子
少年舞妓・千代菊がゆく! 「黒髪」を舞う覚悟 — 奈波はるか
ダブル×メイドは恋愛中! — 真船るのあ
乙女☆コレクション 怪盗レディ・キャンディと愛しきナイト — かたやま和華
恋人たちのファンタジー・ヒストリカル 愛は英国公爵の瞳に導かれて — 花衣沙久羅

月の瞳のエゼル 金の木の実と神離れの歌 — 我鳥彩子
ストロボ・エッジ 消せない想い — 阿部暁子 / 咲坂伊緒(原作)

2011

2月

破妖の剣6 鬱金の暁闇 8 — 前田珠子
そして花嫁は恋を知る 月の女神は黎明を導く — 小田菜摘
ミスティーレッド ふたつの恋、ふたつの未来 — 青木祐子

姫婚オールアバウト — 野梨原花南
平安ロマンティック・ミステリー 嘘つきは姫君のはじまり 少年たちの恋戦 — 松田志乃ぶ
鏡の国の眠り姫 — 山本瑤
紺碧のリアーナ 聖なる鐘は運命を告げる — 久賀理世
三千寵愛在一身 雨降らす花 — はるおかりの
ストロボ・エッジ 告えない想い — 阿部暁子 / 咲坂伊緒(原作)
デカワンコ — 神埜明美 / 森本梢子(原作)
通学路 君と僕の部屋 — みゆ

3月

伯爵と妖精 あなたへ導く海の鎖 — 谷瑞恵
風の王国 春の使者 — 毛利志生子
鬼舞 見習い陰陽師と橘姫の罠 — 瀬川貴次
恋してBROTHER — 真船るのあ
鳥籠の王女と教育係 魔法使いの選択 — 響野夏菜
狼と勾玉 夜空に月の舟浮かべ — 本宮ことは
橘屋本店閻魔帳 星月夜に婚礼を! — 高山ちあき
悪魔様のお愉しみ — 七穂美也子
洞天茶房菜単 中華奇譚品書き 絵に描いた怪しき桃 — 真堂樹
身代わり花嫁は竜に抱かれる 満月の夜まで待って — 香月せりか

4月

悪魔のような花婿 薔薇の横恋慕 — 松田志乃ぶ

天命の王妃 占者は北風に惑う　日高砂羽
少年舞妓・千代菊がゆく！ 花紅の唇へ…　奈波はるか
アルカサルの恋物語 哀しみの貴公子と永遠の誓約　ひずき優
ブランデージの魔法の城 魔王子さまと冥界の罠　橘香いくの
ヴィクトリアン・ローズ・テーラー 恋のドレスと陽のあたる階段　青木祐子
海辺の恋人たち　しらせはる
月の瞳のエゼル 恋の扉と閉ざされた鏡　我鳥彩子
獣王子の花嫁 王都への帰還　みなづき志生
君に届け 9 いつもとちがう夏　下川香苗　椎名軽穂（原作）
炎の蜃気楼 邂逅編 真皓き残響 仕返換生　桑原水菜
聖石の使徒 狩人の宝　前田珠子
花嫁の選択 銀の森の姫は風の大地に向かう　小田菜摘
ウミベリ物語 王子様は一人で充分　榎木洋子
花嫁は女子大生？　真船るのあ
乙女☆コレクション 怪盗レディ・キャンディと誘惑のマドンナ　かたやま和華
ストロボ・エッジ つながる想い　阿部暁子　咲坂伊緒（原作）
アスコーマーチ！　広瀬晶　アキヤマ香（原作）

6月

伯爵と妖精 情熱の花は秘せない　谷瑞恵
三千寵愛在一身 天宮の舞姫　はるおかりの
鏡の国の仮面舞踏会　山本瑤

贅沢な身の上 ときめきの花咲く後宮へ！　我鳥彩子
身代わり花嫁は竜に抱かれる 乙女の純潔をあなたに　香月せりか
裏検非違使庁物語 姫君の妖事件簿 ふたご姫の秘密　長尾彩子
ラズベリーキスで目覚めて くちづけは一度でじゅうぶん二度するな　彩里美月

7月

吸血鬼心中物語　赤川次郎
鬼舞 見習い陰陽師と百鬼の宴　瀬川貴次
少年舞妓・千代菊がゆく！ きみが邪魔なんだ　奈波はるか
風の王国 山の上の賢者　毛利志生子

ヴィクトリアン・ローズ・テーラー 恋のドレスと翡翠の森　青木祐子
平安ロマンティック・ミステリー 嘘つきは姫君のはじまり 初恋と挽歌　松田志乃ぶ
橘屋本店閻魔帳 恋の記憶は盗まれて！　高山ちあき
鳥籠の王女と教育係 〈国守り〉の娘　響野夏菜

ショコラの錬金術師　高見雛
破妖の剣6 鬱金の暁闇 9　前田珠子
甘い恋の賞味期限　あさぎり夕
花嫁の選択 風の国の妃は春を忍ぶ　小田菜摘
平安ロマンティック・ミステリー 嘘つきは姫君のはじまり 千年の恋人　松田志乃ぶ
ブランデージの魔法の城 魔王子さまと時の扉　橘香いくの
夢みる嘘つき人形　しらせはる
獣王子の花嫁 雪の花の誓い　みなづき志生
月の瞳のエゼル 夢の蕾と黄昏の花　我鳥彩子
無音の哀戀歌 さようなら、わたしの最愛　御永真幸
宮廷詩人に捧げる一皿 運命の包子　椎名鳴葉

9月

夢の宮 ～始まりの巫女～　今野緒雪
天命の王妃 占者は愛を誓う　日高砂羽

2011

贅沢な身の上　ときめきは海を越えて！　我鳥彩子
ヴィクトリアン・ローズ・テーラー　キスよりも遠く、触れるには近すぎて　青木祐子
三千寵愛在一身　白銀の花嫁　はるおかりの
乙女☆コレクション　怪盗レディ・キャンディと麗しのファントム　かたやま和華

鳥籠の王女と教育係　夢で逢えたら　響野夏菜　カスカベアキラ
お嬢様は吸血鬼　～秘密ノ求婚～　高山ちあき
レディ・スカーレット　令嬢の危険な恋人　彩本和希
身代わり花嫁は竜に抱かれる　くちづけで変わる未来　香月せりか
伯爵と妖精　真実の樹下で約束を　谷　瑞恵
悪魔のような花婿　ダイヤモンドは淑女の親友　松田志乃ぶ
ヴィクトリアン・ローズ・テーラー　恋のドレスと花ひらく淑女　青木祐子
鏡の国の灰かぶり姫　山本　瑤
橘屋本店閻魔帳　海の罠とふたりの約束！　高山ちあき

絶対霊感　21世紀陰陽師　七穂美也子
恋人たちのファンタジー・ヒストリカル　愛は英国子爵の嘘に導かれて　花衣沙久羅
裏検非違使庁物語　姫君の妖事件簿　第九皇子と二つの死　長尾彩子
君に届け10　こころをゆらす旅　下川香苗　椎名軽穂（原作）
少年舞妓・千代菊がゆく！　恋に落ちる瞬間　奈波はるか

11月

破妖の剣6　鬱金の暁闇10　前田珠子
鬼舞　見習い陰陽師と試練の刻　瀬川貴次
ヴィクトリアン・ローズ・テーラー　聖者は薔薇を抱きしめて　青木祐子
いつわりの花嫁　真船るのあ
そして花嫁は恋を知る　想いは砂色の聖地に集う　小田菜摘
蝶園の花嫁　さらわれた身代わり姫の初恋　相羽　鈴
ひみつの陰陽師　ひとつ、秘め事だらけの宮廷絵巻　藍川竜樹
王立魔法士アカデミー　ウィー・バレンタインと俺サマな竜　真堂　樹
たとえ許されない恋だとしても　湊ようこ
恋、ときどき香りの魔法　にわか令嬢は殿方禁制につき　ひずき優

12月

お釈迦様もみてる　超難解問題集　今野緒雪
悪魔のような花婿　愛と誘惑の黄金宮　松田志乃ぶ
A collection of love stories　魔女の処方箋　はるおかりの
お嬢様は吸血鬼　弐　散ルトキモ美シク　高山ちあき

アンとリチャード　しらせはる
獣王子の花嫁　祝福の降る谷　みなづき志生
月の瞳のエゼル　春のささやきと沈みゆく月　我鳥彩子
ショコラの錬金術師2　ミルク色の秘薬　高見　雛
ひなひめ御指南！　御永真幸
伯爵と妖精　恋よりもおだやかに見つめて　谷　瑞恵
贅沢な身の上　いざ、ときめきの桃園へ！　我鳥彩子
ウミベリ物語　守龍見習いの危機　榎木洋子

乙女☆コレクション　怪盗レディ・キャンディと涙のラビリンス　かたやま和華
高瀬川ラブストーリー　少年舞妓・千代菊がゆく！　奈波はるか
絶対霊感2　駅ビルは羅城門!?　七穂美也子
鳥籠の王女と教育係　魔王の遺産　響野夏菜
記憶泥棒　きっとあなたを好きになる　神埜明美

2011

アオハライド1 — 阿部暁子／咲坂伊緒(原作)

夢の宮 〜竜のみた夢〜 — 今野緒雪

2012

2月

破妖の剣6 鬱金の暁闇11 — 前田珠子

天命の王妃 占者は黒き影を追う — 日高砂羽

花嫁の選択 東で石は宝珠に輝く — 小田菜摘

橘屋本店閻魔帳 永遠の愛を誓わせて！(上) — 高山ちあき

鏡の国の魔王 — 山本 瑤

裏検非違使庁物語 姫君の妖事件簿 愛別の歌をもう一度 — 長尾彩子

鳥籠の王女と教育係 恵みの環の花嫁 — 響野夏菜

英国マザーグース物語 婚約は事件の幕開け！ — 久賀理世

ひみつの陰陽師2 ふたつ、不運な姫君は百花の陰に鬼を飼う — 藍川竜樹

3月

鬼舞 見習い陰陽師と爛邪の香り — 瀬川貴次

ヴィクトリアン・ローズ・テーラー 恋のドレスと白のカーテン — 青木祐子

平安ロマンティック・ミステリー 嘘つきは姫君のはじまり 夢見るころを過ぎても — 松田志乃ぶ

平安ロマンティック・ミステリー 嘘つきは姫君のはじまり 貴公子は恋の迷惑 — 松田志乃ぶ

王立魔法士アカデミー 性悪ドラゴンと禁断のスペル — 真堂 樹

乙女☆コレクション 怪盗レディ・キャンディと永遠のロマンス — かたやま和華

君に届け11 ためらいの理由 — 下川香苗／椎名軽穂(原作)

恋人たちのファンタジー・ヒストリカル 愛は英国執事の孤独に導かれて — 花衣沙久羅

パパのいうことを聞きなさい！ うさぎのまぁく小説版 — ココロ直／MATSUDA98・松智洋(原作)／なかじまゆか(キャラクター原案)

伯爵と妖精 オーロラの護りを胸に — 谷 瑞恵

炎の蜃気楼 邂逅編 真皓き残響 神隠地帯 — 桑原水菜

三千寵愛在一身 牡丹姫の再婚 — はるおかりの

光源氏の花嫁 — 真船るのあ

少年舞妓・千代菊がゆく！ ないしょの婚約 — 奈波はるか

お嬢様は吸血鬼 参 恋ヲ知ル瞬間 — 高山ちあき

月の瞳のエゼル 月の雫と囚われの瞳 — 我鳥彩子

レドラナール恋物語 蜜色の花園 — 梨沙

絶対霊感3 不安だから平安京 — 七穂美也子

4月

マリア様がみてる フェアウェル ブーケ — 今野緒雪

破妖の剣6 鬱金の暁闇12 — 前田珠子

贅沢な身の上 ときめきは鳥籠の中に!? — 我鳥彩子

上海恋茶館 待ちぼうけのダージリン — 青木祐子

ウミベリ物語 花嫁候補は窓の下 — 榎木洋子

橘屋本店閻魔帳 永遠の愛を誓わせて！(下) — 高山ちあき

記憶泥棒 さよなら愛しいひと — 神埜明美

ひみつの陰陽師3 みっつ、三日夜の餅をあなたと — 藍川竜樹

6月

鬼舞 見習い陰陽師と災厄の薫香 — 瀬川貴次

悪魔のような花婿 魔女たちの仮面舞踏会 — 松田志乃ぶ

貴公子ラッドの受難 彼が麗しの花嫁を迎えるまで — 我鳥彩子

花嫁の選択 悠久の大河は紅涙を呑む — 小田菜摘

鏡の国の結婚式 — 山本 瑤

2012

ニートなメイド花嫁　真船るのあ
裏検非違使庁物語 姫君の妖事件簿 初恋は三日夜に結ぶ　長尾彩子
英国マザーグース物語 新聞広告には罠がある!?　久賀理世
ドラキュラ記念 吸血鬼フェスティバル　赤川次郎
ヴィクトリアン・ローズ・テーラー 宝石箱のひみつの鍵　青木祐子
少年舞妓・千代菊がゆく! 声がわりの予兆　奈波はるか
天命の王妃 占者は花を散らす　日高砂羽
初戀シンデレラ　真船るのあ
お嬢様は吸血鬼 肆 君ノタメノ嘘　高山ちあき
毒舌姫と精霊の祝福　せひらあやみ

8月

君に届け12 つないだ手のゆくえ　下川香苗 椎名軽穂(原作)
破妖の剣6 鬱金の暁闇13　前田珠子

夢の宮 ～王の苑囿～　今野緒雪
贅沢な身の上 ときめきは夢と幻の彼方へ!?　我鳥彩子
ひみつの陰陽師4 よっつ、黄泉姫は愛を願う　藍川竜樹
ロスト・グレイの静かな夜明け　野村行央
アオハライド2　阿部暁子 咲坂伊緒(原作)
風の王国 王杖の守者　毛利志生子
伯爵と妖精 祝福の子か夜の使者か　谷瑞恵
上海恋茶館 アール・グレイは琥珀のくちづけ　青木祐子
そして花嫁は恋を知る 薔薇の想いは海を越える　小田菜摘
A collection of love stories 2 黒髪のマリアンヌ　はるおかりの
天命の王妃 占者は未来を守る　日高砂羽
ゴシック・ローズ 悪魔の求婚　小糸なな
月の輝く夜に／ざ・ちぇんじ!　氷室冴子

9月

鬼舞 見習い陰陽師と悪鬼の暗躍　瀬川貴次
悪魔のような花婿 魔法使いの恋人　松田志乃ぶ
わたしの嫌いなお兄様　松田志乃ぶ
少年舞妓・千代菊がゆく! 許されぬ想い、かなわぬ恋　奈波はるか
傲慢社長とじゃじゃ馬花嫁　真船るのあ
大公様の花嫁さがし 猫かぶり姫、奮戦ス!　ひずき優
英国マザーグース物語 哀しみのロイヤル・ウエディング　久賀理世

11月

破妖の剣6 鬱金の暁闇14　前田珠子
贅沢な身の上 さあ、その手でときめきを描いて!　我鳥彩子
海の娘が生まれるところ　山本瑤
求婚許可証いりませんか?　榎木洋子
恋の翼を手に入れて☆ 騎士との恋は突然に?　かたやま和華

ひみつの陰陽師5 いつつ、色にでにけり我が恋は　藍川竜樹
毒舌姫と黄金の慈雨　せひらあやみ
恋人たちのファンタジー・ヒストリカル 愛は英国妖精の呪いに導かれて　花衣沙久羅
お釈迦様もみてる 潔き一票　今野緒雪
鬼舞 ある日の見習い陰陽師たち　瀬川貴次
炎の蜃気楼 邂逅編 真皓き残響 蘭陵魔王　桑原水菜
乙女風味百鬼夜行 怖がり令嬢と視える婚約者　長尾彩子

創刊(1976)〜1979
1980〜1989
1990〜1999
2000〜2009
2010〜2017

2012

上海恋茶館 ジンジャー・ティーは熱くまろやかに　青木祐子
薔薇の純情 背徳の黒き貴公子　響野夏菜
写楽あやかし草紙 月下のファントム　希多美咲

12月

伯爵と妖精 祈りよアルビオンの高みに届け　谷 瑞恵
悪魔のような花婿 薔薇の祭典　松田志乃ぶ
少年舞妓・千代菊がゆく! 「秘密」の告白　奈波はるか
風の王国 抱玉の臣　毛利志生子
ゴシック・ローズ 魔女の代償　小糸なな
白と黒の封魔士　みなづき志生
嘘つきなレディ 五月祭の求婚　白川紺子

2013

2月

破妖の剣6 鬱金の暁闇15　前田珠子

贅沢な身の上 だからときめきが止まらない!　我鳥彩子
霧の都の恋人たち 貴婦人の恋は珈琲の香り　小田菜摘
ひみつの陰陽師6 むっつ、無垢なる瞳は未来をうつす　藍川竜樹
英国マザーグース物語 裏切りの貴公子　久賀理世
大公様の花嫁さがし 最凶の猫かぶり、現ル!　ひずき優
毒舌姫と永遠の誓い　せひらあやみ

3月

鬼舞 見習い陰陽師と呪われた姫宮　瀬川貴次
贅沢な身の上 ときめきは蒼き追憶と共に!　我鳥彩子
花咲くシンデレラ　真船るのあ
ひみつの陰陽師7 ななつ、泣く子も黙る嵐の予兆!?　藍川竜樹
写楽あやかし草紙 花霞のディーバ　希多美咲
伯爵令嬢の華麗ならざる結婚事情 愛だけじゃたりない!　湊ようこ
俺物語!! 1　下川香苗 アルコ(作画) 河原和音(原作)
アオハライド 3　阿部暁子 咲坂伊緒(原作)
伯爵と妖精 白い丘に赤い月満ちて　谷 瑞恵
夢の宮 〜名はなき縁〜　今野緒雪
悪魔のような花婿 エメラルド島の花嫁　松田志乃ぶ
A collection of love stories 3 林檎の乙女は王の褥で踊る　はるおかりの
ひみつの陰陽師8 やっつ、やっとのことで大団円　藍川竜樹
ハレムの呪いの指環　高山ちあき

薔薇色プリンセス・レッスン　山本 瑤

5月

破妖の剣6 鬱金の暁闇16　前田珠子
炎の蜃気楼 幕末編 獅子燃える　桑原水菜

ヴィクトリアン・ローズ・テーラー 王子とワルツと懐中時計　青木祐子
少年舞妓・千代菊がゆく! 最初で最後の恋　奈波はるか
風の王国 勝利の時　毛利志生子
プリンセス・レッスンはルビーのお城で　山本 瑤
おいしい乙女の作り方　椎名鳴葉
リリー骨董店の白雪姫 ラプンツェル・ダイヤモンドの涙　白川紺子

6月

贅沢な身の上 ときめきは空に煌く星の如く!　我鳥彩子
英国マザーグース物語 聖夜に捧ぐ鎮魂歌　久賀理世

2013

大公様の花嫁さがし 結婚のおすみつきを奪取セヨ！　ひずき優
姫頭領、百花繚乱！ 恋の病と鬼副長　彩本和希
うさぎ姫の薬箱 で、出た〜！あやかしだらけのおそろし薬房　長尾彩子
ただ呪うように君を愛す 宵夢　御園るしあ
オオカミ少女と黒王子　ココロ直　八田鮎子(原作)
吸血鬼は炎を超えて　赤川次郎
鬼舞 見習い陰陽師とさばえなす神　瀬川貴次
ときめきのマリアージュ　真船るのあ
英国マザーグース物語 花咲けるきみと永久の歌　久賀理世
公爵様のパティシエール 死神とマドレーヌ　日高砂羽
皇帝陛下のお気に入り 箱入り姫の取り扱いには気をつけて！　せひらあやみ
君に届け13 クリスマスをいっしょに　下川香苗　椎名軽穂(原作)

8月

破妖の剣6 鬱金の暁闇17　前田珠子
お釈迦様もみてる オンユアマークス　今野緒雪
悪魔のような花婿 プリンセス・フェスティバル　松田志乃ぶ
初恋姫、千里を翔る　立夏里美
覆面竜女 巫女は紡ぐ、聖なる天衣　藍川竜樹
西洋人形は夢を見る 瑠璃色の事件手帖　相良 潁
贅沢な身の上 ほら、眸がときめきを伝えるから！　我鳥彩子
少年舞妓・千代菊がゆく！ 笑顔のエンディングに向かって　奈波はるか

風の王国 暁の歌　毛利志生子
リリー骨董店の白雪姫 海の底のエメラルド・プリンセス　白川紺子
砂漠の国の悩殺王女　きりしま志帆
ベビー・ロマンティカ 禁忌姫の結婚　在原スルメ

10月

皇弟は黒き花嫁に跪く　はるおかりの
姫頭領、百花繚乱！ 恋敵はお奉行様　彩本和希
うさぎ姫の薬箱 おそろしや 最凶巫医のお出ましだ　長尾彩子
皇帝陛下のお気に入り 動き出しちゃった恋敵!?　せひらあやみ
聖女と王子と鉄壁の騎士 その恋、全力で邪魔します！　ひずき優
キョンシー・プリンセス 乙女は糖蜜色の恋を知る　後白河安寿

11月

俺物語!!2　下川香苗　アルコ(作画)河原和音(原作)
破妖の剣6 鬱金の暁闇18　前田珠子

乙女ちっくコラム＊8

アナログ派？　デジタル派？

コバルトの作家は、少女漫画家に比べて、総じてワープロやパソコンの導入が早かったようです。１９８６年にコバルト文庫10周年を記念して募集した「ＳＦ＆ミステリー　ショートショートグランプリ」の賞品は「ワープロ　シャープ・ミニ書院」で、応募者プレゼント（抽選で１００名）は、応募者のネーム入り原稿用紙でした。その頃からワープロ派と手書き派と両方に対応していたのですね。創刊40周年を迎えた今でも作家、イラストレーターともに、手書き派とパソコン派とどちらもいます。

そして雑誌はｗｅｂ版に変わり、文庫も電子版が次つぎと配信されています。紙では手に入りにくい作品も多数電子化されているので要チェックです。

2013

鬼舞 見習い陰陽師と応天門の変　瀬川貴次
覆面竜女 巫女は暴く、双なる仮面　藍川竜樹
薔薇は花降る都で咲き初める　小田菜摘

紫陽花茶房へようこそ ふたりのための英国式魔法茶　かたやま和華
妖精は騎士のキスで目覚めて　汐原由里子
炎の蜃気楼 邂逅編 真皓き残響 生死流転　桑原水菜
お釈迦様もみてる 蛍のヒカル　今野緒雪
贅沢な身の上 ときめきは遥かなる河に乱されて！　我鳥彩子
少年舞妓・千代菊がゆく！ かまいませんよ、男でも　奈波はるか
ベリーカルテットの事件簿 薔薇と毒薬とチョコレート　青木祐子
リリー骨董店の白雪姫 トワイライト・ルビーの夜明け　白川紺子
砂漠の国の悩殺王女 それは甘くて苦い、蜜の味　きりしま志帆
コバルト名作シリーズ書き下ろしアンソロジー1 龍と指輪と探偵団　榎木洋子、高遠砂夜、響野夏菜、前田珠子

12月

炎の蜃気楼 昭和編 夜啼鳥ブルース　桑原水菜
伯爵と妖精 新たなるシルヴァンフォードにて　谷 瑞恵
公爵家の花嫁は禁断の恋歌をうたう　はるおかりの
うさぎ姫の薬箱 誓いの神酒は毒か薬か　長尾彩子
覆面竜女 巫女は挑む、三鼎の皇都　藍川竜樹
皇帝陛下のお気に入り ついに恋心に気づく時！　せひらあやみ
コバルト名作シリーズ書き下ろしアンソロジー2 ちょー聖霊と四龍島　真堂 樹、瀬川貴次、野梨原花南、前田珠子
アオハライド4　部 暁子　咲坂伊緒(原作)

2014

1月

姫頭領、百花繚乱！ 忘れ桜と禁じの恋　彩本和希
妖精国の恋人 黒馬の王子様と暁の娘　山本 瑤
初恋姫、蒼海を望む　立夏里美

王立図書館の笑わない司書　相良 穎
ハーフ・クラウン 秘め公爵といばらの輪舞　御永真幸

2月

異人館画廊 盗まれた絵と謎を読む少女　谷 瑞恵
世界螺旋 佐能探偵事務所の業務日記　梨沙

3月

破妖の剣6 鬱金の暁闇19　前田珠子
鬼舞 見習い陰陽師と漆黒の夜　瀬川貴次
贅沢な身の上 ときめきと巡り逢いの環を胸に！　我鳥彩子
妖精国の恋人 黒ウサギの王子様とお茶会を　山本 瑤
ロマノフ大公女物語 大帝の恋文　一原みう

4月

炎の蜃気楼 昭和編 揚羽蝶ブルース　桑原水菜
姫頭領、百花繚乱！ 光さす花の都に結ぶ恋　彩本和希
覆面竜女 巫女はまみえる、四人の皇子　藍川竜樹
皇帝陛下のお気に入り それは永遠の別れの言葉！　せひらあやみ
薔薇は聖なる都で咲き誇る　小田菜摘
スカーレット・バード 天空に咲く薔薇　小湊悠貴
君に届け14 自分のまん中にあるもの　下川香苗　椎名軽穂(原作)

5月

失恋姫の花嫁計画!! 甘い毒薬の作り方　はるおかりの

2014

少年舞妓・千代菊がゆく！ 大好きですよ、別れても　奈波はるか
皇帝陛下のお気に入り 恋と運命は結ばれて！　せひらあやみ
八番街の探偵貴族 はじまりは、舞踏会。　青木祐子
朱華姫の御召人 かくて愛しき、ニセモノ巫女　白川紺子

6月

破妖の剣6 鬱金の暁闇20　前田珠子
キスと帝国 漂流王女 バージニア・ナイトの結婚　松田志乃ぶ
恋せよレディ！ もふもふの城は大騒ぎ 妖精国の恋人　山本　瑤
氷の王女と緋色の約束 ハーフ・クラウン　御永真幸
ドールハウスの妖精　きりしま志帆

7月

紫陽花茶房へようこそ 夜のお茶会は英国式で　かたやま和華
朧月夜の訪問者　長尾彩子

路地裏の吸血鬼　赤川次郎
炎の蜃気楼 昭和編 瑠璃燕ブルース　桑原水菜
贅沢な身の上 そう、吐息がときめきを教えるの！　我鳥彩子
覆面竜女 巫女は陥る、五卿の罠　藍川竜樹
響け！ できそこないの歌うたいと五線譜の絆　希多美咲

8月

鬼舞 ふたりの大陰陽師　瀬川貴次
少年舞妓・千代菊がゆく！ 一夜限りの妻　奈波はるか
花嫁は愛され家庭教師♡　真船るのあ
贅沢な身の上 ときめきの数だけ抱きしめて！　我鳥彩子
双牙 亡国の軍師と相剋の武将　真堂　樹／羽仁　修（原作）　きだつよし（原作脚色）
北条奥右衛門の秘密 虚妄事件簿　野村行央
破妖の剣6 鬱金の暁闇21　前田珠子
あくまで悪魔！ おまえには漆黒の花嫁衣装がよく似合う　我鳥彩子
朱華姫の御召人 かくて恋しき、花咲ける巫女　白川紺子
キスの呪文にご用心！ 見習い魔女の初恋　汐原由里子

10月

少年舞妓・千代菊がゆく！ 十六歳の花嫁　奈波はるか
覆面竜女 巫女は目指す、六花の頂点　藍川竜樹
眠り姫とガラスの靴の夢 ハーフ・クラウン　御永真幸
あやかし姫陰陽師 降伏寸前!? 君の鬼門は恋とキス　せひらあやみ

天女は恋する、龍冠の君　山本　瑤
聖櫃の癒し手 Restauro　藍川竜樹
皇女アナスタシア もう一つの物語　一原みう
さまよえる本に結末を ウィルブック・ハンターあるいは甘い憂鬱　秋杜フユ
薔薇に雨 孤高の王子に捧げる初恋　東堂　燦

11月

破妖の剣6 鬱金の暁闇22　前田珠子
少年舞妓・千代菊がゆく！ ふたりだけの結婚式　奈波はるか
むしめづる姫異聞 王朝スキャンダル　七穂美也子
アオハライド5　阿部暁子　咲坂伊緒（原作）

12月

炎の蜃気楼 昭和編 霧氷街ブルース　桑原水菜
鬼舞 見習い女房と安倍の姉妹　瀬川貴次

2014

覆面竜女 皇帝は欲する、天界の華　藍川竜樹
あくまで悪魔！ おまえにこの腕から逃れる術はない　我鳥彩子

2015

1月

まいりませ、幻想図書館 眼鏡の淑女と古書の謎　ひずき優
黄金の淑女 わたしは犬じゃありません　白川紺子

3月

あやかし姫陰陽師 降伏、不可避!? 君と抱き合う一夜の行方　せひらあやみ
君に届け15 二度目のバレンタイン　下川香苗 椎名軽穂(原作)
破妖の剣6 鬱金の暁闇23　前田珠子
あくまで悪魔！ おまえに最初で最後の恋を教えてやる　我鳥彩子

4月

五国神仙遊戯 ここで一花咲かせましょう！　きりしま志帆
あやかし姫陰陽師 完全幸福!? 君と織り成す二人の未来　せひらあやみ
夜来香恋結店　響野夏菜
偽姫 血族の花嫁と捕食者たち　藍川竜樹

5月

占い師ティアリス・セーブル 誰が王子を殺したの？　小野上明夜
炎の蜃気楼 昭和編 夢幻燈ブルース　桑原水菜
黒猫館の夢見る天使 三日月伯爵とパリの約束　小湊悠貴
魔女の赤い太陽 樹海の娘と月狩りの騎士　東堂燦

6月

僕の第六天魔王　金沢有倖
鬼舞 見習い陰陽師と囚われた蝶　瀬川貴次
蝶よ毒よ 邪悪な獣の正しい飼い方　山本瑤
紫陽花茶房へようこそ 夜のお茶会への招待状　かたやま和華

7月

アオハライド6　阿部暁子 咲坂伊緒(原作)
破妖の剣6 鬱金の暁闇24　前田珠子
公主様のお約束！ それはうっかり出逢うこと　我鳥彩子
棘公爵の花嫁 賭けをしましょう、旦那様　白川紺子
偽姫 乙女の選択と下剋上な猟犬たち　藍川竜樹
嘘つきたちの輪舞　一原みう
ひきこもり姫と腹黒王子 VSヒミツの巫女と目の上のたんこぶ　秋杜フユ

9月

炎の蜃気楼 昭和編 夜叉衆ブギウギ　桑原水菜
魔王の花嫁と運命の書 男装王女は潜入中！　日高砂羽
鳳凰の婚姻 なつかれ巫女の育てかた　彩本和希

10月

破妖の剣6 鬱金の暁闇25　前田珠子
公主様のお約束！ だからたっぷり愛でられる　我鳥彩子
黒猫と伯爵令息 お菓子の家のおかしな事件簿　長尾彩子
映画『通学電車／通学途中』スピンオフ そして僕は君をみつける　みゆ
鬼舞 見習い陰陽師と妖しき蜘蛛　瀬川貴次
後宮詞華伝 笑わぬ花嫁の筆は謎を語りき　はるおかりの

12月

最後の王妃　白洲梓

創刊(1976)〜1979
1980〜1989
1990〜1999
2000〜2009
2010〜2017

2015

僕の第六天魔王 本能寺から変　金沢有倖
ひきこもり神官と潔癖メイド 王弟殿下は花嫁をお探しです　秋杜フユ
平安もののけバスターズ 大盗賊の再就職　きさらぎ希衣

破妖の剣6 鬱金の暁闇26　前田珠子
宋代鬼談 梨生が子猫を助けようとして水鬼と出会うこと　毛利志生子
花酔夢 皇帝の一途でいじわるな寵愛　藍川竜樹
君に届け16 夢と恋のはざまで　下川香苗 椎名軽穂(原作)

2016

1月

炎の蜃気楼 昭和編 無頼星ブルース　桑原水菜
魔王の花嫁と運命の書 男装王女と誓いのくちづけ　日高砂羽
チョコレート・ダンディ 可愛い恋人にはご用心　我鳥彩子
還るマルドールの月 The Return of the Mardore Moon　野梨原花南

3月

鬼舞 見習い陰陽師といにしえの里　瀬川貴次
後宮饗華伝 包丁愛づる花嫁の謎多き食譜　はるおかりの
おしどり夫婦の愛は王宮を救…う? 公爵夫人は銀灯師　白川紺子

4月

破妖の剣6 鬱金の暁闇27　前田珠子
妄想王女と清廉の騎士 それはナシです、王女様　秋杜フユ
皓月兎姫譚 異世界で殿下の愛玩動物にされちゃいました　せひらあやみ
通学シリーズ スピンオフ つよがりな君のためのホットミルク　みゆ
光の巫女を放つ風　前田珠子 ひずき優

かぐや姫三世 わたしを月まで連れていって!　松田志乃ぶ
死にかけ花嫁と革命の鐘　藍川竜樹

6月

光の巫女を抱く夜　前田珠子 香月せりか

チョコレート・ダンディ 君の瞳は甘い罠　我鳥彩子
シグザール警察特命官 まるで愛おしくない君とふたり　御永真幸

7月

こじらせシスコンと精霊の花嫁 恋の始まりはくちづけとともに　秋杜フユ
後宮錦華伝 予言された花嫁は極彩色の謎をほどく　はるおかりの
魔女が死なない童話 林檎の魔女の診療簿　長尾彩子
破妖の剣6 鬱金の暁闇28　前田珠子

炎の蜃気楼 昭和編 悲願橋ブルース　桑原水菜
骸骨騎士団の、王女に捧げる過剰な忠愛　藍川竜樹

9月

若奥様、ときどき魔法使い。　白川紺子
死にかけ聖女と皇帝の帰還　藍川竜樹
犬恋花伝 青銀の花犬は誓約を恋う　瑚池ことり

2016

ひきこもり魔術師と社交界の薔薇 それで口説いてないなんて！　秋杜フユ
チョコレート・ダンディ 天使の誘惑は君の罪　我鳥彩子
雪侯爵の銀灯師 みせかけ夫婦と王宮の庭　白川紺子

11月

後宮陶華伝 首斬り台の花嫁は謎秘めし器を愛す　はるおかりの
王女が秘される童話 南瓜の王女の研究録　長尾彩子
手塚先生の恋愛指南 恋に堕ちたら赤点です！　日高砂羽

12月

破妖の剣6 鬱金の暁闇29　前田珠子
湖城の魔王と異界の少女 睡蓮の花嫁　東堂　燦

暁の王女 名を持たぬ聖女と紫の王　白洲　梓
炎の蜃気楼 昭和編 紅蓮坂ブルース　桑原水菜
夜葬師と霧の侯爵 かりそめ夫婦と迷宮の王　白川紺子

十三番目の女神は還らない 眠れる聖女と禁断の書　小湊悠貴

2017

2月

虚弱王女と口下手な薬師 告白が日課ですが、何か。　秋杜フユ
猫伯爵の憂鬱 ～紅茶係はもふもふがお好き～　かたやま和華

3月

破妖の剣6 鬱金の暁闇30　前田珠子
後宮幻華伝 奇奇怪怪なる花嫁は謎めく機巧を踊らす　はるおかりの
聖女が魔を抱く童話 葡萄の聖女の料理帖　長尾彩子

飛べない鍵姫と解けない飛行士 その箱、開けるべからず　山本　瑤
すべてがおまえに背いても ―高貴な罪びとを愛した少女の物語―　我鳥彩子
腹ぺり姫の受難 王子様、食べていいですか？　ひずき優
皇帝陛下の愛され絵師 ～その筆は奇跡を招く～　日高砂羽

4月

イノシシ令嬢と不憫な魔王 目指せ、婚約破棄！　秋杜フユ
王立探偵シオンの過ち　我鳥彩子

ブライディ家の押しかけ花婿　白川紺子

6月

破妖の剣 外伝 天明の月　前田珠子
後宮樂華伝 血染めの花嫁は妙なる謎を奏でる　はるおかりの
七番目の姫神は語らない 光の聖女と千年王国の謎　小湊悠貴
花嫁が囚われる童話 桜桃の花嫁の契約書　長尾彩子
錬金術師は終わらぬ夢をみる ～ゆがみの王国のセラフィーヌ～　一原みう
煌翼の姫君 男装令嬢と獅子の騎士団　白洲　梓

8月

炎の蜃気楼 昭和編 涅槃月ブルース　桑原水菜

2017

9月

天都宮帝室の然々な事情　二五六番目の皇女、天降りて大きな瓜と小さな恋を育てること　我鳥彩子
厄災王女と不運を愛する騎士の二律背反　藍川竜樹

破妖の剣 外伝　天明の月2　前田珠子
変装令嬢と家出騎士　縁談が断れなくてツライです。　秋杜フユ
錬金術師と異端審問官はあいいれない　藍川竜樹
ひみつの小説家の偽装結婚　恋の始まりは遺言状!?　仲村つばき
後宮刷華伝　ひもとく花嫁は依依恋恋たる謎を梓に鏤む　はるおかりの

11月

侍女が嘘をつく童話　野苺の侍女の観察録　長尾彩子
天都宮帝室の然々な事情　二五三番目の皇子、天降りて綺麗国の美人に婿入りすること　我鳥彩子
いのうえさきこのだじゃれ手帖　いのうえさきこ

? コバルトクイズ 解答編

問1 ①	問6 ①
問2 ①	問7 ①
問3 ③	問8 ③
問4 ③	問9 ②
問5 ③	問10 ①

＼コバルト博識度判定／

1〜3問正解…普通に博識

4〜6問正解…**けっこう博識**

7〜9問正解…**かなり博識**

全問正解…**免許皆伝**

そして、このクイズを解いてくださった方全員が、コバルト愛満点です。

あとがき

コバルト文庫の歴史を一冊の本にする――この本の企画が立ち上がった時、どうしていいか途方にくれました。

「コバルト文庫が40年かけてはぐくんできたものって何？」

この素朴な問いへの自分なりの答えがどうしても言葉にならなかったからです。

総発行点数約4500冊という膨大な冊数にくわえて、コバルト文庫誕生の源流となった「コバルト・ブックス」「小説ジュニア」などの、昭和少女文化研究の基礎資料という宝の山もコバルト文庫の奥に鎮座しています。

「コバルト文庫が40年かけてはぐくんできたものって何？」

4500冊ものリストを「このタイトルの漢字、何て読むんだ〜〜」などと悶絶(もんぜつ)しながらつくっている間も、この迷いはずっと消えませんでした。

結論。リストができあがったあたりで答えを出すのをやめました。

コバルト文庫を帰着点とするもろもろの面白いことすべてをひっくるめた「コバルト・カルチャー」というひとつの文化圏が見えてきたからです。

それからは、前著『りぼんの付録全部カタログ』でいただいたたくさんのお言葉の中から、まずは「少女研究の基礎資料となり、出発点となる本」になることを心に定め、つぎに「節操のないあっぱれな網羅っぷり」を目指して、ひたすら邁進(まいしん)しました。

コバルト文庫を強いて一言で言い表すならば、「日本の女子たち（男子たち）の好奇心の塊り」。この本をきっかけに皆様の心の奥にギューッと押し込んでいた少女（少年）時代の好奇心の塊りから、キラキラしたコバルトブルーの光が飛び出てくることを願ってやみません。

最後に、この本ができるまでに、ここでお名前が書ききれないほどたくさんの方々にお力をいただきました。インタビューやエッセイの再掲載にご協力くださった先生方、ご寄稿くださった先生方、コバルト文庫に関して貴重なお話をうかがった諸先輩方、編集作業にご尽力くださった皆様方に深く御礼申し上げます。また、「今夜も佳代ママ来ないの〜」と言いながら温かく見守ってくださったお客様方、「いい本になります」と言ってくださった天才占い師さん、「りぼん」につづいてリビングがコバルトの資料で埋まってもニコニコしていてくれた夫にも感謝、感謝です。ありがとうございました。

というわけで、りぼんの付録の「ふ女子」だった不肖ワタクシに、もうひとつ腐女子の「ふ」が増えて、「ふふ」女子になりました。（めでたい……のか？　いや、めでたい！）

これからもコバルト・ワールドを楽しみましょう、ふふふ。

２０１７年、夏と秋のあいまいな境目に

著　者

烏兎沼佳代（うとぬま　かよ）

編集者、ふろく研究家。山形県生まれ。高校教師、台湾での日本語教師を経て、文春ネスコに勤務。著書に『りぼんの付録全部カタログ』（集英社)。「the 座」（こまつ座)、『井上ひさし短編中編小説集成』（岩波書店)、『完本寺内貫太郎一家』（新潮社）などにかかわる。夫の営むロックバーのママ、ジャズヴォーカリストの顔ももつ。

コバルト文庫40年カタログ

コバルト文庫創刊40年公式記録

2017年12月20日　第1刷発行

著　者／烏兎沼佳代
本文イラスト／小泉晃子
デザイン／織田弥生
編集協力／垳田はるよ

発行者　茨木政彦
発行所　株式会社　集英社
〒101-8050　東京都千代田区一ツ橋 2-5-10
電話　編集部　03-3230-6141
読者係　03-3230-6080
販売部　03-3230-6393（書店専用）

印刷所　大日本印刷株式会社
製本所　ナショナル製本協同組合

ISBN978-4-08-781638-9 C0076